JN055020

メキシカン・ゴシック

MEXICAN GOTHIC

シルヴィア・モレノ=ガルシア
青木純子 訳
Silvia Moreno-Garcia

早川書房

メキシカン・ゴシック

MEXICAN GOTHIC
by
Silvia Moreno-Garcia

Translated by
Junko Aoki
First published 2022 in Japan by
Hayakawa Publishing, Inc.
This book is published in Japan by
arrangement with
Del Rey, an imprint of Random House,
a division of Penguin Random House LLC
through Japan Uni Agency, Inc., Tokyo.

装幀／柳川貴代（Fragment）
装画／佳嶋

母に捧ぐ

本書に登場する名前、人物、場所、出来事などは作者の想像の産物、もしくは創作上の方便である。故人あるいは存命中の人物、実際にあった出来事、実在の土地になんらかの形で似ているとしても、まったくの偶然である。

登場人物

ノエミ・タボアダ…………………………資産家の娘
カタリーナ…………………………………ノエミの従姉
ヴァージル・ドイル………………………カタリーナの夫
ハワード・ドイル…………………………ヴァージルの父。ハイ・プレイスの当主
フランシス…………………………………ヴァージルのいとこの子。ハイ・プレイスの住人
フローレンス………………………………ハワードの姪。フランシスの母
アグネス・ドイル…………………………ハワードの最初の妻
アリス・ドイル……………………………ハワードの後妻。アグネスの妹
ルース・ドイル……………………………ハワードの長女。ヴァージルの姉
アーサー・カミンズ………………………ドイル家の主治医
フリオ・エウセビオ・カマリーリョ……町の診療所の医師
マルタ・デュバル…………………………町の民間療法師
レオカディオ・タボアダ…………………ノエミの父。染料商
ウーゴ・ドゥアルテ………………………ノエミのボーイフレンド

1

トゥニョン家のパーティがお開きになるのはいつも遅い時間と決まっていた。主催者夫妻が無類の仮装パーティ好きということもあって、民族衣装のスカートにリボンの髪飾りでプエブラ州あたりの娘に扮した女たちが、道化やカウボーイを引き連れて繰り出してくるのはそう珍しいことではない。彼らのお抱え運転手たちも、トゥニョン家の外でただ漫然と待つことはなく、むしろそうした夜を効率よく活用した。通りの屋台でタコスをほおばる者もいれば、近くの家で働くメイドを呼び出し、ヴィクトリア朝風メロドラマ顔負けの求愛行動に精を出す者もいるし、その辺にたむろして煙草をふかしながら世間話に花を咲かせる連中もいた。うたた寝を決めこむ者も若干名。要するに、午前零時を回るまでパーティを抜け出す者はひとりもいないということを、彼らは熟知しているのである。

それゆえ、まだ十時だというのに、一組の若い男女が屋敷から出てきたのは想定外だった。さらに間が悪いことに、若者のお抱え運転手は晩飯を買いに車を離れてしまったあとで、どこにも姿が見当たらない。さてどうしたものかと若者の顔に焦りの色が浮かんだ。このとき彼は紙粘土でできた馬の頭をかぶっていた。つまり、このみっともない被り物をつけたまま町なかを歩く羽目になったわけで、こんな格好をさせられたことへの恨みつらみが、またぞろ若者の胸にこみあげた。なんとしても仮装コンテストで優勝したい、ラウラ・ケサダのペアなんかに負けたくないとノエミが言い張り、それならばと張り切って仮装してきたというのに、当のノエミが打ち合わせとはまるで違う衣装で現われたものだから、的はずれな努力に終わってしまったのだ。

ノエミ・タボアダは騎手の衣装をレンタルして、乗馬の鞭も用意すると約束していた。評判になること間違いなしの気の利いた演出になるはずだった。というのも、ラウラはどうやら旧約聖書のイヴの扮装で首に蛇を巻きつけて登場するらしい、との噂を聞きつけていたからだ。だが土壇場でノエミは前言を翻してしまった。ジョッキーの衣装は見映えがいまひとつで、おまけに肌がちくちくして着心地も悪かった。それで結局、白い花のアップリケをあしらったグリーンのドレスを着ていくことにしたわけだが、その変更を肝心のパートナーに伝えていなかったという次第。

「さて、どうするかな？」

「三ブロックも歩けば大通りに出られるわ。そこでタクシーを拾えばいいじゃない」ノエミはウーゴに言った。「ねえ、煙草ある？」

「煙草？　財布をどこにしまったかもわからないんだぜ」と言ってウーゴが、上着をあちこち叩いて探った。「そっちこそ、バッグにいつも持ち歩いてるだろ？　きみのことをよく知らない人間なら、煙草も自分で買わないケチな女だと思うだろうな」

「ジェントルマンがレディに一本差し出すっていうほうが断然絵になるのに」

「今夜はミント一粒だって無理だね。あれ、家に財布を置いてきちゃったのかな？」

ノエミは取り合わなかった。ウーゴは馬の頭を苦労して小脇に抱えた。それを危うく落としそうになったとき、ふたりは大通りにたどり着いた。ノエミがすらりとした腕を伸ばしてタクシーを呼び止める。車内に乗りこんだところで、ウーゴは馬の頭をシートに置いた。

「こんなものは必要ないって最初から言ってくれたらよかったんだよ」ウーゴは運転手の顔に浮かぶ薄笑いに気がつくと、自分の無駄な出費を馬鹿にされた気がして、ぼそりと不平を鳴らした。

「イラついているときのあなたって可愛いわよ」と言ってノエミは、ハンドバッグを開けて煙草を取り出した。

ウーゴは往年の俳優ペドロ・インファンテの若いころによく似ていた。つまり、かなりの男前である。それ以外の部分——人柄、社会的地位、知性——について、ノエミはあまり考えないようにしていた。狙いをつけたら一途になってしまうところのあるノエミは、最近まではウーゴ一筋だったのだが、彼のハートを射止めてしまったいまは熱が冷めかけていた。

車が彼女の家の前に着くと、ウーゴが体を擦り寄せ、手を握ってきた。

「お休みのキスをしてくれよ」

「急いでいるからダメ、とりあえず唇の名残だけで我慢して」そう言って、くわえていた煙草を彼の口に突っこんだ。

ウーゴが窓から身を乗り出し、顔をしかめて見せるのを尻目に、ノエミは家に駆けこみ中庭を突っ切ると、まっすぐ父親のオフィスに向かった。家のほかの部分と同様、オフィスはモダンなしつらえで、この家の主の最近の羽振りの良さがそのまま反映されていた。もともと金の苦労をしたことがない父親だが、化学染料を商う小さな事業を成功させ、いまでは押しも押されぬ資産家である。自分の好み——大胆な色づかいとくっきりした輪郭線——がよくわかっている彼は、それを前面に打ち出すのに臆することはない。その証拠に、オフィスに配された椅子の座面は鮮やかな赤であり、盛大に生い茂る植物が緑のシャワーを部屋の隅々まで降りそそいでいた。

オフィスのドアは開いていたので、ノエミはノックもせずに硬い床面にハイヒールを鳴り響かせながら颯爽とはいっていった。それから髪に挿した蘭の花のひとつを指先でさっと撫でつけ、大仰に溜息をもらして父親のデスクの前の椅子に腰をおろすと、小ぶりのバッグを床に放り投げた。彼女も自分の好みがはっきりしている。早々に帰宅を命じられたのが気にくわなかったのだ。

父親はただ手を一振りして見せただけで――けたたましいハイヒールの音を聞けば、娘が帰宅したことは嫌でもわかる――顔を上げようともしなかった。なにかの書類に目を通すことにすっかり心を奪われているらしい。

「トゥニョン家に電話してくるなんて、あんまりじゃないの」そう言ってノエミは、白い手袋を片方だけはずした。「ウーゴのことがそんなに気に入らないなら――」

「ウーゴは関係ない」父親は娘の言葉をさえぎった。

ノエミは眉をひそめた。はずした手袋を右手に握りこむ。「違うの？」

パーティに行かせてくれと許可を求めたときも、一緒に行く相手がウーゴ・ドゥアルテだということは内緒にしていた。父親が彼をどう思っているのかは知っていた。ウーゴがプロポーズをしようものなら、娘が一も二もなく承諾するのではと案じているのである。ノエミはウーゴと結婚する気などさらさらなかったし、両親にもそう伝えてあったのだが、父親は真に受けていなかった。

ノエミは良家の子女の例にもれず、買い物をするのは高級百貨店パラシオ・デ・イエロと決まっていたし、口紅はエリザベス・アーデンだし、二、三着持っている毛皮はどれも高級品だし、モンセラート学院――言うまでもなく私立校――の修道女たちの薫陶よろしく英語はかなり流暢にしゃべれるし、いずれは安逸な暮らしと未来の夫というワンセットの追求にせっせと時間を費やすことが求められていた。それゆえ父親にすれば、どんな娯楽も伴侶の獲得と結びついていてしかるべきもの、娯楽はただの娯楽ではなく、あくまでも未来の夫を手に入れる手段にすぎないというわけだ。父親がウーゴを気に入っていればなんの問題もないのだが、ウーゴは一介の二級建築士、望みはより高くあるべしと期待されているのである。

「ああ、それについては、いずれ話し合うことになるだろうがね」父親にそう言われ、ノエミはわけがわからなくなった。

パーティでまったりと体を揺らしているところに、トゥニョン家の使用人がノエミの肩をそっと叩き、ミスター・タボアダから電話がはいっていると告げてきたとたん、楽しい夕べがすっかり台無しになったのだった。きっと父さんはウーゴと一緒だということを嗅ぎつけたに違いない。それで彼女の腕からウーゴを引き離し、説教を垂れるつもりなのだろう、そう思いこんでいた。それが父親の目的でないなら、この異例の呼び出しはいったいなんだったのか？

「悪い報せでもあったの？」ノエミは声を高めて問いかけた。彼女は臍を曲げると、ここ何年かでせっかく身に着けた穏やかな口調も、子供じみたキンキン声になってしまうのだ。

「さて、どう言えばいいのか。これから話すことは他言無用にしてほしい。母さんにも、おまえの弟にも、友達にも言ってはならない、わかったね？」父親はそう言って、まっすぐ見つめてきた。ノエミはうなずいた。

彼は椅子に背を預けると顔の前で両の手のひらを合わせ、うなずきを返した。

「じつは数週間前、おまえのいとこのカタリーナから手紙を受け取っていてね。そこには彼女の夫のことが悪しざまに書かれていた。それで、なにがあったのかを確かめようと夫のヴァージルに手紙を出したんだ。

折り返しヴァージルから届いた手紙には、カタリーナは少し前から原因不明の錯乱状態にあったが、いまは快方に向かっているとあった。その後、彼とは何度か手紙のやりとりをして、万が一カタリーナが心を病んでいるようなら、ぜひともメキシコシティに連れ戻して医者に診せたいと伝えたんだがね。それには及ばないと言ってきた」

ノエミはもう片方の手袋をはずして、膝の上に置いた。

「これ以上言っても無駄だと思っていたんだが、奴さんの気が変わったらしく、今夜、こんなものが届いたのさ。とにかく読んでごらん」

父親はデスクの上にあった紙片を手に取り、ノエミに差し出した。それはカタリーナに会いに来てやってほしいという、ノエミに宛てた電報だった。彼らの住む町を通る列車は毎日運行されてはおらず、それでも毎月曜日には便があるので、到着時間に駅に車を差し向ける、とあった。

「というわけで、ノエミ、向こうに行ってもらいたいんだ。ヴァージルは、カタリーナがおまえに会いたがっていると言っている。こういうことは女のほうがうまく対処できるだろう。結局はなんでもなく、ただの痴話喧嘩を大げさに言いたてているだけかもしれないしね。おまえのいとこにはメロドラマのヒロインみたいなところがあるからな。ただ人の気を引きたいがための狂言という可能性もなくはない」

「痴話喧嘩だかカタリーナのメロドラマだか知らないけど、そんなことになぜわたしたちが首を突っこまなくちゃならないの？」そう問いかけながらもノエミは、父がカタリーナをメロドラマ気質と決めつけるのを不当に感じていた。カタリーナは幼いころに両親を亡くしている。そういう経験をしていれば誰だって多感にもなるだろう。

「カタリーナの手紙がかなり常軌を逸したものだったからだよ。夫が自分に毒を盛っているとか、幻覚にしょっちゅう悩まされているとか書いてきたんだ。医学は門外漢だが、せめてこっちの町で名医を探すくらいのことはしてやりたいじゃないか」

「その手紙はまだとってある？」
「ああ、これだ」
文字を読み取るのも、ましてやその内容を理解するのも骨の折れる代物だった。手書きの文字は乱れ、文章にもまとまりがなかった。

……彼が毒を呑ませようとするの。この家はなにかが腐ったみたいな嫌なにおいだらけだし、もう吐きそうだわ。ここには悪という悪が、残酷な心が満ちている。正気を保とう、邪悪なものを遠ざけようと、がんばってきたけど、もう限界なの。気がつけば時間の感覚も思考の流れも失いかけている。お願い、どうにかして。奴らは非情で残酷で、わたしをつかんで放そうとしない。ドアをどうふさいでも奴らはやって来て、夜な夜なささやきかけてくる。死にきれずにさまよい歩く死者たちが、亡霊たちが、肉体を持たぬ存在が、恐ろしくてたまらない。自分の尻尾をくわえた蛇が、足元の朽ちた地面が、偽りの顔と偽りの舌が、蜘蛛が歩くたびに震える蜘蛛の巣が、ああ怖い。わたしはカタリーナ、カタリーナ・タボアダ。カ・タ・リー・ナ。カタ、カタ。会いに来てちょうだい。ノエミに会いたいの。また会えるといいな。きっと来てね、ノエミ。あなたの助けが必要なの。自分でどうにかしたいけど、とても無理。わたしはがんじがらめ、針金みたいなものがわたしの理性を、わたしの皮膚を貫き、そして、あれがそこにいるの。壁のなかに。わたしをがっしりつかんで放そうとしない。あなたに解き放ってもらいたい。あれを切り離し、奴らを止めて。後生だから……

すぐに来て
カタリーナ

便箋の余白にも単語や数字が書きなぐられ、円がいくつも描かれていた。読む者の心をざわつかせる内容だ。

カタリーナと最後に言葉を交わしたのはいつだったか？ もう何カ月も前のこと、ひょっとすると一年近く経つのではないか。ふたりの新婚旅行先はパチューカで、そこから電話をくれたし、絵葉書も二通もらったが、その後音信はほとんどなく、こっちの家族の誕生日が来るたびにお祝いの電報が届く程度だった。クリスマスのプレゼントも届いていたから、そこにはクリスマス・カードも添えられていたはず。ひょっとしてあれはヴァージルが書いていたのか？ いずれにせよ、感情のこもらぬ文面だった。

カタリーナは新婚生活を満喫しているから手紙を出そうという気が起きないのだろう、そう誰もが思っていた。彼女の新居に電話がないことも疎遠になる一因だったが、電話が引かれていないのは田舎町ではそう珍しいことではないし、そもそもカタリーナは筆まめでなかった。いずれにせよ、ノエミも奉仕活動や学校生活で忙しくしていたから、そのうちカタリーナのほうから夫と一緒にメキシコシティに遊びに来るだろうと、深く考えもしなかった。

それにしても、いま目にしている手紙はどう考えてもカタリーナらしくなかった。カタリーナはタイプライターを好んで使っているはずだが、これは手書きだった。しかも手書きの場合、手短にすませることが多いのに、今回はだらだらととりとめがない。

「すごく妙だわ」ノエミは認めざるをえなかった。どうせ父が大げさに言っているだけ、この出来事を格好の口実にしてウーゴ・ドゥアルテとの仲に水を差す気なのだと、決めつけそうになっていたのだが、そういうことではなさそうだった。

「どう控えめに言っても絶対におかしい。それを見れば、ヴァージルに説明を求める手紙をわたしが書いた気持ちが、おまえにもわかるはずだ。それに対して、彼がすぐさまよこしたお節介呼ばわりする手紙に、わたしがすっかり面食らった理由もね」

「父さんはどんな手紙を出したの？」父が不躾な人間に思われたのではと気になって確かめた。父はもともと生真面目なほうだから、本人にその気がなくてもつい口が過ぎてしまい、相手を怒らせてしまったという気がしなくもない。

「言っておくが、誰が好き好んで自分の大事な姪っ子を、〈ラ・カスタニェーダ〉みたいな施設に——」

「そんなことを書いたの？　精神科病院に入れたいと？」

「あくまでもひとつの可能性として言及したまでだ」父親はそう返すと、片手を差し出した。ノエミはその手に手紙を戻した。「選択肢はそれだけじゃないが、そっちに知り合いが何人かいるんでね。ちゃんとした治療が必要なのかもしれないじゃないか。辺鄙な田舎町にいたんじゃ受けられない治療がね。それに残念なことだが、最善を尽くしてやれるのはわたしたちだけなんだよ」

「ヴァージルを信用していないのね」

父親は乾いた含み笑いをもらした。「いいかねノエミ、おまえのいとこがしたのは電撃結婚というやつだ、人に言わせれば思慮を欠いた結婚だよ。たしかにヴァージルが美男子だと認めるのはやぶさかでないが、信用できるかといえば、そこはなんとも言えないからな」

父がそう言うのもわからなくはなかった。カタリーナの婚約期間は外聞をはばかるほど短かったから、こちらの家族はカタリーナの未来の夫と話をする機会も満足に与えられなかった。ふたりのなれそめもノエミはよく知らないのである。とにかく出会いから数週間もしないうちにカタリーナは結婚式の招待状を出すという早業に出た。その時点まで、カタリーナに恋人がいることすらノエミは聞かされていなかった。治安判事の前で行なう誓約式の立会人のひとりに指名されることがなかったら、ノエミはカタリーナが結婚することも知らずにいたのではあるまいか。

そんな彼女の秘密主義と性急さにノエミの父親が喜ぶはずもなかった。とりあえず新婚カップルのために祝宴代わりの朝食会を開きはしたものの、父は身勝手なカタリーナに腹を立てていた。それを知っていたから、ノエミもカタリーナの音信不通を気に病まずにいた。いまのところ両者の関係は冷えきっているが、数カ月もすれば元に戻るはず、十一月になればカタリーナもクリスマスの買い物をしにメキシコシティにやって来るだろうし、そうなればわだかまりも消えるはず、そうノエミは思っていた。すべては時が解決してくれると。

「彼女は真実を語っている、彼女は夫に虐待されている、そう信じてあげるべきだわ」ノエミは言いきったところで、花婿の印象を頭に呼び出そうとした。ハンサムで礼儀正しい、心に浮かんだのはそのふたつだけ。それくらい彼とはろくに言葉を交わしていなかった。

「この手紙には、彼に毒を盛られているというだけでなく、幽霊が壁のなかをうろついているとも書かれているんだぞ。それを信じろと言うのかね？」

父は椅子を離れると窓辺に立ち、外に目をやりながら腕組みした。オフィスの窓からはノエミの母親が大事にしているブーゲンビリアの木立が一望できた。その鮮烈な花の色も、いまは闇に包まれている。

「カタリーナは体調を崩している、わかるのはそれだけだ。それと、万が一あのふたりが離婚するようなことになれば、ヴァージルが一文無しになることも目に見えている。ふたりが結婚したとき、向こうの家の資産が底をついていたのは言わずと知れたこと。だがふたりが夫婦でありつづける限り、奴は妻の銀行口座を好き勝手にできるんだ。つまりカタリーナを手元に置いておくのが奴にとってはなにかと好都合なんだろうよ、たとえ彼女を都会に戻し、こっちの家族と暮らさせるのがいちばんだとわかっていてもね」

「彼がそこまで欲得ずくだと言いたいの？　妻の健康よりお金のほうが大事だと？」

「わたしは彼をよく知らないからな、ノエミ。おまえだってそうじゃないか。そこが問題なんだ。奴はわたしたちとは住む世界が違う人間だ。ちゃんとした治療を受けさせている、快方に向かっているとロでは言っているが、ひょっとしたらカタリーナは、いままさにベッドに縛りつけられ、お粥しか与えられていないのかもしれないんだぞ」

「メロドラマのヒロインみたいに？」ノエミは蘭のコサージュに手をやりながら溜息をもらした。

「病人がどういうものかは百も承知だよ。わたしの母さんも脳卒中を起こしてから何年もベッドに寝たきりだったからね。それに付随する諸々を家族だけでうまくさばけるとは限らない」

「だったらわたしにどうしろというの？」彼女は膝に両手をそろえ、居ずまいを正した。

「様子を見てきてほしいんだ。彼女をこっちに移すべきだと判断したら、そうするのが最善の策だと彼を説得してほしい」

「そんなこと、わたしにできると思っているの？」

父親の顔にしたり顔の笑みが浮かんだ。この笑みも知的な黒い瞳も、ノエミにそっくり受け継がれているものだった。「おまえは移り気だ。なにをするにしても腰が落ち着かない。歴史を学びたいと言ったかと思えば、そのうち演劇に熱中しだし、いまは人類学に夢中になっている。スポーツだってひととおり手を出しておきながら、どれも長続きしなかった。デートも二回したらそれっきり、あとは相手に電話を返そうともしないじゃないか」

「そんなこと、わたしの質問と関係ないでしょ」

「まあ聞きなさい。おまえは移り気だが、間違ったことにはとことん抵抗するだけの気骨がある。いいかね、その気骨と気概をだね、そろそろこのへんで有意義なことに使ってみてはどうかと言いたいんだ。ピアノの稽古をのぞけば、おまえはこれまでなにひとつ真剣に取り組んだことがないんだからな」

「英語のレッスンだって続けているわ」ノエミは言い返したが、それ以上の抗弁はやめにした。たしかに言い寄ってくる男たちとつきあっては別れるといったことを定期的に繰り返してきたし、日に四度も服を着替えることがあるのも否定できなかった。

それはそうだけど、まだ二十二歳だというのに、なにをするにも覚悟を決めてかかれというのはあんまりだわ。そうノエミは思った。だが、それを言ったところで父には通用しないだろう。父は十九歳で家業を継いでいた。父の基準に照らせば、ノエミは人生の波に乗り遅れた劣等生というわけである。父親の厳しい視線にさらされながら、彼女は溜息をもらした。「わかったわ、何週間かしたら向こうに――」

「今度の月曜日に行ってくれ、ノエミ。そのためにパーティを早く切り上げさせたんだ。月曜の朝、エル・トリウンフォ行きの一番列車に乗るには、あれこれ準備も必要だろう」

「でも、リサイタルがもうじきあるし」彼女は言い返した。

それがつまらぬ言い訳なのは双方ともわかっていた。ピアノのレッスンは七歳から続けていて、年に二回、ささやかなリサイタルで演奏してきた。良家の子女が楽器を習うのは、ノエミの母親の時代には必須の教養とみなされていたが、いまはそういうこともなくなった。それでもノエミの属する社交界では、ちょっとした上品な趣味のひとつとして楽器を習うのが流行(はや)っている。それにノエミはピアノが好きだった。

「リサイタルか。それがどうこうというより、ウーゴ・ドゥアルテを引っぱっていく計画がすでにできているんだろう。奴をほかの娘に取られたくないし、ドレスを新調するせっかくのチャンスも逃したくないんだろうよ。困ったものだ、こっちのほうがずっと大事なことなのに」

「言っときますけど、ドレスは新調なんかしませんからね。グレタのところのカクテルパーティに着ていったスカートで間に合わせるつもりだもの」たしかにウーゴをリサイタルに誘うつもりでいたから、そこは図星だった。「正直な話、いちばんの気がかりはリサイタルじゃない。もうじき講義だって始まるし、そんなに急に出かけるわけにはいかないわ。落第しちゃうもの」彼女はなおも言いつのった。

「だったら落第すればいいじゃないか。再履修すれば問題ない」

こうした能天気な発言に抗議しかけたそのとき、父親がくるりと振り返ってノエミを見つめた。

「そういえばノエミ、国立自治大学のことをしきりに口にしていたね。その気があるなら、入学を認めてやってもいいんだぞ」

ノエミの両親はメキシコ女子大学への進学だけは認めてくれたものの、卒業後もさらに学業を続けたいと打ち明けたときには難色を示したのだった。修士課程に進んでもっと人類学を学びたかった。それにはメキシコ国立自治大に行く必要があった。父親は、そんなことは時間の無駄、良家の子女たちの頭に愚かでみだらな考えを吹きこもうと、玄関先に足しげく通ってくる若者たちと釣り合いが取れなくなると思っているのだ。

ノエミの母親も娘の進歩的な生き方にやはりいい顔をしなかった。若い娘は社交界にデビューしたらじきに家庭におさまるという単純な人生を歩むものだと考えているのだ。さらに学問を積むということはその流れを停滞させることであり、繭に包まれた蛹で終わることを意味した。この進学問題をめぐって両親との衝突を数回繰り返したあと、母親は巧妙にも厳命を下す役目を父親に押しつけてしまい、押しつけられた父親は、結論を今日までぐずぐずと引き延ばしていたのだった。

それゆえ父親の言葉は意表を衝く、予期せぬものだった。「本気で言っているの？」ノエミはおずおずと問いかけた。

「ああ。これは由々しき問題だ。離婚のことを新聞に書き立てられるのは不本意だが、かといって家族を食い物にされるのを黙って見ているわけにはいかないからな。いや、いま話しているのはカタリーナのことだぞ」父親はここで口調を和らげた。「あの子はあの子なりに、苦労しているんだ、ほっとさせてくれる顔を見たいに違いない。なんだかんだ言っても結局は、それがいまの彼女に必要なことなんだ」

カタリーナはこれまでの人生で何度も辛い目に遭ってきた。まずは父親に死なれ、母親が再婚し、継父にさんざん泣かされた。その数年後には母親も他界してしまい、カタリーナはノエミの家に引き取られた。そのころにはすでに継父は家を出てしまっていた。たとえタボアダ家の温情に守られてはいても、両親の死は彼女の心に暗い影を落とした。その後、年頃になった彼女は破談を経験し、これがもとで懊悩し、心に深い傷も負っていた。

そこにかなりのぼせあがった若者がカタリーナの前に現われた。何カ月もしつこく彼女を追い回し、彼女のほうも憎からず思っていたようだった。ところが、ノエミの父親はその男が気に入らず、追い払ってしまったのだ。実らずに終わったこの恋によって、カタリーナは教訓を得たのだろう、ヴァージル・ドイルとの交際は用心に用心を重ねて極秘裡に進められた。あるいはひょっとすると、狡猾さでは一枚上手のヴァージルが結婚を阻止できなくなるぎりぎりまで、ふたりのことは秘密にするようカタリーナを説き伏せていたのかもしれない。

「しばらくそっちに滞在させてもらうつもりだと、知らせておいたほうがいいわね」ノエミは言った。

「そうだな。おまえが会いに行くことになったと、わたしからヴァージルに電報で伝えておこう。慎重かつ明敏な判断力、こっちにいま必要なのはそれだけだ。なにしろ相手はカタリーナの夫だし、彼女になり代わって決定を下す権利を持っているからな。だが、彼が無責任な態度に出るなら、こっちも手をこまねいているわけにはいかない」

「大学の件は、一筆書いておいてちょうだいね」

父親は再びデスクに向かった。「信用ないんだな。ほら、髪に挿している花をさっさとはずして荷造りを始めなさい。なにを着ていこうか決めるのにたっぷり時間がかかるだろうことはお見通しだよ。それはそうと、それはなんの仮装かね？」父親が尋ねた。彼女のドレスの大胆なデザインも、露わな肩もお気に召さないのだろう。

「春をイメージした衣装よ」

「向こうは寒いぞ。その手のものを着てうろつくつもりなら、セーターを持っていったほうがいいな」彼はそっけなく言った。

普段なら気の利いた言葉でやり返すところだが、ノエミは珍しく黙りこんでいた。冒険的な企てを引き受けはしたものの、考えてみれば、これから行こうとしている場所のことも、会うことになる人々についても、ほとんどなにも知らないのだ。今回はクルーズの旅でも物見遊山でもない。だが、すぐに自分に言い聞かせた。父さんがこの自分を見こんで任せてくれた以上、しっかり使命を果たしてこよう。このわたしが移り気ですって？　へへんだ。父さんには期待どおりの働きをして見せてやろう。晴れて成功した暁には――失敗することなど端から頭になかった――おそらく父も認めてくれるだろう、うちの娘は進学させるだけの価値がある立派な大人の女性だと。

2

ノエミが幼いころにお伽噺を読み聞かせてくれたのはカタリーナだった。ヘンゼルとグレーテルがパンくずを落としていったり、赤ずきんちゃんが狼に出くわしたりする場所として、カタリーナはよく〝森〟という言葉を口にした。都会育ちのノエミが、森が現実世界に存在し、地図にも載っていると知ったのは、だいぶあとになってからのことだった。家族旅行でベラクルス州にある祖母の家に行ったときも、その海辺の町には高くそびえる木々などどこにも生えていなかった。もっと大きくなってからも、ノエミが思い浮かべる森といえば絵本のなかで目にした、木炭色の輪郭線のなかに鮮やかな色が弾け跳ぶ、子供が描いたような絵でありつづけた。

そのようなわけで、自分がいままさに森のなかに分け入ったことを実感するまでにしばらく時間がかかった。というのもエル・トリウンフォの町はまだ遥か先、色とりどりの野の花が一面に咲き乱れ、松やブナが鬱蒼と生い茂る険しい山の斜面にちょこんと乗っていたからだ。羊が群れをなして歩きまわり、山羊が切り立った岩壁を果敢に伝い歩いていた。かつてこの地に富をもたらしたのは銀山だが、こういう動物から得た獣脂が坑内を照らす手段として一役買っていたのだろう、かなりの数を見かけた。なんとも愛らしい光景だった。

ところが列車がさらに高度を上げ、エル・トリウンフォに近づくにつれて牧歌的な風景に変化が現われだすと、ノエミは森の概念を修正せねばならなくなった。深くえぐれた峡谷とごつごつした尾根が間近に迫ってきた。うっとりするようなせせらぎは、いつしか力強い奔流（ほんりゅう）に姿を変えた。この流れに巻きこまれたら最後、命の保証はないだろう。山裾（やますそ）では農民たちが果樹やアルファルファの畑を手入れしていたが、ここまで登ってくるとそうした作物はもはや見当たらず、山羊たちが岩場を上へ下へと跳び移るだけ。この土地では富は闇のなかに眠っているだけで、実のなる木々が芽吹くことはないのだ。

　空気が薄くなっていくなか、列車はあえぐように山を登りつづけ、ようやくとぎれとぎれに息を吐きながら停車した。

　ノエミはスーツケースの持ち手に手をかけた。たずさえてきたスーツケースはふたつ。いちばんお気に入りのトランクも持ってきたかったのだが、三個は手に余ると判断して諦（あきら）めたのだった。そんな妥協をしてもなお、スーツケースはどちらもかさばったし重かった。

　駅舎に賑（にぎ）わいはなく、まるで駅らしくなかった。四角い箱みたいな建物がぽつんとあるだけで、切符売り場の向こうで居眠りを決めこむ女がひとりいるきりだった。駅前を駆けまわって鬼ごっこをしている三人の男の子がいたので、お駄賃をあげるからスーツケースを運ぶのを手伝ってと声をかけると、三人は嬉々（きき）として引き受けた。どの子も栄養不良といったふうだった。鉱山が閉鎖になって以降、収入源といったら山羊くらいしかないいま、この町の住人はどうやって暮らしを立てているのだろうかとノエミは気になった。

　山の寒さは覚悟していた。けれどもこの日の午後、うっすらと漂う霧に出迎えられるとは思ってもみなかった。霧を物珍しげに眺めながら、黄色い羽根飾りのついた青緑色の縁（ふち）なし帽の位置を直すと、ノエミは通りのほうを透かし見るようにして迎えの車を探した。見逃しようがなかった。駅前に駐まっているのは一台きり、それも二、三十年前の無声映画時代の小粋な映画スターが乗っていただろうような途方もなく大きな車である——ノエミの父親も若いころは、財力をひけらかすようにこんな車に乗っていたのではあるまいか。

だが、いま目にしている車は旧式だし汚れているし、塗装が必要な代物だった。いまどきの映画スターが乗るような車ではさらさらなく、なにかの手違いで埃を払い落とされ、道路に引っぱり出されてしまった過去の遺物といったふうだった。

運転手はこの車がいかにも似合いそうな老人に違いない、そんな想像をめぐらせたが、運転席からおりてきたのはコーデュロイの上着姿の、自分とさして歳の違わない若者だった。金髪に白い肌——ここまで抜けるように白い肌をした人を目にするのははじめてだった。なんともびっくり、この人は太陽の光を浴びたことがあるのだろうか？——眼差しは心もとなげで、唇を微笑とも会釈ともつかない形に引き結んでいる。

ノエミは荷物運びの駄賃を子供たちに渡すと、前に進み出て片手を差し出した。

「わたしはノエミ・タボアダ。ミスター・ドイルのお使いの方ね？」

「ええ、ハワード伯父の言いつけで」彼はそう言うと、力のこもらぬ握手を返した。「おれはフランシス。列車は快適だった？　荷物はこれで全部かな、ミス・タボアダ？　それ、預かろうか？」彼は矢継ぎ早に問いを投げかけた。すべてを断定でなく、疑問符で終わらせるのをよしとしているようだった。

「ノエミでいいわ。ミス・タボアダじゃ肩が凝っちゃうもの。荷物はこれだけよ、ええ、運んでくださると助かるわ」

彼はふたつのスーツケースを持ち上げてトランクにおさめると、車を回りこんでノエミのためにドアを開けた。窓外にひろがる町並みは、曲がりくねった道が縦横に走り、窓辺に花の鉢植えを並べたカラフルな家々には頑丈そうな木のドアと長い階段があり、教会も建っているといった具合に、ガイドブックなら〝古風な趣〟とでも表現したくなりそうな、ありふれた日常風景で構成されていた。

とはいえ、エル・トリウンフォがガイドブックに登場することはまずないだろう。衰退した土地特有の無気力な空気が漂っているのである。なるほど家並みはカラフルだが、たいていの家の壁のペンキは剝げかけているし、摩耗したドアもそこここで見かけたし、鉢植えの花はしおれかけているし、活気らしきものはほとんどないに等しかった。

それもこの国ではさほど珍しいことではなかった。スペイン植民地時代に銀や金で繁栄を極めた鉱山町の多くは、独立戦争の勃発を機に操業の停止を余儀なくされた。その後、ポルフィリオ・ディアスが大統領になって政情が安定すると、イギリスやフランスの資本家が招致され、彼らのポケットは鉱山資源の富で膨れ上がった。ところがやがて革命が起こり、この第二次採掘ブームも終わりを迎えてしまった。そんな運命に翻弄された村落はエル・トリウンフォだけに限らない。それらの町では財源と人材が豊富だった時代に建てられた立派な教会がまま見受けられるはずだ。坑内の富を二度とあふれ出させることが叶わなくなったそんな土地は、国内にいくらもあった。

多くの者たちはとうの昔に見切りをつけてこの町を離れてしまったが、ドイル家はこの地に留まった。おそらく土地への愛着が生まれたからだろうと思ってはみたものの、ノエミ自身がこの地に感銘を受けることはなかった。なにしろどこを向いても断崖だらけの剣呑な眺めしかないのである。子供のころに読んだ物語に出てくる山とはまるで違った。本のなかでは木々が美しい姿を見せ、道端には花々が咲き乱れていた。ところがここは、カタリーナがいつか住んでみたいと言っていた魅力あふれる世界とは似ても似つかぬものだった。駅で待ち受けていた古くさい車同様、この町は過去の栄光の残滓(ざんし)にしがみついているといった印象でしかなかった。

フランシスの運転する車が急坂の隘路(あいろ)を進み、さらに山の奥へと向かうにつれて気温はぐんと下がり、霧も濃くなっていった。ノエミは両手をこすり合わせた。

「かなり遠いの？」彼女は問いかけた。

フランシスはまたしても心もとない表情を浮かべた。「それほどでもないかな」検討すべき課題を慎重に討議しているとでもいうように、ゆっくりとした口調で返した。「道が悪くてね、でなけりゃ、もっと速く走れるんだけど。以前は、といってもかなり前のことだけど、鉱山が操業していたころは、このあたりの道はどこもきちんと整備されていたんだ、〈山頂御殿(ハイ・プレイス)〉近くまでずっと」

「ハイ・プレイス？」

「土地の人たちはそう呼んでいる。おれたち家族の住まいの名前だよ。裏手には英国式墓地もあるんだ」

「本格的な英国式？」彼女は笑みを浮かべて言った。

「ああ」そう言うと、彼はハンドルを握る手に力をこめた。あの脱力した握手からは想像もつかない握り方だった。

「そうなんだ」彼女は先をうながすように返した。

「見ればわかるよ。どこもかしこも英国風。ふむ、ささやかなる英国の再現、ハワード伯父が望んだのはまさにそれだ。ヨーロッパの土までこっちに運び入れたくらいだからね」

「望郷の念がよほど強いということ？」

「たぶんね。先に言っとくと、ハイ・プレイスではスペイン語は使わないんだ。大叔父はスペイン語をいっさい解さないんでね。ヴァージルは片言しかしゃべれないし、おれのお袋なんか、文章ひとつまともに組み立てようとしない。ところで、あんた……英語は？」

「六歳から毎日レッスンを欠かしたことないわ」ここでノエミはスペイン語から英語に切り替えた。「わたしが苦労することはなさそうね」

木と木の間隔がさらに狭まり、覆いかぶさる枝であたりが暗くなった。自然界は苦手だった。本物の自然はなおさらだ。かろうじて森と呼べそうな場所に最後に行ったのは、メキシコシティにあるエル・デシエルト・デ・ロス・レオネス国立公園だし、そこで弟や友人と一緒にやったことといったら、乗馬と、空き缶を的にした射撃くらいだった。あれは二年前、いや、三年前だったか。あそことは比べものにならないほど、ここの自然はもっとずっと猛々しい。

気がつけば、そびえ立つ木々の高さや切り立つ崖の深さを、おっかなびっくり確かめている自分がいた。どちらも桁はずれのスケールだ。霧が濃くなり、身がすくんだ。車がちょっとでも道を逸れようものなら谷底へまっさかさま、それを思うと身の毛がよだった。どれくらいの数の鉱山作業員が、銀の鉱床を夢中で探っているうちにここから転落しただろう？　山は鉱石という富をもたらしもすれば、あっけない死ももたらす。だが、フランシスの運転は危なげがなかった。ただし言葉は詰まりがちだった。概してノエミはシャイな男に魅かれることはない――むしろいらいらさせられた――だが、そんなことはどうでもよかった。べつに彼や彼の家族に会いに来たわけではないのだから。

「ところであなたは何者？」車が渓谷に突っこんでいくとか、木に激突するとかいった不吉な想像を頭から追いやって尋ねた。

「フランシスだけど」

「それはそうだろうけど、ヴァージルのいとこ？　行方知れずだった彼の叔父さん？　あるいはわたしにはまだ知らされていない、一族のもてあまし者？」

ノエミは得意とするおどけた調子で畳みかけた。カクテルパーティでよく使う手だ。これでたいていは相手の心を開かせることができた。案の定、彼はちょっと笑みを浮かべると、こう応えた。

「ヴァージルのいとこの子供だよ。ヴァージルとおれのお袋がいとこ同士。ヴァージルはおれより歳が上だし」

「そういうのっていつも頭がこんがらがっちゃうのよね。いとこ、はとこ、いとこの子。そんなこと、誰がいちいち気にするわけ？　わたしのバースデーパーティに親戚の人が集まったときなんか、いつも思うの、この人たちはみんな親戚なんだし、いちいち家系図を引っぱり出すまでもないって」

「たしかにものごとを単純化できそうだ」彼が言った。このとき彼が浮かべた笑みは本物だった。

「あなたは心優しいいとこ？　小さいころは男のいとこたちが大の苦手だったわ。いつだってわたしの頭をぐいっと押して、バースデーケーキに顔を突っこませるんだもの、おかげでこっちはケーキをまるごと全部、モルディーダする羽目になっちゃうの」

「モルディーダ？」

「ああ、それね。メキシコにはケーキを切り分ける前にお誕生日の子がモルディーダする、つまり〝先に一口かじる〟という風習があるの。ところがわんぱく小僧が後ろから押して、わたしの顔をケーキに突っこませるってわけ。ハイ・プレイスではそういう意地悪には遭わなかったようね」

「パーティなんて、ハイ・プレイスじゃめったにないからな」

「その名に違わぬ場所のようだわね」彼女が感慨をこめてそう口にしたのは、標高がぐんぐん上がりつづけていたからだ。この道に果てはあるのだろうか？　車のタイヤが地面に落ちた木の枝を次々に踏みしだいていく。

「ああ」

「名前がついている家なんてはじめてだわ。いまどきそんなことをする人なんているのかしらね？」

「うちは古風だから」彼がぼそりと言った。

　ノエミは訝しげに若者を見やった。ノエミの母親なら、この人は鉄分が足りていないからいい肉を食べさせなくっちゃ、とか言いそうだ。その細い指を見ても露のしずくと蜂蜜で生命を維持しているとしか思えず、声にしてもともすれば蚊の鳴くような小声になった。ヴァージルはこの若者よりずっとがっしりした体型で、もっと存在感があったと記憶している。歳も上だと、フランシスは言っていた。たしかヴァージルは三十過ぎのはず、ノエミは正確な年齢を失念していた。

　車体の底が岩だか路面の出っ張りだかにぶつかった。ノエミはぎゃっと苛立ちまじりの悲鳴をあげた。

「ごめん」とフランシス。

「あなたのせいじゃないわよ。いつもこんなふうなの？」彼女は訊いた。「なんだかミルクを満たしたボウルのなかをドライブしている気分だわ」

「どうってことないさ」彼がくすりと笑った。よしよし。とりあえず緊張はほぐれはじめているらしい。

　すると、だしぬけに視界が開け、館が両手を広げて出迎えているかのように、霧のなかからぬっと姿を現わした。なんとも異様！　破損が目立つ柿葺きの屋根、そこここにほどこされた凝った意匠、汚れた張出し窓。ヴィクトリア朝期の建築様式にとことんこだわった屋敷である。こういうものを実際に目にするのははじめてだった。ノエミが家族と暮らすモダンな家とも、友人たちのアパートメントとも、赤い火山岩の外壁をめぐらしたコロニアル様式の家ともまるで違った。

家全体が物言わぬ巨大なガーゴイルのように眼前に迫ってきた。ここまでくたびれ果てた風情でなければ、凶事の前触れをそこに見てとっていたのではあるまいか。幽霊や物の怪といった禍々しいイメージを想起していただろう。鎧戸の羽根板がところどころ欠け落ちていて、玄関ドアに続く踏み段に足をかけると黒檀仕様のポーチがみしりと鳴った。そしてたどり着いたドアには、人間の拳をかたどった銀のノッカーが輪に通してぶら下がっていた。

まるで蛇の抜け殻だわ。ノエミは心のなかでつぶやいた。蛇を思い浮かべたとたん、意識は子供時代に連れ戻された。自宅の中庭で遊んでいて、並んでいる植木鉢をどけると、何匹ものダンゴムシがどこかに身を隠そうとして慌てふためいていたこと。あるいは、母さんの警告を無視して蟻の群れに角砂糖をやったこと。ブーゲンビリアの木陰でまどろむトラ猫が、子供たちに執拗に撫でまわされるがままになっていたこと。この家には猫も、朝に餌を与えれば籠のなかで陽気にさえずるカナリアも、まずもって飼われていそうになかった。

フランシスは鍵を取り出し、重いドアを開けた。玄関ホールに足を踏み入れる。すぐさま目に飛びこんできたのはマホガニーとオークの大階段と、二階の踊り場のステンドグラスの円窓だった。これが色褪せた緑色のカーペットに赤と青と黄の光を投げかけていた。森や川に住むという半神半人のニンフの彫像が——ひとつは階段下の親柱のかたわらに、もうひとつは円窓の横に——無言の歩哨のようにたたずんでいた。玄関ホール近くの壁にはかつて絵だか鏡だかが掛かっていたのだろう、壁紙に浮かぶその楕円の跡が、犯行現場にぽつんと残された指紋を思わせた。頭上には九灯式のシャンデリアが下がり、それを飾る水晶は歳月を経て輝きを失っていた。

ひとりの女が左手を手すりに滑らせながら階段をおりてきた。髪に銀色のものが交じってはいるが、ぴんと伸びた背筋と敏捷な足どりは高齢者のそれではなかった。とはいえ灰色の地味なワンピースと険しい眼差しには、体型にはまだ刻まれていない数年分の加齢を感じさせるものがあった。

「母さん、ノエミ・タボアダさんがお見えになったよ」フランシスはそう告げると、ノエミのスーツケースを両手にさげて階段をのぼりはじめた。

ノエミもそれに続き、笑みを浮かべて女に握手を求めたが、相手は一週間も放置された魚を差し出されでもしたように、ノエミの手をただ見つめ、そのままくるりと踵を返して階段をのぼりはじめた。

「お会いできて光栄です」女は背を向けたままノエミに言った。「フローレンスと申します、ミスター・ドイルの姪です」

ノエミは見下されたような気分になったが、不快をぐっとこらえ、フローレンスの隣にすっと並ぶと、歩調を合わせて足を運んだ。

「お世話になります」

「ハイ・プレイスはわたくしが取り仕切っています。ですので、ご用の向きはわたくしにおっしゃってください。ここには独自のしきたりがあります。ですので、こちらのルールに従っていただかないとなりません」

「どんなルールですか？」

ステンドグラスの円窓の前にさしかかったとき、それが鮮やかな一輪の花を様式化したデザインだと気がついた。花びらの青を出しているのは酸化コバルト。ノエミはそういうことに通じていた。家業が父いうところの〝染料ビジネス〟なので、化学分野の知識はそれこそ無尽蔵に持ち合わせていた。商売にはほとんどそっぽを向いているつもりでも、うるさくつきまとう歌のように頭にこびりついているのだ。

「なによりも知っておいていただきたいのは、手前どもは沈黙とプライバシーを重んじる一族だということです」フローレンスが続けた。「わたくしの伯父ミスター・ハワード・ドイルはかなりの高齢で、ほとんどの時間を自室で過ごしています。ですので、邪魔をしてはなりません。第二に、あなたのいとこのお世話はわたくしが担当しています。彼女にはたっぷり休養をとってもらう必要があります。ですので、これに関しても不要の干渉は控えていただきたいのです。また、無断外出もなりません。迷子になりかねませんし、このあたりは深い谷だらけなので」

「ほかには？」

「わたくしたちはめったに町に参りません。あちらに用があるときはわたくしに声をかけてください、チャールズに車で送らせます」

「チャールズというのは？」

「手前どもの使用人のひとりです。使用人も以前よりだいぶ減ってしまい、いまは三人きりです。この家に仕えてかなりの年数になる者たちです」

　カーペット敷きの廊下を進んだ。左右の壁には楕円形と長方形の額におさまる油彩の肖像画が掛かり、これが装飾の役目を果たしていた。ボンネットと重厚なドレスで着飾った女たち、山高帽と手袋で正装し気難しい表情を浮かべる男たち。遠い過去に他界したドイル家の面々が、時の彼方からノエミを見つめてきた。我こそは一族の誉(ほまれ)とでも言いだしそうな人たちだ。フランシスとその母親と同様、どの人も肌が抜けるように白く、金髪だった。顔立ちにしても、どの顔にも別の顔の特徴が溶けこんでいるといったふうで、じっくり眺めたところで見分けがつきそうになかった。

「ここがあなたのお部屋です」美しい水晶のノブがついたドアの前まで来たところで、フローレンスが言った。「先に申し上げておきますが、この家は禁煙です。あの忌(い)まわしい悪癖をお持ちなら、ですが」フローレンスはそう言い添えながら、そこに煙草がはいっているのはお見通しだとばかり、ノノエミの洒落たハンドバッグに目をやった。

悪癖ときましたか。そう思ったとたん、ノエミの教育にたずさわった修道女たちのことが脳裡によみがえった。ロザリオの祈りをつぶやく陰で、ノエミは反抗という名の知恵も習得していた。

あてがわれた寝室に足を踏み入れ、古めかしい四柱式寝台をしげしげと眺める。どことなくゴシック小説に出てきそうな代物だった。カーテンでぐるりと囲ってしまえば、世界から隔絶された繭に閉じこもる気分を味わえそうだ。フランシスがスーツケースを細長い窓のそばに置いた――この窓ガラスは無色透明。豪奢なステンドグラスは私的空間には無用ということか――一方、フローレンスは予備の毛布がしまってある衣装簞笥を指さした。

「ここは山のだいぶ上にあたります。ですので、かなり冷えこみます」彼女が言った。「セーターをお持ちならいいのですが」

「レボソ（スペイン風のショール）を持ってきています」

女はベッドの裾に置かれた蓋つきの収納箱を開けると、数本の蠟燭と、ノエミがこれまで目にしたなかでもとびきり悪趣味な枝つき燭台をひとつ取り出した。純銀製で、智天使が燭台を支えている。女はチェストの蓋を閉じ、取り出したものをその上に置いた。

「電気の照明は一九〇九年に完備されましたの。革命の直前にね。とはいえ、その後四十年ほど、補修をほとんどしていません。発電機はありますが、冷蔵庫と電球を数個まかなえる程度の発電量でしてね。屋敷内すべての照明をつけるにはとても足りません。そういうわけで蠟燭とオイルランプが頼みの綱ですの」

「オイルランプなんてわたしに扱えるかしら」ノエミはくすりと笑って言った。「本格的なキャンプなんてしたことないし」

「基本的な原理は馬鹿でも扱えます」フローレンスはそう言うと、さらに話しつづけ、ノエミに言い返す隙を与えなかった。「ボイラーはたまに臍を曲げてしまいます。とはいえ、あまり熱いお湯は若い方には毒ですからね。ぬるめのお湯につかるのがいちばんです。この部屋に暖炉はありませんが、下に行けば大きな暖炉がございます。なにか言い忘れたことがあるかしら、フランシス？　ないわね、結構」

女は自分の息子に目を向けはしたものの、返事を待つでもなかった。この人がそばにいたら、たいていの人は一言も口をはさめそうにないわね、とノエミは心のなかでつぶやいた。

「カタリーナに会わせてください」ノエミは言った。

フローレンスは、これで話は済んだとばかり、すでにドアのノブに手をかけていた。

「今日、ですか？」

「ええ」

「もうじきお薬の時間です。服用後はそう長く起きていられませんしね」

「せめて数分だけでも」

「母さん、遠路はるばるいらしたんだし」フランシスが割ってはいった。

フランシスの口出しに虚を衝かれたのか、フローレンスは息子に片眉を上げて見せると両手を握り合わせた。

「まったくもう、都会暮らしの方は時間の感覚が違うようですね、せわしないというかなんというか」彼女が言った。「なんとしてもすぐにお会いになるとおっしゃるなら、一緒にいらしてください。フランシス、今夜の夕食はわたくしたちとご一緒なさるのかどうか、ハワード伯父様にうかがってきてちょうだい。抜打ちは避けたいですからね」

フローレンスは先に立って長い廊下を進み、四柱式寝台と三面鏡のついた華麗な化粧台、一小隊をまるごと収容できそうなほど大きい衣装簞笥のある部屋にノエミを招じ入れた。ここの壁紙は淡いブルーを基調にした花柄だった。壁に飾られているのは小ぶりの風景画が数枚、どれも断崖のある海辺の風景や人気(ひとけ)のない浜辺を描いたものばかりで、この国の風景は一枚もなかった。ここに並んでいるのは油絵具と銀の額縁に封じこめられた英国——その可能性は高そうだ。

カタリーナは窓辺に置かれた椅子にすわっていた。ひたすら外に目を向けたまま、ふたりが部屋にはいってきても身じろぎひとつしなかった。赤褐色(せっかっしょく)の髪はうなじでひとつにまとめられている。病魔に苦しむ赤の他人を見舞うくらいのつもりで気を張っていたノエミだったが、カタリーナはメキシコシティで暮らしていたころとさして変わらぬ様子である。おそらくこの部屋の装飾が彼女の夢見がちな気質を強めたのだろう。変化と呼べるのはその程度だった。

「五分したらお薬の時間ですので」フローレンスが腕時計を確かめながら言った。

「じゃあその五分はわたしがいただくわ」

フローレンスは憮然(ぶぜん)とした様子で部屋を出ていった。ノエミはいとこのほうに歩み寄った。カタリーナはノエミをちらとも見ようとしなかった。奇妙なほど固まっている。

「カタリーナ？　わたしよ、ノエミが会いに来たわ」

ノエミがいとこの肩にそっと手を置くと、ようやくカタリーナはノエミのほうに目を向けた。その顔にゆっくりと笑みが広がる。

「ノエミ、来てくれたのね」

ノエミはうなずきながら彼女の前に立った。「そうよ、父さんに、様子を見てきてほしいと頼まれたの。気分はどう？　なにがあったの？」

「ひどい気分よ。熱が出たの。結核にかかってしまったけど、だいぶよくなったわ」

「手紙をくれたでしょ、憶えている？　なんだか妙なことを書いてきたわよね」

「なにを書いたのかよく憶えていないの」カタリーナは言った。「なにしろひどい熱に浮かされていたから」

カタリーナはノエミの五歳上だ。たいした開きではないが、子供のころその違いは大きかった。カタリーナは母親みたいな存在だった。工作をしたり、紙の人形のドレスをこしらえたり、映画館に行ったり、彼女が紡ぎ出すお伽噺にうっとりと聞き入ったりといった具合に、昼下がりの多くの時間をカタリーナと一緒に過ごしたことをノエミはいまもよく憶えていた。だから、あれほどみんなから頼りにされていたしっかり者のカタリーナが、こんなふうに魂が抜けたようになり、他人に世話されている姿を目にすると、落ち着かない気分にさせられた。ノエミにはとても受け容れがたいことだった。

「あの手紙をもらって、父さんはものすごく動揺しているわ」ノエミは言った。

「本当にごめんなさい。あんなもの書くんじゃなかったわ。あなただってやらなくちゃならないことがいっぱいあるのにね。友達づきあいとか、授業とかで忙しいのに、わたしがあんな馬鹿げたものを書いたばっかりに、ここに来る羽目になったんですものね」

「そんなことは気にしなくていいの。会いに来たかったんだから。ずいぶん長いこと会っていなかったわよね。正直な話、そのうちあなたのほうから会いに来るだろうって思っていたものだから」

「そうよね」カタリーナが言った。「ええ、わたしもそのつもりだった。でも、この家から出るのは不可能なの」

カタリーナの顔が憂いに沈んだ。その眼差しが、澱んだ水を湛えたような薄茶色の目が、さらに虚ろになり、なにか言おうとするように口を開けるのだが、言葉は出てこなかった。それから大きく息を吸いこみ、そのまま息を止め、顔をそむけて咳きこんだ。

「カタリーナ？」

「お薬の時間です」ガラス瓶とスプーンを手にしたフローレンスがきびきびとした足取りで部屋にはいってきた。「さあ、これを」

カタリーナが言われるままに薬の注がれたスプーンを口に含むと、フローレンスは手を添えてカタリーナをベッドに寝かせ、上掛けを顎の位置まで引き上げた。

「では参りましょう」フローレンスがノエミをうながした。「彼女には静養が必要です。明日になればまたおしゃべりできますよ」

カタリーナがこくんとうなずいた。フローレンスはノエミを部屋に送り届ける途中で、屋敷内の間取りを――キッチンはこっち、図書室はあっちという具合に――ざっと説明し、夕食の始まる七時に呼びにくると告げた。ノエミは荷物を解いて、衣類を衣装簞笥にしまうと、気分をさっぱりさせようと浴室に向かった。そこには旧式の浴槽と備品キャビネットがあり、天井のそこここにカビらしきものが浮いていた。浴槽の周りのタイルは多くに罅がはいっていたが、三本脚のスツールには洗いたてのタオルが積まれていて、フックに掛かるバスローブも清潔そうだった。

壁のスイッチを試してみたが、浴室の電球に明かりはともらなかった。部屋に戻って調べてみるとコンセントがひとつ見つかったが、電球のついた照明器具はどこにも見当たらない。フローレンスが蠟燭とオイルランプが頼みの綱だと言ったのは、あながち冗談でもないらしい。

ノエミはハンドバッグをがさごそやって煙草を取り出した。ナイトテーブルの上にあった、半裸のキューピッドが描かれたカップを灰皿の代用にした。二、三回煙を吐き出したところで、フローレンスにおいを咎められるのを気にして窓辺に向かう。しかし窓はびくともしなかった。

彼女はその場にたたずみ、窓外にたちこめる霧に目を凝らした。

3

七時きっかり、フローレンスが足元を照らすためのオイルランプを手に、ノエミの部屋にやって来た。ふたりは階段をおりてダイニングルームに向かった。ダイニングルームにも玄関ホールにあったのとそっくり同じ巨大シャンデリアが、明かりを放つことなく重々しくぶら下がっていた。十二人はすわれそうな大テーブルがあり、ダマスク織の白いテーブルクロスがきちんと敷かれている。卓上には枝つき燭台が置かれていた。先端に向かって細くなるタイプの長い蠟燭は教会を思い起こさせた。

壁際に並ぶ食器棚にはレースや陶磁器も見受けられたが、大半は銀器で占められていた。所有者のイニシャル——華麗な装飾文字に仕立てたドイル家のD——が誇らしげに刻印されたカップや皿、給仕用トレイや花瓶など、かつては蠟燭の明かりを受けて燦然(さんぜん)と輝いていたであろう品々も、いまでは光沢を失い、どんよりとくもっていた。

フローレンスがさし示したひとつの椅子に腰かける。向かいの席にはすでにフランシスがいて、フローレンスはその隣にすわった。そこへ灰色の髪をしたメイドがはいって来て、水っぽいスープが注がれた深皿をそれぞれの前に置くと、フローレンスとフランシスはすぐさま食事にとりかかった。

「ほかの方はお見えにならないの?」ノエミは尋ねた。

「あなたのいとこは休んでいます。伯父のハワードとわたくしのいとこのヴァージルは、しばらくしたら顔を見せるでしょう」フローレンスが言った。

ノエミは膝の上にナフキンを広げた。スープをほんの少し口に運ぶ。こんな時間に食事をすることに慣れていなかった。夜は重い食事を受けつけない。家では焼き菓子とミルク入りのコーヒーを口にする程度だった。勝手の違う時間配分に、この先ついていけるだろうかと不安になった。こういうのをフランス語の教師がよく口にした英国風(ア・ラングレーズ)というのだろう。「〝ラ・パニュル・ア・ラングレーズ（パン粉をまぶして揚げた薄切り肉のカツ）〟——はい、わたしのあとについて言ってみてください」四時のティータイムもあるのだろうか、いや、あれは五時だったか？

沈黙のうちにスープ皿は運び去られ、沈黙のうちにメインディッシュが並んだ。食欲をそそるとは言いがたい鶏肉のホワイトソース煮、なかにキノコも混じっていた。注がれたワインはどす黒い色をしていて、妙に甘ったるく、好みの味ではなかった。

ノエミはキノコをフォークで皿の脇によけながら、真向かいの陰気な食器棚に並ぶ品々に目を転じた。

「そこにあるのはほとんどが銀器なの？」彼女は口を開いた。「こちらの鉱山で採れた銀を使っているのかしら？」

フランシスがうなずいた。「ああ、昔、操業していたころのものだよ」

「どうして閉山に？」

「ストライキがあって、その後——」フランシスが言いかけたが、彼の母親がすぐさま顔を上げてノエミを睨(にら)みつけた。

「食事中の会話はお控えください」

「お塩を取って、と言うのもダメなの？」ノエミはフォークをくるりと回しながら、からりと言った。

「座を和ませているつもりなのでしょうが、我が家では食事中におしゃべりはいたしません。そういうしきたりです。この家では沈黙が重んじられているのです」

「まあいいじゃないか、フローレンス、少しぐらい会話を楽しんでも罰はあたらないさ。お客人もいることだしね」そう声をかけてきたのは、ダークスーツを身にまとった男だった。男はヴァージルに肩を借りながら部屋にはいってきた。

彼を〝老人〟という言葉で片づけるのは正確さに欠けた。顔じゅうに深い皺が刻まれ、わずかに残った毛髪が頭蓋にはりついているさまは〝老醜〟とでも呼ぶべきものだった。それに加えて肌が地底生物のように異様に白い。譬えるならナメクジ。その白くて薄い皮膚にくっきりと浮かび上がっているのが、蜘蛛の巣さながらに走る紫と青の血管だ。

男が擦り足でテーブルの上座に向かい、腰をおろすまで、ノエミは目で追った。ヴァージルはその右手の席に着いたが、椅子の向きのせいで、その姿は半ば闇に包まれたままだった。

メイドは老人の皿を用意せず、例のどす黒いワインの注がれたグラスだけを彼の前に置いた。おそらく食事はすでに済ませていて、ノエミのためにわざわざ出向いたのだろう。

「ノエミ・タボアダと申します。お会いできて光栄です」

「わたしはハワード・ドイル、ヴァージルの父です。すでにご承知かと思うが」

老人は幅広スカーフの古風なタイを首に巻いていた。首はその盛りあがった布地にすっぽりと隠れている。スカーフには銀製の円形ピンが留めてあった。人差し指には大きな琥珀の指輪がはまっている。彼はノエミをしげしげと見つめた。ほかは漂白したような白さなのに、目だけははっとするような青で、白内障のくもりもなければ老化による濁りも見当たらない。老いをさらした顔のなかでその目だけが冷たく燃えたぎり、ノエミの目は嫌でもそこに吸い寄せられた。彼の凝視は生体解剖をされているような気分を引き起こした。

「あなたはいとこに比べてだいぶ色黒だね、ミス・タボアダ」検分をひととおり終えたところでハワードが口を開いた。

「いまなんと？」なにかの聞き間違いだろうかとノエミは問い返した。

彼はノエミに人差し指を向けた。「肌の色も髪の色も、カタリーナよりかなり色が濃い。あなたはフランス人というよりはむしろ、アメリカ先住民の血を多分に受け継いでいるようだ。ご家族に先住民の家系の人がいるのかな？　この国のメスティーソ（白人男性と先住民女性との混血をさす）のように」

「フランス人は、カタリーナの母親ですわ。わたしの父はベラクルス、母はオアハカの出身です。母方はマサテコ族の血を引いています。それがなにか？」ノエミは感情を交じえずに問いかけた。

老人が笑みを浮かべた。口を閉じたままなので歯は見えなかった。ノエミは、あらかた抜け落ちた黄ばんだ歯を思い浮かべた。

ヴァージルがメイドに手ぶりで合図すると、ワインのグラスが彼の前に置かれた。ほかのふたりは黙々と食事を再開していた。つまりこれは二派に分かれての対話になるらしかった。

「ありていに言ったまでのことですよ。ところでミス・タボアダ、全人種を網羅(もうら)する新たな人種を創出するのがメキシコ国民の使命、いや、宿命だという、ミスター・バスコンセロス（一八八二－一九五九。メキシコの思想家・政治家）の主張をあなたは信奉しているのかな？　例の宇宙的人種(コズミック・レース)とやらを？　ブロンズ色の肌をした人種を？　ダヴェンポート（アメリカの動物学者・優生学者）とステッゲルダ（アメリカの身体人類学者）の立派な研究調査をさしおいて？」

「おっしゃっているのは、ジャマイカでの彼らの現地調査のことでしょうか？」

「たいしたものだ。カタリーナの言うとおりだ。あなたは人類学に関心があるんだね」

「ええ」彼女はこの一言で話を打ち切りたかった。

「優等人種と劣等人種の混交(こんこう)について、あなたはどう考えているのかな？」ノエミの不快には取り合わず、彼はなおも問いかけた。

　ノエミは自分にそそがれる全員の視線が痛いほどわかった。ノエミは彼らにとって目新しい存在であり、彼らの規格を逸脱したもの、不毛の土壌に持ちこまれた微生物、というわけだ。彼らはノエミの開陳する一語一句を分析しようと手ぐすね引いている。ならば、そんなことでは動じないところを見せつけてやるまでだ。

　癪(しゃく)に障る男の扱いにかけてはノエミは場数を踏んでいた。連中はこちらをおだてるような真似は決してしない。そんな彼らの意地の悪い物言いに食ってかかるのは、かえって相手をつけあがらせるだけだということを、ノエミはカクテルパーティやレストランでの食事をいくつもこなすなかで学んでいた。

「以前読んだマヌエル・ガミオ（メキシコの人類学者）の論文に、苛酷(かこく)な自然淘汰(とうた)のおかげで、この大陸の先住民は生き残ることができ、片やヨーロッパの者たちは双方の混交から恩恵を受けることになった、とありましたわ」と言ってノエミはフォークに触れた。その冷たい金属の感触が指先に伝わる。「つまり人種の混交は優等人種にとっても劣等人種にとっても、いいことずくめではないのかしら？」無邪気さを装いながら、ちょっぴり皮肉をこめて問いかけた。

　老ドイルはこの応答に感じ入ったらしく、その表情に活気が生まれた。「わたしを怒らせようとするには及びませんよ、ミス・タボアダ。こっちはあなたを侮辱(ぶじょく)したいわけじゃない。あなたの国の名士バスコンセロスは、いわゆる〝ブロンズ色の人種〟を創出する一助となる〝美質〟の神秘について語っているが、あなたはその種の好例だとわたしは思っているのだからね」

「その種とはどういう意味ですの？」

　彼はまたもや笑みを浮かべたが、今回は唇が上がり歯を見せた。黄ばんでいると思いきや、白磁のような白さで、欠損部分は皆無だった。ただし歯茎は、これもはっきり見えたのだが、紫がかった不健康な色をしていた。

「新たな美、という意味ですよ、ミス・タボアダ。ミスター・バスコンセロスは、不細工な女が子を産むことはないとまで言いきっている。美が美を引き寄せ、美を産み落とす。これもまた自然淘汰の一例だ。おわかりでしょう、わたしはあなたを賛美しているんだ」

「ずいぶんと奇妙な褒め方ですこと」ノエミは嫌悪感を呑みこみ、どうにか言い返した。

「素直に受け止めればいいんですよ、ミス・タボアダ。わたしは軽々しく人を褒めたりはしない。さて、疲れてきたな。わたしはここで失礼させてもらうが、活気ある会話だったことは請け合いますよ。フランシス、立たせておくれ」

　声をかけられた若者が蠟細工のような男に手を添えると、ふたりは部屋を出ていった。フローレンスはグラスの華奢な脚にそっと手をかけて持ち上げると、ワインを口に含んだ。重苦しい静寂が再び訪れた。耳をすませば一同の心臓の鼓動が聴きとれそうなほどだった。

　カタリーナはこんな暮らしによく耐えられるものだと、ノエミは不思議だった。カタリーナはじつに気だてがよく、いつも口元に笑みを絶やさず、年下の者たちの面倒をよく見てくれた。そんな彼女をこの家の者たちは、カーテンを閉めきって蠟燭の乏しい明かりしかないこの部屋の、徹底した沈黙が支配するこのテーブルに、平然と着かせているのだろうか？　あの老人はわざと不快な会話にカタリーナを引きこもうとするのだろうか？　カタリーナは思わず泣きだしてしまったのではなかろうか？　メキシコシティのノエミたち家族の食卓では、父がクイズを出してはみんなを楽しませてくれたものだった。まっさきに正解を出した子供はご褒美をもらえるのである。

　メイドが皿を片づけに来た。それまでノエミに声をかけようともしなかったヴァージルが、ここでようやくノエミに目を向けた。「ぼくにいろいろ訊きたいことがあるのでしょうね」

「ええ」ノエミは言った。

「ならば居間に場所を移しましょう」

　彼はテーブルの上の銀の枝つき燭台をひとつつかむと、先に立って廊下を進み、広々とした部屋にノエミを招じ入れた。ここにも同じように巨大な暖炉と、花の彫刻がほどこされたクルミ材のマントルピースがあった。暖炉の上の壁には、果実と花と繊細な蔓植物を描いた静物画が掛かり、黒檀の双子テーブルにはそれぞれ一基ずつ、灯油ランプが置かれていて、ふんだんな明かりを室内に振りまいている。

　部屋の隅には、色褪せた緑色のビロード張りの対のソファが、その隣には汚れ防止の背当てのついた椅子が三脚、置かれていた。複数ある白磁の花瓶には埃が積もり、ここがかつては来客をもてなすのに使われていたことをうかがわせた。

　ヴァージルは銀の蝶番と大理石の天板をもつサイドボードの二枚扉を開いた。そこから花びらをかたどった珍しい栓のついたデカンターを取り出し、ふたつのグラスを満たすと、ひとつをノエミに差し出した。それから暖炉の左右に対で据えられている、金糸づかいのブロケード織の、豪奢で厳めしい肘掛椅子のひとつにおさまった。ノエミもそれに倣って、もう一方の椅子に腰をおろした。

　ここには明かりがたっぷりあったので、目の前の男の顔をはっきり見ることができた。カタリーナの結婚式で顔を合わせてはいたものの、なにしろごくわずかな時間だったたし、あれからすでに一年が経っている。なので、彼の容貌をあまりよく憶えていなかった。金髪で父親と同じ碧眼を持つ彼の、削ぎ落とされたクールな顔立ちは威厳すら感じさせるものだった。ダブルの背広はチャコールグレーの杉綾織というごく一般的なものだが、ネクタイを締めず、シャツの第一ボタンをはずしているあたり、彼にはまずもって無縁のくだけた雰囲気を演出しようとしてのことだろう。

どう話を切り出せばいいのか、ノエミは戸惑った。同世代の男をおだてるのはお手のものだった。だが目の前にいるのは年長者である。軽薄に見られないためにも持ち前の馴れ馴れしさを控えて、ここは真面目にふるまうべきだろう。この場にあっては彼が権力を行使できる立場にあるのだろうが、こっちにだって権限はある。なんといっても使者なのだ。

元の初代皇帝フビライハンは、使者たちに自らの紋章を彫りこんだ石を持たせて領土全域に送り出し、使者をないがしろにした者は誰であれ死刑に処したという。この話はカタリーナが語ってくれたさまざまな伝説や歴史物語のなかにあったものだった。

ノエミのポケットにも目には見えない石がはいっていることを、ヴァージルにわからせてやろう。

「こんなに早く来ていただけるとは思いませんでした」ヴァージルが口を開いた。感情のこもらぬ声。丁重ではあるが温かみに欠けていた。

「そうせざるをえませんでしたので」

「というと？」

「父がひどく案じております」彼女は言った。この屋敷内におさまる品々に彼の一族の紋章が刻みつけられているのと同じように、ノエミにも紋章が刻まれた石がある。ノエミはレオカディオ・タボアダの命を受けて送り出された一族の使者なのだ。

「お父上には何度も申し上げたのですがね、ご心配には及ばないと」

「カタリーナの話では、結核にかかっているとのこと。でも、それであの手紙の説明がつくとは思えません」

「手紙をご覧になったのですか？　なんと書いてありました？」彼が身を乗り出して問いかけた。声は相変わらず淡々としているが、警戒心が透けて見えた。

「正確には憶えていません。ただ言えるのは、父がわたしに様子を見にいかせたくなるほどの内容だったということです」

「なるほど」

彼が両手で包みこんだグラスを回すと、それが暖炉の炎を受けてきらめいた。彼は椅子の背にもたれかかった。端整な顔立ち。まるで彫像のよう。皮膚と骨でできているというよりはむしろ、デスマスクと呼ぶほうがふさわしそうだ。

「カタリーナはずっと体調がすぐれなかった。かなりの高熱にも見舞われた。あの手紙はそんなさなかに出されたものでしてね」

「どなたが診ているのですか？」

「というと？」

「どなたかが治療にあたっているはずですわ。フローレンスは、あの方は、あなたのいとこなのですよね？」

「そうですよ」

「つまり、投薬はあなたのいとこがなさっている。医者がいてしかるべきだと思いますが」

彼は立ち上がって火搔き棒をつかむと、燃えさかる薪を搔き立てた。火花が宙を舞い、経年で汚れの目立つタイルに落下する。そのタイルの中央には罅が一本、走っていた。

「医者はいます。アーサー・カミンズという者で、長年うちの主治医をしている人物です。ドクター・カミンズには全幅の信頼を寄せています」

「その方は、結核にしては彼女の挙動が異常だと、思っていないのですか？」

ヴァージルが気障な笑いをもらした。「異常、ときましたか。あなたに医学の知識はおありなのかな？」

「ありません。ですが、なにもおかしなところがないと思えば、父はわたしをここに来させたりしませんわ」

「そりゃそうでしょう、お父上は、できるだけ早く精神科医をつけろ、と手紙でせっついてきたくらいですからね。来る手紙、来る手紙、そればっかりだった」ヴァージルは嘲るように言った。いかにも父が頑固で理不尽だと言わんばかりの口ぶりに、ノエミはかっとなった。

「カタリーナの主治医と話をさせていただきます」ノエミは言い返した。意図した以上に強い口調になっていたのだろう、すぐさま彼は乱暴な手つきで火掻き棒を素早くスタンドに戻した。

「ずいぶんと高飛車な物言いだ」

「高飛車だなんて心外です。心配しているからこそ、そう申し上げただけですわ」彼女は努めて笑みをこしらえ、これは簡単に片づくちょっとした頼みごとだとわからせようとした。するとそれが功を奏したのか、彼はうなずいた。

「アーサーは毎週来ています。今度の木曜日も、カタリーナと父の診察に来るはずです」

「あなたのお父様もどこかお悪いのですか？」

「父は老人です。歳をとれば誰だって、あちこちに痛みが出てくるものです。それまでお待ちになれるなら、アーサーと話をなさってください」

「いまのところ、まだ引き揚げるつもりはありません」

「ということは、どのくらいこちらに？」

「長引かないことを願いますわ。カタリーナがわたしを必要としているかどうか、そこを見極めたいのです。ご迷惑なら町のほうで宿泊先を見つけてもいいですし」

「ここはごく小さな町ですからね。ホテルはもとより高級下宿なんてものもありません。ここにずっといらしてください。追い出そうなんて思ってはいませんから。こんなことのためにいらしたのでなければ、なおよかったのですがね」

ノエミもホテルがあるとは思っていなかったが、あれば喜んでそちらに移っていただろう。この家は陰気だし、それはここの住人にも言えることだった。こんなところにいたら、女は誰だってたちどころに体調を崩すに決まっている、そう思えて仕方なかった。

ワインを口に含む。ダイニングルームで飲んだものと同じ、どす黒い色のヴィンテージ。やけに甘ったるいし、アルコール分も強かった。

「部屋はお気に召しましたか？」ヴァージルが訊いた。温かみのある、少しばかり誠意が感じられる声音に変わっていた。ひょっとするとこの人に敵意はないのかもしれない。

「ええ、とっても。電気がないなんて変わっていますよね。とはいえ、電球の明かりがないせいで人が死んだという話は聞きませんものね」

「カタリーナは蠟燭の明かりをロマンティックだと思っているようですよ」

彼女ならそう言いそうだ、とノエミは思った。いとこの心をときめかせるものなら容易に想像がついた——ゴシック小説の挿絵にある銅版画のような、霧と月明かりに包まれた丘の上に建つ古い館。『嵐が丘』や『ジェーン・エア』、その手の小説がカタリーナの愛読書だった。荒野や蜘蛛の巣。古城、王女たちに毒入り林檎(りんご)を食べさせる邪悪な継母、乙女に呪いをかける腹黒い妖精、ハンサムな領主を野獣に変えてしまう魔法使い、そういうものが登場する物語に目がなかった。ノエミはそんなものより、週末にパーティのはしごをしてダンスに興じ、コンヴァーチブルを乗りまわすほうが断然性(しょう)に合っていた。

ということは結局のところ、この家はカタリーナにはお似合いなのかもしれない。今回のことはちょっと熱に浮かされただけのことだったのか？　ノエミは両手でグラスを包みこみ、その側面を親指でなぞった。

「もう一杯、お注ぎしましょう」ヴァージルが気配りの行き届いた主人よろしく申し出た。

このワインはどんどん支配力を強めていくように感じられた。すでに瞼(まぶた)が重くなりかけていたノエミは、彼の声にはっとなり、まばたきをしきりに繰り返した。するとヴァージルが彼女の手にそっと触れ、グラスに注ぎ足すしぐさをした。ノエミは首を横に振った。自分の酒量の限界は知っていたし、いまが潮時だとはっきりとわかった。

「いいえ、もう結構です」彼女はグラスを脇に置いて椅子から立ち上がった。その瞬間、この椅子が思った以上にすわり心地がよかったことに気づかされた。

「まだいいじゃないですか」

彼女はやんわりとかぶりを振った。こうすれば相手に不快な思いをさせずに済むことは、経験から知っていた。「もうとっても無理だわ。部屋に戻って毛布にくるまって休みます」

ノエミをしげしげと眺めまわすうちに、それまでずっとよそよそしかったヴァージルの顔に、生気らしきものが吹きこまれたようだった。目がきらりと光った。興味をそそるなにかに出くわしたのだろう。ノエミのしぐさ、あるいは彼女の発した言葉のどれかが彼には新鮮な驚きだったらしい。彼女の拒絶、それに不意を衝かれたのだとノエミは察しをつけた。彼はおそらく、拒まれることに慣れていない。そういう男はけっこういる。

「部屋まで送りましょう」彼が言った。騎士さながらのなめらかな口調だった。

ふたりは階段をのぼった。彼の手に握られた蔓植物を描いたオイルランプが放つエメラルド色の光が、周囲の壁を奇妙な色に染め上げ、ビロードのカーテンを緑色に変えた。そういえばカタリーナが聞かせてくれた物語のなかに、フビライハンは敵を処刑するとき血が飛び散るのを嫌ってビロードの枕で窒息死させたという話があったことを思い出した。布製品も絨毯(じゅうたん)もタッセルもふんだんにあるこの家なら、敵兵をそっくり全部、窒息死させることができそうだ。そんな考えがノエミの頭をふとよぎった。

4

朝食はトレイに載って部屋に運ばれてきた。ありがたや、今朝は階下で顔つき合わせて食事をしなくていいらしい。とはいえ、夕食がどうなるかは神のみぞ知る。ひとりになれた気楽さも手伝って、オートミール粥にトーストとジャムという魅力に欠ける献立も、どうにか食べる気になった。この家で飲めるのは紅茶のみ、これが大の苦手だった。彼女はコーヒー党、それもブラックが好みなのだが、ここの紅茶には、それとわからぬ程度だが間違いなく、フルーツの風味がつけられていた。

シャワーのあと、ノエミは口紅を引き、ちびた黒のアイペンシルでアイラインを入れた。黒い瞳の大きな目とふっくらした唇が自分の最大のチャームポイントだとの自覚があるノエミは、最大限の効果を引き出すべく念入りに仕上げた。それから時間をかけて持ってきた衣類をひととおり吟味(ぎんみ)し、スカートにプリーツがたっぷりはいった薄くて光沢のある紫色のドレスを選んだ。普段着としては上等すぎたが——これと似たような装いで一九五〇年の新年を迎えたのは八カ月前のこと——華やかに着飾りたい気分だった。それとは別に、周囲の鬱々(うつうつ)とした空気をはねのけたい気持ちも働いていた。これなら屋敷内の探訪もぐんと楽しくなるだろう、そう判断したのである。

たしかにここは陰翳(いんえい)が幅を利かしていた。日中であってもハイ・プレイスの印象が好転することはなかった。一階の廊下を進み、きしむドアをいくつか開けてはみたものの、出迎えてくれるものといったら白布をかぶせた幽霊めく家具類や、きっちり閉ざされたカーテンばかり。どこからともなく室内にもれてくる陽光が埃の粒子を浮かび上がらせた。廊下には一灯式の燭台型照明が並んでいたが、そのうちの三つは電球がはずされていた。大半の部屋が使われていないのは明らかだった。

ドイル家にもたとえ調律はされていなくてもピアノくらいはあるだろう、そう思っていたのだがどこにも見当たらず、ラジオはおろか古い蓄音機にさえ出くわさなかった。音楽をこよなく愛するノエミには耐えがたい状況だ。アグスティン・ララ（メキシコ大衆音楽の作曲家）からラヴェルまで、ジャンルを問わずなんでも聴く。それとダンス音楽も。音楽のない世界に放りこまれてしまうなんて、がっかりもいいところだった。

続いて図書室にふらりと足を踏み入れた。アカンサス文様をあしらった帯状装飾（フリーズ）が片蓋柱（ピラスター）を随所にはさみながら室内にめぐらされ、柱と柱のあいだのくぼみにおさまる背の高い書棚には、革装本がぎっしり並んでいた。たまたま目についた一冊を抜き出して開くと、カビで傷（いた）んだページが現われ、甘ったるい腐敗臭がかすかに鼻をついた。ぱたんと本を閉じ、元の位置に戻す。

棚には古い雑誌もどっさり並び、『優生学――人種改良新報』や『アメリカ優生学学会会報』といった刊行物もあった。

いかにもって感じだわ。そうひとりごちながらノエミは、ハワード・ドイルの馬鹿げた質問を思い出していた。ひょっとして彼は測径器（カリパス）を持っていて、それで客人の頭蓋骨を計測しているのではとふと思った。

部屋の隅にはひっそりと、古い時代の国名が記された地球儀があり、窓辺にはシェイクスピアの大理石の胸像が飾られていた。部屋の中央には大ぶりの円形ラグが敷かれていて、それに目を落とすと、深紅の地を背景に、自分の尻尾をくわえた黒い大蛇が描かれていて、その周囲を小花や蔓植物が囲んでいた。

おそらくこの部屋は、屋敷内でもっとも維持管理が行き届いている部屋のひとつ——埃がないところを見ても、頻繁に使用されているに違いない——それでもいささかくたびれた印象はぬぐえず、カーテンは褪色が進んで見苦しい緑色をさらしているし、白カビに侵された本も少なくなかった。

図書室のはずれにあるドアを開けると、そこは広めの執務室だった。壁には三頭の牡鹿の頭部が飾ってある。隅に置かれた、切り子ガラスの扉がついたライフル収蔵庫は空っぽだった。狩猟を趣味にしていた人が過去にいたのだろう。クルミ材の黒っぽいデスクの上にも、優生学関連の雑誌が何冊か載っていた。そのうちの一冊に付箋がはさんであるのに気づき、そこを開いて目を通した。

> メキシコにおける混血種、いわゆるメスティーソが、その直系祖先に由来する最悪の遺伝子を受け継いでいるとする説は、正確さを欠くものである。劣等人種の特性が彼らを害しているとしたら、それは適切な社会モデルの欠如によるところが大きい。彼らの衝動的な気質は早い段階で抑制する必要があるだろう。しかしながら、メスティーソは素晴らしい資質も生まれながらに持ち合わせているわけで、たとえば強靭な肉体……

ハワード・ドイルがカリパスを持っているだろうことはもはや疑いようがなかった。いまは、それをいくつ持っているのかが気になった。おそらく背後に並ぶ背の高いキャビネットのひとつに、一族の家系図と一緒にしまってあるのだろう。デスクの脇にくず籠があったので、ノエミはいま読んでいた雑誌をデスクの縁まで滑らせていって、そこに落ちるに任せた。

次にキッチンの探訪に向かった。場所は前日にフローレンスから聞いて知っていた。キッチンも明かりが乏しく、窓はどれも幅が狭く、壁のペンキが剝がれかけていた。長いベンチに腰かけていたのはふたり、ひとりは皺だらけの顔をした女、もうひとりは男で、女よりずっと若そうだが白髪がかなり目立つ。男のほうは五十過ぎ、女のほうは七十に近いだろう。ふたりは丸ブラシでキノコの汚れを落としていた。ノエミがはいっていくと、ふたりは顔を上げたものの挨拶はしてこなかった。

「おはよう」ノエミは声をかけた。「昨日はちゃんと自己紹介していなかったわね。わたしはノエミっていうの」

どちらも無言のまま見つめてくるばかり。そこへドアが開いて、やはり白髪交じりの女がバケツをぶら下げてはいってきた。夕食のときに給仕をしていたメイドである。男と同じくらいの年齢だとノエミは察しをつけた。メイドもノエミに話しかけることはなく、ただちょっと頭をさげて見せただけだった。するとベンチで作業していたふたりも同じように頭をさげ、すぐに目を戻して作業を続けた。ハイ・プレイスでは誰もが沈黙のルールに従っているということか?

「わたしは――」

「こっちは仕事中でね」男が言った。

三人の使用人は顔をうつむけてしまい、彼らの物憂い顔が派手な身なりの社交界の花に関心を示すことはなかった。おそらくヴァージルもしくはフローレンスから、ノエミは取るに足りない客だから関わるなとでも言われているのだろう。

ノエミは唇を嚙みしめると、いましがたメイドがはいってきた裏口から外に出た。前日と同様、霧が出ていて大気はひんやりしていた。もっとゆったりした服にしなかったのが悔やまれた。ポケットのあるドレスなら煙草とライターを忍ばせておけた。ノエミは肩にはおったレボソの位置を直した。

「朝食はうまかったかい？」フランシスの声がした。振り返るとすぐそこにいた。彼もキッチンの裏口から出てきたのだろう。暖かそうなセーターを着ていた。

「ええ、おいしくいただいたわ。そちらの今日のご気分は？」

「まずまずだ」

「ねえ、あれはなんなの？」彼女はすぐそこにある、霧のなかにぼんやり浮かび上がる木の建造物を指さした。

「あそこは発電機と燃料をしまってある小屋だ。その裏手が馬車庫（コーチハウス）になっている。ちょっと見てみるかい？ ついでに墓地も見たいんじゃないかい？」

「いいわね」

コーチハウスというから、葬儀馬車と二頭の黒馬でもしまってあるのかと思ったら、あったのは二台の自動車だった。一台はフランシスが運転していた旧型の高級車。もう一台はそれより新しい年式ではあるものの、見た目のぱっとしない車だった。コーチハウスを回りこむと蛇行（だこう）する小径（こみち）が延びていた。そこをたどって木立と霧を抜けると、鉄の二枚扉がついたゲートの前に出た。このゲートにも図書室で目にしたのと同じ、自分の尻尾をくわえる蛇のモチーフが装飾に使われていた。

ふたりは薄暗い小径を進んだ。木々が密生しているせいで、枝々の隙間から射しこむ光はごくわずかだった。この墓地も遠い昔は灌木（かんぼく）や花壇の手入れが行き届いた、もっと整然とした状態だったのだろうが、いまはあたり一面に伸び広がる雑草と丈の高い草が、墓地全体を呑みこんでいた。どの墓石も苔（こけ）にすっぽり覆われ、そこここにキノコが顔をのぞかせている。憂鬱を絵に描いたような眺めである。木々までもが憂いに沈んでいるように見えたが、なぜそう感じるのかノエミにもわからなかった。木は木でしかないはずなのに。

全体の印象がそう思わせるのだとノエミは思った。この英国式庭園を構成しているひとつひとつの要素が深い哀れを誘うわけではない。荒れるに任されているからと言ってしまえばそれまでだが、手入れされずに伸び放題の木々が落とす暗い影、墓石の周囲に繁茂する雑草、冷えきった大気、そうした諸々が集まって植物と墓石のありふれた集合体をひどく不穏なものに変えているのだ。

ここに埋葬されている者たちが気の毒に思えた。それはハイ・プレイスに暮らす者たちを気の毒に思う気持ちとそっくり重なった。目を落として墓碑を順繰りに見ていくうちに、ノエミは眉間をくもらせた。

「どれも一八八八年からこっちのものばかりなのはどうして?」彼女は尋ねた。

「このあたりの鉱山は、メキシコが独立するまではスペイン人が経営していたんだが、以前ほど大量の銀は採れそうにないと見切りをつけられ、その後何十年も放置されていた。だが、大伯父のハワードはそうは思わなかった」フランシスが説明をはじめた。「彼は英国製の近代的な機械をここに持ちこみ、大勢の英国人を向こうから連れてきて作業にあたらせた。それで事業は波に乗ったんだが、鉱山を再開して何年かしたころ、この一帯に伝染病が広がった。英国人労働者のほとんどがこれにやられ、ここに埋葬されたんだ」

「それから? 彼はその後どうしたの? 労働者をまたイギリスから呼び寄せたの?」

「ああ……いや、その必要はなくて……メキシコ人労働者も常時かなりの数がいたんでね……ただ、彼らメキシコ人の墓はここじゃないんだ。エル・トリウンフォのほうに埋葬されているんだと思う。そのへんのことは大伯父のハワードのほうが詳しいんじゃないかな」

かなり排他的な措置に思えたが、かえってそれでよかったような気がしなくもなかった。地元労働者の遺族にすれば、墓に詣でて花のひとつも手向けたいだろうし、町から孤絶したこの場所に葬られたのでは、それも叶わなかっただろう。

　ふたりはさらに歩を進めた。髪に花冠を載く女性の大理石像が立つ台座の前で、ノエミは足を止めた。霊廟の脇に立っていて、女の右手が示す方向に目を向けると、上部にペディメントを掲げる入口があった。扉の上部には大文字でドイルの名が刻まれ、そのすぐ下に、ラテン語のフレーズが添えられていた。しかして御言葉は肉となり給う（ヨハネの福音書第十二章十四節）。

「この人はどなた？」

「例の伝染病で死んだ、おれの大伯母のアグネスがモデルだと聞いている。この霊廟にはドイル家の故人が全員はいっているんだ。おれの大伯母とか祖父母とか、それといとこたちも」彼の声は徐々に小さくなり、やがて居心地悪そうに押し黙ってしまった。

　静寂は、墓場でも屋敷でも、ノエミを落ち着かない気分にさせた。トラムや自動車がたてる音、噴水が陽気に水音を響かせる中庭でさえずるカナリアの声、犬の吠える声、ラジオから流れてくるメロディ、それに合わせてコンロ脇でコックが口ずさむ鼻歌、そうしたものにいつも囲まれていたせいだろう。

「ここは静かすぎるわ」彼女は言ってかぶりをふった。「こういうの苦手なの」

「だったら、どんなものが好きなの？」彼が好奇心をのぞかせた。

「メソアメリカ（コロンブス以前にさまざまな文明が栄えた中南米地域をさす文化領域名）の工芸品、サポジラ（熱帯フルーツ）入りのアイスクリーム、ペドロ・インファンテが出ている映画、音楽、ダンス、それとドライブかな」彼女は指を折りながらひとつひとつ挙げていった。ジョークを飛ばすのも好きだが、それは言わなくてもわかるだろう。

「おれが協力できることはなさそうだな。あんたはどんな車に乗っているの？」

「ビュイックのなかでもいちばん洒落たやつ。とくれば、幌がたためるオープンカーに決まってるじゃない」

「そうなの？」

「屋根なんかないほうが走っていて断然楽しいもの。髪が風になびくところなんて、それはもう映画スターみたいで、ぐっときちゃうんだから。それに、そうしていると名案がぱっと閃(ひらめ)いたりもするのよ。きっと頭の回転がよくなるんだわね」彼女はそう言いながら、おどけたしぐさで波打つ髪に手を滑らせた。ノエミは父親から、見てくれやパーティにかまけすぎると学業がおろそかになるとしょっちゅう言われていた。女はふたつのことを同時にこなせないと思っているらしい。

「たとえばどんな名案？」

「論文に取りかかっているときならその構想とか、かな」彼女は言った。「週末にやることをあれこれ思いつくこともあるし、とにかくいろんなことをね。運転してると抜群に頭が冴(さ)えるみたい」

ふと見れば、それまでずっと彼女を見つめていたフランシスが視線を落としていた。「あんたは、あんたのいとことはだいぶ違うんだな」

「わたしのほうが髪も肌も色が濃いって、あなたも言いたいわけ？」

「そうじゃないよ」彼が言った。「そういう見た目のことじゃない」

「じゃあどういう意味？」

「チャーミングだな、って」そう言ったとたんに、パニックを起こしでもしたように彼の顔がひきつった。「あんたのいとこがチャーミングじゃないって意味じゃないよ。あんたには独特の魅力があって言いたかったんだ」と早口でまくし立てた。

あなたは以前のカタリーナを知らないからよ、とノエミは心のなかでつぶやいた。ビロードの洒落たドレスを身にまとって都会で暮らしていたときのカタリーナの、部屋の端から端へと歩いていくときの颯爽とした身のこなしも、口元に浮かべた微笑や星がきらめくような眼差しも、この人は目にしたことがないのだろう。ここでは、あのカビ臭い部屋のなかでは、彼女の瞳もどんよりと濁り、よくわからない病に体を乗っ取られ……いや、そうとは限らないのかもしれない。体調を崩す前のカタリーナは愛くるしい笑みを浮かべていただろうし、夫の手を取り、星を数えに外に連れ出してもいたのだろう。

「わたしの母に会ったことがないからそんなこと言うんだわ」ノエミは、カタリーナのことを考えていたのを悟られないよう、わざと軽い口調で言った。「母はこの世で最高にチャーミングな女性なの。彼女のそばにいると、わたしなんか野暮で地味な存在にしか思えなくなっちゃうんだから」

彼はうなずいた。「そういう気分、おれにもわかる。ヴァージルは一家の跡取りだし、ドイル家の輝ける星だからね」

「彼がうらやましい？」彼女は訊いた。

フランシスはがりがりに痩せているし、顔立ちにしても、間近に迫る殉教を思って苦悶する聖人の石膏像を思わせた。目の下にできた隈も肌が白いだけに殴られた痕のようで、本人も気づいていない慢性疾患に侵されているのではと疑いたくなるほどだ。それとは対照的にヴァージル・ドイルは大理石の彫像だ。フランシスが虚弱一辺倒なら、ヴァージルが発散するのは強靭さであり、その顔立ち——眉、頬骨、美しい歯並び——はメリハリがあり、なんといっても魅力的だった。

フランシスがヴァージルのような精悍さに憧れているなら、なにも悪いこととは思わなかった。

「彼の話し上手なところも、見てくれも、地位も、うらやましいとは思わない。ただ、いろんな土地に行けるのは、ちょっとうらやましいかな。おれが出かけていくのは、せいぜいがエル・トリウンフォだからね。うらやましいのはそれくらいだよ。それに、彼だってそう頻繁に遠出するわけじゃない。

長旅はしないんだ。いつだってあっという間に帰ってくる。だとしてもいい息抜きにはなるよね」

フランシスの口ぶりに苦々しさはなく、倦み疲れたような諦観がのぞくばかり。さらに彼は話しつづけた。「おれの親父がまだ生きていたころ、よく町に連れていってくれたんだ。そんなときは駅舎を飽かずに眺めていたっけな。列車の時刻表がどうしても見たくて、こっそりなかにはいろうとしたりしてね」

ノエミは肩にはおったレボソを掻き合わせた。墓地の湿気と冷気がひどくこたえた。奥へ奥へと進むうちに、気温が二、三度下がったに違いない。彼女がぶるっと体を震わすと、彼がはっとした。

「ごめん、気がつかなくて」彼はそう言ってセーターを脱いだ。「これを着てくれ」

「大丈夫よ。あなたを凍えさせるわけにはいかないわ。また歩きだせば体もぽかぽかしてくるわよ」

「そうかもしれないが、いや、やっぱり着てくれ。おれは寒くないし」

ノエミはセーターに袖をとおすと、レボソで頭をくるんだ。彼女がセーターを着て歩きだすと、彼の歩調がこころなしか速くなったような気がしたが、帰宅を急いでいるわけではなさそうだった。霧にも、木々の暗がりがつくり出す冷気にも、慣れっこなのだろう。

「昨日あんたは、この家にある銀器について質問していたよね。あんたの想像どおり、あれは全部、うちの鉱山から採れたものでできているんだ」彼が言った。

「だいぶ前に閉山したのよね？」

そういえば以前、カタリーナがその件について口にしたことがあり、それでノエミの父がこの結婚に難色を示したのだった。父にすれば、ヴァージルはどこの馬の骨とも知れない金目当ての人物に映ったのだ。それでも父が結婚を許したのは、その前の求婚者との仲を裂いたことが後ろめたかったからだとノエミは睨んでいる。カタリーナはその人を本気で愛していたのだ。

「閉山したのは革命のさなかだった。あの時期は、いろんなことが次から次へと起きたからね、それでやむなく操業停止に追いこまれた。その後、ヴァージルが生まれた一九一五年に、鉱山は完全に閉鎖された。坑内が水浸しになったんだ」

「ということは、ヴァージルはいま三十五歳ね」彼女は言った。「あなたはそれよりずっと若く見えるわ」

「十歳下だからね」フランシスがうなずいて言った。「歳の差はけっこうあるけど、おれにとっては一緒に大きくなった唯一無二の友達なんだ」

「でも、そのうち学校に行くようになれば……」

「おれたちはハイ・プレイスで教育を受けたんだ」

ノエミは子供たちの笑い声に満ちたこの家を、この家でかくれんぼをする子供たちを、独楽まわしやキャッチボールに興じる子供たちを想像しようとしたが、うまくいかなかった。そういうことはこの家では許されなかっただろう。ここでは、たとえ子供だろうと、最初から大人のようにふるまうことを強要されそうな気がした。

「ひとつ訊いてもいい？」彼女は言った。ちょうどふたりはコーチハウスの脇を回りこんだところで、前方には薄れつつある霧のとばりを通してハイ・プレイスが見えていた。「食事のとき、どうしてあんなにしつこく沈黙を強要するの？」

「大伯父のハワードはかなりの高齢だし、物音に敏感なんだ。あの家は音が伝わりやすいんだよ」

「彼の寝室は上階でしょ？　ダイニングルームの声が聞こえるとは思えないけど」

「耳障りな音は伝わりやすいのさ」フランシスは、古びた屋敷にじっと目を凝らし、神妙な面持ちで言った。「とにかくあそこは彼の家だし、ルールを決めたのも彼だからね」

「だからルールを曲げないのね」

フランシスが彼女にちらっと目を向けた。ルールは破れるものだと一度も思ったことがないかのような、ちょっとうろたえた顔だった。この人はお酒の度を越したことも、夜更かしをしたことも、家族に向かって反抗的な科白を口走ったこともないのだろう。そんな気がした。

「ああ」そう言う彼の声に、またしても諦観がのぞいた。

キッチンにはいったところで、ノエミはセーターを脱いで彼に差し出した。この場に居合わせたのは若いほうのメイドひとりだけで、コンロ脇に腰かけていた。雑用にすっかり気を取られているのか、ちらとも目を上げない。

「いや、そのまま着ていたほうがいい」フランシスはこころなし改まった口調になった。「ちょっとは暖かくしていられるだろうし」

「あなたの衣類を取り上げるわけにはいかないわ」

「セーターはほかにもあるから」

「ありがとう」

彼が笑みで返した。そこへフローレンスがはいってきた。この日も地味な濃紺のワンピースを身に着けていた。険しい顔でフランシスを一瞥し、すぐさまノエミに目を向けた。まるでふたりが幼い子供で、開けてはいけない箱からお菓子をくすねたかどうかを見極めようとしているような目つきだった。「ランチの時間です」

テーブルに着いたのは三人だけだった。老人は姿を見せず、ヴァージルも現われなかった。ランチはあっという間に終わり、皿が片づけられると、ノエミは自室に引き揚げた。夕食はトレイで部屋に運ばれてきたので、ダイニングルームを使ったのは滞在初日だったからで、ランチの場所は変則的なのだろう、そう受け止めた。トレイと一緒に運ばれてきたオイルランプが、ベッドサイドに置かれていた。そこで家から持ってきた『アザンデ族（アフリカのスーダン系農耕民族）に伝わる妖術と神託と魔術』という本を読もうとしたが、気が散って集中できなかった。たしかに耳障りな音は伝わりやすい、そう思いながら、床板がきしむ音に耳をすました。

部屋の一隅の壁紙に、カビが少し浮いているのが目に留まった。ふと頭をよぎったのは、ヴィクトリア朝期の人々に人気のあった緑色の壁紙にはヒ素が含まれていたという話だった。その壁紙にはパリス・グリーンとかシェーレ・グリーンとか俗に呼ばれる顔料が使われていた。その顔料で染めた紙に微細な菌が付着すると、ヒ化水素（アルシン）という猛毒ガスが発生し、部屋にいる人たちの気分を悪くさせたという。そんなことがなにかの本に書かれていたのではなかったか？

壁紙の糊（のり）を菌が食べるうちに目に見えない化学反応を引き起こす。そんなふうにして文明がもっとも進歩していたヴィクトリア朝の人たちでさえ命を落としていた。元凶となる菌の正確な名前がぱっと出てこなかった――ラテン語が舌先でもどかしく踊る。ブレビカウレ？――それはともかく、そういうことがあったのは間違いない。彼女の祖父は薬種商だったし、父親の商売が顔料や染料の製造だから、白色顔料のリトボンを作るには硫酸亜鉛と硫酸バリウムを混ぜればいいことくらいは知っているし、顔料にまつわるさまざまな豆知識はどっさり身に着けていた。

もっとも、この部屋の壁紙は緑色ではなかった。緑に近い色ですらない。地の色はごく淡いピンク、色が抜けた薔薇（ばら）の色とでもいえばいいだろうか、そこに無粋な黄色い円形装飾模様（メダイヨン）がちりばめられていた。メダイヨン、またの名は円環。目を近づけてみれば、花冠のようにも見えた。ノエミは緑色の壁紙のほうが好みだった。ここの壁紙は悪趣味で、目を閉じると黄色の輪が瞼の裏を跳ねまわり、闇のなかで明滅を繰り返した。

5

この日もカタリーナは窓辺の椅子にすわっていた。心ここにあらずといった様子も前日と同じだった。その姿はタボアダ家にかつて飾られていたオフィーリアの素描を思い起こさせた。丈高い葦（あし）が茂る川を流されていくオフィーリア。この朝のカタリーナはまさにそんなふうだった。それでもこうして面会が叶い、膝をまじえてメキシコシティの最新情報を伝えることができるのはなによりだった。三週間前に行った展覧会のことを、こういう催（もよお）しに興味を示すだろうと知っていたので、詳細に語って聞かせ、そのあと共通の友人たちの物真似をして見せると、ノエミの迫真の演技にカタリーナは口元をほころばせ、笑い声まであげた。

「あなたって物真似がとても上手よね。で、どうなの、いまもお芝居の稽古に夢中なの？」カタリーナが訊いた。

「やめちゃったわ。いまは人類学を学ぼうかと思っているところなの。修士課程に進むつもりよ。面白そうだと思わない？」

「もうノエミったら、新しもの好きなんだから。探究心が旺盛なのね」

この手の科白は耳にタコができるくらい聞かされてきた。ノエミが大学で学ぶことに両親が懐疑的なのもうなずけるというものだ。なにしろすでに三度、興味の対象を変えているのである。人生を特別なものにしてくれるなにかを極めたいという強い思いがノエミにはあった。それがなんなのかは自分でもまだわかっていないのだが、人類学はこれまで手を染めてきたどの分野よりものになりそうな気がしていた。

とにかく、カタリーナにそう言われても不快にならないのは、その口調に両親のような非難がましさがないからだった。カタリーナはレースのように繊細な吐息と言葉を紡ぎ出す達人。夢追い人でもある彼女は、それゆえノエミの夢が叶うことを信じて疑っていなかった。

「それであなたはどうなの、いまはどんなことに夢中なの？　手紙をちっとも書いてよこさないのを、こっちが気づいていないと思ったら大間違いですからね。手紙が出せないのは、『嵐が丘』に出てくるような、吹きさらしの荒野で暮らしているせいだとでも言うつもり？」ノエミは問いかけた。カタリーナはあの小説に、ページが擦り切れるほどのめりこんでいたのだった。

「まさか。問題はこの家なの。家のことがあって、ほかのことまで手が回らなかったの」カタリーナはそう言いながら手を伸ばし、かたわらのビロードのカーテンに触れた。

「ここを改装する計画を立てていたのよね？　いっそあなたが大鉈を振るってここをぶち壊し、新しく建て替えちゃえばいいじゃない。とにかくすさまじい荒廃ぶりだもの。おまけに寒すぎるし」

「それと湿気もね。湿気がひどいの」

「ゆうべは寒さで凍え死にそうだったから、湿気にまで気が回らなかったわ」

「暗さと湿気。いつだってじめついているし、陰気だし、すごく寒いし」

そう話すカタリーナの口元から笑みがふっと消えた。放心しているようなそれまでの眼差しが不意に刃物の鋭さを帯び、ノエミにそそがれた。それからノエミの両手をむんずとつかんで引き寄せると、声をひそめてこう言った。

「頼まれてほしいことがあるの。でも、このことは誰にも言わないで。絶対にしゃべらないって約束して。いいわね?」

「わかった、約束する」

「下の町に、ある女性がいるの。名前はマルタ・デュバル。その人に以前、薬を調合してもらったんだけど、それが切れてしまって。だから彼女のところに行って、同じものをもらってきてほしいの。わかった?」

「ええ、お安い御用だわ。どういう薬なの?」

「それはどうでもいいの。大事なのは、あなたが用を足してくれること。頼まれてくれるわよね?とにかく誰にも告げ口せずにやってくれるって約束して」

「ええ、あなたがそう望むなら」

カタリーナはうなずいた。ノエミの手首をあまりに強く握りしめるので、柔らかな皮膚に爪が食いこむほどだった。

「ねえ、カタリーナ、ひとつ言っておきたいんだけど――」

「しーっ。聞かれてしまうわ」そう言ってカタリーナは黙りこんだ。その目が磨かれた石のようにきらめいた。

「誰に聞かれるというの?」ノエミはゆっくりと問いかけた。そのあいだもカタリーナはまばたきひとつせず、ノエミをはっしと見つめてきた。

カタリーナはゆるゆるとさらに身を寄せると、ノエミに耳打ちした。「壁のなかにいるのよ」

「いるってなにが?」ノエミは訊いた。とっさに口を突いて出た問いかけだった。いとこの虚ろな眼差しに、なにも見えていないようなその目に呑まれてしまい、なにをどう尋ねればいいのか頭が働かなかった。まるで夢中歩行者の顔をのぞきこむような気分だった。

「壁が話しかけてくるの。いろんな秘密を打ち明けてくるの。いいことノエミ、あいつらに耳を貸してはダメ、手で耳をふさいでいなくちゃダメ。幽霊が何人もいるの。あれは本物よ。そのうちあなたも、きっと目にするはずよ」

カタリーナはやにわにノエミを突き放すと椅子から立ち上がり、右手でカーテンをつかんで窓の外にじっと目を凝らした。ノエミはちゃんと話してほしいと声をかけたかったが、そこへフローレンスがやって来た。

「カミンズ先生がお見えです。まずはカタリーナを診ていただくので、先生とはのちほど居間のほうで会っていただきます」

「ここでお会いするのでもかまいませんけど」ノエミは返した。

「それでは先生が迷惑なさいます」有無を言わさぬ口調だった。無理押しすることもできたが、揉めるよりはおとなしく引き下がるほうが賢明だとノエミは判断した。引き際は心得ている。いまの場合、我を通そうとすればかえって反感を買ってしまい、突っぱねられるのが落ちだろう。へたに騒ぎ立てれば荷造りする羽目にもなりかねない。いちおう客ではあるものの、歓迎されていない客だとの自覚もあった。

日中の居間は、カーテンを開けてみても、人を温かく迎えようという雰囲気が感じられないのは昨夜以上だった。ひとつは、部屋が冷えきっているせいだろう。部屋を暖めていた暖炉の火はすでに灰と化し、室内に流れこむ陽射しは、備品ひとつひとつの粗をかえって際立たせるばかりだった。色褪せたビロードのソファが見せる不快な緑色はまるで胆汁のようだし、暖炉を彩るタイルにはおびただしい数の罅が走っている。キノコをさまざまな角度から描いた小ぶりの油彩画は、皮肉にもカビにやられていて、その黒い斑点が色をくすませ、絵を台無しにしていた。いとこの言うとおり、この家は湿気がひどいのだ。

ノエミはカタリーナが爪をめりこませた自分の手首に目をやり、撫でさすりながら医師がおりてくるのを待ちわびた。かなり待たされたうえに、ようやく居間に姿を見せたと思ったら、医者ひとりではなく、ヴァージルも一緒だった。ノエミが緑色のソファのひとつに腰をおろすと、医者はその片割れにおさまり、黒革のカバンをかたわらに置いた。ヴァージルは立ったままだった。

「アーサー・カミンズです」医者が口を開いた。「ノエミ・タボアダさんですね」

医者の服は仕立てのいいものではあったが、十年、あるいは二十年ほど前のデザインだった。ハイ・プレイスにやって来る者たちは誰もが時に閉じこめられている、そんな気分にさせられた。とはいえ、こうした小さな町に暮らしていれば、服をひっきりなしに新調する必要などほとんどないのだろうとも思うのだった。もっとも、ヴァージルの着ている服は当世風のものだ。メキシコシティに出かけた折に買い求めたのか、あるいは彼が自分を特別な存在だと、衣服に金をかけるだけの価値ある人間だと見なしているということか。それなりに贅沢できるのも妻の財布のおかげなのだろう。

「はい。お時間をとっていただき、ありがとうございます」ノエミは言った。

「どういたしまして。ヴァージルの話ですと、わたしに質問があるのだとか」

「ええ。わたしのいとこは結核だとうかがっていますが――」

ノエミが話し終えるのも待たず、医者はひとつうなずいてしゃべりだした。「ええ、結核です。なに、心配には及びません。ストレプトマイシンを投与しているので、完治するはずです。だが〝養生〟という名の手当てもあなどれません。つまり、十分な睡眠とたっぷりの休養、滋養のある食事、この三つがこの病の特効薬というわけです」

医者は眼鏡をはずすとハンカチを取り出し、眼鏡を拭きながら先を続けた。

「氷嚢とアルコール消毒、これも結核の治療には重要です。いまに快癒します。すぐにも元気になりますよ。では、そろそろこのへんで――」

用事はこれで済んだとばかり、医者は眼鏡を上着の胸ポケットにおさめたが、今度はノエミが話をさえぎった。

「お待ちください、まだ話は終わっていませんわ。カタリーナの様子はかなり異常です。わたしが幼いころ、伯母のブリジーダも結核をわずらっていましたけど、カタリーナとはまるで様子が違いましたもの」

「症状は患者によってまちまちですからね」

「いとこはまるで彼女らしくない手紙を父によこしましたし、いまの様子にしても別人としか思えません」ノエミは、自分の受けた印象をどうにか言葉にしようとした。「すっかり変わってしまったわ」

「結核が人を変えるわけじゃない、患者にもともと具わる気質が強く現われたに過ぎません」

「だとしたら、やっぱり変だわ、だって、あんなふうに虚脱した彼女なんて見たことがないんですもの。あの表情は絶対におかしいわ」

医者は眼鏡を取り出してかけなおした。この状況が気に食わないのだろう、眉間に皺を寄せた。

「最後まで話を聞きなさい」医者は小声ながら強い調子で言った。その目つきは険しかった。ノエミは口を閉じた。「あなたのいとこは強度の不安神経症をお持ちです、鬱症状を引き起こしかねないほど重篤なものです。それを今回の結核が増幅させたのでしょう」

「カタリーナに不安神経症などありません」

「彼女の鬱傾向を否定なさるのですか？」

ここでノエミは父が口にしたことを思い出した。カタリーナにはメロドラマのヒロインみたいなところがあると言ったのだ。だが、メロドラマ的気質と不安神経症はまるで別物だ。メキシコシティで暮らしていたころのカタリーナに幻聴はなかったし、あんな病的な表情を見せたこともない。

「彼女の母親が亡くなったとき、引きこもりになったと聞いていますがね」ヴァージルが口を開いた。「ひどい鬱状態がしばらく続き、泣きわめいたり、わけのわからないことを口走ったりしたんだとか。いまはそれ以上にひどいありさまだ」

いままで口をつぐんでいたヴァージルが、その一件をわざわざ持ち出してきた。それもただ持ち出すだけでなく、自分の妻の話というよりは赤の他人を話題にしてでもいるように、感情を交じえぬ口調を心がけているふうだった。

「たしかに彼女の母親が亡くなったときは、あなたのおっしゃるとおりだったと思います」ノエミは返答した。「でも、それはもう何年も前の、彼女がまだ子供だったときのことじゃないですか」

「今回はそれの再発だと、そのうちあなたにもわかりますよ」ヴァージルが言った。

「結核はすぐさま死に結びつく病ではないが、だとしても、かなりのストレスを患者に与えますからね」医者が解説に乗り出した。「孤絶感しかり、身体症状しかり。あなたのいとこは悪寒と寝汗に悩まされています。どちらも気持ちのいいものではありませんし、コデイン（モルヒネ由来の催眠剤）の鎮静効果も一時的なものです。彼女がいきなり快活になってパイを焼きはじめるなんてことは、まずないでしょう」

「とにかく心配なんです。なんといっても大事ないとこなのですから」

「お察しします。だが、あなたまで精神を病むようなことになったら治せるものも治せなくなる、そこはわかりますよね？」医者はかぶりを振りながら言った。「さてと、本当にもう行かないと。ヴァージル、来週また来るよ」

「先生」ノエミは言った。

「いや、もう勘弁してください、もう行かないと」医者は繰り返した。船内でいままさに起きようとしている暴動を察知した人のようだった。

医者はノエミと握手を交わすと、診療カバンをさっとつかんで部屋を出てしまい、醜怪なソファに置き去りにされたノエミは言葉を失ったまま唇を噛みしめた。医者がすわっていた席に腰を沈めたヴァージルが、超然とした態度でソファの背にもたれた。血管に氷が流れている者がいるとすれば、目の前のこの男がまさにそれだった。彼の表情は冷血漢そのもの。この男は本当に、カタリーナに甘い言葉でプロポーズしたのだろうか？　相手が誰であれ、この男にそんなことができるのか？　この男が温かい血の通う誰かに愛をささやく場面などとても想像できなかった。

「ドクター・カミンズはとても有能な医者ですよ」彼は恬然として言った。カミンズがこの世で最高の名医だろうが、最低の藪医者だろうが、知ったことじゃないと言わんばかりの口ぶりだった。「以前は彼の父親がうちの主治医をしていましてね、それを彼が引き継いだというわけです。彼が不足のない医師だということは、このぼくが保証しますよ」

「さぞや立派なお医者様なのでしょうね」

「あまり信用していないようですね」

ノエミはさらりと受け流すかのように肩をすくめて見せた。こちらが笑みを絶やさず、深刻ぶらなければ、彼も心を開いてくれるのではと考えてのことだった、結局のところヴァージルは、いまの状況全般を軽く受け止めているように思われた。「カタリーナが結核なら、メキシコシティ近くのサナトリウムに預けたほうがいいんじゃないかしら。ちゃんとした治療が受けられる施設に」

「ぼくに世話は無理だと言いたいのかな？」

「そういう意味じゃありませんわ。ただ、ここは冷えこみも強いし、外の霧にしたって気分が明るくなる眺めとはいえないし」

「それがお父上から与えられた任務なのですね？」ヴァージルが言った。「カタリーナを連れ戻しに来たというわけですか？」

　彼女はかぶりを振った。「とんでもない」

「そんな印象を受けますがね」そっけない口調ではあったが、腹を立てているふうには見えなかった。言葉は冷えきったまま、話は続いた。「たしかにこの家が最先端の造りでも洒落てもいないことは承知しています。かつてのハイ・プレイスは世の指針となるべきもの、輝ける宝石のような存在でした。鉱山から採れる大量の銀は、この家の衣装簞笥を絹やビロードであふれさせ、極上のワインをグラスに満たせるほどの富をもたらしてくれました。それもいまはもう叶いません。

　しかし、病人の世話くらいはできます。父は高齢だし、万全な体調とは言えないが、我々はきちんと面倒を見ています。自分が妻に迎えた女性に対しても、手を抜くつもりはありません」

「それはそうでしょうけど。いまの状態を考えると、やはりカタリーナには別の専門医も必要じゃないでしょうか。例えば精神科医とか――」

　ヴァージルが突如あげた笑い声のあまりのすさまじさに、ノエミは思わず椅子から腰を浮かせた。いままで浮かべていた彼の表情がかなり神妙なものだったからなおさら、不快感は大きかった。それは反発の笑いだった。彼の視線がノエミにひたと据えられた。

「精神科医ね。そんなものがここいらで見つかるとでも？　呼べばひょいと虚空から姿を現わすとでも？　町にある公立の診療所にしたって、医師がひとりいるだけですよ。精神科医なんて見つかりっこない。それにはパチューカかメキシコシティに出向いて、連れてくるしかないでしょうね。たとえいたとしても、ここまで来てくれるかどうか」

「でしたら、その公立の診療所にいらっしゃる先生にセカンドオピニオンを求めるくらいのことはできますよね。カタリーナの症状について別の見解を示してくれるかもしれないし」

「父自らが選んだ医師を英国からわざわざ呼び寄せたのは、地元の医療体制が万全ではないからですよ。ここの町は貧しいし、住民は粗野で旧弊(きゅうへい)です。医者が掃(は)いて捨てるほどいるような土地じゃない」

「だったらなおのこと――」

「ええ、おっしゃりたいことはわかります」彼はそう言うと、はっと息を呑むほどの青い瞳で冷ややかに彼女を見つめ、さっと席を立った。「あなたはなにかにつけ我を通される方のようだ、違いますか、ミス・タボアダ？　お父上もあなたの言いなりだ。まわりの男たちはみんな、そうなんでしょうな」

ヴァージルは去年の夏のあるパーティでノエミがダンスの相手をした男を彷彿(ほうふつ)させた。軽快なテンポでダンソンのステップを踏んで愉快に過ごしていたのだが、やがて曲がバラードに変わった。すると男は、「魅惑の宵(サム・エンチャンテッド・イヴニング)」が流れているあいだずっと、体を不必要に擦り寄せてはキスを迫ってきたのだった。ノエミはぷいと顔をそむけた。それから再び目を合わせてみれば、相手の顔には陰湿な嘲りの色がありありと浮かんでいた。

　ノエミがきっと睨み返すと、ヴァージルはあの男とそっくり同じ、嘲るような目で見つめてきた。辛辣(しんらつ)で醜悪な眼差しだった。

「何がおっしゃりたいの？」彼女は挑むように言った。

「男を自分の命令に従わせたいとなったら、あなたはかなり執拗になるらしい。そんなことをカタリーナが言っていたのを思い出したものでね。こっちは盾突く気などありませんよ。セカンドオピニオンとやらを入手したいのなら、どうぞご随意に」彼は捨て科白を残して部屋を出ていった。

彼に一矢報いることができたのはちょっといい気分だった。思うにヴァージルは——あの医者もだが——自分の主張をノエミが唯々諾々と受け容れると思っていたのだろう。

その夜、ノエミは夢を見た。金色の花が一本、部屋の壁紙から生えてくる夢、というのは正確でない……それを花だと思ったわけではなかった。蔓はあるのに蔦でもなく、まずもって花とは呼べないそれが、おびただしい数の金色の小さなものを芽吹かせたのだ。

キノコ。そのひとつひとつが球根のような形をしていることから、それにようやく気がついた。ノエミは吸い寄せられるようにして壁に歩み寄ると、輝きに陶然となって手を当てた。すると金色の球体は煙と化したかのように弾けて宙に舞い上がり、粉塵となって床に降りそそいだ。見れば両手は粉まみれになっていた。

とっさにナイトガウンに両手をなすりつけたが、金色の粉はとれるどころか爪の隙間にもぐりこんだ。金色の塵はノエミの周囲を旋回しながら室内を明るく照らし、黄色の柔らかな光で満たした。視線を天井に向けると、微細な星くずが瞬くように塵がきらめき、足元に目をやれば、絨毯の上にも金色の星雲が生まれていた。

足裏をこすりつけるようにして絨毯の上の塵を掻き乱すと、またしてもそれは宙に舞い上がり、やがて下に落ちてきた。

部屋に誰かいる、と不意に気づいた。ナイトガウンの合わせ目を片手でしっかり押さえて顔を上げると、ドア口にたたずむ人影が目に留まった。黄ばんだアンティーク・レースのドレスを身にまとった女だった。顔があるはずの部分は、壁のキノコと同じように、金色の輝きに包まれていた。その輝きが徐々に強まったかと思うと、しだいに弱まっていく。夏の夜空を舞う蛍（ほたる）を見ているようだった。

ノエミのすぐ横の壁がぶるぶると震えだし、金色の女の明滅と同じリズムで鼓動を刻みはじめた。足元の床板もどくどくと脈打った。これは心臓、それも生きて知覚を具えている心臓だ。キノコと一緒に発生した金色の菌糸が網目模様を描くように壁に伸び広がり、成長しつづけた。そうこうするうちにノエミは気がついた。女のドレスの素材はレースではなく、同じ菌糸を織り上げたものだった。

女は手袋をはめた手を持ち上げてノエミを指さすと、口を開けた。だが、顔それ自体が金色の靄（もや）に包まれているので、口などあろうはずもなく、言葉が放たれることもなかった。

ノエミは恐怖という感情とはずっと無縁で生きてきた。いままではそうだった。だが、なにかを語りかけようとしているこの女を前にしてはじめて、名づけようのない恐怖に襲われた。戦慄（せんりつ）が背筋を駆け抜け、足の踵（かかと）を貫いた。思わずあとじさり、両手を唇に押し当てた。

だが、あるはずの自分の唇が消えていた。さらに一歩、あとじさろうとするも、足が床に溶けこんでしまっていることに気づいた。金色の女が前に進み出てノエミのそばまで来ると、両手でノエミの顔を包みこむ。そして耳障りな音を轟（とどろ）かせた。歯ぎしりのようでもあり、水たまりに水がぽたぽた落ちる音のようでもあり、漆黒（しっこく）の闇のなかで虫がいっせいに羽音をたてているようにも聞こえた。ノエミは両手で耳をふさぎたかったが、すでに手も消えてなくなっていた。

ノエミはぱっと目を開けた。汗をぐっしょりかいていた。自分がどこにいるのかさえわからなくなったが、一分ほどしてようやく、自分がいまハイ・プレイスに来ていることを思い出した。ベッドサイドに置いてある水のグラスに手を伸ばすも、手をひっかけて危うく倒しそうになる。水を一気に飲み干したところで、首をめぐらせた。

部屋は薄闇に包まれていた。壁の表面におびただしい数の点となって現われていた光は、金色であれ何色であれ跡形もなく消えていた。それでもノエミは、両手を壁に走らせたい衝動に駆られた。壁の内部に物の怪などひそんでいないことを、確かめずにはいられなかった。

6

　車を使わせてもらうには、フランシスに頼むのが手っ取り早そうだった。フローレンスは取りつく島もないだろうし、ヴァージルは昨夜の話し合いでノエミがすっかり怒らせてしまっていた。そういえばヴァージルは、あなたは男を思いどおりに動かそうとする、というようなことを言っていた。嫌な女に思われるのは心外だ。やっぱり人には好かれていたかった。パーティも嬌笑も、巧みに結い上げた髪も、熟練の笑みも、おそらくはそれがため。男であれば父みたいな厳めしさも、ヴァージルみたいな冷淡さも美点になりうるだろうが、女はそういうわけにはいかない。好かれなければ生きづらくなるだけだ。好感を持たれない女は性悪女にされてしまい、性悪女にされたが最後、ほとんど身動きが取れなくなる。すべての道が閉ざされてしまうのだ。

　まあいいだろう、この家で自分が好かれていないのは百も承知。それでもフランシスだけはそれなりに親切に接してくれるのだから。頼みの綱のフランシスはキッチンの近くにいた。肌はこれまで以上に血の気がなく、象牙色の痩せっぽちといった見てくれだが、目には精彩があった。その彼が笑いかけてきた。笑顔になるとそう悪くもない。無論のこと、彼のいとこの足元には及ぶべくもないのだが――ヴァージルはすこぶるつきの美形――ほかの男たちだってヴァージルと張り合おうとすればばかなりの苦戦を強いられるだろう。カタリーナを虜にしたのもまさにそこだったに違いない。あの端整な顔にしてやられたのだ。彼がまとうミステリアスな雰囲気も、カタリーナから冷静な判断力を奪ってしまったのだろう。

美貌だけが取り柄の貧乏人。そうノエミの父は言っていた。あの男が差し出せるのはそれくらいしかないんだよ。

崩れかけた古い館というものもまた、どうやら人に悪い夢を見せやすくするらしい。ああまいった、都会がひどく遠い存在に感じられた。

「ひとつお願いがあるの」朝の挨拶を交わしたところでノエミは切り出した。話しかけながら、フランシスの腕に自分の腕をさりげなく絡ませて歩きだす。「おたくの車で町に行かせてもらえないかしら。出したい手紙があるの。父にまだ近況報告もしていないし」

「町まで送ればいいの？」

「運転なら自分でできるわ」

フランシスが眉根を寄せた。ためらいがのぞく。「ヴァージルがなんて言うかな」

ノエミは肩をすくめた。「彼に言う必要なんてないわよ。あらやだ、わたしが運転できないと思っているの？　お望みなら免許証を見せたっていいのよ」

フランシスはブロンドの髪に手を滑らせた。「そういうことじゃない。ただ、うちの家族は、車に関しては、すごく気難しいところがあるんでね」

「わたしだって、自分で運転することに関しては、すごく気難しいわよ。付添いなんてお呼びじゃないし、あなたが付添いじゃ、いてもいなくても大差ないもの」

「どういう意味だよ？」

「そもそも男の付添いなんて聞いたことないでしょ？　ふつうは憎たらしい叔母とかがなるものだわ。なんなら週末にうちの約一名をお貸しするわよ。車はとんでもないことになるでしょうけどね。ねえお願い、いいでしょ？　どうしても必要なの」

フランシスがくすりと笑いをもらしたところで、ノエミは彼を外へと誘導した。フランシスはキッチンのフックに掛かる車のキーを手に取った。メイドのひとり、リジーは小麦粉を撒き散らしたテーブルでパン種を丸めていた。ノエミにもフランシスにも、ちらとも目を向けようとしない。ハイ・プレイスの使用人たちは、カタリーナが聞かせてくれたお伽噺の登場人物のように、透明人間みたいなものなのだ。『美女と野獣』がそうだったのではなかったか？　気配を消して食事をこしらえ、銀食器を配膳する使用人たち。馬鹿ばかしいにもほどがある。ノエミは自分の家の使用人たち全員の名前を知っているし、彼らのほうもおしゃべりを渋ったりすることはない。ならばハイ・プレイスの使用人たちの名前をどうしてノエミが知ることになったのかといえば、それは奇跡が起きたわけでもなんでもなく、フランシスに尋ねたらすんなり教えてくれたからだ。リジーとメアリとチャールズ。この三人もまた、施錠された食器棚におさまる陶磁器と同様、何十年も前にはるばる英国から運ばれてきたのだった。

車庫に向かいながら、フランシスはノエミにキーを渡した。「道に迷ったりしないかな？」フランシスは車のドアにもたれて運転席の彼女に目をやった。

「なんとかなるわよ」

それはそうだろう。迷いようがなかった。道路は山に一本通じているだけだし、そこをくだればおのずと小さな町に行き着いた。運転中はこの上なく満ちたりた気分だった。窓を開け、山の新鮮な空気をたっぷり味わった。あの家から出てしまえば、ここもまんざら悪くない。あの家がこの土地の印象を損ねているに過ぎないのだ。

郵便局と診療所はこの近くだろうと察しをつけて、町の広場に車を駐めた。読みは正しかった。医療施設であることを示す緑と白の外壁をもつ小さな建物がすぐさま目に留まった。なかにはいると緑色の椅子が三脚置かれていて、病気にまつわるあれこれを告知するポスターが数枚、壁にはってあった。受付カウンターはあるものの、そこは無人で、閉じたドアに掛かる名札には、大きな文字で医師の名前が書かれていた、**フリオ・エウセビオ・カマリーリョ**。

椅子にすわって待つこと数分、診察室のドアが開き、よちよち歩きの子の手を引いた女が出てきた。それに続いて医者がドアから頭だけ突き出し、ノエミにうなずいて見せた。

「やあ」医者が言った。「どうしました？」

「ノエミ・タボアダという者です」彼女は言った。「ドクター・カマリーリョでいらっしゃいますか？」

ずいぶん若そうに見えたので、そう訊かずにいられなかった。彼の肌の色はかなり浅黒く、短い髪を真ん中で分けている。小さな口ひげは貫禄不足というか、むしろ彼を滑稽(こっけい)に見せていた。お医者さんごっこをしている子供といったふうである。それに白衣もはおらず、ベージュと茶のセーターを着ているだけだった。

「ええ、ぼくです。こちらにどうぞ」彼が言った。

診察室の彼のデスクの背後の壁には、彼の名前が華麗な筆跡で記されたメキシコ国立自治大学の卒業証書が掛かっていた。戸棚は扉が開きっぱなしになっていて、錠剤や綿棒、薬品の瓶などがぎっしり詰まっている。部屋の隅の黄色い植木鉢には、巨大なリュウゼツランが植わっていた。

医者がデスクの前におさまると、ノエミは待合室にあったのと同じ、プラスチックの椅子に腰かけた。

「前にお会いしたことはないですよね」ドクター・カマリーリョが言った。

「ええ、土地の者ではないので」そう言って膝にハンドバッグを置き、身を乗り出した。「こっちには、わたしのいとこに会いに来ているんです。そのいとこが病気で、先生に一度診ていただけないかと思ってうかがいました。結核にかかっているんです」

「結核？　エル・トリウンフォで？」医者は驚きもあらわな声をあげた。「そんな話、聞いてないけどな」

「正確には、エル・トリウンフォじゃないんです。住まいはハイ・プレイスでして」

「ということは、ドイル家ですね」彼はためらいがちに言った。「あなたもあの一族の方なんですか？」

「いいえ。あ、そういうことになりますね。いわゆる姻戚関係です。いとこのカタリーナがヴァージル・ドイルと結婚しているので。ぜひとも往診をお願いしたいんです」

青年医師が困惑の色を浮かべた。「それならドクター・カミンズがおられるのでは？　あそこの主治医なんですから」

「わたしが欲しいのはセカンドオピニオンなんです」彼女はそう告げると、カタリーナの言動がどう奇妙なのかを説明し、精神科医に診てもらう必要があるような気がすることを伝えた。

ドクター・カマリーリョはじっと耳を傾けていた。ノエミの話が一段落すると、彼は指にはさんだ鉛筆をくるりと回した。

「ぼくがハイ・プレイスにのこのこ出かけていっても、いい顔されないんじゃないかな。ドイル家には昔からずっと専属の医師がいますからね。あそこの人たちは土地の人間とは交わらないんですよ」

彼は言った。「鉱山が操業していたころは、メキシコ人労働者も雇っていましたが、そのときだって地元の労働者は山の上にある飯場に住まわせていたくらいですからね。アーサー・カミンズの父親もあの一族の主治医だったんです。鉱山がまだ開いていたころに何度も伝染病が蔓延したという話、あなたも聞いているでしょう。あれで大勢の労働者が命を落とし、カミンズは猫の手も借りたいくらいだったはずなのに、決して地元に応援を求めようとしなかったと聞いています。あそこの一族は、地元の医者をあまり信用していないんでしょうね」

「どういう伝染病だったのですか？」

彼は鉛筆の尻についている消しゴムでデスクを三度、打ちつけた。「それがはっきりしないんです。高熱が出る、かなり質の悪いものだったらしい。これに罹患した者たちはわめいたり、譫言を言ったり、ひきつけを起こしたり、殴り合いを始めたりと、とことん不可解な症状が現われたという話です。感染者がばたばた死んでいく状態がしばらく続いたあと、ある日を境にこれがぴたっと終息した。ところが数年もすると、この謎の伝染病がまたぞろ猛威をふるう、そんな具合だったようです」

「英国式墓地はそれだったのね」ノエミは言った。「たくさんのお墓があるんです」

「あそこは英国人専用の墓地ですよ。なんなら地元民の墓地に行ってみるといい。最後にこれが蔓延したときは、ちょうど革命が始まったばかりの時期で、ドイル家の連中は地元民の死体を山から降ろす手間を惜しんで、きちんとした埋葬もせず、そのへんに掘った穴にただ放りこんだだけだった」

「そんな馬鹿な、嘘でしょ？」

「さあ、どうですかね」

その物言いは、不快の念を暗に匂わせるものだった。「ええ、ぼくはそう信じています」と断定こそしないものの、彼には嘘だと思う理由などひとつもないようだった。

「それについていろいろご存じだということは、先生はエル・トリウンフォのご出身なのですね」

「ええまあ、この近くで育ちました」彼が言った。「ぼくの実家はドイル鉱山の労働者を相手に、日用品を商っていたんです。それもあって鉱山が閉鎖になると、家族はパチューカに移りました。ぼくは学業のためにメキシコシティに出ましたが、最近こっちに戻ってきたんです。この町の人たちに救いの手を差し伸べたくて」

「でしたら、わたしのいとこにも救いの手を差し伸べてください」彼女は言った。「来ていただけますよね？」

ドクター・カマリーリョは笑みを浮かべたが、すまなそうにかぶりを振った。「言ったでしょう、そんなことをすればカミンズやドイル家が黙っちゃいない」

「あの人たちがあなたになにをするというんです？　あなたはこの町のお医者様でしょ？」

「この診療所は公立だから、包帯も消毒アルコールもガーゼも政府の金でまかなわれている。だがエル・トリウンフォは小さな町だし、ひどく貧乏です。住民の大半が山羊を生活の糧にしています。かつてスペイン人が鉱山を経営していたころなら、鉱山労働者に必要な獣脂を作ってどうにか暮らしていけたんだが、いまはにっちもさっちもいかなくなってしまった。ここの教会にはじつに奇特な神父様がいましてね、その方が貧者のための施しを集めているんです」

「だったらわたしがドイル家にかけあって、施しのお金を出させますわ。その神父様はあなたのご友人なんですね」

「カミンズは施しをしていますがね。ドイル家の連中がそんな気を起こすとは考えられないな。まあ、金をどう使おうが彼らの自由ですから、そんなことはみんな承知していますよ」

ドイル家にはまだ大金がうなっている、そうノエミが思ったわけではない。鉱山が閉鎖されてからもう何十年にもなるのだ。だとしても、銀行口座にはそこそこ残高があるに違いなく、エル・トリウンフォのような孤絶した町では、ほんのわずかな施しでもかなりの助けになるだろう。

さあ、どうする？　彼女は素早く頭をめぐらせ、父が金の無駄遣いと見なしていた芝居の稽古の成果をこの場で活用することにした。

「つまり先生は力になれないとおっしゃるんですね。あの人たちを恐れているんだわ！　ああ、もはやわたしは孤立無援というわけね」ここでハンドバッグを握りしめてゆっくり立ち上がり、情感こめてわなわなと唇を震わせた。彼女がこうやると、いまにも泣きだすのではと男は決まってパニックを起こす。男は涙に弱い。ヒステリックな女を前にすると怖気づいてしまうのだ。

たちまちなだめる態勢にはいった医者が早口になった。「そんなこと言ってませんよ」

「でしたら？」彼女は期待をこめた声で詰め寄り、とびきり蠱惑的な笑みをこしらえた。以前、スピード違反の切符を切られそうになったとき、この手で警官に見逃してもらったことがあった。「先生、お力をお借りできるなら、こんなにうれしいことはありません」

「行くのはかまいませんが、ぼくは精神科医じゃないからな」

ノエミはハンカチを取り出し、ぎゅっと握りしめた。ほら泣くわよ、目をぬぐうわよという、さりげないサインである。彼女はふうっと大きく息をもらした。

「このままメキシコシティに戻ることもできますけど、カタリーナをひとり残していくのは嫌なんです。どうしても帰る必要があるわけではない以上、なおさらそんなことはしたくありません。妙な言い草かもしれないけど、先生が引き受けてくだされば、わたしが長い距離を往復する手間が省けるんです。列車は毎日走っているわけじゃないんですもの。ささやかなお願いです。聞き入れていただけませんか？　来てくださいますよね？」

ノエミが目をやると、彼は訝しげな目で見返してきたが、それでもこくんとうなずいた。「月曜日の正午ごろにうかがいましょう」

「恩に着ます」彼女は言ってぱっと立ち上がり、握手を交わした。ここでもうひとつの用事を思い出し、一拍置いてから言葉を継いだ。「ところで、マルタ・デュバルという方をご存じですか？」

「この町にいる医療従事者に、ひととおり当たろうというんじゃないですよね？」

「え？」

「彼女は民間療法師だからですよ」

「その方のお住まいはご存じですか？　いとこがその女性の薬を欲しがっているんです」

「ほお？　ああ、そういうことか。その人は町の女性たちを相手に、手広く商売をしていましてね。ゴルドロボ茶はいまも結核患者に人気の民間治療薬ですよ」

「それ、効きますの？」

「咳止めにかなり効果があります」

ドクター・カマリーリョは、デスクにかがみこんでメモ用紙に地図を描くと、ノエミに差し出した。デュバルの家はここからすぐだというので、ノエミは徒歩で向かうことにした。歩きにして正解だったとすぐに判明した。女療法師の家へと続く路地は車には不向きで、道もちょっと入り組んでいた。無秩序に張りめぐらされた通りは、たどるにつれて混沌の様相を呈していった。地図があるにもかかわらず、途中で何度も訊く羽目になった。

とある家の前で、擦り減った洗濯板にシャツをこすりつけて洗っている女に声をかけた。女はソーテ（ブランド名）の固形石鹸を脇に置き、目指す家はさらに坂をのぼった先だと教えてくれた。中央広場と教会から遠ざかるにつれて、町の荒廃ぶりが嫌でも目につくようになった。しばらく行くと、煉瓦を積み上げただけの粗末な家並みが出現した。なにもかもがくすんだ色をしていて埃っぽく、壊れかけた柵の向こうには、痩せこけた山羊や鶏がいる。ドアも窓も残っていない、うち捨てられた住居も何軒か見かけた。おそらく近所の人たちが、木やガラス、その他使えそうな建材をあさっていったのだろう。車で町を通り抜けたとき、フランシスはなかでも見映えのいい道を選んだに違いないが、そのときでさえ、彼女の目に映じたのは衰退の色だった。

　療法師の家はかなり小さかったが、白ペンキで塗られていて、よそに比べて手入れが行き届いていたのですぐに目についた。長い髪を一本に編み、青いエプロンを着けた女性がドアの脇の三本脚の椅子に腰かけていた。手元にボウルをふたつ置き、ピーナッツの殻をむいている。一方のボウルにむいた殻を投げ入れ、もう一方に実を放りこむ。近づいていってもノエミを見ようともしない。女は鼻歌を歌っていた。

「あの、すみません」と声をかける。「マルタ・デュバルさんを探しているのですが」

鼻歌がやんだ。「あんたのその靴、そんな洒落たのは見たことないよ」老女が言った。

　ノエミは自分の履いている黒いハイヒールにちらりと目をやった。「それはどうも」

「そういう洒落た靴を持っている人はめったにいないからね」

　女がさらにもうひとつ、ピーナッツの殻を割ってボウルに投げこんでから立ち上がった。「マルタはあたしだよ」そう言って、白内障で濁る目でノエミを見上げた。

　マルタは両手にボウルを持って家のなかにはいった。あとに続いてノエミもなかにはいると、そこは食卓も兼ねた狭いキッチンだった。壁には聖心（キリストの心臓）を描いた絵が掛かり、本棚には聖人たちの小さな石膏（せっこう）像や蠟燭、ハーブの詰まった瓶などが所狭しと並んでいる。天井にもハーブやドライフラワーが吊るしてあり、ラベンダーやエパソーテ、ヘンルーダなどの小枝の束もあった。

宿酔（ふつかよ）いを解消するものや解熱作用のあるものなど、さまざまな薬草を採取しては治療薬をこしらえ、さらには邪視退治に効果があるとされる呪（まじな）いも手がける療法師が世間に大勢いることはノエミも知っていたが、カタリーナがその手の治療薬にすがるタイプだとは思ってもみなかった。ノエミが人類学に興味を持つきっかけとなったのは『アザンデ族に伝わる妖術と神託と魔術』という本だった。その話題をカタリーナに持ちかけたとき、彼女はまるで乗ってこなかった。〝妖術〟と聞いただけで震え上がってしまったのだ。それにデュバルのような治療師がやっていることは、気つけ薬を出すことから、聖なるヤシの葉を編んだ十字架を患者の頭に載せるといったことまで、どれも妖術とさして変わらぬ行為である。

やっぱりおかしい。カタリーナは鹿の目（オホ・デ・ベナード）と呼ばれる魔除けのブレスレットを手首につけるような迷信家ではない。ならば、どんな経緯でこの家に出入りするようになり、マルタ・デュバルに相談を持ちかけることになったのか？

老女はふたつのボウルをテーブルに置くと、椅子を引き出した。彼女が腰をおろすと同時になにかの羽ばたく音が起き、ノエミは肝（きも）を潰した。そこへ一羽の鸚鵡（おうむ）が舞い降りてきて、マルタの肩先にとまった。

「そこにおかけよ」マルタは殻をむいたピーナッツを鸚鵡に与えながら言った。「ご用はなにかね？」

ノエミは向かいの席にすわった。「わたしのいとこに治療薬を作ってくださったそうで、それをまた分けてほしいと、ことづかってきました」

「どんな薬だったかね？」

「それがよくわからなくて。いとこの名前はカタリーナ。憶えておられますか？」

めた。

「ハイ・プレイスの若いお嬢さんだね」

女はピーナッツをさらにもう一粒、手に取って鸚鵡に差し出す。鸚鵡は首をかしげてノエミを見つめた。

「ええ、カタリーナです。彼女とはどうやって知り合ったのですか？」

「知り合いじゃないよ。そういう仲じゃない。あんたのいとこはたまに教会に来ていたからね、そこで誰かから、あたしのことを聞くかなにかしたんだろうよ。いきなりやって来て、寝つきがよくなる薬が欲しいと言ったんだ。その後も何度かやって来た。最後に会ったときはかなり気が動顚していてね。だけど、なにがあったのかは話そうとしなかった。そのとき、手紙を自分の代わりにポストに入れてほしいと頼まれたよ。たしかメキシコシティにいる誰か宛だった」

「どうして自分で投函しなかったのかしら？」

「知るもんかね。こう言ったんだ、『金曜日になってもわたしがここに来なかったら、これをポストに入れてくれ』とね。だから言われたとおりにした。さっきも言ったけど、どんな問題を抱えているのか話そうとしなくてね。悪夢を見ると言うんで、それを治してやろうとしたんだ」

悪夢。ノエミは自分の見た不気味な夢を思い返しながら、心のなかでつぶやいた。あんな家にいれば、悪夢を見るのに苦労はしない。彼女はハンドバッグの口に両手を置いた。「ということは、あなたのお薬がきっと効いたんだわ、もっと欲しいと言うのだから」

「もっと、ね」女はふうっと息を吐き出した。「あたしは言ったんだ、薬じゃあんたはよくならない、ただの一時しのぎだよって」

「どういう意味ですか？」

「あの一族は呪われているんだ」女が鸚鵡の頭を撫でると、鳥が目を閉じた。「あの話は聞いていないのかい？」

「伝染病が流行ったことは聞いています」ノエミは相手の真意を測りかねて、おずおずと言った。

「ああそうだった、病気が蔓延したんだった、恐ろしい病気がね。だが、話はそれだけじゃない。ミス・ルースだよ、あの子が乱射事件を起こしたのさ」

「ミス・ルースって誰ですか？」

「このあたりじゃ有名な話だよ。話してやってもいいけど、ちょっとばかり、もらわないとね」

「しっかりしているんですね。薬の代金ならちゃんと払います」

「こっちも食べていかなきゃならないんでね。それに、聞いて損のない話だし、あたしほどうまく話せる人はいないよ」

「あなたは治療師であり、語り部でもあるというわけね」

「言っただろ、お嬢さん、こっちは食べていかなきゃならないんだ」女は肩をすくめながら言った。

「わかったわ。お話の分もお支払いします。灰皿をお借りできますか？」ノエミはそう言って、煙草とライターを取り出した。

マルタがキッチンにあった白鑞のカップをつかんでノエミの前に置くと、ノエミは身を乗り出してテーブルに両肘をつき、煙草に火をつけた。それから老女にも煙草を勧めると、マルタはにやりとしてパッケージから二本を抜き取ったが、どちらにも火をつけぬままエプロンのポケットにしまいこんだ。あとで吸うのだろう。あるいは誰かに売りつけるのかもしれない。

「どこから話そうかね？　そう、ルース。ルースっていうのは、ミスター・ドイルの娘だよ。ミスター・ドイルの秘蔵っ子で、何不自由なく暮らしていた。当時は使用人も大勢いたからね。いつだって使用人がどっさりいて、銀食器を磨いたりお茶を淹れたりしていたよ。使用人の多くはこの村出身の者たちで、あの屋敷に住みこんでいたんだけど、たまに町におりてくることもあった。市場に行ったり、あれこれ用事をこなしたりしにね。こっちに来れば、ハイ・プレイスにあるきれいな品々や、きれいなルースのことなんかをひとしきりしゃべっていったものさ。

ルースは彼女のいとこ——名前はマイケル——とじきに結婚することになっていて、パリからドレスを取り寄せ、髪に飾る象牙の櫛を注文するといった準備が進んでいた。ところが式の一週間前、ルースがどこからかライフル銃を持ち出してきて、まずは花婿を、続いて自分の母親と叔母や叔父まで撃ち殺しちまったんだ。父親も撃ったが、彼は命拾いした。弟のヴァージルだってへたをすれば撃たれていたんだろうけど、ミス・フローレンスが彼をどこかにかくまったらしい。あるいは、ルースも弟には情けをかけて見逃したのかもしれないがね」

ノエミは屋敷内で武器を目にしたことは一度もなかった。おそらく問題のライフルは処分されたのだろう。戸棚に陳列されているのは銀製品ばかりである。となると、女銃殺魔が用いた銃弾も銀でできていたのだろうか、などと不謹慎な考えがノエミの脳裡をよぎった。

「彼らをひととおり撃ち終えると、ルースはライフルの銃口を自分に向けて発射したんだ」女はピーナッツの殻を割った。

身の毛もよだつような話！　だが、話はそれで終わらなかった。これは単なる幕間だった。「続きがまだあるのね？」

「ああ」

「話してくれないの？」

「食べていかなきゃならないからね、お嬢さん」

「お金はちゃんと払いますよ」

「値切ろうっていうんじゃないだろうね？」

「とんでもない」

煙草のパッケージはテーブルに置かれたままだった。そこにマルタの皺だらけの手が伸びてきて、さらに一本を抜き取ると、またしてもエプロンにしまい、にやりと笑った。

「事件のあと、使用人たちは屋敷を離れていった。ハイ・プレイスに残ったのは、生き延びた家族と、長年仕えている信用できる人間だけ。以来あそこに引きこもり、人目に触れることもない暮らしが続いていった。ところがある日、ミス・フローレンスがいきなり鉄道駅に姿を現わしたんだ。屋敷から一歩も外に出たことのない彼女が休暇旅行に出かけたんだよ。そして若い男と結婚して戻って来た。リチャードという亭主を連れてね。

リチャードはドイル家の人間たちとはまるで違った。話好きな男でね。車で町にやって来ちゃ、酒とおしゃべりを楽しむのが好きだった。以前はロンドンとかニューヨーク、メキシコシティでも暮らしたことがあるというから、ドイル家のお屋敷が彼のお気に入りにはならないだろうことは想像がつくってもんさ。とにかく話好きでね、よろしくやっていたわけだが、そうこうするうち、妙なことを口にするようになったんだ」

「どんなことを？」

「幽霊とか精霊とか邪視とか、そういう類いの話だよ。このミスター・リチャードっていうのは、もともとはがっしりした体格だったのに、ついには見る影もなくなった。みすぼらしく痩せ細っちまって、そのうち町におりてこなくなり、姿を見せなくなったんだ。で、しばらくして谷底で見つかった。あんたも気づいたと思うけど、ここらは深い谷だらけだからね、そのひとつで死んでいたんだよ、享年二十九歳、息子をひとり残してね」

それがフランシスね。ノエミは心のなかでつぶやいた。柔らかな髪を持ち、それ以上に柔らかな微笑を浮かべる、色白のフランシス。こんな長大な家族史はこれまでいっさい耳にはいってこなかったが、誰だろうと進んで話したくなる類いのものではない。

「たしかに痛ましい話だけど、呪いで片づけるのはどうかしらね」

「全部たまたまいっぺんに起きただけ、そう言いたいのかい？　なるほど、あんたはそう考えたいんだね。でもね、動かしようのない事実を言わしてもらえば、あの家の連中が触れるものは全部腐るんだ」

腐る。そう口にするや、ひどい不快感が胸にこみあげてきて、舌にまとわりつくように感じられ、思わず爪を噛みたくなっていた、爪を噛んだことはこれまで一度もないというのにだ。手には強いこだわりがあった。みっともない爪になっていたら、いまの自分はなかっただろう。あの屋敷はたしかに変わっている。ドイル家の人間も使用人も変人ぞろいだが、それのどこが呪いだというのか？　馬鹿ばかしいにもほどがある。

「不幸がたまたま重なった、それ以外にはありえないわ」彼女はかぶりを振った。

「それがありえるのさ」

「それはともかく、前回作っていただいたのと同じものをお願いできますか？」

「あれは簡単にできるものじゃないんだ。まずは原料をひととおりそろえないとならないし、少し時間がかかるだろうね。いずれにせよ薬じゃなにも解決しないよ。さっきも言ったが、問題はあの家だよ、あそこは呪いの館なのさ。さっさと列車に飛び乗ってあそこを離れちまいなって、あんたのいとこにも言ってやったんだ。ちゃんと聞き入れてくれたと思っていたんだがね、こっちには知りようがないだろ？」

「ええ、たしかに。ところでお薬はいかほどですか？」ノエミは尋ねた。

「薬と話の両方だよ」

「ええ、そちらも合わせて」

　マルタ・デュバルが合計額を口にした。ノエミはハンドバッグを開いて紙幣を数枚、取り出した。

白内障でも紙幣ははっきり見えるらしい。

「一週間はかかるだろうね。そのころまた来てみるといい、約束はできないがね」女はそう言って手を差し出し、ノエミはその手に紙幣を載せた。女は畳んでエプロンのポケットに押しこんだ。「あと一本、もらってもいいかね？」

「どうぞ。気に入ってもらえたらうれしいわ」そう言って一本差し出す。「ゴロワーズという銘柄よ」

「あたしが吸うんじゃないんだ」

「だったら誰が？」

「使徒の聖ルカだよ」彼女は棚に並ぶ聖人の小さな石膏像のひとつを指さした。

「聖人に煙草を？」

「彼の好物でね」

「お金のかかる嗜好の持ち主なのね」ノエミはそう言いながら、ゴロワーズと同程度の煙草を扱う店が町にあるだろうかと気になった。すぐにも補充が必要だ。

　すると女がにやりと笑い、ノエミはさらに一枚、紙幣を差し出した。このくらいたいしたことではない。この女が言うように、誰だって食べていかねばならないのであり、この老女にどれだけの顧客がいるのかは神のみぞ知る。マルタは上機嫌になったようで、いっそう大きな笑みをこしらえた。

「じゃあ、そろそろ失礼します。聖ルカには、いっぺんに煙草を吸わせないでくださいね」

女がくすりと笑った。外に出て握手を交わす。すると女が目をすがめた。

「よく眠れているかい？」女が訊いた。

「ええ、ぐっすりよ」

「目の下に隈ができてるじゃないか」

「山の上は冷えるから。どうしても寝つきが悪くなるの」

「それが原因ならいいけどね」

あの奇妙な夢のこと、あの金色の輝きのことが頭に浮かんだ。あれはかなりひどい夢だったが、それを分析しようという気は起きなかった。ユング信奉者の友人がいるが、「夢はそれを見ている人そのもの」というユングの考え方にノエミは納得していないし、夢をわざわざ解釈しようと思ったこともない。だがいまになって、「誰もが影を背負っている」というユングの言葉が脳裡によみがえった。ハンドルを握ってハイ・プレイスに引き返すあいだ、マルタが口にした言葉が影のようにまとわりついた。

7

その夜もまた、白いダマスク織のテーブルクロスに並ぶ侘しい食事と蠟燭の明かりだけの夕餉の席に呼び出されたのは、古びたテーブルに着いていたのはドイル家の三人、フローレンスとフランシス、そしてヴァージルだった。家長は自室で食事をとるのだろう、そう思われた。

ノエミは食事にほとんど口をつけず、ひたすらスプーンでスープをかき混ぜるばかり。栄養よりも会話に飢えていた。ついには我慢できなくなって、くすりと笑い声をもらした。とたんに同席者三人の視線が彼女に集中した。

「ねえ、食事中ずっと口を閉じていなくちゃならないの?」彼女は疑問をぶつけた。「ちょっとくらいしゃべってもかまわないでしょ?」

クリスタルグラスのように澄んだ彼女の声は、重厚な家具や厚いカーテン、ノエミに向けられた重苦しい顔を嫌でも際立たせた。鼻つまみ者になりたいわけではなく、飾らない性格であるがゆえに、しかつめらしい空気についていけないのである。ここでノエミはにっこり微笑んでみせた。こうすれば笑みが返ってくるのではないか、この豪勢な檻のなかに一瞬でも軽みが生まれるのではないかと期待してのことだった。

「食事中は会話を控えるのが我が家のルール、そのことは前に申し上げたはずです。どうやらあなたは、この家のルールにいちいち盾突くことにとても熱心なようですね」フローレンスは言って、ナフキンで口元をそっと押さえた。

「なにがおっしゃりたいの？」

「車で町に行きましたね」

「手紙を何通か出したくて郵便局に行っただけですけど」家族宛の短信をしたためたのは事実なので、嘘ではなかった。ウーゴにも出そうかと思ったが、ちょっと考えてやめにした。ウーゴとは恋人と呼べるほどの仲ではない。へたに手紙など出せば、恋人になる意志を固めたと誤解されかねないからだった。

「手紙ならチャールズに頼めば済むことです」

「お気持ちはうれしいけど、そのくらい自分でできますわ」

「この付近は道が悪いのです。車がぬかるみにはまったらどうするんです？」フローレンスが詰問口調になる。

「そうなったら歩いて帰ってくればいいもの」ノエミはスプーンを脇に置いた。「どうってことないわ」

「ここを知らないからそんなことが言えるんです。山は危険だらけなのですよ」

強い敵意は感じられなかったが、一語一語にフローレンスの不満が糖蜜のようにねっとりと絡みついている。叱責(しっせき)された子供の気分が突如こみあげてきて、ノエミは顎をぐいと突き出すと、かつて学校で尼僧たちを睨みつけたのと同じように、反抗心をむき出しにした。落胆もあらわなフローレンスの顔が、あの学校の女子修道院長のそれと重なった。いまにもフローレンスが、ロザリオを出して祈りなさいと命じてくるような気さえした。

「あなたがここにいらした日にちゃんと説明しましたよね。この家に関することは、人であれ物であれ、すべてわたくしを通してくださいと。それも具体的にお伝えしたはずです。町に出たいならチャールズに車を出してもらえ、彼が無理ならフランシスに頼めと」フローレンスが言った。

「まさかそこまで――」

「それと、部屋で煙草を吸いましたね。吸っていないとは言わせませんよ。喫煙は禁止だと申し上げたはずです」

フローレンスがはっしと睨みつける。ノエミはこの女が寝具をくんくん嗅いで、カップに残る灰の痕跡を調べている場面を想像せずにはいられなかった。まさに獲物を求めてうろつくブラッドハウンド。ノエミは反論したくなった。たしかに煙草は吸ったが、部屋では二回だけだし、それだって窓を開けて吸うつもりだったし、窓が開かないのはこっちのせいではない。窓は釘止めされているとしか思えないほど、びくともしなかったのだ。

「喫煙は悪癖です。妙齢の娘にあるまじき行ないです」フローレンスが言い足した。

今度はノエミが睨みつける番だった。余計なお世話だわ。ノエミが口を開こうとしたそのとき、ヴァージルが割ってはいった。

「妻の話では、あなたのお父上はかなり厳格な方だそうですね」感情をいっさい交じえぬ冷めた口調だった。「自分の流儀を押しとおす方だとか」

「そうですね」ノエミはヴァージルをちらりと見やって応えた。「そういう面もたしかにありますね」

「フローレンスは何十年も前からハイ・プレイスを取り仕切っているんです」ヴァージルがさらに続

けた。「ここは客もそう多くないし、となれば想像がつくでしょう、彼女にも彼女なりの流儀があるんですよ。この家のルールを無視する客が許せないのも無理はない、そうは思いませんか？」

ノエミは待ち伏せ攻撃を仕掛けられた気分だった。結託して叱責する計画だったのかと思わずにいられなかった。カタリーナもこういう目に遭ったのだろうかと気になった。ダイニングルームで食事をしながら、彼女がなにかしらの改善案――料理や部屋のしつらえ、日々の決まりごとなどに関して――を口にしたとたん、この人たちはやんわりと、そしてさりげなく黙らせたのだろうか。気の毒なカタリーナ。おっとりとして素直なカタリーナは、こうやってじわじわと押しつぶされていったのか。

食欲はすっかり失せていた。そもそも食欲など湧きようがなかった。会話に誘いこもうという試みは断念し、むやみに甘いだけのワインに口をつけた。それももはや限界というころ、チャールズがハワードの伝言を届けに部屋にはいってきた。食事が済んだら部屋に来てほしいという。そこで一同は、離宮にいる王に謁見を求める宮廷人よろしく、ぞろぞろと階段をのぼった。

ハワードの寝室は広々としていた。暗い色調の重厚な家具調度はほかの部屋よりも数が多く、わずかな光も通しそうにない分厚いカーテンが窓をふさいでいた。

この部屋でとりわけ目を引いたのは暖炉だった。木製のマントルピースにほどこされた浮彫りはいくつもの輪が連なる意匠のように見えたが、目を凝らしてみれば、墓地や図書室でも目にした、己の尻尾をくわえた蛇の連続模様だとわかった。そして暖炉の前に置かれたソファには、緑色のローブをまとった家長その人がおさまっていた。

ハワードは先だっての夜に会ったとき以上に老いが進行したように見えた。とっさに連想したのは、グアナフアトのカタコンベでかつて目にしたミイラだった。観光客が見やすいように二列に並べられたミイラは、直立の姿勢を取らされていた。いったんは土葬された亡骸のうち、埋葬税が支払われていないものは掘り返され、そのなかで自然の奇矯な営為によってミイラ化していたものが公開展示されているのだ（現ミイラ博物館）。あれと同じように皮膚がすっかりしなび、どこもかしこも陥没して見えるハワードの風貌は、すでに防腐処理がなされ、自然の力が骨格だけに変えてしまったかのようだった。

ほかの三人はノエミの先に立ってハワードの前に進み出ると、ひとりずつ挨拶の握手を交わしては脇にしりぞいた。

「来てくれたんだね。こっちに来て、ここにすわりなさい」老人は言ってノエミを手招きした。

ノエミはハワードのかたわらに腰をおろすと、失礼のないよう、笑みともつかぬ笑みをこしらえた。フローレンスもヴァージルもフランシスもすでにそばを離れてしまい、部屋の隅にあるカウチや椅子におさまっている。この男はいつもこういうやり方で人を迎えるのだろうかとノエミは思った。そばにすわることを許された幸運な人間が拝謁の栄に浴する一方で、ほかの家族の面々はしばらくのあいだ脇に追いやられるのだろうか。昔はこの部屋も、親族や友人たちであふれていたはずで、ハワード・ドイルがちょっと指を曲げて差し招くのを、彼とのしばしの歓談が許されるのを、誰もが待ちわびていたのかもしれない。そんなことをつい考えてしまうのも、屋敷内に飾られているおびただしい数の肖像画や写真を目にしていたからだ。肖像画はどれも古いものだった。その全員がハイ・プレイスで暮らしていたわけではないにせよ、あの壮大な霊廟は一族の多さを、いずれあそこにおさまるだろう末裔が確実に存在することを示していた。

暖炉の上に並んで掛かる二枚の大きな油彩絵がノエミの目に留まった。どちらも若い女性の肖像だった。ふたりとも金髪で、眼差しもよく似ているので、ちょっと見ただけでは同一人物を描いたものだと思っても不思議はないだろう。しかし違いはいくつもあった。一方の女性の髪は赤みがかったストロベリー・ブロンドで、他方は蜂蜜色の髪だし、左側の女性の頬は少しふっくらと丸みがあった。

一方の女性がはめている琥珀の指輪は、ハワードの指にはまる指輪と対のものだった。

「この方たちもお身内ですか？」ノエミはよく似たふたりの面立ち（おもだち）にすっかり引きこまれていた。それはドイル家特有の顔だった。

「どちらもわたしの妻なんです」ハワードが言った。「アグネスはこの土地に移り住んで間もなく他界しました。身ごもっていたのですが、病に侵されて命を落としましてね」

「それはお気の毒でしたね」

「もうだいぶ昔のことです。ですが彼女が忘れ去られることはありません。彼女の魂はいまもハイ・プレイスで生きつづけています。そして右側の絵は二度目の妻、アリスです。彼女は子をたくさんなしてくれました。女の務めは一族の血を絶やさないことですからね。もっともその子たちにはいろいろあって……ヴァージルが唯一、生き残った息子ですが、彼女は立派に義務を果たし、よくやってくれました」

ノエミは視線を上に向けて、アリス・ドイルの蒼白い顔をじっと見つめた。背中に流れ落ちるブロンドの髪、一輪の薔薇を二本の指でつまむ右手、神妙な顔。左側のアグネスもまた、まずもって明朗とはいえない表情を浮かべて花束を両手で握りしめ、琥珀の指輪がどこからともなく射しこむ一条の光にきらめきを放っていた。絹とレースをまとったふたりが前方をはっしと見つめるその眼差しに漂うものはなんだろう？　決意？　内に秘めた思い？

「ふたりともじつに美しい、そう思いませんか？」老人が問いかけた。その誇らしげな口調は、田舎の農業祭で自分の育てた豚だか雌馬だかが賞をもらい、立派な勲章リボンを受け取った男のそれだった。

「そうですね。ただ……」

「ただ？」

「いえ別に。おふたりがとてもよく似ているなと思って」

「それはそうでしょう。アリスはアグネスの妹ですからね。ふたりは両親を亡くして一文無しになったが、わたしたちは身内同士、いとこ同士でしたからね、それでわたしが引き取ったのです。アグネスと結婚してここに移ってきたときに、アリスも一緒に連れてきました」

「つまり、二度目もいとこと結婚なさったのですか？」ノエミは言った。「先妻の妹さんと？」

「外聞の悪いことだとお思いかな？　キャサリン・オブ・アラゴンは、ヘンリー八世と結婚する前にその兄と結婚していますし、ヴィクトリア女王とアルバートだっていとこ同士じゃないですか」

「お自分を王族になぞらえていらっしゃる？」

ハワードは身を乗り出してノエミの手を軽く叩いた。笑みを浮かべたその顔の皮膚は、紙のように薄く、かさかさだった。「そこまで買いかぶっちゃいませんよ」

「責めているんじゃありませんわ」ノエミは礼を失しないようにそう言って、かぶりをちょっと振ってみせた。

「わたしはアグネスのことを、ほとんど知らないのですよ」ハワードが肩をすくめて言った。「結婚して一年もしないうちに葬式を出す羽目になったのでね。この家はまだ普請中で、鉱山も操業が始まってわずか数カ月しか経っていなかった。それから数年が過ぎてアリスが成人した。ところが地の果てのようなこの土地には、彼女にふさわしい花婿候補はひとりもいなかった。となれば、こうなるのも自然の流れでしょう。ほら、あれに気づかれたかな？　前景の木の幹に日付がはっきり記されているでしょう。一八九五年。あれは素晴らしい一年だった。あの年はそれはもう大量の銀が採れましてね。川の流れのごとくふんだんに」

言われてみればたしかに、肖像画を手がけた画家は、結婚した年と花嫁のイニシャルADを木の幹に刻みつけていた。アグネスの肖像にも同様に、こちらは石柱に一八八五年と同じイニシャルのADがこれ見よがしに描いてある。この家の者たちは姉の花嫁衣装を、ちょっと埃を払っただけで妹に着せたのだろうかとノエミは気になった。アリスが自分のモノグラム入りの肌着やシュミーズを脱いで、おさがりのドレスを胸に押し当てて鏡に見入るところを想像した。ドイル家に生まれた者は永遠にドイル家の人間でありつづけるということだ。さほど目くじらをたてるほどのことではないものの、それでもやはり、かなり奇妙なことに思えた。

「美しい、じつに美しい妻たちだ」二枚の絵に視線を戻しながら老人は、相変わらずノエミの手に自分の手を重ね、ノエミの指関節を撫でさすっている。「ドクター・ゴルトン（イギリスの人類学者、統計学者、遺伝学者。優生学の父とも言われている）の〝美女マップ〟のことはご存じかな？　彼はブリテン諸島を隈なくめぐり歩いて、目にした女性たちを観察して記録した。彼女たちを美女、十人並み、醜女の三種類に分類したのです。美人がいちばん多かったのはロンドンで、もっとも少ないのがアバディーンだった。ただの酔狂にも思えますが、無論、ちゃんと理にかなっているのです」

「またしても、美学のお話ですか」ノエミはそう言いながら握られている手をさりげなく引き抜くと、肖像画をじっくり見るふりを装って席を立った。正直な話、触られたくなかった。彼のローブから立ちのぼるかすかな不快臭に辟易した。軟膏だか薬剤だかを肌にすりこんでいるのだろう。

「そう、美学の話です。馬鹿ばかしいとしりぞけてはいけませんよ。つまるところロンブローゾ（イタリアの精神科医。犯罪生理学の創始者）が人相の研究にたずさわったのも、犯罪者の特徴を見極められるようにしたかったからでしょう？　我々の肉体は膨大な数の謎を秘めているわけだが、言葉をいっさい用いずとも、じつに多くのことを物語っている、違いますかな？」

ノエミは上方に掛かる二枚の絵に、彼女たちの隙のない口元に、尖った顎や艶やかな髪に目を凝らした。画家が画布に絵筆を走らせているあいだ、ウェディングドレスに身を包んだこのふたりは、どんなことを口にしたのだろう？　幸せだと言ったのか、我が身の不運を嘆いたのか、無関心を決めこんでいたのか、それとも惨めな気分を吐露したのか。それは誰にもわからない。百の異なる物語をこしらえることはできても、絵が真実を語ることはなかった。

「先日あなたは、ガミオを引き合いに出していたね」ハワードは杖をつかんで立ち上がると、ノエミの横に進み出た。距離を置こうとしたノエミの試みは失敗に終わった。彼はノエミに体を擦り寄せ腕に触れてきた。「あなたのおっしゃったことは正しい。自然淘汰によってこの大陸の先住民は進化し、外国人には耐性のない生物的かつ風土的悪条件に順応できるようになった、そうガミオは信じていた。花を移植するには土壌を考慮せねばならない、ということかな？　その意味でガミオは正しかった」

老人は杖の頭に両手を重ねてうなずきながら二枚の肖像画を見上げた。ノエミは誰かが窓を開けてくれないものかと思わずにいられなかった。室内は息苦しかった。ほかの者たちの交わす声は、会話していると仮定しての話だが、ささやきに近かった。それとも黙りこくってしまったのか？　彼らの声は虫の羽音を思わせた。

「あなたはどうして結婚しないのかな、ミス・タボアダ？　適齢期だろうに」

「父も同じことを自問していますわ」ノエミは言った。

「お父上にはどんな言い逃れをして、煙に巻いているんだね？　忙しすぎて考えている暇もないとか？　眼鏡にかなう若者は大勢いるが、心底夢中になれる人が見つからないとか？」

それはノエミが日頃口にしている言い訳とさして違わなかったから、ハワードの口調がもっとからりとしていたらジョークとして受け止めることもできただろうし、彼の腕をちょっとつかんで笑い声をあげることもできただろう。「もうミスター・ドイルったら」とか言ってさらりと受け流し、あとは彼女の両親のことに話題を移し、弟とはしょっちゅう喧嘩していることや、大勢いる愉快ないとこたちのことを話していただろう。

だがハワード・ドイルの口ぶりには険があり、眼光は不快な生気を帯びていた。ノエミを見つめる眼差しは秋波としか言いようがなく、親切めかして――糸くずを見つけて払いのけているとばかりに――彼女の髪の一房に薄い手を走らせもした。老人にしては背の高いほうなので、こちらが見上げねばならないことも、こんなふうに体をかがめて擦り寄られることも癇に障った。彼はナナフシを連想させた。ビロードのローブをまとった昆虫。彼は唇を歪めて笑みを浮かべると、さらに腰をかがめて身を乗り出し、ノエミをまじまじと見つめた。

彼は嫌なにおいがした。ノエミは顔をそむけてマントルピースに手をかけた。そのときフランシスと目が合った。彼はこちらをずっと見ていたらしかった。この人は怯える鳥、鳩だとノエミは思った。フランシスの見開かれた目には驚愕がありありと浮かんでいた。フランシスにも昆虫めくこの男と同じ血が流れている、そんなことはとても想像しがたかった。

「うちの息子はもう温室にご案内しましたかな？」ハワードが一歩しりぞいて尋ねた。彼が暖炉の炎のほうに顔を向けるのと同時に、卑猥な目つきは消えていた。

「温室があるとは存じませんでした」ノエミは言った。ちょっと意外だった。それも無理からぬこと、邸内のドアをひととおり開けてみたわけではないし、隅々まで見て回ったわけでもなかった。最初の探訪をざっと済ませたあとは、それ以上やりたいとも思わなかった。とにかく友好的とは言いがたい家なのだ。

「ごく小規模なものだし、ここにあるたいていのものと同様、傷むに任せたままだが、屋根がステンドグラスでできていましてね。お気に召すんじゃないのかな。ヴァージル、いいね、ノエミに温室を見せてさしあげなさい」そう言うハワードの声がやけに大きく轟き、静まりかえった部屋全体がかすかに震えたように感じられた。

ヴァージルがうなずいた。父親の言葉を合図と受け止めたのか、彼はふたりのほうにやって来た。

「喜んでご案内しますよ、父上」

「よろしい」ハワードはヴァージルの肩をちょっとつかんでから、そのままフローレンスとフランシスの控える部屋の隅に向かい、さきほどまでヴァージルがすわっていた椅子におさまった。

「父がご迷惑をかけたんじゃないかな？　男女の最良タイプに関する一家言を聞かされて」ヴァージルが笑みを浮かべた。「これがなかなか厄介な問題でね。ドイル家の人間は最良の部類ということになっているが、ぼくは鵜呑みにしないようにしているんです」

向けられた笑顔にちょっと虚を衝かれたが、ハワードの不気味な流し目と辛辣な薄笑いに耐えたあとだっただけに、ノエミはこれを優しい気遣いと受け止めた。「お父上は美について話してくださいましたわ」感じのいい落ち着いた声を心がける。

「美、ですか。なるほどね。まあ、こと美に関しては父もかつてはかなりの大家だったが、いまはトウモロコシ粥を食べるのもやっとといったありさまで、九時まで起きていることもできませんがね」

ノエミは口元に手をやり、思わずにやりとしそうになるのを押しとどめた。ヴァージルが蛇の浮彫りのひとつを人差し指でなぞりはじめた。そのうち、やや神妙な表情になり、笑みがふっと消えた。

「先日の夜のことは申し訳なく思っています。ぼくが不躾だった。それと、さっきフローレンスが車の件で文句を言ったことも謝りたい。でも、悪くとらないでほしい。我が家のしきたりやつまらぬ規則をまるごと全部わかってもらおうとすること自体、無理がある」

「お気になさらないで」

「なにしろ心労が絶えなくてね。父はかなり弱っているし、いまではカタリーナも病に臥せっている。ちかごろはぼくも絶好調とは言えなくてね。でも我々があなたを厄介払いしたがっていると思われるのは心外だ。あなたが来てくれたことをみんな喜んでいるんです。心から、本当に」

「それはどうも」

「心底許してくれているようには見えませんね」

たしかに許してはいなかった。それでも、苦虫を噛みつぶしたような顔を始終している人たちばかりではないと知って気が楽になった。たぶん彼は本音を語っているのだろうし、カタリーナが病気になる前は、ヴァージルもいまよりはずっと快活だったのだろう。

「いまのところはまだ。とはいえ、あなたの努力次第で成績表の減点を減らしてさしあげられるかもしれませんわ」

「成績をつけているんですか? トランプ遊びでやるみたいに?」

「若い娘はあれこれ記録をとる必要があるんです。ダンスに明け暮れているばかりじゃありませんのよ」彼女は気さくで温かみのある口調を心がけた。

「あなたがダンスと賭け事の達人だという話は聞いていますよ。とりあえずカタリーナからの情報ですがね」彼は笑みを絶やさずに言った。

「きっとあなたは呆れているのでしょうね」

「案外そうでもないと言ったら、びっくりかな」

「サプライズは大好きですわ。愛らしい大きなリボンがかかっているものに限りますけど」ノエミは言った。彼が感じよく接してくれているので、彼女もいつしか感じよくふるまい、笑みを投げかけていた。

するとヴァージルも、ほらごらん、ぼくたちは友達になれそうじゃないか、とでも言いたげな表情を向けてきた。それからノエミに腕を差し出したのを合図に、ふたりはほかの者たちのほうに向かい、しばらく歓談の輪に加わった。やがてハワードがひどく疲れたのでもう休むと言い、これをきっかけに一同は腰を上げた。


その夜、ノエミは奇妙な夢を見た。この家で過ごす夜はいつも落ち着かない気分にさせられたが、今回のはこれまで見てきたどの夢とも違った。

夢はこんなふうだった。ドアが開き、ハワード・ドイルが部屋にはいってきた。鉄の重りでもつけているように一歩一歩がゆっくりで、床板をきしませ、壁を揺らした。まるで象が部屋に踏みこんできたかのようだった。ノエミは身動きできずにいた。見えない糸で体がベッドにくくりつけられている。目はしっかり閉じているのに、彼の姿がはっきり見えた。上空から、天井の高みから彼を眺めていたかと思えば、今度は床から見上げているといった具合に、視点が目まぐるしく変わった。

眠っている自分自身の姿も見えていた。彼がベッドに近づいてきて上掛けを引きはがした。これを目にしても、ノエミの目はしっかり閉じられたままだ。彼が顔に触れてきて、うなじに爪を這わせ、薄い手で彼女の夜着のボタンをはずしにかかっても、目を開けなかった。冷たい手だった。彼は彼女の着ているものを脱がしていった。

とそのとき、背後になにかの気配を感じた。邸内を歩いているときに肌がふと冷気を感知するといったふうに。正体は声だった。それが耳元でささやきかけてきた。

「目を開けて」声が言った。女の声だった。以前、金色の女が部屋にやって来た夢を見たが、あの人ではなかった。それとは別人の、ずっと若い声だった。

目は瞼に釘を打たれでもしたように開けようがなく、両手もベッドにはりつき動かせない。そこへハワードが目の前に迫り、寝ているノエミをじっと見おろした。闇のなかで彼がにやりと笑う。病んで腐敗が進む口元に白い歯がのぞいた。

「目を開けて」声が急きたてた。

月明かりなのか、それとは別の光なのか、それがハワード・ドイルの昆虫めく痩せた体を照らし出したとたん、ノエミははっと気がついた。ベッドの脇にたたずみ、ノエミの四肢や胸をじっくりと眺めまわし、陰毛に執拗な眼差しを向けているのはかの老人ではなく、父親そっくりの卑猥なにやけ顔をしたヴァージル・ドイルだった。白い歯をのぞかせてノエミを見つめるその様子は、ビロード地にピンで留めつけた蝶を観察する男といったふうだった。

彼の手がノエミの口をふさぎ、そのまま体がベッドに押しつけられる。やけに柔らかいベッドは沈みこみ、左右に揺れた。さながら溶けた蠟のよう。蠟のベッドに埋めこまれる気分だった。あるいは泥、ぬかるみ、泥のベッドに。

するとひどく甘美で病的な情欲が全身を駆けめぐり、思わずノエミはしなやかな蛇のように腰をくねらせていた。だが、とぐろを巻くような格好でノエミの体を包みこみ、重ねた唇で彼女の震える吐息をむさぼっているのはヴァージルのほうだった。こんなことは望んでいなかった。やめてほしかった。彼女の肉に押し入ってくる彼の指も不快だった。なのに、なぜ嫌だと思ったのかがすんなり頭に浮かんでこない。ということは、こういう事態を、ぬかるみのなかで、闇のなかで、なんの前置きも釈明もないまま凌辱されるのを、この自分が望んでいたということだ。

またしてもあの声が耳元でささやいた。かなり執拗にせっついてきた。

「目を開けて」

声に従い目を開けた。体がすっかり冷えきっていた。無意識のうちに足ではねのけていたのだろう、上掛けが足に絡みつき、枕は床に転げ落ちていた。ドアはしっかり閉まっている。両手を胸に押しつけると心臓の速い鼓動が伝わってきた。夜着の前に素早く手を走らせる。ボタンはすべてはまっていた。

当然といえば当然だ。

あたりはひっそりと静まりかえっている。廊下を歩きまわる人もいなければ、夜半に部屋に忍びこんで寝ている女をじっと眺めている人などいるはずもない。それでも、眠りに戻るまでにかなりの時間がかかった。一度か二度、板のきしむ音が聞こえたときは、ぱっと跳ね起き、足音に耳をそばだてた。

8

屋敷の外に出て、ノエミは医者の到着を待った。セカンドオピニオンを求めたい旨はすでにヴァージルに伝えてあったし、フローレンスには今日医者が来ることも、ヴァージルの了解をとったことも知らせておいたが、ドイル家の人間がドクター・カマリーリョをすんなり取り次いでくれるとはとても思えず、自ら歩哨に立つことにしたのだった。

腕組みしてそわそわと足を踏み鳴らすうちに、子供のころにカタリーナが聞かせてくれたお伽噺の登場人物に自分を重ねていた。気分はまさに、塔の外にじっと目を凝らしては、馬で駆けつけドラゴンを退治してくれる騎士を待ちわびる乙女である。あの医者ならそれらしい診断をくだして解決への道筋をつけてくれるに違いない。

ハイ・プレイスが絶望を絵に描いたような場所である以上、きっとうまくいく、うまくいってほしいと念じることが必要不可欠に思われた。陰鬱でみすぼらしいこの家が、なんとしてもこの計画を軌道に乗せなくてはという気にさせていた。

医者は約束した時間きっかりにやって来た。木のそばに駐めた車からおりてきた彼は、帽子をちょっと持ち上げて屋敷にしばし見入っていた。いまは霧もさほど出ておらず、医師の来訪に先立ち地上と空が手を結び、霧を一掃してしまったかのようだった。とはいえ、それがかえって屋敷の荒廃ぶりをいっそう際立たせるのに一役買うことにもなっていた。フリオ・カマリーリョの自宅はここととはまるで違っているのだろう、そんな想像をノエミはふくらませた。大通り沿いの、粗末ながらもカラフルな家並みの一軒で、小さなバルコニーと木の鎧戸、そして古い彩釉タイルをめぐらせたキッチンがあるのだろうと。

「いやはや、これが噂に聞くハイ・プレイスか」ドクター・カマリーリョが口を開いた。「やっと対面が叶いましたよ」

「ここには一度も？」彼女は尋ねた。

「来る理由がありませんからね。坑員のテント宿舎がまだあったころに、そばを通りかかったことはあるんです。といっても宿舎跡を目にしただけだし、そのときは狩猟が目的でしたからね。この一帯には鹿がいっぱいいるんです。それとピューマも。この山は用心してかからないと危険ですよ」

「ちっとも知らなかったわ」彼女は言った。フローレンスがどんな警告を口にしていたかを反芻した。彼女はピューマにまで気が回らなかったのか？　それ以上に気遣うべきは貴重な車のほうだというわけか？

医者が診療カバンをつかんだところでふたりは家に向かい、ドアをくぐった。いまにフローレンスが階段を駆けおりてきて、ドクター・カマリーリョとノエミを睨みつけてくるのではとどきどきした。だが、誰に出くわすこともなくカタリーナの部屋にたどり着いた。部屋にいたのはカタリーナひとりだけだった。

カタリーナは晴れやかな顔をしていた。質素ながらもよく似合う青いワンピースを身にまとい、陽のあたる椅子に腰かけていた。彼女は笑顔で医者を迎えた。

「ごきげんよう、カタリーナと申します」

「ドクター・カマリーリョと申します。お会いできて光栄です」

カタリーナが手を差し伸べる。「あら、ずいぶんとお若い方なのね、ノエミ！　あなたとあまり違わないじゃないの！」

「あなたとわたしだってたいして歳は違わないじゃないの」ノエミはやり返した。

「よく言うわ。おチビさんのくせに」

カタリーナが昔のように軽口をたたいた。屈託のないカタリーナの口調に、ノエミは医者を連れてきた自分が馬鹿なことをしたような気になりはじめた。しかし何分もしないうちにカタリーナのあふれんばかりの快活さが徐々に影をひそめ、いまにも爆発しそうな苛立ちが顔をのぞかせた。機嫌を損ねるようなことはしていないはずだが、それでもなにかが癇に障ったのだろうか。

「ひとつ聞かせてください、よく眠れていますか？　夜に悪寒が起きたりしませんか？」

「いいえ。気分はすっかりよくなりました。はっきり言って、先生に来ていただく必要なんてなかったんですのよ。こんなふうに大げさに騒ぎたてるなんてどうかしているわ。本当に馬鹿みたい」カタリーナが言った。その強い口調は無理に気丈を装っているような印象を与えた。彼女は指にはまる結婚指輪をしきりにいじっていた。

フリオ・カマリーリョがうなずいた。彼はメモを取りながら、落ち着きのあるゆったりとした声で続けた。「ストレプトマイシンとパラアミノサリチル酸を服用されていますか？」

「たぶん」カタリーナが言う。その即答ぶりに、質問をまともに聞こうとさえしていないのではとノエミは訝しんだ。

「マルタ・デュバルからも薬をもらっていますよね？　ハーブティーのようなものですか？」

カタリーナの視線が部屋の向こうにさっと走った。「え？　どうしてそんなことをお訊きになるの？」

「あなたが服用している薬をひととおり把握しておきたいからです。彼女に会いに行かれたのは、なんらかの薬を手に入れるためですよね？」

「そんな薬なんてありません」彼女が吐き捨てるようにつぶやいた。

ほかにもなにやら口走ったが、言葉になっていなかった。幼な子のように不可解な声を発したかと思うと、突如、カタリーナが自分の喉を両手で覆った。自分で自分の首を絞めているように見えたが、たいして力ははいっていない。そう、これは首を絞めているのではなく自己防衛のしぐさ、女性が身を守ろうとするポーズだった。だがその動きにふたりはぎょっとした。フリオは手にした鉛筆を取り落としそうになった。カタリーナは山に棲むという鹿を思わせた。危険を察知してぱっと身を翻そうとしている鹿を。それを目にしたふたりは言葉に詰まった。

「どうかしましたか？」一分ほどしてようやく、フリオが口を開いた。

「音がしたの」カタリーナは首からゆっくりと滑らせていった両手を口に押し当てた。

フリオは目を上げ、隣にいるノエミを見やった。

「どんな音？」ノエミは問いかけた。

「そろそろ帰ってちょうだい、すごく疲れたわ」カタリーナはそう言うと、両手を握り合わせて膝に置き、幻影を締め出そうとするかのようにぎゅっと目をつむった。「もう眠らないといけない時間なのに、なんでわざわざ邪魔をするのかまったく気が知れないわ！」

「そうおっしゃるなら――」医者が言いかけた。

「これ以上お話しするのは無理、へとへとなの」カタリーナはわなわな震える手をしっかり握り合わせようとしながら言った。「病気のせいで弱りきっているというのに、あれをするな、これをするなと、やいのやいの言ってこられたら、ますます体調がおかしくなってしまうわ。そんなのおかしいでしょ？　まったくもう……なんなのよ……わたしは疲れているの。疲れているんですってば！」

カタリーナは息を整えようとするかのように、一瞬、黙りこんだ。それからいきなり、かっと目を見開いた。その顔がぞっとするような緊張にこわばった。なにかに取り憑かれた女の形相だった。

「壁のなかに、何人も人がいるの」カタリーナが言った。「人もいるし、声もする。ときどき見かけるの、壁のなかにいる人たちを。みんな死んでいる人たちなの」

カタリーナが両手を差し出した。ノエミはおずおずとその手を握りしめた。彼女を落ち着かせたい一心だった。カタリーナはかぶりを振って嗚咽をもらした。「墓地にいるのよ、ノエミ。あそこの墓地に、あなたも行けばきっと目にするはずよ」

そう言うが早いか、カタリーナはぱっと立ち上がって窓に向かい、右手でカーテンを握りしめて外をうかがった。顔のこわばりは解けていた。いきなり襲いかかってきたと思ったら、あっという間に通り過ぎる竜巻のようだった。ノエミはどうしていいかわからなかった。医者も同じように途方に暮れた様子だった。

「ごめんなさい」カタリーナは落ち着きをとり戻して言った。「わたしったら、どうかしてしまったみたい。ごめんなさい」

カタリーナはまたしても両手を口に押しつけ、咳きこみだした。そこへフローレンスとメアリ（年嵩のほうのメイド）が、ティーポットとカップを載せたトレイを運んできた。ふたりそろって、ノエミとドクター・カマリーリョに非難がましい視線をぶつけてくる。

「まだかかりますか？」フローレンスが言った。「そろそろ休息の時間です」

「ちょうど失礼するところでした」ドクター・カマリーリョはそう言って、帽子とメモ帳を回収した。フローレンスの口にした言葉とつんと顎を突き出すしぐさから、自分が迷惑な闖入者になった気分にさせられたのだろう。フローレンスは電報並みの簡潔さで相手をばっさり斬り捨てる達人なのだ。

「お会いできてなによりでした、カタリーナさん」

ノエミと医師は部屋を出た。ふたりはしばらく押し黙ったままだった。どちらも疲れ果て、いささか気が動顛してもいた。

「で、先生のご意見は？」階段に足をかけたところで、ノエミはようやく切り出した。

「結核に関しては、症状をさらに詳しく知るためにも、レントゲンを撮る必要がありますね。ただ、ぼくは結核の専門家じゃないからな」彼が言った。「それと、別件のほうについても、前にも言いましたが、ぼくは精神科医でもないから憶測でものを言うのは――」

「かまいません、はっきりおっしゃって」ノエミは憤然と言った。「ひっかかりがあるなら言うべきだわ」

階段をおりきったところで足を止める。フリオ・カマリーリョはふうっと息をもらした。「あなたの見立てどおり、精神科での治療が必要な気がします。ぼくの知る限り、結核患者は普通あんなふうにはなりませんよ。たぶんパチューカに行けば、治療を引き受けてくれる専門医が見つかるんじゃないかな。メキシコシティのほうが確実だとは思うけど」

この家の住人が、場所はどこであれ、それだけの労をいとわず行動に移すとはとても思えなかった。こうなったらハワードに懸念を打ち明けて、説得を試みるというのはどうだろう？　なんといっても彼はこの家の家長なのだ。しかし、こちらの感情を逆撫でするばかりのあの老人にかけあうのは気が進まなかったし、出過ぎた真似をすればヴァージルも面白くないはずだ。フローレンスはまずもって話にならないだろう。ならば、フランシスはどうか？

「かえって事態をこじらせたままあなたを放り出すようなことになってしまい、気が咎めるな」フリオ・カマリーリョが言った。

「そんなことないわ」ノエミは言った。「大丈夫、先生には感謝しています」

正直な話、がっかりしていた。考えてみれば、過分な期待をかけた自分が馬鹿だったのだ。彼は甲冑をまとった騎士でもなければ、魔法の飲み物でいとこを生き返らせてくれる魔法使いでもない。もっと分別を働かせるべきだった。

彼はしばらくぐずぐずしていた。せめて励ましの言葉くらいはかけてあげたいと思ったらしかった。

「じゃあ、ぼくの居場所はすでにご存じだし、なにかあれば遠慮なく言ってください」とようやく口にした。「困ったことがあったら訪ねてきてくださいね」

ノエミはうなずき、彼が車に乗りこんで走り去るのを見送った。お伽噺には流血で終わる話もある、そのことを思い出し、気分がひどく落ちこんだ。シンデレラの物語では意地の悪い姉たちは足を切り落とされ、眠り姫の継母は蛇がうじゃうじゃいる樽のなかに突き落とされてしまうのだ。カタリーナが読んでくれたあの物語の最終ページにあった、とびきり不気味な挿画が鮮やかな色をともない脳裡によみがえった。それは緑色と黄色の蛇どもが尻尾をのたくらせながら樽に継母を引きずりこむ場面だった。

ノエミは木にもたれ、腕組みをしてしばらくその場にとどまった。それから家に引き返すと、ヴァージルが階段のなかほどで手すりに手をかけて待ちかまえていた。

「男の人が会いに来たようだね」

「公立診療所のお医者様ですわ。往診の許可はいただきましたよね」

「責めているわけじゃない」彼はそう言って階段をおりきると、ノエミの前に立ちはだかった。もの問いたげな様子から、医者がなんと言ったのかが気になるのだろうとノエミは察しをつけた。だが、自分からは訊いてこないだろうこともそれとなくわかったので、ノエミも教えてやる気にならなかった。

「ちょうどよかった、いまから温室に案内していただけます?」ノエミはそつなく話題を変えた。

「喜んで」

温室はかなり小さかった――ぎごちない手紙の末尾に付された追伸程度のもの。ここでも荒廃が猛威を振るっていた。ガラス板はすっかり汚れ、割れたものも多かった。雨季になったらすぐさま水浸しになりそうだ。植木鉢には苔がびっしりはりついていた。それでも花をつけている植物もいくつか見受けられ、天井に目を向ければ、彩色ガラスが織りなす見事な光景がそこに広がっていた。屋根のガラスに描かれていたのはとぐろを巻いた蛇。胴体は緑色で目は黄色。その姿にすっかり圧倒された。完璧な描写力で表現されたそれは、いまにも牙(きば)をむいて飛び出してきそうだった。

「まあ」ノエミは唇に指先を押し当てて声をもらした。

「どうかしましたか?」ヴァージルがすぐ横に立った。

「いいえ、そうじゃないの。この家のあちこちでこういう蛇の絵を見かけるものだから」彼女は言った。

「ウロボロス」

「こちらの家紋ですか?」

「我が家のシンボルだが、盾型の紋章の類いはありません。これをかたどった印鑑を父は持っていますがね」

「どんな意味がありますの?」

「蛇が自分の尾をくわえた図は、天上界と地上界における無限を象徴しているんです」

「なるほど、そういう意味なのね。でもどうしてこれを一族のしるしになさったの？　そこらじゅうにありますよね」

「そうだったかな？」彼はさらりと言って肩をすくめた。

ノエミは顔を仰向けて蛇の頭部をもっとよく見ようとした。「こういうガラスを使った温室を見るのははじめてだわ」彼女は思ったとおりを口にした。「普通は透明ガラスだもの」

「母がデザインしたんです」

「酸化クロムですね。この緑色はそうに違いないわ。でも酸化ウランも使われていそう。だって、ほら、あれ、わかります？　あそこがちょっと光って見えるでしょう」彼女は蛇の頭部の、残忍そうな目を指さしながら言った。「ガラスはこちらで製造されたものかしら、それとも英国からの取り寄せ品？」

「そのへんの経緯はちょっとわからないな」

「フローレンスならわかるかしら？」

「ずいぶんと知りたがり屋なんだね」

褒めているのか皮肉を言っているのか判断がつきかねた。「この温室は……ふむ」彼が先を続けた。「ぼくが知っているのは、ここが古いものだということと、母がこの場所を、この家のどこよりも愛していたということくらいだからな」

ヴァージルは温室の中央を占める、鉢植えの植物が所狭しと並ぶ長テーブルのほうに移動すると、その背後のプランターでピンク色の可憐(かれん)な花をつけている薔薇のそばに立った。その花びらを指関節でそっと撫であげる。

「母は役に立たないひ弱な芽を摘み取っては、花のひとつひとつを大事に育てていたようだ。だが母が他界してからは世話をする者もいなくなり、おかげでこのありさまです」

「お気の毒でしたね」

彼は薔薇にひたと目を据え、しおれた花びらを一枚、引き抜いた。「どうってことないですよ。母のことはあまり憶えていないのでね。亡くなったときはまだ赤ん坊だったから」

アリス・ドイル、自分の姉と同じイニシャルを持つ女性。ブロンドの髪と透きとおるような白い肌を持つアリス・ドイル、かつては血の通った生身の人間で、壁に掛かる肖像画以上の存在感があり、いまも頭上でとぐろを巻く蛇を、胴体部分のうろこが織りなす躍動感を、細められたその目を、恐ろしげなその口を、紙に描き出した女性。

「ひどい死にざまだった。うちの家系は、ドイル家は、ある意味、暴力の歴史に彩られていると言ってもいい。だが我々には抵抗力が具わっている」彼は言った。「それに、もう遠い過去の話だ。どうってことないですよ」

あなたのお姉さんが母親を撃ち殺したのよね、とノエミは心のなかでつぶやいた。その場面は思い描きようがなかった。すこぶる残忍でおぞましい行為がこの家で実際になされたということ自体、想像を絶するものだった。しかも、流された血を誰かが洗い落とし、汚れたシーツや禍々しい朱に染まった絨毯を燃やし、ここの暮らしはその後も続いていったのだ。だが、どうしてそんなふうに生きていけるのか？　これほど悲惨な出来事を、とことん醜悪な出来事を、記憶から消し去ることなどできようはずがない。

にもかかわらず、ヴァージルの様子は平然としたものだった。

「ゆうべ父が美を話題にしたとき、優等人種と劣等人種についても触れたんじゃないかな」ヴァージルが顔を上げてノエミを正視した。「持論を口にしたはずだ」

「持論と言われてもなんのことだか」

「我々人間の本性はあらかじめ定められているという考えですよ」

「なんだかぞっとしないお話ですね」彼女は言った。

「そうは言うが、善きカトリック教徒であるあなたなら原罪説を信じているはずだ」

「だとしたら、わたしはできの悪いカトリック教徒だわ。でも、信者だということをどうしてご存じなの？」

「カタリーナがロザリオの祈禱を唱えているのでね」彼が言った。「週に一度は教会にも通っていた、体をこわす前の話だが。それであなたも同じ信仰をお持ちだろうと」

実際、ノエミの伯父が聖職者ということもあり、昔はノエミも、上質の控えめな黒いドレスに身を包み、頭をレースのマンティーリャで覆ってピンで留め、ミサに出るのを義務づけられていた。誰もが持っているからという理由で、小ぶりのロザリオも、十字架のついた金のネックレスも持ってはいたが、ネックレスを肌身離さずつけていたわけでもなく、最初の聖体拝領に向けて教理問答の勉強に明け暮れる日々が終わってからは、原罪説などあまり考えたこともない。それがいま、あの十字架のことがぼんやりと頭をかすめ、思わず首に手を持っていきそうになった。十字架が下がっていないことを確かめたくなったのだ。

「わたしたち人間にはあらかじめ決められた本性がすでに具わっていると、あなたも信じていらっしゃるの？」

「世の中をさんざん見てきましたからね、そうこうするうちに気づいたんです、どうやら世間一般の人々の本性は悪徳と結びついているらしいとね。どこでもいいから集合住宅のある地域を歩いてみるといい。誰も彼もが同じような顔つきをしているし、同じような表情を浮かべているし、彼らはみな同類なんだと気づくはずだ。公衆衛生キャンペーンをやったところで、連中に染みついた穢れを取り除くのは不可能だ。世の中には生存に適した者と適さない者がいるんですよ」

「なんだか馬鹿げたお話ね」彼女は言った。「優生学者が言いそうなそういう戯言を聞くと、胃がむかむかしてくるわ。生存に適した者と適さない者だなんて。犬猫の話をしているんじゃないんですよ」

「人間だって犬猫と同じじゃないのかな？　どちらも生き延びるために闘争し、生殖と種の保存という生存本能に突き動かされて生きている。あなたは人間の本性を探究したいんですよね？　人類学というのはそういう学問じゃないのかな？」

「そんなことを論じたいとは思いませんわ」

「だったらなにを論じますかね？」彼はからかうようにそっけなく言った。「言いたいことがあってうずうずしているのはお見通しだ。だったらさっさと言えばいい」

ノエミはなるたけ角が立たぬよう愛想よくふるまおうと努めてきたが、もはやはぐらかすことに意味はなかった。この男はノエミを巧みに会話に引きこんで口を割らせようとしているのだ。

「カタリーナのことです」

「彼女がどうかしたのかな？」

ノエミは長テーブルに背を預けて引っ掻き傷のあるその表面に両手をつくと、彼をまっすぐに見つめた。「今日来ていただいたお医者様は、精神科医に診せるべきだとお考えのようです」

「なるほど、たしかにその必要はあるかもしれない、最終的には」

「最終的には？」

「結核をあなどるのは禁物です。無理矢理よそに移すなんて無茶な話だ。そもそも結核患者を受け入れてくれる精神科病院なんてないだろうしね。つまり、そう、最終的には精神科での治療を検討することもやぶさかではない。だがいまのところ、アーサーの治療で十分成果は上がっている」

「十分に?」ノエミは鼻であしらった。「幻覚があるんですよ。壁のなかに何人も人がいると言っているんですよ」

「ああ、そのようだね」

「あまり心配していらっしゃらないようですわね」

「大げさに考えすぎなんじゃないのかな、お嬢さん」

ヴァージルは腕組みすると、そばを離れていった。ノエミは抗議の声をあげた――唇から飛び出したのはスペイン語の悪態――それから彼の背中に追い迫った。かさかさに乾いた葉や枯れた羊歯(しだ)が腕をかすめる。やにわにヴァージルが振り返り、ノエミを睨みつけた。

「容態は確実によくなっているんだ。三、四週間前の彼女の様子をあなたは見てもいないじゃないか。いまにも壊れそうな、陶器の人形みたいだったんだ。それがいまは徐々に持ちなおしている」

「あなたはなにもわかっていないのよ」

「アーサーはわかっていますよ。なんなら訊いてみるといい」彼は淡々と言った。

「おたくの主治医は質問も満足にさせてくれないじゃありませんか」

「だったら、そっちが連れて来た医者はどうなのかな、ミス・タボアダ。妻が言うには、髭(ひげ)もろくに生えそろっていない若造だそうじゃないか」

「彼女と話をしたんですか?」

「会ってきましたよ。それで客があったことを知ったんだ」

医者の若さについては彼の言うとおりだったが、それでも彼女はかぶりを振った。「彼の年齢がこれとどう関係するんです?」彼女は反論した。

「医学部を出てまだ何カ月も経っていない青二才の言うことなど、聞く気はありませんね」

「だったらなぜ、往診してもらえと言ったんですか?」

彼はノエミを睨めまわした。「言った憶えはありませんがね。そっちが無理強いしただけだ。いまこうして、とことん退屈な会話につきあわされているようにね」

彼が出ていこうとしたので、今度はその腕をつかんで力ずくで向き直らせ、いま一度、正面から見据えた。とそのとき、どこからか射しこんできた一筋の光が、異様に冷ややかで異様に青い彼の瞳をとらえた。その刹那、ヴァージルの目に金色の光がさっとよぎったような気がしたが、彼がすぐに顔をうつむけてしまったため、確認できずに終わった。

「だったらさらに無理強いを、いや、きっぱりと要求させていただくわ。彼女をメキシコシティに戻すことを受け容れなさい」穏便に事を進めようという試みは失敗に終わり、そのことに双方とも気づいているのであれば、露骨な言葉を投げつけたくなるのも無理からぬことだろう。「こんなガタガタでおんぼろの、ふざけた家にいたんじゃ彼女だっておかしくなるわ。なんとしても──」

「ぼくの気持ちを変えることはできませんよ」彼は最後まで言わせなかった。「なんだかんだ言っても、彼女はぼくの妻ですからね」

「わたしのいとこでもあるわ」

彼女の手は相変わらずヴァージルの袖をつかんでいた。その手を彼はやんわりと引き剝がした。それから引き剝がしたノエミの手を一瞬見やり、指の長さや爪の形を調べているようだった。

「ご説ごもっとも。ここがお気に召さないことは百も承知ですとも。一刻も早く家に帰りたい、こんな〝おんぼろ〟な家からさっさと逃げ出したいと思っているなら、誰も止めやしませんがね」

「わたしを追い出すつもり？」

「とんでもない。でも、あなたの要求などここじゃ通用しないんだ。そこを忘れずにいてくれればこっちに異存はないんでね」

「無礼な方ね」

「そうかな」

「こうなった以上、すぐにもお暇するべきなんでしょうね」

このやりとりのあいだじゅう、彼の声はずっと平板を保っていた。これが彼女をかなり苛立たせた。したり顔の薄笑いも癇に障った。慇懃無礼というやつだ。

「それがいいかもしれない。だが、あなたは出ていかないだろうな。あなたの気性からして、ここに居すわるのは目に見えている。それも血のなせる業、家系なんだろう。ぼくは尊重しますがね」

「おとなしく引き下がらないのは、わたしの性分かもしれませんね」

「おっしゃるとおりだと思いますよ。でも、ぼくの恨みを買うような真似だけはしないほうがいいと思うよ、ノエミ君。それが得策だといずれわかるはずだ」

「ひとまず休戦ということのようね」彼女は言った。

「まるでずっと戦争していたみたいな言い草だ。そう言いたいのかな？」

「別に」

「だったら万事解決だね」彼はそう締めくくると、温室から出ていった。

ヴァージルという男は、小生意気な娘の言葉など柳に風と受け流すくらいは朝飯前なのだろう。ノエミはようやくにして、なぜ自分の父親がヴァージルの手紙にあそこまで苛立っていたのかを理解できた気がした。ヴァージルからの手紙がどういうものだったのかは想像がついた。便箋を埋める文字の羅列は口先だけのもので、中身は腹立たしいほど空疎だったに違いない。

ノエミは腹立ちまぎれにテーブルの上にあった鉢のひとつを手で払いのけた。鉢はけたたましい音をたてて床に激突し、泥を跳ね散らかした。すぐさま後悔した。すべての鉢を打ち砕くこともできたが、それで気が晴れるわけでもなかった。ノエミは膝をついてしゃがみこむと、割れた欠片に目をやり、修復はできそうか、元どおりになるだろうかと思案した。まずもって無理そうだった。

ああ、またしても馬鹿をやってしまった。彼女は欠片を足で掻き集めると、テーブルの下に押しやった。

ヴァージルに分があるのは当然だ。カタリーナは彼の妻であり、彼はカタリーナに代わって決定を下すことのできる唯一の人間なのだから。まったくもう、メキシコの女性は選挙権すら与えられていない。それでノエミになにが言えるというのか？　そんな立場でなにができる？　おそらくノエミの父親が動くのがベストなのだろう。父がこっちに来ればいいだけの話。相手が男であれば、向こうもいい加減な態度は取れないはず。いや、そんなのは願い下げだ。自分でも言ったではないか、わたしはおとなしく引き下がるような女ではないと。

よし。こうなったらもうしばらく居すわってやろう。どう説得してもヴァージルの協力が得られないなら、あの気色の悪い家長にかけあうという手もある。そうすればこちらに有利な裁定を下してもらえるのではないか。この法廷闘争ではフランシスも味方に取りこめるだろう。ノエミはそんなふうに見積もった。それよりなにより、いまここを出てしまえばカタリーナを裏切ることになる、その思いが強かった。

ノエミは立ち上がった。とそのとき、床にもモザイク画があることに気がついた。一歩さがって床に視線をめぐらす。蛇がテーブルをぐるりと取り囲んでいた。またしても蛇。このウロボロスもまた己の尻尾を悠然とむさぼっていた。ヴァージルが言うように、無限は天上にも地上にも刻みつけられていた。

9

火曜日、ノエミは意を決して墓地に足を運んだ。カタリーナにうながされての二度目の訪問だった――「あなたも行ってみればわかるはず」とは彼女の言――だが、行ったところで興味深いなにかが見つかると期待していたわけではなかった。自室での喫煙すらフローレンスに許す気がないなら、墓石に紛(まぎ)れて心おきなく一服するのも悪くない、そう思ってもいた。

霧の発するオーラが墓地をロマンティックな雰囲気に仕立てあげていた。それで思い出したのが、『フランケンシュタイン』の著者メアリ・シェリーが未来の夫と墓地で逢瀬(おうせ)を重ねていたというエピソードだ。墓石が見守る禁断の恋。この話をカタリーナは、『嵐が丘』について熱弁をふるうのと変わらぬ情熱をこめてよく口にしたものだった。ほかにカタリーナのお気に入りといえば、作家のサー・ウォルター・スコット、それと映画。波乱万丈のロマンス映画『マリア・カンデラリア』（一九四四年製作のメキシコ映画）にはすっかり夢中だった。

その昔、カタリーナはインクラン家の末の息子と結婚の約束を交わしながら、彼女のほうから婚約を解消してしまったことがあった。どこをとっても申し分のない相手に思えたので、心変わりの理由をノエミが尋ねると、カタリーナはなにか物足りないのだと打ち明けた。本物のロマンスという気がしない、胸に訴えかけてくる情念が感じられないのだと言った。ノエミのいとこは世界の七不思議ならぬ〝思春期の娘の不思議〟を脱することのないまま、月明かりの下で情熱的な恋人と逢引するといった幻想世界を胸にずっと温めつづけているような女性だったのだ。だがいまはまるで別人だ。カタリーナの瞳にそうした不思議の気配はほとんど感じられず、ただ途方に暮れているといったふうだった。

ノエミは思いめぐらした。ハイ・プレイスが彼女の追い求めた幻影を奪い去ってしまったのか。あるいは、そんなものははじめから粉微塵になる運命だったのか。結婚というのは、本に出てくるような情熱的なロマンスとはほど遠いものだ。ノエミに言わせれば、結婚は不愉快な制度にしか思えなかった。男は目星をつけた女の気を引くためにパーティに誘ったり花を贈ったり、気遣いのあるところを如才なく演じたりするけれど、いったん結婚してしまえばあとは花がしおれようとお構いなし。結婚後も妻にラブレターを送りつづける男などまずもっていない。ノエミが言い寄ってくる男を始終とっかえひっかえするのも、そこに理由があった。男というのは彼女の見た目の美しさにいっときのぼせあがっても、そのうち飽きてしまうような気がしてならなかった。恋の駆け引きはわくわくするし、相手が自分にぞっこんだとわかれば快感が血管を駆け抜けもするのだが、同世代の男たちが口にする話題といったら、前の週に行ったパーティのことか、さもなければ、今週出かけていく予定のパーティのことばかりで退屈だった。所詮はお気楽で底の浅い男どもなのである。かといって、もっと実のある男性を対象にしようと考えはじめると、それはそれで落ち着かない気分にさせられた。というのも、矛盾するふたつの感情――より有意義な関係を求める心と現状維持への願望――のせめぎ合いで身動きがとれなくなってしまうのだ。ノエミの望むものは永遠の若さと終わりなき快楽だった。

苔のせいで刻まれた名前も生没年も読みとれない墓石が立ちならぶ区画を漫然と歩きまわった。やがて崩れかけた墓石のひとつにもたれ、煙草を求めてポケットに手を入れた。とそのとき、すぐそばの盛り上がった土の上で、なにかが動いた。もっとも、霧と樹木にさえぎられているため、はっきり見えたわけではないのだが。

「誰かいるの？」相手がピューマでないことを祈りつつ声をかけた。ピューマなら運を天に任せるしかない。

霧のせいで視界は悪かった。目を細め、爪先立ちになって眉根を寄せる。見えた。それの周囲に見えるのは光輪だろうか。ほんの一瞬、黄色もしくは金色にきらめいたのは、光の屈折か……。

墓地にいるのよ。カタリーナはそう言っていた。その言葉を聞かされても恐怖心は湧かなかった。だが、いまこうして戸外にたたずみ、身に着けているのが煙草とライターだけということに思い至ると、無防備に身をさらしているという意識が強まった。墓地に棲みつくものとはいったいなんだろうと考えずにはいられなかった。

ナメクジ、ミミズ、甲虫、それ以上でも以下でもないものに決まっている。そう自分に言い聞かせながら、ポケットに滑りこませた手でライターを護符のように握りしめた。色は墨色、明確な輪郭を持たず、霧に浮かび上がる暗い染みのようなものが、ノエミのほうに近づいてくることはなかった。その場にじっと留まっている。おそらくはただの影像。光の加減であたかも動いているように見えただけだろう。

そうよ、光の悪戯（いたずら）に決まっている。それが束の間、光輪を見せただけのこと。ノエミは踵（きびす）を返した。さっさとここを出て、家に戻りたくなった。

そこへ葉のこすれる音がして、ぱっと振り返ると、例のものが跡形もなく消えていることに気がついた。影像であればありえないことだった。

すると突然、ぶぅーんとうなるような音が耳に届いてぎょっとした。蜂の巣が近くにあるのかとも思ったが、それとはまるで違う音だ。かなり大きな音。いや、大きな音という表現は正確さに欠ける。かなり鮮明に聞こえた。静まりかえった室内に起きた反響音が跳びかかってくるような感じとでもいうべきか。

墓地にいるのよ。

家に引き返すのが賢明だ。家はあっちの方角、右のほうに歩いていけばいい。

さっきゲートの扉を開けたときはごくわずかに思えた霧が、再び濃さを増していた。右に進むべきか、それとも左か、必死に頭を働かせる。誤った道に迷いこんでピューマに出くわすとか、深い谷に滑落するとかは願い下げだ。

墓地にいるのよ。

右、そう、右で間違いない。ぶぅーんというなりも右手から聞こえていた。蜜蜂だろうか、雀蜂だろうか。蜜蜂がいたとして、それでどうなるというのか？　刺してくると決まったわけではない。なにも巣を襲って蜜を奪おうというのではないのだ。

それにしても、この音はなんなのか。不快だった。引き返したくなった。ぶぅーん、ぶぅーん。蠅（はえ）だろうか。エメラルドのような緑色をした蠅が、丸々と太った蠅の一団が、腐肉にたかっているのか。肉、赤い生肉……まったくもう、どうしてこんなことを考えてしまうんだろう？　手をポケットにつっこんで目を大きく見開き、不安げに耳をそばだてる。どうしてこんなふうに立ちつくしていなくてはならないのか……。

あそこの墓地に、あなたも行けばきっと目にするはずよ。

左だ、左に行こう。あの霧のほうへ、そちらの霧はさらに密度を増し、オートミール粥のように濃厚だった。

そのとき不意に小枝を踏みしだく音がして、声が聞こえた。墓地の寒々しさを吹き飛ばすような軽やかで温かみのある声だ。

「お散歩かい？」フランシスだった。

彼は灰色のタートルネックに濃紺のコートをはおり、同じく濃紺のキャップをかぶっていた。右腕にバスケットの持ち手をひっかけている。これまではかなげな印象しかなかったフランシスだが、霧のなかから出現した彼は存在感のある頼もしい男に感じられた。いまのノエミが求めているのはまさにこれだった。

「ああ、あなたにキスしたいくらいよ。ここで出会えるなんて最高の気分だわ」彼女ははしゃぎ声をあげた。

彼の顔が柘榴（ざくろ）のような朱（しゅ）に染まった。こんなふうに赤面するのは彼らしくなかったし、正直言って、いささか滑稽でもあった。なんといってもノエミより年上だし、一人前の成人男子である。内気なメイドがお好みなら、それだってうまく演じてあげられるわよ。そんなことを考えつつ、このあたりにはフランシスに甘えてくる若い娘などそういないということも頭に浮かんだ。

もしもメキシコシティのどこかのパーティに彼を連れていったら、すっかりのぼせあがるか石のように固まるか、その両極端のいずれかになるのだろう。

「そこまで感激されるほどのことじゃないけど」彼が口ごもりながら言った。

「そんなことないわ。この霧じゃ右も左もわからないんだもの。あっちを向いたりこっちを向いたりして、すぐそこに深い谷がありませんように、そこに落ちたりしませんようにってひたすら祈っていたんだから。なにか見える？　ゲートはどっちだかわかる？」

「ああ、心配ないさ」彼は言った。「足元に目を向けていればそう難しいことじゃない。誘導の目印になるものがそこらじゅうにあるからね」

「視界をベールでふさがれている気分だわ」彼女は声高に言った。「それと、近くに蜂の群れがいるみたいなの。刺されるんじゃないかってはらはらしちゃった。ぶぅーんぶぅーんという音が聞こえたのよ」

フランシスはうなずくと、手元のバスケットにさっと目を走らせた。そばに彼がいることで元気をとり戻したノエミは、彼に好奇の目を向けた。

「そこになにがはいっているの？」とバスケットを指さして尋ねる。

「キノコを採っていたんだ」

「キノコ？　お墓で？」

「ああ。そこらじゅうに生えているからね」

「まさか、それをサラダに入れるんじゃないでしょうね」

「ダメなの？」

「死体の上に生えていたのよ！」

「でもキノコはある意味、死骸を養分にして生えるものだし」

「こんな霧のなかで、お墓に生えているキノコを求めてうろつくなんて、どうかしているわ。なんだか不気味。十九世紀の三文小説に出てくる死体泥棒みたい」

カタリーナがいかにも好みそうなシチュエーションである。ひょっとしてカタリーナもお墓でキノコ狩りをしたのだろうか。まさにこの場所にたたずみ、風が髪を掻き乱すに任せ、憂いを帯びた笑みを浮かべていたのではあるまいか。本の世界、月明かり、メロドラマ。

「おれが死体泥棒？」彼が問い返した。

「そうよ。そのバスケットには髑髏（どくろ）がはいっているんだわ。あなたはオラシオ・キローガ（ウルグアイの小説家）のお話に出てくる人だったのね。ちょっと見せて」

彼はバスケットにかぶせてある赤いハンカチをめくってキノコを見せた。どれも肉のように鮮やかなオレンジ色をしていて、入り組んだ襞（ひだ）がビロードのように柔らかそうだ。彼女は人差し指と親指で小ぶりのひとつをつまみ上げた。

「アンズタケ。すごくうまいんだ。いちおう言っとくけど、これは墓地じゃなくて、ここからちょっと離れたところに生えていたやつだからね。ここを抜けて家に戻るのが近道なんだ。地元の人たちはドゥラスニーリョ（スペイン語で〝桃〟の意）って呼んでいる。においを嗅いでごらん」

ノエミは腰をかがめてバスケットに鼻を近づけた。「甘い香りがするわ」

「見た目もすごく愛らしいよね。キノコがこの国の文化と密接に結びついていることは、知っているだろ？　たとえばサポテコ族は歯の治療のとき、幻覚を起こすキノコを患者に与えて麻酔代わりにしていた。それとアステカ族。彼らもまたキノコの興味深い一面を発見した。彼らは幻覚を体験するためにキノコを食べていたんだ」

「テオナナカトル」彼女は言った。「〝神々の肉〟ね」

彼の声が熱を帯びた。「ひょっとして菌類に詳しいの？」

「いいえ、それほどじゃないわ。歴史として知っている程度よ。歴史家になろうと思っていた時期もあって、その後あれこれ寄り道して、いまは人類学に落ち着いたってわけ。とりあえず、だけど」

「なるほどね。とにかくおれは、アステカ族が食べていたという謎のキノコを見つけたいんだ」

「へえ、あなたってそういう人だったのね」ノエミは言って、オレンジ色のキノコを彼に返した。

「そういう人って、どういう意味？」

「アステカのキノコは、食べると酔っぱらったようになって、猛烈な性欲に駆りたてられるんですってよ。少なくともスペイン人の書いた史料にはそう書かれているわ。まさかそれをひとかじりして、女の子をデートに誘おうって魂胆なの？」

「まさか、違うよ、やめてくれ。そんなんじゃない」フランシスが早口になった。

ノエミはジョークを飛ばしてじゃれあうのが好きだったし、ジョークはお手のものだった。だが、フランシスの頬がまたしても赤くなったので、彼はこういうことには不慣れなのだと気がついた。この人は踊りに行ったことがあるのだろうか？　彼が狂騒を求めて町に繰り出すところなど思い描けなかったし、ましてやパチューカの映画館の闇に紛れて誰かとキスをしているところなど想像もつかなかった。もっとも、彼は遠くまで旅したことがないのだから、パチューカという設定には無理がありそうだ。それはまあいいとしよう。この滞在を終えるまでのどこかで彼とキスを交わしてもいいかもしれない。そうなったら彼はすっかり泡を食ってしまうだろう。

そんなことを考えるうちに、彼と一緒にいることを楽しんでいる自分に気づき、この若者をいたぶってやろうという気は失せていた。

「ただの冗談よ。わたしの祖母はマサテコ族の出なの。マサテコ族もなにかの儀式で似たようなキノコを口にするって聞いたことがあるわ。目的は性欲増進じゃなくて、霊的な交わりをするため。食べるとキノコが話しかけてくるんですってよ。あなたの興味はそっちにあるのよね」

「そう、それだよ」彼が言った。「この世にはとてつもない不思議がごまんとある、そう思わない？　森やジャングルに分け入って一生をそこで過ごしたとしても、自然が抱える秘密のわずか十分の一でさえ、目にすることはできないんだ」

ひどく興奮した彼の口調が、ちょっと可笑(おか)しかった。ノエミの体のなかにナチュラリストの成分はないに等しかったが、彼の情熱を滑稽だと思ったわけでなく、むしろ心動かされていた。こんなふうにしゃべっているときのフランシスは、とても生き生きしていた。

「植物全般が好きなの？　それともキノコ一筋？」

「植物は何でも好きだし、花とか葉っぱとか羊歯とか、そういうものの押し花標本はずいぶん作ったな。でもそれ以上にキノコが好きなんだ。胞子紋も採るし、絵もちょっと描いている」彼は楽しげな表情を浮かべて言った。

「胞子紋？」

「キノコの傘を紙の上に伏せて置いておくと、そこに落ちた胞子が描く模様のことだよ。キノコの種類を特定するのにも役に立つ。それと植物のイラスト、これがまたきれいでね。どれも色が美しいんだ。もしよければ……ひょっとして……」

「ひょっとして？」ノエミは言いよどむ彼をうながした。

　彼は赤い布の端を左手で握りしめた。「ひょっとして胞子紋を見たいかなと思って。聞いただけじゃわくわくするようなものに思えないだろうけど、めちゃくちゃ退屈しているときなら、いい気晴らしになるんじゃないかな」

「ぜひ見てみたいわ、とっても楽しみ」ノエミは言った。持ち合わせの言葉を使いきってしまったとでもいうように、黙りこくって地面に目を落とし、そこから手ごろな科白が芽吹いてくるのを待ちわびているような彼の様子に、救いの手を差し伸べたくなっていた。

　フランシスは笑顔を彼女に向けて、赤いハンカチをキノコにそっとかぶせた。話しこんでいるうちに霧が薄れ、いまでは墓石も木々も低木の茂みもはっきり見えるようになっていた。

「やっと視界が開けたわね」ノエミは言った。「陽射しもたっぷり！　それに空気もね」

「ああ。これならひとりで帰れそうだね」周囲を見回しながらそう言う彼の声には、落胆の色が透けて見えた。「でも、もうちょっとつきあってもらえるかな。急ぎの用事がなければだけど」彼がおずおずと言い足した。

　さっきまであんなに出たくてしようがなかった墓地も、いまは穏やかに静まりかえっている。霧さえも心地よかった。あそこまで怯えていた自分が嘘のようだ。やれやれ、さっき目にしたものは、そのへんをうろついては地面を突つきまわしてキノコを探していたフランシスだったに違いない。

「ちょっと一服させて」彼女は言ってすぐさま煙草に火をつけた。フランシスにもパッケージを差し出したが、彼はかぶりを振った。

「それのことでお袋は、あんたと話をしたがっている」彼は神妙な顔をこしらえた。

「喫煙は汚らわしい悪癖だと、またお説教するつもりなのね？」ノエミは煙を吐き出し、つんと顎を反らせた。お得意のポーズだった。すらりと長くて優美な首は、こうすると彼女の魅力をさらに引き立ててくれたし、ちょっぴり映画スターの気分を味わえる。ウーゴ・ドゥアルテをはじめ、ちやほやしてくる男たちはみんな、彼女の首をチャームポイントだと思っているはずだ。

　しょってると言われれば、たしかにそうなのだろう。だが、それを罪とは思っていなかった。ポーズが決まったときのノエミは、女優のケイティ・フラドにちょっと似ていなくもなかったし、言うまでもなく、どんなポーズをどの角度から見せれば効果的かも心得ていた。しかし演劇への熱はとっくに冷めていた。いまのノエミは人類学者のルース・ベネディクトやマーガレット・ミードのような風貌に憧れていた。

「たぶんそうだと思う。うちの家族は健全な習慣なるものにこだわりがあるんだ。煙草もコーヒーもご法度だし、やかましい音楽を鳴らすのも、やかましい音をたてるのも禁止だし、励行すべきは冷水シャワーと閉めきったカーテン、穏やかな言葉遣いと――」

「どうしてなの？」

「ハイ・プレイスではずっとそうしてきたからさ」フランシスは淡々と言った。

「墓地のほうがよっぽど活気がありそうね」彼女は言った。「こうなったら、携帯酒瓶にウィスキーを詰めて、あそこの松の木の下でパーティを開きましょうよ。煙の輪っかをあなたに吹きかけてあげるし、幻覚を起こすキノコを一緒に探すことだってできるじゃない。そのキノコを食べたあなたが発情して、急にわたしにべたべた懐きだしたりしてね。そうなってもわたしはちっともかまわないわよ」

彼女はジョークを飛ばした。ジョークだということは誰が聞いてもわかるはずだった。彼女の声音は芝居がかったものだったし、女がわざとらしさを演出するときによく使う手だ。ところがフランシスはジョークと受け止めず、顔からは赤みが失せて、むしろ蒼白になっていた。

彼はかぶりを振った。「お袋なら、そういうのは邪念だと言うだろうな……まして口に出すのは……いけないことだって……」

声は尻つぼみになったが、言いきるまでもなかった。かなり不快に思っているのだろう。

彼が母親に告げ口する場面が、〝不浄〟という言葉をささやくように彼が口にすると、ふたりしてうなずきあうさまが目に見えるようだった。それから優等人種と劣等人種の話になり、ノエミは前者のカテゴリーからはずされ、ハイ・プレイスにふさわしからぬ人物に格下げされ、軽蔑にも値しない存在へと貶められるのだ。

「あなたのお母さんにどう思われようと痛くも痒くもありませんからね、フランシス」ノエミは言って煙草を投げ捨てると、ハイヒールの踵を憎々しげに打ちつけて火を消した。それから憤然と歩きだした。「もう行くわ。あなたってとことん退屈だもの」

それからしばらく進んだところで足を止め、腕組みしてぱっと振り返った。

彼はすぐ後ろをついてきていた。

ノエミは大きく息を吸いこんだ。「もうほっといて。道案内はけっこうよ」

フランシスは腰をかがめ、落ちていたキノコを拾い上げた。彼女がかっかしながら墓地のゲートに向かいかけたときに、うっかり踏みつけてしまったらしい。光沢のあるその白いキノコは軸の部分が笠からもげていた。軸と笠の両方を彼は手のひらに載せた。

「破壊の天使だ」彼がぼそりとつぶやいた。

「なんですって?」彼女は訊き返した。わけがわからなかった。

「そう呼ばれている毒キノコだよ。これの胞子紋は白いんだ。食べられるキノコかどうかはそれでわかる」

彼はキノコを地面に戻すと立ち上がり、ズボンについた泥を手で払った。「あんたにはおれが滑稽に見えるんだろうな」彼は静かに言った。「母親のスカートにしがみついている滑稽な愚か者にね。そのとおりかもしれない。おれはお袋を、というか大伯父のハワードを動揺させるようなことはしたくないんだ。とりわけハワード伯父さんをね」

フランシスがまっすぐ見つめてきた。すると、彼の目に浮かぶ軽蔑の色がこの自分に向けられたものでなく、彼自身に向けられたものだと気がついた。とたんに自責の念がこみあげてきた。そういえば以前、あなたの辛辣な物言いは気をつけないと人を深く傷つけてしまうことになりかねないと、カタリーナに言われたことがあった。

せっかく素晴らしい頭を持っているのに、あなたってときどき軽薄になるのよね。そうカタリーナは言ったのだ。図星だった。いまだって彼がひどいことを言ったわけでもないのに、頭のなかで勝手に妄想をふくらませていたのだ。

「そうじゃないの。悪いのはわたしよ、フランシス。わたしってお馬鹿さんよね、道化もいいところだわ」努めて軽い口調を心がけた。本気で怒ったわけではないことをわかってもらいたかった。先ほどの愚かしい口論をふたりで笑い飛ばしたかった。

彼はゆっくりとうなずいたが、納得したようには見えなかった。彼女は片手を差し出し、彼の指をつかんだ。その指はキノコに触れたせいで汚れていた。

「本当にごめんなさい」このときばかりは軽薄な口調を封印した。

彼は真面目くさった顔を彼女に向けると、握られた手で握り返してノエミをちょっと引き寄せるようにした。だが、すぐさま手を振りほどいてあとじさると、バスケットにかぶせた赤いハンカチをはずしてノエミに差し出した。

「ごめん、あんたの手を汚しちまった」

「あら」ノエミは泥のついた自分の手に目を向けた。「どうやらそのようね」

ノエミは渡されたハンカチで手をぬぐい、彼に返した。フランシスはそれをポケットに押しこむと、バスケットを地面におろした。

「もう帰ったほうがいい」彼は左右にすばやく目を走らせながら言った。「おれはもう少しキノコを集めなきゃならないし」

彼が単に事実を口にしているだけなのか、それともまだ機嫌をそこねていて、この場からさっさと消えてほしいのか、判断がつきかねた。まだ怒っているのだとしても、それを責めることはできなかった。「わかったわ。霧に呑みこまれないように気をつけてね」

じきに墓地のゲートにたどり着き、力まかせに扉を開いた。肩越しに振り返ると、遠くに人影が浮かんでいた。バスケットを手にしたフランシスの姿は、渦を巻いてたなびく霧の向こうにぼやけて見えた。そうよ、さっき墓地で目にしたシルエットは、やっぱり彼だったんだわ。そう思いつつも、彼であるわけがないという気もした。

もしかするとあれは違う種類の破壊の天使だったのかも。そんなふうに空想を遊ばせてみたが、病的な奇想にふけりそうになったことをすぐさま後悔した。まったくもう、今日のわたしはどうしちゃったんだろう？

ノエミは来た道を引き返し、ハイ・プレイスに戻った。キッチンにはいっていくと、チャールズが古びた箒（ほうき）で床を掃いていたので、挨拶代わりに微笑んで見せた。そこにフローレンスがやって来た。灰色のワンピースにパールの二連ネックレスをぶら下げ、髪をアップにまとめていた。ノエミに気づくと両手を握り合わせた。

「ようやっと見つけましたよ。いままでどこにいたんです？　ずっと探していたんですよ」フローレンスはそう言いながら足元にさっと目をやり、眉間に皺を寄せた。「泥を持ちこんでいるじゃありませんか。靴をお脱ぎなさい」

「あらやだ、ごめんなさい」ハイヒールに目をやれば、靴底に泥とちぎれた草がこびりついていた。すぐさま靴を脱いで両手にぶら下げる。

「チャールズ、それを受け取って、汚れを落としてちょうだい」フローレンスが使用人に命じた。

「自分でできますわ。お気遣いなく」

「この人にやらせます」

チャールズは箒を脇に置くと、ノエミのほうにやって来て手を突き出した。「こっちに」とぼそりと言う。

「あ、はい」ノエミは靴を渡した。彼は受け取ると、棚の上にあったブラシをつかんで隅のスツールに腰をおろし、汚れを落としにかかった。

「あなたのいとこが会いたがっていたんですよ」フローレンスが言った。

「元気でいますか？」ノエミは言ったとたんに不安に駆られた。

「お元気です。退屈したのでしょう、あなたとおしゃべりをしたがっていたんです」

「だったらすぐに行ってみますわ」言うが早いか、ストッキングに包まれただけの足で冷たい床の上を走りだしていた。

「行っても無駄ですよ」フローレンスが言った。「いまは仮眠中です」

ノエミはすでに廊下に出ていた。振り返るとフローレンスはすぐそばに立っていて、肩をすくめて見せた。「あとになさっては？」

「ええ、そうします」そう言ったものの心が沈んだ。カタリーナが会いたがったときにそばにいてやれなかったことが、ちょっぴり後ろめたかった。

10

朝食をトレイに載せて部屋に運んでくるのはフローレンス、もしくはメイドのひとりと決まっていた。メイドとはなんとか言葉を交わそうとしてきたノエミだが、イエスかノーがそっけなく返ってくるばかり。実のところハイ・プレイスの使用人たちは――リジーもチャールズも最年長のメアリも――ノエミと行き逢っても、すっと顔をうつむけ足を止めようとせず、あたかもノエミなど存在しないかのようにふるまうのだった。

どこもかしこもカーテンで閉ざされ、しんと静まりかえったこの屋敷は、さながら裏地に鉛をはりつけたドレスのようだった。なにもかもが重苦しく、空気でさえどんよりと澱み、廊下にはカビのようなにおいがたちこめている。話すときは声をひそめ、ひざまずかねばならない気分にさせられる聖堂もしくは教会といった雰囲気だ。使用人たちはこの環境にすっかり馴染んでいるのだろう、沈黙の誓いを立てた頑なな尼僧のごとく、階段でも忍び足に徹していた。

しかしこの日の朝は、メアリもしくはフローレンスがドアを一回だけ叩いて部屋にはいってきて無言のままテーブルにトレイを置く、といういつもの習慣が破られた。今回はノックが三回、それも霊が叩いてでもいるようなかすかな音だった。しかも部屋にはいって来る気配がまるでない。ノックが繰り返されたところで、ノエミは立っていってドアを開けた。そこにいたのはトレイをかかえたフランシスだった。

「おはよう」彼が言った。

これにはノエミも驚いた。思わず笑みがこぼれる。「おはよう。今日は人手が足りなかったの？」

「これを届けるようお袋に頼まれたんだ、今朝はハワード伯父さんの世話にかかりきりなものだから。ゆうべ伯父の脚に痛みが出てね、そうなると伯父は機嫌が悪くなるんだよ。どこに置けばいい？」

「そこにお願い」ノエミは脇に寄ってテーブルを指さした。

フランシスは慎重にトレイを置いた。それからポケットに手を滑りこませると、咳払いをひとつした。

「あのさ、よかったら今日、例の胞子紋を見るっていうのはどうかな。とくに用事がなければだけど」

車を出してもらう絶好のチャンス、そうノエミは思った。うまく持ちかければ頼みを聞いてもらえるはず。町に行く用事があった。

「秘書にちょっと訊いてみるわね。なにしろ社交の予定がいっぱい詰まっているものだから」ノエミは茶目っ気たっぷりに言った。

彼がにやりとした。「じゃあ図書室で落ちあうというのでいいかな？　そうだな、一時間後に」

「了解よ」

図書室に出向くだけとはいえ、これも立派な社交と言えなくもない。大の社交好きであるノエミはおおいに張り切り、さっそくスクエアネックの水玉模様のドレスに着替えた。これと対のボレロは家に置いてきてしまったし、正式には白手袋を着用すべきところだが、場所が場所である。ルールの逸脱に気づかれて社交欄で叩かれる心配はなかった。

髪にブラシをかけながら、都会のみんなはどうしているだろうかと考えた。足を骨折した弟はいまも赤ん坊並みの日々を送り、ロベルタは相も変わらず友人たちをつかまえては精神分析の実験台にしているのだろう。そしてウーゴ・ドゥアルテはすでに新しいガールフレンドを見つけて音楽会やパーティに連れまわしているに決まっている。そう思ったとたん胸が疼いた。本音を言えば、ウーゴはダンスがうまいし、社交の場にはもってこいのパートナーなのである。

階段をおりながら、ハイ・プレイスのパーティを空想して気を紛らした。言うまでもなく音楽はなし。ダンスも無言でステップを踏まねばならないし、誰もが葬儀に参列するみたいに灰色か黒の服を着用するのだろう。

図書室前の廊下には、二階の廊下にあった肖像画と異なり、ドイル家の面々の写真がずらりと並んでいた。だが、廊下は薄暗くて見えづらいことこの上ない。鑑賞するには懐中電灯か蠟燭の助けがいりそうだ。そのときぱっと閃いた。ノエミは図書室と執務室をめぐってすべてのカーテンを引き開けると、ふたつの部屋のドアを開け放った。廊下に流れ出た陽射しが壁一面を照らし、おかげで写真をじっくり眺められるようになった。

見知らぬ人々の顔を、だがどことなく見憶えのある顔を、フローレンスやヴァージルやフランシスの顔立ちと響き合うような顔を、ひとつひとつ見ていった。アリスがいた。ハワード・ドイルの部屋の暖炉の上にあった肖像画とほぼ同じポーズをとっている。ハワードその人を写した一枚もあり、顔に皺がないぶん若々しく感じられた。

ひとりの女性が目に留まった。膝にきちんと手を重ね合わせ、明るい色の髪をアップにまとめ、大きな瞳で額のなかからノエミを見つめてきた。歳のころはノエミとほぼ同じ、そのせいだろうか、あるいは彼女の口元が苦悩と憂いをないまぜにしたように固く閉じているせいなのか、気がつけばそこに吸い寄せられ、表面に指をさまよわせていた。

「待たせちゃったかな」フランシスがやって来た。木箱を小脇に抱え、もう一方の腕に一冊の本を抱えている。

「わたしもいま来たところよ」ノエミは言った。「この人、誰だかわかる?」

フランシスがノエミの見ている写真に目をやった。咳払いして声をつくろう。「これは……おれのいとこ、ルースだよ」

「彼女のことは聞いているわ」

殺人者の顔を目にするのははじめてだった。犯罪者を扱った新聞記事にじっくり目を通す習慣はない。ここでふと思い出したのはヴァージルの科白だった。世間の人々の本性は悪徳に染まっている、それは顔に現われる、と彼は言っていた。だが、写真のなかの女性は、むすっとした表情ではあるが、殺人を犯しそうには見えなかった。

「どんなことを?」フランシスが訊いた。

「人を何人も殺して、直後に自殺したのよね」

ノエミは体をまっすぐに起こして彼に目をやった。彼が木箱を床に置く。心ここにあらずといった表情だった。

「こっちがルースのいとこのマイケル」直立不動の姿勢をとる青年の写真をフランシスが指さした。胸にのぞく懐中時計の鎖がきらめき、髪にはきちんと分け目がはいり、左手に手袋を握りしめている。だがセピア色の写真が見せる彼の目元はかなりぼやけていた。

続いてフランシスが指さしたのはアリスの写真だった。アグネスと瓜ふたつの妹。「これがルースの母親」

すぐさま彼の手は、二枚の写真——明るい色の髪を後ろに撫でつけた女性と、黒っぽい上着を着た男性——に移った。「ドロシーとリーランド。ルースの叔母と叔父で、おれの祖父母」

フランシスが黙りこんだ。これで死者への連禱は唱え終わったとばかり、補足説明はいっさいなかった。マイケル、アリス、ドロシー、リーランド、そしてルース。彼らは全員、あの格調ある霊廟で、蜘蛛の巣と埃にまみれたそれぞれの柩(ひつぎ)のなかで眠りについている。音楽のない、喪服着用のパーティという先ほどの妄想も、とことん不健全ではあるものの、このときばかりはしっくりくる気がした。

「どうしてそんなことをしたの？」

「おれはまだ生まれてなかったし」フランシスは素早く言って顔をそむけた。

「そりゃそうだろうけど、何か聞いているはずよ、だって——」

「言っただろ、おれはまだ生まれてなかったんだ。知るわけないじゃないか。この家にいれば、誰がおかしくなっても不思議じゃないよ」彼の声に怒気がまじった。

色褪せた壁紙と豪華な額縁に囲まれた森閑(しんかん)としたこの空間に、彼の声がやけに大きく轟いた。壁を跳ね返ってきた反響音がわんわんと鳴り響き、肌をひりつかせるほどだった。そのすさまじさに思わず身がすくんだ。フランシスもやはり驚いたのか、肩をすぼめて身を縮こませた。

「ごめん」彼が言った。「つい声を荒らげてしまった。この家は音がよく響くんだ。無作法なことをしてすまなかった」

「やめて。無作法なのはわたしのほうだわ。こんな話、あなたがしたくないのはわかっているのに」

「日を改めよう、そのときちゃんと話すよ」

彼の声にも、周囲の静寂にもビロードのようななめらかさが戻った。フランシスの声と同じように、銃声も屋敷じゅうに轟きわたったあと、残響が長く尾を引き、やがていまと同じようなビロードの静寂がおりたのだろうかとノエミはふと思った。

ノエミったらすぐ馬鹿なことを考えるんだから。そう自らをたしなめた。そんなふうだから恐ろしい夢を見ちゃうのよ。

「わかったわ。で、持ってきてくれた胞子紋とかいうのはどれなの？」ノエミは話を切り替えた。陰惨な話はやめにした。

図書室に移動する。フランシスは箱に入れて持ってきた愛蔵品をテーブルに広げた。紙の一枚一枚に茶や黒、あるいは紫がかった色調の染みがついている。そのどれもが、ユング信奉者ロベルタに見せられたロールシャッハ・テストの絵を思い起こさせた。とはいえ、いま目にしている胞子紋はあれよりはずっと明解だ。主観による意味づけは不要である。胞子紋のひとつひとつが、黒板に書かれた自分の名前ほどに雄弁に自らの物語を語っていた。

彼は本のあいだに大切にはさんである押し花標本も披露した。羊歯、薔薇、デイジーなどが乾燥処理され、分類され、台紙に貼られ、字が下手くそなノエミを恥じ入らせるほど完璧な手書き文字がそれぞれに添えてあった。ノエミが通っていた学校の女子修道院長なら、フランシスの几帳面さと整然とした精神を絶賛したに違いない。

ノエミはそんな感想を口にしてから、あなたなら間違いなくあの学校の尼僧たちの人気者になっていたでしょうねと言った。

「わたしなんか、使徒信条の『わたしは聖霊を信じます』の箇所まで来るといつもつっかえていたんだから」彼女は言った。「聖霊を表わすシンボルがすんなり思い浮かばなかったの。鳩がいて、たぶん雲と聖水があって……ああ、もう忘れちゃったわ」

「火もあるよ。触れるものすべてを変化させる火が」フランシスが助け舟を出した。

「ほらね、やっぱりあなたは尼僧たちにモテモテだわ」

「あんたはきっとみんなに好かれているんだろうな」

「とんでもない。あなたのことは大好きよってみんなは言ってくれるけど、そんなの口先だけのことよ。そう言うのがエチケットだからに過ぎないわ。ノエミ・タボアダなんか大嫌い、なんておおっぴらに言う人がいるわけないじゃない。カナッペをつまみながらそんなこと言うのは無作法だもの。そういうのは休憩室でこっそりやるものよ」

「だったらメキシコシティでパーティに出るたびに、あんたはみんなに嫌われていると思いながら過ごしているの？」

「わたしはおいしいシャンパンを飲みに行っているだけですわよ、お坊ちゃま」

「なるほどね」彼はくすりと笑いをもらすとテーブルにもたれ、目の前に広げられた胞子紋に目を落とした。「あんたの人生はわくわくすることばかりなんだろうな」

「そこは微妙だけど。でも、楽しんでいるのは間違いないかもね」

「パーティ以外ではどんなことをしているの？」

「そうね、いまは大学に通っているから一日の大半がそれで潰れてしまうわね。でも休日になにをしているか知りたい？　わたしは音楽に夢中なの。メキシコシティ交響楽団のコンサートにはしょっちゅう行っているわ。カルロス・チャベスにシルベストレ・レブエルタスにアグスティン・ララ、聴く価値のある素晴らしい音楽が山ほどあるんだから。それと、自分でもちょっとだけピアノを弾くの」

「へえ、そうなの？」彼がまぶしげな目をして言った。「そいつはびっくりだ」

「交響楽団と共演しているわけじゃありませんからね」

「そうか、だとしても楽しそうだな」

「それが楽しいばっかりじゃないのよね。けっこううんざりすることもあるんだから。指使いの練習に何年もかけて、鍵盤を正確に叩けるようにしなくちゃならないし。ああ、わたしってとことんつまらない女！」こういうとき人が決まってやるように、ノエミは自嘲してみせた。なにかに熱中しすぎて見えるのはちょっと野暮だからだ。

「そんなことないよ。つまらない女だなんてとんでもない」彼が即座にノエミを持ち上げた。

「そんなこと言っちゃダメよ。そういう返し方は面白くもなんともないわ。あなたは馬鹿正直すぎるのよ。会話の妙ってものを知らないの？」彼女は言った。

ノエミの気炎にたじたじといった様子のフランシスが、すまなそうに肩をすくめた。彼は内気だし、どこか浮世離れしていた。知り合いの肝の据わった男たちやウーゴ・ドゥアルテを好ましく思うのとは違う意味で、フランシスを好きになっていた。ウーゴを好きなのは、彼がダンスの達人で俳優のペドロ・インファンテに似ているからというのが主な理由だが、フランシスの場合はもっとほっこりした感情、もっと純粋な感情に基づくものだった。

「わたしのこと、わがままな娘だと思っているんでしょうね」彼女は言った。あえて声が沈むに任せた。自分のことを好きになってほしいと本気で思っているのであり、見せかけの演技ではなかった。

「そんなこと思うもんか」フランシスはまたしても無防備な馬鹿正直さで返すと、テーブルにもたれて胞子紋の紙を弄(もてあそ)んだ。

ノエミはテーブルに両肘をついて身を乗り出すと、笑顔で自分の目を彼の目の高さまでもっていった。ふたりはしばし見つめ合う。

「一分以内にそう思うことになると思うわ。おねだりしなくちゃならないことがあるの」ノエミは言った。やるべきことを忘れるわけにはいかなかった。

「おねだり？」

「明日、町に連れていってもらいたいの。だってあなたのお母さんはわたしに運転させてくれないじゃない。で、考えたんだけど、あなたに車で送ってもらって、二、三時間したらまた拾ってもらう、というのはどうかしらね」

「町まで行って、そこで落とせってこと？」

「ええ」

フランシスはノエミの凝視を避けるように顔をうつむけた。「お袋はいい顔しないだろうな。お目付け役をつけるべきだと言いそうだ」

「あなたがお目付け役になるってこと？」ノエミは問いかけた。「子供じゃないのよ」

「そんなことはわかっているさ」

フランシスはゆっくりとテーブルを回ってきてノエミのそばで足を止めると、身をかがめて目の前の押し花標本のひとつに見入った。彼の指が羊歯をそっと撫でる。

「あんたから目を離すなと言われているんだ」声を落として言う。「お袋はあんたを向こう見ずだと思っているらしい」

「つまり、あなたもそれに同調し、こいつにはベビーシッターが必要だと思っているってわけね」彼女は嘲るように言った。

「向こう見ずになりかねないとは思っている。でも今回は目をつぶるよ」秘密を打ち明けてでもいるように、ささやきに近い声で言った。「だったら明日は朝早く、八時ごろ、みんなが起きて動きだす前に出発しよう。出かけることは誰にも言っちゃダメだからね」

「わかったわ。ありがとう」

「どうってことないさ」彼はそう返すと首をねじってノエミを見上げた。

そうやって一分近く彼女を見つめていたが、やがてはっとして一歩しりぞくと、テーブルの向こうに取って返して元の位置におさまった。全身これ神経の束、それがフランシスだった。

ふとノエミの頭をかすめたのは生々しく血を流す心臓、そのイメージがしばらく脳内に居すわった。ロテリア・カード（ビンゴゲームに類似したゲームに使われる五十四種のカード）に含まれている、動脈と静脈が走り深紅に染まるむき出しの心臓。あのカードに添えられていた詩はなんだったか？　〝寂しがらないで愛しい人、わたしはバスで帰るから〟。そう、昔は暇を持て余した昼下がりに、いとこたちとロテリアで遊んだものだった。それぞれのカードに記された詩を読み上げて、お金を賭けるのである。

寂しがらないで愛しい人。

町に行けばロテリア・カードが手にはいるだろうか？　あれがあればカタリーナといい暇つぶしができそうだ。昔よくやったゲームだから、楽しかったころの思い出話もあれこれ飛び出すのではないか。

図書室のドアが開き、フローレンスがはいってきた。すぐ後ろにバケツと雑巾を手にしたリジーが続いた。ドアのところから飛んできたフローレンスの陰険な眼差しは、ノエミを冷ややかに検分し終えると、すぐさま自分の息子に向けられた。

「やあ母さん。今日は図書室の掃除の日だったんだね。うっかりしていたよ」フランシスはそう言うなり、さっと直立不動の姿勢をとってポケットに両手をつっこんだ。

「ルールはわかっていますね、フランシス。整理整頓を心がけていないと、物は散らかるばかりです。

怠惰に流される者もいるでしょうが、そうでない者は己の義務を果たさねばなりません」

「そうだね、たしかに」フランシスはそう返すと、持参してきたあれこれを片づけはじめた。

「みなさんがここをお掃除なさっているあいだ、カタリーナのお世話をさせてください」ノエミはそう切り出した。

「彼女は仮眠中です。いずれにせよメアリがそばについていますしね。あなたの出る幕はありませんよ」

「でも、わたしだってなにかのお役に立ちたいわ」挑むように言い放つ。自分がなにもしていないとフローレンスに愚痴らせておく気はなかった。

「でしたら、ついていらしてください」

立ち去り際にノエミは肩越しにさっと振り向き、フランシスに笑みを送った。フローレンスはきびきびした足取りでノエミをダイニングルームに連れていくと、銀器で埋まるガラスケースを手振りで示した。

「ここにある品々に興味をお持ちでしたよね。ならばこれらを磨いてもらいましょう」

ドイル家の銀器コレクションは膨大な数にのぼった。ガラス扉の向こうの棚には、埃をかぶって輝きを失った円形小盆やティーセット、ボウルや燭台などがぎっしり並んでいる。この大仕事にたったひとりで乗り出すのは無謀もいいところだが、なんとしてもこの女を見返してやりたかった。

「ボロ切れと研磨剤を用意してくださったら、すぐに取りかかりますわ」

ダイニングルームはかなり暗いので、複数のランプと蠟燭の明かりを用意して手元がよく見えるよう按配した。作業は着々と進み、やがてくぼみや湾曲部などの細部を丹念に磨く工程へと移り、エナメル仕上げの蔦や花にボロ切れを滑らせていった。砂糖壺はかなりてこずったが、おおむね事は順調に進んだ。

　フローレンスが戻ってきたときには、たくさんの銀器がテーブルの上で燦然と輝きを放っていた。このときノエミは、キノコに似せて成型された珍しいペアカップのひとつを慎重に磨いているところだった。カップの基部には小さな葉や甲虫までもがあしらわれている。おそらくフランシスなら、これが実在するキノコを模したものなのか、実在するならどう呼ばれているかを言い当てられるだろう。

　フローレンスはドアロに立ったまま、ノエミを見つめていた。「がんばり屋さんなのですね」

「働き蜂になった気分ですわ」ノエミは返した。

　フローレンスはテーブルのそばまでやって来ると、ノエミが磨き上げた品々に手を滑らせた。それからカップのひとつを取り上げ、指先で回転させながら点検する。「こうすれば褒めてもらえると踏んだのでしょうけど、そうは問屋が卸しませんよ」

「わたしに必要なのはあなたの敬意であって、褒めてもらいたいわけじゃないわ」

「なぜ敬意が必要なんです？」

「さあ」

　フローレンスはカップを下に置くと両手を握り合わせ、銀器の数々にうっとりと視線をさまよわせた。崇め奉らんばかりといったふうである。これだけ大量の光輝く財宝を目にすれば圧倒されないほうがおかしいとノエミも認めざるをえなかったが、だとしても、閉ざされた空間に押しこめられたまま埃をかぶり、置き去りにされているのは見るに忍びなかった。使われないなら銀の山にどれほどの意味があるというのか？　この町の住民にはまるで縁のない話。銀器をキャビネットに閉じこめている家などまずもってないだろう。

「ここにある大半の品は、わたくしどもの鉱山で採れた銀でできているんです」フローレンスが言った。「うちの鉱山がどれくらいの銀を産出していたか想像できますか？　それはもう頭がくらくらするほどの量だったんですからね。採掘に必要な機材も知識もすべて、わたくしの伯父がこの地にもたらしました。ドイルという名には重みがあるのです。あなたのいとこがその一族の一員になれたことがどれくらい幸運なことか、あなたにはわかっていらっしゃらないようですね。ドイルを名乗れる者はひとかどの人間だということです」

廊下に並ぶ古い写真に、埃だらけの壁龕をもつ斜陽一族の居住空間に、ノエミは思いを馳せた。ドイル家の一員であることがひとかどの人間の証だと言ってはばからないフローレンスは、なにを伝えようとしているのか？　ハイ・プレイスに嫁ぐ前のカタリーナは取るに足りない存在だったとでも？　ならばノエミもまた、顔のない運にも恵まれていない十把一絡げの存在だと言いたいのか？

フローレンスはノエミの顔にのぞく不審の色に気づいたのだろう、目の前の娘にひたと目を据えた。

「うちの息子となにを話していたのですか？」そう唐突に切り出すと、またぞろ両手を握り合わせた。「さっき図書室で、なにを話していたんです？」

「胞子紋のことですわ」

「それだけですか？」

「そう言われても、いちいち憶えていませんわ。でも、胞子紋の話をしたのは本当よ」

「どうせ都会の話でも聞かせていたんでしょうよ」

「そんなこともあったかもしれませんね」

ハワードが昆虫なら、フローレンスはさしずめ蠅をぱくりと呑みこむ食虫植物だ。ノエミの弟はハエトリグサを育てていたことがあった。あれにはちょっと震え上がったものだった。

「息子に妙な考えを植えつけられるのは迷惑です。あの子を苦しめるだけです。フランシスはここの暮らしに満足しているのです。パーティとか音楽とか飲酒とか、メキシコシティの軽薄な暮らしのあれこれを吹きこもうとしているのでしょうが、そんなもの、あの子には必要ございません」

「でしたら今後は、あなたからお墨付きをいただいた話題だけに限ることにしますわ。地球上のすべての都会のことは頭から追いやって、そんなものは存在しないふりをすればいいだけだもの」ノエミは言い返した。フローレンスはこちらを怖気づかせたいのだろうが、そんなことで尻尾を巻いて逃げ出す気はさらさらなかった。

「なんとまあ生意気な」フローレンスは言った。「伯父に器量よしだと言われたものだから、特別な力を持てた気になっているんでしょうけどね。でもね、そんなものは力でもなんでもない。ただの災いの種でしかありません」

　ここでテーブルに身を乗り出したフローレンスが、花冠の連続模様で縁取られた長方形の給仕用トレイをのぞきこんだ。銀の表面に映りこんだフローレンスの顔が、縦に長く伸びて歪む。彼女はトレイの縁に指を走らせ、花模様に触れた。

「わたくしも若いころは、外の世界は素晴らしい未来と奇跡のような出来事にあふれているのだと思っていました。しばらくここを離れることで、素敵な若者との出会いもあるのだろうと。その人にどこか遠いところに連れ去ってもらいたい、そうすればすべてを変えられる、自分自身も変わる、そう思っていたのです」フローレンスが言った。ほんの一瞬、彼女の表情が和らいだ。「でも、わたくしどもに具わる本性を否定することはできませんでした。わたくしはハイ・プレイスで生き、そして死ぬ定めなのです。フランシスだって同じです。あの子もまた自らに定められた人生を受け容れています。そのほうが楽に生きられます」

　フローレンスは青い瞳をノエミにひたと据えた。「銀器はわたくしが片づけておきます。これ以上の手出しは無用に願います」そう言い放つと、会話を唐突に打ち切った。

ノエミは自室に引き揚げた。歩きながら考えていたのは、カタリーナが聞かせてくれたお伽噺のことだった。むかしむかし塔のなかにお姫様がいました、むかしむかし王子様がお姫様を塔から救い出しました。ノエミはベッドに腰をおろすと、決して解けることのない魔法なるものについてしばし熟考することになった。

11

心臓の鼓動が聞こえた。ドラムを打ち鳴らすくらいの大音量でノエミを呼んでいる。これではっと目が覚めた。

音の出どころを突きとめたくなり、思いきって部屋の外に出た。壁に手をやると手のひらに鼓動が伝わってきた。筋肉のようにぱんぱんに張りつめた壁紙はつるつるしてつかみにくく、足元の床は湿り気を帯びて柔らかくなっている。爛(ただ)れているのだ。ノエミが踏みしめているのは爛れた巨大な皮膚であり、左右の壁もまた腐乱した皮膚と化していた。壁紙がべろんと剝がれると、下から現われたのは煉瓦や木材でなく、病んだ臓物、密かな暴飲暴食によって詰まった動脈や静脈だった。

心臓の鼓動と絨毯に延びる赤い筋に導かれるようにして足を運んだ。それは深い裂け目を思わせた。深紅に染まる一本の線。血痕の描く線。ノエミは廊下のなかほどで、はたと足を止めた。前方にこちらを見つめてくる娘がいる。

ルース、あの写真の娘だった。白いナイトガウン姿、金色の後光を思わせる髪、血の気の失せた顔。屋敷の闇に浮かび上がるその姿は、さながら雪花石膏(アラバスター)の細長い柱のよう。ルースは両手にライフルを抱え、ノエミを凝視した。

ふたりは並んで歩きだした。足並みは完璧にそろい、呼吸までが同じテンポを刻みだす。ルースが顔にかかる髪をさっと払えば、ノエミも自分の髪を払いのけた。

左右の壁が淡い燐光を放ち、ふたりを導いた。足元の絨毯はぐっしょり濡れている。ノエミの目が、壁――肉と化した壁――にいくつも浮かぶ染みのようなものもとらえていく。綿毛状のカビが織りなす狭間飾りとでもいうべきそれは、屋敷そのものが熟れすぎた果実であるかのように思わせた。

心臓の鼓動がさらに速まる。

心臓は血液を押し出し、うめき、痙攣した。鼓動のすさまじい音に、ノエミは耳が潰れそうな気がした。

ルースがひとつのドアに手をかけた。ノエミの奥歯に力がはいる。ここが音の出どころ、脈打つ心臓のある場所なのだろう。

ドアがさっと開いた瞬間、目に跳びこんできたのはベッドに横たわる男だった。ただの男ではない。それは溺死してしばらくしてから浮かび上がってきたかのような、かつては男だったものの膨張した肉塊であり、生白い肌に青い血管が浮き、脚や手や腹にはできものが花を咲かせていた。男の胸が上下する。だが生きて呼吸しているのは膿疱であって、男ではなかった。

生きているはずがないのに生きている男は、ルースがドアを開けるやベッドの上から身を乗り出し、抱擁をせがむようにルースのほうに両腕を差し出した。ノエミはドアのそばを離れなかったが、ルースはベッドに近づいていった。

両腕を突き出し貪欲な指をこきざみに震わせる男を見つめながら、ルースはベッドの裾で足を止めた。

ルースがライフルを構える。ノエミは思わず顔をそむけた。見ていたくなかった。だが、いくら目を逸らしたところで、ライフルの禍々しい銃声は、男のくぐもった悲鳴に続いて起きたしゃがれたうめき声は、否応なく耳に襲いかかった。

死んだ。そう思った。死なないわけがない。

顔を上げると、ルースはすでにノエミの横をすり抜けて廊下に立ち、ノエミを見つめていた。

「後悔なんかするもんか」ルースはそう言うと自分の顎に銃口を押しつけ、引き鉄を引いた。

血がどっと噴き出し、どす黒い飛沫が壁を染めた。ノエミが見守るなか、ルースは床に倒れこんだ。体をふたつに折り曲げて倒れるその姿は、花の茎がぽきんと折れるさまを思わせた。自殺というこの行為にノエミがうろたえることはなかった。これでよかったのだと感じていた。ノエミの昂奮は鎮まり、笑みさえ浮かべていたのではなかったか。

とそのとき、廊下のはずれにたたずみ見つめてくる人影が目に留まり、ノエミの笑みが凍りついた。それは金色のぼやけた姿をした、目鼻立ちも判然としないあの女だった。液状化しているのか、全身が小さく波打つそれは、いまにもすさまじい絶叫を解き放たんばかりに大口を開け――といっても口らしきものは見あたらないのだが――ノエミを生きたまま丸呑みしようとするかのように突進してきた。

恐ろしかった。脅威を感じた。死に物狂いで身をかわそうと手のひらを前に突き出し――

そのとき不意に腕をがっしりとつかまれ、思わずノエミは飛び退いた。

「ノエミ」声の主はヴァージルだった。ノエミはぱっと背後を見やり、それからヴァージルに目を戻した。なにがどうなっているのか、必死に辻褄を合わせようとした。

ノエミは廊下のなかほどに立ちつくし、目の前のヴァージルはオイルランプを右手で掲げていた。ランプは丈高の凝ったデザインで、風防ガラスは白濁した緑色だった。

言葉を失ったままヴァージルを見つめた。さっきまで金色の怪物がそこにいたはずなのに、いまは影も形もない！　女が消えたその同じ場所にヴァージルがいた。金色の唐草模様が裾から伸びるビロードのローブをまとったヴァージルが。

ノエミはネグリジェ姿だった。化粧ガウンと対になったものだが、このときはガウンをはおっていなかった。腕はむき出しのまま。外気にさらされた肌は冷えきっていた。思わず腕を撫でさする。

「いったいなにがどうなっているの？」彼女は口走った。

「ノエミ」彼がまたしても呼びかけた。自分の名前が彼の唇から、シルクの生地がほどけるようになめらかに流れ出る。「あなたは眠りながら歩きまわっていたんですよ。そういうときに起こすのはよくないんだがね。無理に起こすとひどいショックを与えてしまうという話だ。だが、怪我するんじゃないかと心配になったものだから。脅かしてしまったかな？」

なにを訊かれているのか、すぐには理解できなかった。一分ほどしてようやく、彼の言わんとしていることが呑みこめた。

ノエミはかぶりを振った。「嘘よ。そんなこと絶対にありえない。夢遊病はとっくにおさまっているはずだもの。子供のころの話だわ」

「自分で気づいていないだけさ」

「気づかないなんてあるわけないわ」

「起こそうかどうしようかと決めかねて、しばらくあとを尾けていたんだ」

「夢遊病なんかじゃありません」

「だったらぼくの勘違いなんだろう。暗闇のなかをただ散歩していただけというわけだ」彼は冷ややかに言った。

ネグリジェ姿で立ちつくし、呆けたように彼を見つめている自分が情けなかった。この人とは揉めたくなかった。争ったところでどうなるものでもない。彼の言うのはもっともで、それにいまはとにかく部屋に戻りたかった。廊下は寒すぎるし暗いし、ほとんどなにも見えない状態だった。ひょっとすると、いまいるここが怪物の胎内だという可能性もありそうだ。

悪夢を見ているあいだ、ふたりは怪物の腹のなかにいたのだろうか？　いや違う。あれは内臓でできた檻だった。肉の壁。ノエミが目にしたのはそれに間違いないのだが、もはや確かめようがなかった。いまこの瞬間にすぐそこの壁に触れてみれば、壁が波打つのを手のひらがとらえるかもしれない。

彼女は壁に手を走らせた。

「ええそうね。わたしは眠りながら歩いていた。だとしても――」

するとそこへ、夢のなかで耳にしたのと同じ、あのしゃがれたうめき声が、低くくっきりと聞こえてきた。ノエミはぎょっとして飛びすさり、危うくヴァージルを突き飛ばしそうになった。

「あれはなんなの？」ノエミは廊下の先に目をやり、すぐに向き直って不安もあらわにヴァージルに問いかけた。

「父の具合が思わしくないんだ。古傷がちっともよくならなくて、いまもまだ疼くらしい。今夜はかなり辛そうだ」彼はいたって冷静な表情でそう言うと、オイルランプの芯を調節して炎を少し大きくした。すると壁紙が、その花模様が、その表面をうっすら黒ずませているカビの痕跡が、眼前に浮かび上がった。

壁紙を脈打たせていた血管はどこにも見当たらない。

いったいどうなっているのか。そう、そういえば今朝がた、ハワードの具合が悪いという話をフランシスから聞いていた。でも、そうなるとここは、あの老人の部屋に近い屋敷の反対側だということか？　あそこは自分の部屋からかなり離れていたのではなかったか？　部屋を出てちょっと歩いただけなのに、屋敷の反対側のはずれまで来られるわけがない。

「お医者様を呼ばなくていいの？」

「さっきも言ったが、古傷がたまに疼くだけなのでね。もう慣れっこなんだ。ドクター・カミンズは毎週来ているし、次の機会に診てもらえばいい。老人にはそう珍しいことじゃない。驚かせてしまったようで申し訳ない」

老人と言われればたしかにそうだ。一家がメキシコに来たのが一八八五年。当時はまだ若かったとしても、それから七十年近くが経っている。ということは、正確には何歳なのか？　九十？　百に近いのか？　ヴァージルが生まれたころにはすでに老境に達していたはずだ。ノエミはここでまた腕を撫でさすった。

「そうか、その格好じゃ寒いはずだ」ヴァージルはオイルランプを床に置くと、ローブの紐をほどいた。

「わたしなら大丈夫ですわ」

「これを着るといい」

彼はローブを脱いでノエミの肩にかけた。ローブはあまりに大きすぎた。彼は長身だがノエミは小柄である。背の高い男が苦手というわけではない。相手がのっぽだと視線の上下運動が忙(せわ)しいというだけの話だ。がこのときは、奇妙な夢のことでまだ心が波立っていたからだろう、安心感よりも威圧感のほうが先立った。ノエミは腕組みして絨毯に目を落とした。

ヴァージルがオイルランプを持ち上げた。「部屋まで送りますよ」

「結構です」

「送りますよ。こんなに暗いと、どこに脛（すね）をぶつけるかわかったものじゃない。まさに漆黒の闇というやつだ」

これにもまた納得するしかなかった。電球がともる突き出し型照明が配されているのはわずか数カ所のみ、しかもそれが投げかけるのは微弱な光なので、次の照明にたどり着くまでは闇のプールに浸かっているようなものだった。ヴァージルが掲げるランプの緑の光は不気味ではあるが、足元を照らしてもらえるのはありがたかった。この家は呪われている、そう確信した。真夜中に怪しげな音をたてる魔物の存在を信じる類いの人間ではないノエミも、このときばかりはカタリーナの物語に登場する精霊や悪魔や邪鬼がいっせいに地上を這いまわっている気配を強く感じずにはいられなかった。

歩を進めるあいだ、ヴァージルは押し黙ったままだった。屋敷を包む静寂は落ち着かない気分にさせるし、床のきしみに身がすくみもしたが、彼に話しかけずに済んだのはなによりだった。こんな状況では会話などできようはずもない。

これじゃまるで赤ん坊だわ、とノエミは心のなかで自嘲した。まったくもう、こんなところを弟に見られたらいい笑い物にされそうだ。姉さんたら子取り鬼（エル・ココ）の存在を本気で信じているんだぜ、と周囲に言いふらすところが想像できた。弟の思い出、家族の思い出、メキシコシティの思い出。どれもいい思い出ばかり。ヴァージルのローブなどよりずっと安心感を与えてくれた。

部屋にたどり着いてようやく人心地がついた。無事に戻ってこられた。すべて世はこともなし。ノエミはドアを開けた。

「よかったらこれを使うといい」ヴァージルがランプを指さした。

「おかまいなく。そんなことしたらあなたが暗闇で脛をぶつけてしまうことになるわ。ちょっと待っていらして」言ってノエミはドア横の化粧台に手を伸ばした。そこにあったのはケルビムが支える仰々しい銀の枝つき燭台。マッチ箱をつかんで、蠟燭に火をともす。

「光あれ。ほらね？　これで万事解決よ」

ノエミはローブを脱ぎかけた。するとヴァージルはノエミの肩に手をかけてこれを押しとどめ、ローブの広襟にそっと指を這わせながら、「よく似合っているじゃないか」とシルクのようなあの声でささやいた。

この言葉に違和感を覚えた。他人の目がある昼間であれば、ただのジョークで済ませていただろう。だがいまは夜の夜中である。しかもその口ぶりには慎みがまるで感じられなかった。なにかがおかしいとうっすら感じているのに、言い返せない自分がいた。馬鹿言わない。そう言い返したかった。あなたの服なんて願い下げよ。だが、一言も出てこなかった。わずか数語の、それも意地の悪い寸評でないことを思えば、そんな些細なことに目くじら立てて暗い廊下でやり合う気にはなれなかった。

「じゃあおやすみ、失礼するよ」彼はおもむろに襟から手を放すと、一歩後ろに下がった。

それからランプを目の高さまで持ち上げて微笑んだ。ヴァージルは魅力的な男だし、その笑みは気持ちのいい笑みではあった——思わせぶりで茶目っ気もある——にもかかわらず、笑みでは隠しきれないなにかが表情にちらついた。それが気になった。すると不意に、夢に出てきたある場面が脳裏によみがえった。ベッドの上で腕を突き出していた男、あの男の目に浮かぶ金色の光、青い瞳に宿る金色のきらめき。彼女はとっさにうつむき、まばたきしながら床に目をやった。

「おやすみは言ってくれないのかな？」ヴァージルがからかうような声で言った。「ありがとうの一言もなし？　ちょっとお行儀が悪いね」

ノエミは顔を上げ、ヴァージルと目を合わせた。「ありがとう」

「また出歩くことのないようドアにちゃんと鍵をかけておくんだよ、ノエミ」

彼がオイルランプの炎を再度調節した。青い瞳にちらりとのぞいた金色の光はすでになく、彼は最後の一瞥とともにあとじさると、すぐに向きを変えて颯爽とした足取りで歩み去った。ノエミが目で追ううちに緑色の光はゆらゆらと遠ざかり、その光輪がふっと消え去ると同時に、闇が屋敷を呑みこんだ。

12

不思議なもので、太陽光はノエミの気分をすっかり一変させてくれた。夢中歩行の一件があったあと、すっかり怖気づいたノエミは布団を顎まで引きかぶって夜を明かしたのだった。そして窓の向こうで白みはじめる空に目を凝らし、左手首をぽりぽり掻くうちに、一連の出来事が人を困惑させるだけのつまらぬ茶番に思えてきた。

カーテンを全開にした窓からどっと流れこむ陽射しのなかで眺めてみれば、たしかにくたびれた侘しげな部屋ではあるものの、幽霊や怪物がひそんでいる気配は微塵も感じられなかった。やれ物の怪だ、やれ呪いだと大騒ぎするなんて馬鹿みたい！　淡いオレンジの長袖のボタンダウンのブラウスと濃紺のボックスプリーツのスカートに着替えてフラットシューズを履くと、約束の時間にはまだだいぶ間があったが、早々に階下へと向かった。やがて時間を持て余し、図書室に再度足を運んで歩きまわるうちに、植物図鑑がぎっしり詰まった棚に気づいてちょっと足を止めた。フランシスはここでキノコの知識を身につけたに違いない、虫食いのあるページを繰ってはむさぼるように知識を吸収していったのだろう、などと想像をめぐらせた。それから廊下に出て、壁にずらりと並ぶ銀の額縁に手を走らせ、指先がとらえる唐草模様の感触を味わった。そうこうするうちにフランシスがやって来た。

車中、フランシスがちっとも話に乗ってこないので、ノエミも無駄口を慎み、その間ずっと煙草を指で弄んでいた。まだ吸う気が起きなかった。胃が空っぽだと吸ってもおいしくない。

フランシスは教会の前でノエミをおろした。毎週カタリーナが町に来ていたころも、ここで彼女をおろしていたのだろう。

「正午にここで落ち合おう」彼が言った。「それで時間は足りる？」

「ええ。ありがとう」と返す。彼はうなずき、そのまま走り去った。

ノエミは民間療法師の家に向かった。先日洗濯をしていた女は、今朝は表に出ていなかった。物干しロープにはなにもかかっていない。まだ目覚めきっていない町はしんと静まりかえっていた。だがマルタ・デュバルはとっくに起きていて、日干しにするためだろう、トルティーヤを玄関先に並べていた。これを揚げてチラキーレス（メキシコの煮込み料理）をこしらえるに違いない。

「おはようございます」ノエミは声をかけた。

「あら、いらっしゃい」老女が笑顔で迎えた。「いいタイミングだったね」

「お薬はできていますか？」

「ああ、できてるよ。なかにおはいり」

ノエミは彼女のあとについてキッチンにはいり、椅子に腰かけた。鸚鵡の姿が見当たらなかった。今日は自分たちふたりだけらしい。女はエプロンで手を拭いてから引き出しを開け、取り出した小瓶をノエミの前に置いた。

「寝る前に大匙（おおさじ）一杯、あの人ならそれで十分だ。今回は効き目を強くしておいたけど、二匙までなら問題はないよ」

ノエミは瓶を目の高さまで持ち上げ、中身に目を凝らした。「これでよく眠れるようになるのね？」

「ああ、ぐっすり眠れるはずだ。それで問題のすべてが解決するわけじゃないだろうけど」

「あの家は呪われているから、というわけね」

「家族、家」マルタ・デュバルが肩をすくめる。「どっちだろうと大差ない、だろ？　呪われているのは間違いないんだ」

ノエミは瓶をテーブルに置くと、瓶の側面を爪でなぞった。「ルース・ドイルが家族をなぜ殺したのか、その理由はご存じ？　なにか噂を聞いています？」

「ここにいればなんだって耳にはいってくるさ。ああ、聞いているとも。煙草はもうないのかね？」

「節約しないと手持ちがなくなっちゃうわ」

「また買えばいいじゃないか」

「これと同じものはこのあたりじゃ買えそうにないもの」ノエミは言った。「あなたの聖人は高級志向なのね。それはそうと、鸚鵡はどうしたの？」

ノエミはゴロワーズのパッケージを取り出し、一本をマルタに進呈した。それをマルタが聖人像の横に置く。「まだ毛布をかぶせた籠のなかだよ。じゃあ、ベニートの話を聞かせようかね。コーヒーを飲むかい？　話をするには飲み物がないとね」

「いただくわ」ノエミは言った。空腹感はまだ起きないままだったが、コーヒーを飲めば食欲も戻ってくるだろう。なんともおかしなことだった。姉さんはいつも朝からよく食うよな、これを逃したらあとはもうないと焦っているみたいにさ、と弟によくからかわれたものだった。なのにこの二日間というもの、朝食にほとんど手が伸びなかった。なんとなく気分がすぐれない。病気の前触れというか、風邪をひきかけているときのような徴候があった。風邪でなければいいのだが。

マルタ・デュバルはやかんを火にかけたあと、引き出しをしばらくがさごそやってから、小ぶりのブリキ缶を取り出した。湯が沸くと、ふたつのピューターのカップに湯を満たし、そこにコーヒーの粉を加えてテーブルに置いた。マルタの家にはローズマリーの香りが強くたちこめていて、それがコーヒーの香りと混ざりあった。

「あたしはブラックだけど、あんたは砂糖を入れるかい？」

「結構よ」ノエミは言った。

マルタは椅子に腰を落ち着けると、マグを両手で包みこんだ。

「ショート・バージョンにするかい、それともロング・バージョン？　長いほうはかなりの時間を遡（さかのぼ）ることになる。ベニートについて知るには、アウレリオのことも知っておく必要があるんでね。あんたがこの話を正確に知りたいならだけど」

「そうね、煙草はじきに切れそうだけど、時間ならたっぷりあるわ」

女がにっと笑ってコーヒーに口をつける。ノエミもそれに倣った。

「鉱山が再開されたとき、それはもう上を下への大騒ぎだった。ミスター・ドイルは作業員を英国から連れてきたけど、鉱山を切り盛りするにはそれじゃとても足りなかった。作業場を管理するにも、建設中の家のほうでも人手が要るからね。鉱山を開業したうえにハイ・プレイスのような豪邸まで建てるとなったら、たかだか六十人の英国人だけじゃおっつくわけがない」

「ドイル家の前は、誰が鉱山を経営していたの？」

「スペイン人だよ。だが、それはずっと昔の話だよ。だもんで鉱山再開が決まったとき、地元民はそりゃもう大喜びさ。職にありつけるってことだからね。イダルゴ州内の各地から、仕事を求めて大勢の人間が押し寄せた。あんたにも想像はつくだろう。鉱山があるところにはお金が集まり、町が栄える。ところが、そのうち地元の連中が不平を鳴らしはじめた。仕事はきついし、ミスター・ドイルはそれに輪をかけてきつい御仁(ごじん)だったんだ」

「従業員の扱いがひどかったの？」

「動物並みの扱いだと、連中は言っていた。家を建てている作業員に対する扱いはそうでもなかったらしい。少なくとも、そっちの連中は地中の穴倉にもぐらないで済むんだから。だがメキシコ人坑員の扱いときたら、あいつは血も涙もなかった。ミスター・ドイルと彼の弟、このふたりが作業員たちをどやしつけていたのさ」

ハワードの弟リーランドの顔は、フランシスがその写真を指さして教えてくれていたのだが、どんな顔だったかまるで思い出せなかった。あの一族の顔はどれも似たりよったりだという印象が強いせいで、〝ドイル家の顔〟でひとくくりにして頭におさめていた。スペイン－ハプスブルク家最後の国王カルロス二世に顕著な〝ハプスブルク家の顎〟（いまでは重篤な下顎前突症の一症例とされている）で、ハプスブルク家の顔を代表させるようなものと言えばいいだろうか（もっとも、ドイル家の顔はそこまで深刻なものではないのだが）。

「あいつは一刻も早く家を完成させたかったし、大庭園まで欲しがった。それも英国式の、薔薇の花壇で埋めつくされた庭園をね。なにしろ花がちゃんと育ってくれるようにと、ヨーロッパから土のはいった木箱をどっさり持ちこんだくらいだからね。そんなこんなで作業員たちは、屋敷の建設現場と銀の採掘現場で働いていたわけだが、そこに妙な病が襲いかかった。はじめは家を建てていた作業員たちがこれにやられ、やがて坑員たちにも広まって、たちまち全員が嘔吐(おうと)と高熱を訴えだした。ドイルのところには、やはり土壌と一緒にこっちに送りこまれた医者がいたけどね、そのたいそうなお医者様もたいして役に立たなかった。みんな死んじまったのさ。大勢の坑員がね。死人のなかには建設作業員も何人かまじっていたし、ハワード・ドイルの奥方も犠牲になったんだが、ばたばた死んでいったのはたいていが坑員たちだった」

「英国式墓地はそのとき造られたのね」ノエミが言う。

「ああ、そうだよ」マルタがうなずく。「まあ、それで伝染病もいったんはおさまり、新たに人が雇われた。イダルゴ州の者たちはもちろんだが、ここの鉱山を英国人がやっているとどこかで聞きつけたんだろうね。よその州の鉱山で働いていた英国人までがわんさと押しかけた。というよりむしろ、単に自分も一山当てようと、銀と一攫千金に引き寄せられて来たんだろうがね。ずっと北のほうのサカテカス州は銀の一大産地だという話だよね？　まあ、イダルゴ州だってかなりのもんさ。

そんな連中がやって来て、再びここは作業員たちであふれかえった。そのころには屋敷も完成していた。つまり大邸宅に見合うだけの数の使用人もどっさり雇い入れたってことだ。すべては順調に進んでいった――ドイルは相変わらず人使いは荒かったが、賃金はきちんきちんと払っていたし、ごくわずかとはいえ銀の現物支給も行なわれていた――このあたりじゃそういう慣習があったんだ――坑員たちはこの鉱石分配を楽しみにしていたんだよ。ところが、ミスター・ドイルが再婚したあたりから、きなくさいことがあれこれ起きだしたんだ」

ノエミはドイルの二番目の妻の婚礼写真を脳裡に呼び出した。一八九五年、アリス。先妻アグネスと瓜ふたつの妹、アリス。考えてみれば、アグネスが石像の形で永遠性を与えられているのに、アリスが同じように扱われていないのは奇妙といえば奇妙な話だ。ハワード・ドイルはアグネスのことをあまりよく知らないと言っていた。長い歳月をともに暮らし、子供たちを授けてくれたのは二度目の妻のほうである。ハワード・ドイルはアリスを最初の妻ほど気に入っていなかったということか？　あるいは記念の像にたいした意味はなく、ただの気まぐれでこしらえただけなのか？　あの像がアグネスであることを示す銘板(プレート)の有無を思い出そうとした。なかったような気もするが、あったのかもしれない。そこまでじっくり見ていなかった。

「またぞろ奇病が広がった。いやはや、これがまた前のときより質(たち)が悪くてね。作業員たちは蠅みたいにばたばた死んでいったんだ。高熱と悪寒が始まると、あっという間に死の床に就くといったありさまさ」

「ドイル家がその人たちを集団墓地に埋葬したのがそのときなのね?」ノエミはドクター・カマリーリョから聞いた話を思い出していた。

老女が顔をしかめた。「集団墓地? とんでもない。地元民の亡骸は遺族が引き取って、町の墓地に埋葬したんだよ。だけど鉱山には身寄りのない作業員も大勢いたからね。町に家族がいない場合は、ドイル家が英国墓地に埋めたんだ。ただし、メキシコ人には個人墓なんてないし、十字架さえ立てちゃもらえない。集団墓地とかいう話は、そのあたりから出てきたんだろうよ。手向ける花輪もなけりゃ埋葬の儀式もしてもらえずに穴にただ投げこまれるだけ、それだって集団墓地と呼べなくもないけどさ」

なんとも気の滅入る話だった。さっさと土に埋められ、どこでどんなふうに生涯を閉じたのかさえ誰にも知られずに終わった無名の作業員たち。ノエミはピューターのカップを置くと、手首をぽりぽり搔きだした。

「それはともかく、鉱山で起きた問題はそれだけじゃなかった。ドイルは賃金とは別に銀を現物で支給するパルティードの慣習をやめにすると言いだした。そこに登場するのがアウレリオってわけだ。アウレリオは坑員のひとりで、この慣習の廃止がとことん気に食わなかった。ほかの仲間たちはひとりでぶつくさ文句を言うだけだったが、アウレリオはみんなに不満をぶちまけた」

「どんなふうに？」

「ごくあたりまえのことさ。おれたちの職場はクソだ、とね。あの英国人が国元から連れてきた医者は誰ひとり治しちゃくれないんだから、おれたちにはもっとましな医者が必要だ。雇用者側は未亡人や孤児をどっさりこさえておきながら、遺族にほとんど金も出さず、それればかりか今度はパルティードまで取り上げようとしている。銀を独り占めして自分たちの懐だけを肥やそうって魂胆なんだ、とね。それから彼は、仲間たちにストライキを呼びかけた」

「やったんですか？」

「ああ、やったとも。言うまでもなくドイル側は、ちょっと脅せばおとなしく仕事に戻るだろうと高を括っていた。ハワード・ドイルの弟と子飼いの連中が、ライフルをひっさげて坑員たちのいる飯場に乗りこんでいって凄んでみせたわけだが、アウレリオと仲間たちは反撃に打って出た。奴らに石を投げつけたんだ。ドイルの弟はほうほうのていで逃げ帰った。それからしばらくしてアウレリオが死体で見つかった。ドイル側は自然死だと言い張ったが、そんなこと誰が信じるもんかね。ストライキのリーダーがある朝ぽっくり死んでいた？　胡散臭いもいいところだよ」

「でも、伝染病が蔓延していたんでしょ？」ノエミは指摘した。

「そりゃそうだけどさ。でもアウレリオの遺体を目にした人たちの話じゃ、彼の顔はそりゃもうすさまじいものだったというじゃないか。恐怖が原因で人が死ぬなんて話、聞いたことがあるかい？　まあとにかく、彼は恐怖のせいでショック死したんだと、みんなは言っていたよ。目玉が飛び出し、口をあんぐり開けて、悪魔を目にした男のような形相だったそうだ。これには誰もがすくみあがってしまい、ストライキのほうも沙汰やみになっちまったのさ」

ストライキのことも鉱山閉鎖の話もフランシスから聞いてはいたが、そのときは詳しく尋ねようとは思わなかった。たぶんそこをきちんと整理すべきなのだろうが、いまはマルタに意識を集中することにした。

「アウレリオがベニートの話につながると、さっきおっしゃいましたよね。そのベニートというのは誰なんです？」

「せっかちなお嬢さんだね。こっちはせっかく順序だてて話そうとしてるってのにさ。この歳になると、なにが、いつ、どんなふうに起きたかを思い出すのだって楽じゃないんだ」マルタは時間をかけてコーヒーを何度も口に運び、ようやく話を先に進めた。「どこまで話したかね？　ああ、そうだった。鉱山はその後も続いていった。ドイルは再婚し、新しい奥方がようやっと娘を産み落とした。これがミス・ルースだよ。それから何年もしてからだが、次に息子を授かった。ドイルの弟のミスター・リーランドにも、息子と娘がひとりずつ生まれた。その息子というのがミス・ルースの許婚だよ」

「またしても相思相愛のいとこ同士の縁組というわけね」ノエミはそう言いながら不快を禁じえなかった。〝ハプスブルク家の顎〟は思った以上に的を射た譬えということになりそうだが、ハプスブルク家にとって近親婚はいい結果をもたらしていない。

「どうも〝相思相愛〟じゃなかったみたいだよ。そこが問題だったのさ。で、そこに登場するのがベニートだよ。彼はアウレリオの甥っ子で、屋敷のほうで働くことになったんだ。ストライキから何年も経っていたから、ドイル家は彼がアウレリオの縁続きだということに頓着しなかったんだろうと、あたしは思っているけどね。あるいは、死んだ坑員とその子は別物だと思ったか、単にその事実を知らなかっただけとも考えられる。とにかくベニートは屋敷で植物の世話をすることになった。そのころのドイル家は、庭園の造営に見切りをつけ、温室に力を入れていたんだ。

ベニートには死んだ伯父との共通点がどっさりあった。頭は切れるし快活でね。だがトラブルを避けて通る術に疎いところも伯父ゆずりだったんだ。伯父さんはストライキを先導したわけだが、ベニートはそれ以上にとんでもないことをやらかした。ミス・ルースに惚れこみ、ミス・ルースのほうもベニートにのぼせあがっちまったというわけさ」

「ルースの父親が喜ぶ展開とはまずもって言えないわね」ノエミは言った。

おそらくハワードは、優生学の話を娘に説き聞かせていたはずだ。優等人種と劣等人種のことを。ハワードが自室の暖炉の前で諄々と諭すその横で娘が床にじっと目を落としている、そんな光景が目に浮かぶようだった。気の毒なベニートに勝ち目はない。とはいうものの、もしもドイルが優生学にそこまで入れこんでいたのなら、なにゆえ近親婚にこだわったのか、いまひとつ釈然としなかった。ひょっとして、同じく近親婚をしている生物学者のダーウィンにあやかろうとしたのか。

「噂では、事の次第を知ったあの男は娘を殺しかけたって話だよ」

ノエミは、ハワード・ドイルが娘の華奢な首に手をかける場面を想像した。首にめりこむほど強く圧迫する父親の強靭な指、片や息もできずに抵抗の声をあげることさえできない娘。パパ、やめて。あまりにも鮮烈なイメージに、思わずテーブルにしがみつき、目をぎゅっとつぶらずにいられなかった。

「大丈夫かい？」マルタが言った。

「ええ」ノエミは目を開けてうなずいて見せた。「大丈夫。少し疲れただけ」

カップを持ち上げコーヒーを口に含む。ぬるくなった液体の苦みに人心地がついた。ノエミはカップを置いた。「どうぞ続けて」

「話はもうそんなに残っちゃいないよ。ルースは報いを受け、ベニートは消えちまった」

「ベニートは殺されたの？」

老女は身を乗り出し、白濁した目でノエミを見据えた。「それで済んでりゃまだマシってもんさ。ある日突然、ベニートは行方をくらました。丸二日もね。ドイルの仕返しを恐れてとんずらしたと言う者もいれば、ドイルが手を回したと言う者もいた。

その夏ルースがいとこのマイケルと祝言をあげることはすでに決まっていたわけで、ベニートの失踪など屁でもないってわけだ。なにがあろうと予定変更などなかっただろうね。ちょうど革命のさなかで騒乱のあおりを受けて鉱山の人手はごくわずかになっていたが、それでも作業を続けていたくらいだからね。誰かが機械を動かしつづけ、水を外に汲み出さなきゃ坑内は水浸しになっちまう。このあたりは雨量が半端じゃないんだ。

それに屋敷のほうだって、誰かがシーツを替えたり家具の埃を払わなきゃならないわけで、とにかくそういうことをあれこれ考え合わせると、あそこの家は戦乱があろうがなにがあろうが痛くも痒くもないってことだ。男がひとり消えたくらいでなにが変わる？ ハワード・ドイルは婚礼に必要なこまごまとした飾り物を注文し、不都合なことはなにひとつ起きていないかのようにふるまった。ベニートの失踪など取るに足りないことだといわんばかりにね。だが、ルースにすれば大問題だったのさ。

なにがあったのか、たしかなことは誰にもわからないんだけど、彼女が家族の食事に眠り薬を盛ったという噂もあった。どこで手に入れたのか、あたしにはわからない。あの子は利口だったし、植物や薬にも詳しかったから自分で調合した可能性もある。あるいは恋人が調達したのかもしれない。おそらく最初は、家族の者たちを眠らせておいて逃げ出すつもりだったんだろうが、その後ルースは考えを改めた。ベニートが姿を消した時点でね。ルースは父親が恋人にした仕打ちを恨んで、寝ている父親に銃を向けたんだ」

「でも、撃ったのは父親だけじゃなかった」ノエミは言った。「母親やそれ以外の人も撃っているのよね。死んだ恋人の復讐なら父親だけを撃てば済むことでしょ？　ほかの人たちは関係ないでしょ？」

「たぶんルースは全員がグルだと思ったんだよ。正気を失っていたのかもしれない。あたしらにわかるもんかね。あの一族は呪われている、あの屋敷は祟（たた）られているんだ」

後悔なんかするもんか。夢のなかでルースはそう言っていた。屋敷じゅうを歩きまわって身内の者たちに弾を撃ちこむ彼女に自責の念はなかったのか？　ノエミがその場面を夢のなかで目にしたからといって、あれが事の真相だと決めつけるわけにはいかないだろう。なにしろあの悪夢では、屋敷がありえない形に歪み、変容していたのだから。

ノエミは眉間に皺を寄せ、コーヒーカップに目を落とした。何口か飲む。この日の朝の胃袋はやけに非協力的だった。

「問題は、幽霊や物の怪は人の手には負えないってことだよ。夜に蠟燭をともしてやれば鎮まってくれるかもしれないがね。瘴気（マル・デ・アイレ）のことは知ってるかい？　都会っ子でもママから聞いたことがあるだろ？」

「多少は」ノエミは言った。「病を引き起こすと言われているものですよね」

「この世には重い場所というのがあるんだよ。悪魔がのしかかっているせいで空気それ自体が重くなっている場所がね。ときには死を招き、別の災いをもたらすこともあるわけだが、このマル・デ・アイレというやつは人の体にはいりこんで居すわり、その重みで人を沈めてしまうんだ。ハイ・プレイスのドイル家がおかしくなっているのは、それのせいだよ」マルタはそう言って話を締めくくった。

動物にアカネの根っこを食べさせるようなものだろうか。それを食べると骨が赤く染まり、体内がことごとく朱色に変わってしまうという。そんなことをふと思った。

マルタ・デュバルは立ち上がると、キッチンの引き出しをひとつひとつ開けはじめた。そのうちのひとつからビーズのブレスレットを取り出してテーブルに戻ると、それをノエミに差し出した。青と白の小さなガラス玉が連なり、黒い目を持つ大きめの青い石が一個、あいだにはさまっている。

「これは邪視除けのお守りだよ」

「ええ、知っています」こういうものは見たことがあった。

「腕に巻いておくんだよ、わかったね？　あんたを守ってくれるだろうし、害になることもない。うちにいる聖人たちにも力を貸してもらえるよう頼んでおくよ」

ハンドバッグを開けて薬の瓶をしまう。それから、老女の好意を無にしたくなかったので、言われるままブレスレットを腕に巻いた。「ありがとう」

町の中心部に引き返しながら、ノエミはいましがた知ったドイル家のあれこれに思い馳せた。どれひとつとってもカタリーナの心の支えになりそうになかった。物の怪は実在し、熱に浮かされての妄想の産物ではないとなればなおさらだ。前夜の恐怖心はすっかりなりをひそめ、いまあるのは不満という名の苦々しい思いだけだった。

ノエミはカーディガンの袖をまくり上げ、またしても手首をしきりに掻いた。嫌な痒みだった。見れば、手首の周囲が火傷(やけど)でもしたかのように、赤くかぶれていた。彼女は顔をしかめた。

ドクター・カマリーリョの診療所はすぐそこだったので立ち寄ることにした。ほかに患者がいないことを願うばかり。ついていた。医者は受付カウンターのところでトルタ（メキシコ風サンドイッチ）をほおばっていた。この日も白衣は着ておらず、シングルボタンのツイードの上着というラフな身なりだ。ノエミが目の前に立つと、フリオ・カマリーリョは手にしていたトルタをさっとテーブルに置き、ハンカチで口と手をぬぐった。

「お散歩ですか？」

「まあそんなところです」彼女は言った。「朝食のお邪魔をしてしまったかしら？」

「邪魔になるほどのものじゃない、たいしてうまくもないんですから。自分で作ってみたんだが大失敗。いとこさんのお加減はいかがですか？　専門医は見つかりそうですか？」

「それが、そんな医者は必要ないと彼女の夫が言うんです。アーサー・カミンズに診てもらうだけで十分だと」

「ぼくからご主人に話せば、わかってもらえそうかな？」

　ノエミはかぶりを振った。「かえって臍を曲げちゃうでしょうね」

「それは残念だ。で、今日はどうしました？」

「それがよくわからないのだけど、ここがかぶれてしまったの」ノエミは腕を突き出し、手首を見せた。

　ドクター・カマリーリョが手首を入念に調べた。「妙だな」彼は言った。「性悪女（マラ・ムヘル）（アリゾナの砂漠やメキシコの砂漠に自生する植物。棘がささるとひどい目に遭うことからつけられた異名）にやられたみたいな症状だが、このへんには生えていないしな。その葉っぱに触ったら間違いなく皮膚炎になる。なにかアレルギーをお持ちですか？」

「ぜんぜん。母には、あなたってみっともないくらい体が丈夫なんだから、ってよく言われるくらいなの。母の若いころには盲腸炎になるのがお洒落だと誰もが思っていて、娘たちはわざとサナダムシを呑んだんですって」

「サナダムシうんぬんはお母さんがあなたをからかったんですよ」とドクター・カマリーリョ。「法螺（ほら）話です」

「その話を聞くと、いつもぞっとしちゃったわ。わたしってかぶれやすいのかしら？　草や木で？」

「原因はいくつも考えられます。とにかく手を洗って、炎症を抑える薬を塗っておきましょう。じゃあこっちにどうぞ」彼はノエミを診察室に招じ入れた。

ノエミが部屋の隅にある小さな流しで手を洗ったあと、フリオ・カマリーリョは亜鉛軟膏を患部に塗って包帯を巻き、掻くともっとひどくなるので掻かないようにと忠告した。それと明日になったら包帯を交換し、亜鉛軟膏を塗りなおすようにとも言い添えた。

「炎症がおさまるのは数日後ですかね」ノエミを玄関まで送りながらフリオが言った。「一週間もすればよくなりますよ。改善が見られなければ、また来てください」

「ありがとう」彼女は渡された亜鉛軟膏の容器をハンドバッグにしまった。「あとひとつ、うかがいたいことがあるんです。夢遊病が再発するとしたら、どんな原因が考えられますか?」

「再発?」

「じつはわたし、幼いころに夢遊病をわずらったことがあって、でもずいぶん前におさまっていたんです。ところが昨夜、眠りながら歩いていたものだから」

「子供が夢遊病にかかるというのはよくある話です。最近、なにか薬を飲みはじめたということは?」

「いいえ。さっきも言ったけど、わたしはみっともないくらい健康体だから」

「不安が原因ということも考えられますよ」医者はそう言ってちょっと微笑んだ。

「今回は歩きまわりながら、とんでもなく奇妙な夢を見たんです」彼女は言った。「子供時代のそれとは大違いの夢を」

それはひどく病的な夢でもあったから、夢から覚めたあとヴァージルとしばらく立ち話をしても、心はちっとも安まらなかった。ノエミは眉根を寄せた。

「どうやらこれに関してもお役に立てそうにありませんね」

「そんなことおっしゃらないで」彼女は即座に言った。「じゃあこうしましょう、もしまたそういうことがあったら来てください、それと手首のほうもお大事に」

「はい」

ノエミは広場に軒を並べた小さな商店の一軒の前で足を止めた。そこで煙草を一箱購入した。ロテリア・カードは置いてなかったが、安価なトランプがあった。盃に棍棒、コインに剣（ハート・ダイヤ・スペード・クラブの代わりに、この四種の絵柄のついたメキシコのトランプ）——これがあれば愉快に一日を過ごせそうだ。カードの意味を読みとり、未来を占うこともできると誰かが言っていたが、ノエミはお金を賭けて遊ぶほうが好みだった。

店主はお釣りをゆっくり数えた。かなりの高齢で、眼鏡には真ん中に一本罅が走っていた。店先にしゃがみこむ黄色い犬は、汚れたボウルから水を飲んでいた。ノエミは犬の耳を撫でてやって店をあとにした。

郵便局も広場にあるので、そこから父宛にハイ・プレイスの近況——カタリーナは精神科医にかかる必要ありとのセカンドオピニオンをある医師から取りつけたこと——を手短に書いて投函した。ヴァージルがカタリーナをよその医者に診せることに難色を示している点に触れずにおいたのは、父を心配させたくなかったからだった。自分の見た悪夢についても、夢遊病の再発についても知らせなかった。そういうことは手首のかぶれと同様、今回の旅における突発事ではあったが、知らせるまでもないと判断した。

ひととおり任務をこなしたところで、広場にたたずみ、周囲にまばらに点在する商店をざっと見渡した。アイスクリーム屋もなければ、ちょっとしたものを扱う土産物屋もないし、楽師が曲を奏でるステージがあるわけでもない。二、三の店舗は正面が板でふさがれ、〝売り物件〟の文字がペンキで書かれていた。教会はいまも威風堂々としたたたずまいを見せているが、それ以外はじつに侘しい眺めである。精彩の欠片もない世界。ルースが生きていた時代もこんなふうだったのか？　彼女は町に来ることさえ許してもらえなかったのだろうか？　ハイ・プレイスにずっと閉じこめられていたのか？

　フランシスが落としてくれた地点に引き返した。数分後、錬鉄製の椅子にすわって煙草に火をつけようとしたところにフランシスがやって来た。

「さっさと連れて帰ろうって魂胆ね」彼女は言った。

「遅刻にやかましいお袋の影響だよ」彼はそう言ってノエミの前に立つと、今朝もかぶっていた青いバンドのついたフェルト帽を脱いだ。

「わたしたちがどこに出かけたのか、告げ口してきたの？」

「家には戻っていない。戻ろうものならお袋やヴァージルから、なんであんたをひとりにしたのかと質問攻めにされちゃうよ」

「じゃあずっとドライブしていたの？」

「ちょっとだけ。あとは車を向こうの木の下に駐めて、少し寝た。その手、どうかしたの？」言ってフランシスは包帯の巻かれた手首を指さした。

「かぶれちゃったの」

　ノエミが手を差し出すと、フランシスはその手を取ってノエミを椅子から立ち上がらせた。この日は踵のない靴だったので、ノエミの頭は彼の肩にやっと届くかどうかといったところだった。これだけ身長差のある人が横にいると、つい爪先立ちで歩いてしまう癖がノエミにはあった。この〝バレリーナ歩き〟は、いとこたちのからかいの的にされたものだった。カタリーナはそんな意地悪は言わなかった。人をからかうには心が優しすぎるのだ。その点、同じいとこでもマリールルは、しょっちゅう誰かしらをからかっていた。気がつけばいまもノエミはその歩き方をやっているわけで、この奇癖を目にしてフランシスはうろたえたらしく、帽子をつかんでいた手が一瞬おろそかになり、そこに吹いてきた一陣の風に帽子がさらわれてしまった。

「あら大変」ノエミは言った。

ふたりして帽子を追いかけた。二ブロックほど走ったところで、ノエミがどうにか捕獲した。細身のスカートにストッキングといういでたちを思えば快挙である。さっき立ち寄った店の黄色い犬はこの活劇がよほどお気に召したのか、わんと吠えるとノエミの足元を駆けまわった。ノエミは帽子を胸に抱き寄せた。

「よし、本日の美容体操はこれでノルマ達成ね」と言ってくすりと笑う。

フランシスもよほど楽しかったのか、珍しく快活な表情を浮かべてノエミを眺めていた。彼には悲しげで諦めきったような風情がいつもつきまとっていて、彼の年齢を考えると異常なことだとノエミは常々思っていたわけだが、真昼の太陽が彼の気鬱を洗い流したようで、その頬には赤みがさしていた。ヴァージルは目鼻立ちが整っているがフランシスは違った。上唇はないに等しいし、眉毛の描くアーチもいささか極端だし、瞼も重く垂れている。にもかかわらずノエミはフランシスを好きになっていた。

彼の一風変わっているところ、そこが愛おしかった。

ノエミが帽子を差し出すと、フランシスは両手で丁重に受け止めた。「なに?」と問いかける彼の声に含羞（がんしゅう）が混じったのは、見つめてくる彼女の視線のせいだろうか。

「帽子を救ってあげたのに、お礼の言葉はないの？」

「ありがとう」

「お馬鹿さんね」そう言って彼の頬にキスをした。

またぞろ彼が帽子を取り落としてふたりで追う羽目になるのかと思ったが、彼はどうにか持ちこたえ、にこっとした。ふたりは車のほうに歩きだした。

「用事はひととおりこなせた？」彼が訊いた。

「ええ。郵便局、それと診療所にも寄れたし。あとは、誰かさんからハイ・プレイスで何があったのかを聞くことくらいかな。わかっているわよね、ルースのことをちゃんと知りたいの」彼女は言った。ルースのことをつい考えてしまうのだった。もう何十年も前にあった殺人事件だし、ノエミにはなんの関わりもないことなのに、頭にしつこくこびりついて離れなかった。だからどうしても、ルースの話がしたかった。となれば彼以上にふさわしい相手がいるだろうか？

フランシスは歩きながら二度ばかり、帽子を脚に軽く打ちつけた。「彼女のなにを知りたいの？」

「ルースは恋人と駆け落ちしたかった。でも、そうはならず、結局は家族を次々に撃ち殺してしまった。なぜそんなことになったのか、どうしても納得がいかないの。なんでハイ・プレイスからさっさと逃げ出さなかったの？　ただ出ていってしまえば済んだことなのに」

「ハイ・プレイスを出られる人なんていないんだ」

「そんなことないわ。ルースはもう大人の女性だったのよ」

「あんたも女だよね。あんたは、どんなことだろうと思いどおりの行動がとれる？　家族を怒らせてでもやりとおせる？」

「やろうと思えばできるはずよ。いまのところ、そこまで思いつめたことはないけれど」ノエミはそう言ってはみたものの、父親がスキャンダルや新聞の社交欄を恐れていることがすぐさま頭をかすめた。自分は家族に公然と刃向かうだけの覚悟がもてるのだろうか？

「おれのお袋は一度ハイ・プレイスを出て、そのあいだに結婚した。だが、すぐに戻ってきた。逃れようがないんだ。そのことをルースは痛いほど知っていた。だから、ああするしかなかったんだ」

「なんだか誇らしげね」ついきつい口調になった。

フランシスは帽子を頭に載せると、こわばった視線をノエミに向けた。「そんなんじゃない。でも本音を言えば、ルースはハイ・プレイスを焼きつくすべきだったんだ」

あまりにも衝撃的な発言にノエミは耳を疑った。沈黙の泡に包まれたままの帰宅になっていなければ、ただの聞き違いだと自分に言い聞かせることもできただろう。だが、身を切るようなこの沈黙は、聞き違いでないことを裏づけていた。沈黙は彼の本気度をいっそう際立たせ、ノエミは車窓に目を向けているしかなかった。火をつけずに終わった煙草を握りしめたまま、流れゆく木々を、重なり合う枝々から射しこむ光を、ただ見つめるばかりだった。

13

今夜はふたりだけのカジノ・ナイトにしよう、そうノエミは心に決めていた。カジノ・ナイトはいつも楽しみにしていた我が家の一大イベントだった。子供たち全員が祖父母のトランクから引っぱり出した昔の衣装を身に着け、モンテカルロやハバナの名うてのギャンブラーに扮してダイニングルームに集まり、カードゲームに興じるのである。年齢が上がるにつれて仮装こそしなくなったものの、タボアダ家のいとこたちは相変わらずテーブルを囲み、レコードをかけ、アップテンポの曲に合わせて足を踏み鳴らしながら、手持ちのカードを慎重に開いていったものだった。かけるレコードもないハイ・プレイスではそういうわけにもいかないが、あのカジノ・ナイトの精神はその気になれば取り戻せるはず、そんな思いでノエミは張り切っていた。

セーターの大きなポケットの一方にトランプを、もう一方に例の小瓶を忍ばせて、ドアから頭だけ出してカタリーナの部屋をのぞいた。カタリーナのほかには誰もおらず、しかもまだ起きていた。しめしめ。

「いいものを持ってきたわよ」ノエミは声をかけた。

カタリーナは窓辺の椅子にすわっていた。そのままの姿勢で首だけねじってノエミを見た。「こんな時間に？」

「左のポケットと右のポケット、どっちかを選んでみて。当たったらいいことがあるかもよ」ノエミはカタリーナに近づきながら言った。

「はずれたら？」

カタリーナの髪はほどかれて背中に垂れていた。彼女はショートヘアにしたことがない。ノエミにはありがたいことだった。子供のころ、この艶やかで美しい髪にブラシをかけたり、三つ編みに結ったりしてずいぶんと楽しませてもらった。そんなとき、我慢強いカタリーナは人形になりきってノエミを自由に遊ばせてくれたのだ。

「はずれたら賞品はお預けよ」

「あら、ひどい子ね」カタリーナが笑みを浮かべた。「よし、乗ったわ。じゃあ右」

「じゃじゃーん」

ノエミはトランプの箱をカタリーナの膝に載せた。いとこは箱を開けるや破顔し、なかの一枚を抜き取って掲げてみせた。

「二、三回は勝負できそうね」ノエミは言った。「一回目は勝たしてあげる」

「嘘ばっかり！　あなたくらい負けん気の強い子はいませんからね。それにフローレンスが夜更かしさせてくれるわけないじゃない」

「ちょっとくらいなら大丈夫よ」

「賭けるお金だって持っていないのよ。あなたはお金を賭けなきゃ燃えないじゃない」

「ああだこうだ言い訳ばっかり。やかまし屋のフローレンスがそんなに怖いの？」

カタリーナはさっと立ち上がると、化粧台のほうに向かった。鏡の角度を調節し、そこに映る自分の顔を見つめながらブラシの横にトランプの箱を置いた。「そんなことないわよ。怖いもんですか」そう言ってブラシをつかむと髪をとかしはじめた。

「あらそう。じつはもうひとつ、プレゼントがあるんだけど、そんな臆病猫ちゃんには渡したくないな」

　ノエミは緑色の小瓶を持ち上げた。振り返ったカタリーナは目に驚きの色を浮かべ、おずおずと手を伸ばした。「もらってきてくれたのね」

「約束した以上はね」

「なんていい子なの、ありがとう、恩に着るわ」カタリーナはノエミを抱き寄せた。「どうせ相手にされないいんじゃないかと思っていたの。怪物や幽霊は本のなかだけのことだと思っていたけど、ちゃんと存在しているのよね。そうでしょ？」

　いとこは抱擁の腕をほどくと、引き出しを開けた。そこからハンカチやら白手袋やらを取り出していき、やがて目当てのものを探り当てた。銀のティースプーン。すぐさまこれを使って、震える指で一杯、二杯、さらにもう一杯とたてつづけに口に流しこんだ。四杯目を押しとどめたノエミは、瓶とスプーンを取り上げ化粧台に置いた。

「まったくもう、飲みすぎよ。マルタは大匙一杯で十分だと言っていたんだから」とノエミはたしなめた。「一回戦もまだ始まっていないうちからいびきをかきだし、まるまる十時間も目覚めないなんて御免ですからね」

「そうよね、たしかに」カタリーナは言って気弱な笑みを浮かべた。

「じゃあ、シャッフルはわたしでいい？　それとも親をやりたい？」

「わたしにやらせて」

カタリーナはカードの山に手を滑らせた。と、そこで不意に動きが止まった。片手を持ち上げたとたん、そのまま凍りついてしまったかのように指がカードの上で宙づりになった。ハシバミ色の目を大きく見開いたまま、口を引き結んでいる。まずもって尋常とは言いがたい。トランス状態に陥った女のようだった。ノエミは眉をひそめた。

「カタリーナ？　気分でも悪いの？　椅子にすわったら？」と声をかけた。

反応なし。ノエミはカタリーナの腕をそっとつかんでベッドに連れていこうとした。だがどうにも動こうとしない。指を拳にぎゅっと固めて前方を睨みつけるばかり。大きな瞳は正気の色を失っていた。巨象を動かすほうがまだ楽だったのではあるまいか。それくらいびくともしなかった。

「カタリーナ」ノエミは呼びかけた。「どうして――」

ぐきっと大きな音がした――嘘でしょう、関節でもはずれたのか――すると、カタリーナが震えだした。頭から足先まで全身をぶるぶる震わせる。うねりに呑みこまれては小さく波打つような、そんな動作が繰り返された。やがて震えは激しさを増し、すさまじい痙攣が始まった。胃のあたりを両手で抱えこみ、頭をさかんに振りたてたかと思うと、この世ならぬ絶叫が肺からほとばしり出た。

体を押さえつけてベッドに引きずっていこうとしたが、カタリーナは手ごわかった。これほどの強靭さを内に秘めていたとは驚きだった。はかなげな外見とは裏腹に、カタリーナは頑なに抵抗しつづけ、ついにはふたりして床に倒れこんでしまった。カタリーナはひきつった口をぱくぱくさせ、両腕を上下させながら脚を激しく痙攣させた。あふれ出たよだれが口の端で糸を引く。

「誰か！」ノエミは叫んだ。「早く来て！」

そのときノエミは、かつての学友に癲癇（てんかん）のある少女がいたことを思い出した。その子が校庭で発作に見舞われたことはなかったが、いつもバッグに小さな棒切れを忍ばせていて、発作が起きたらすぐにそれを噛めるようにしてあるのだと教えてもらったことがあった。

カタリーナの抵抗はますます激しくなった——まさかとは思いつつ、これは間違いなく癲癇の症状だと判断した。そこで化粧台からつかみとった銀のスプーンをカタリーナの口に押しこみ、舌を噛み切らないように措置をした。そのとき勢いあまってトランプの箱をはたき落としてしまい、カードが床に散乱した。コイン柄のジャックがノエミを責め立てるように見つめてきた。

ノエミは廊下に走り出ると、大声をあげた。「誰か来て！」

この騒ぎに誰も気づかないなどということがありうるのか？　廊下に並ぶドアを次々にノックしては声を限りにわめきたてた。すると不意にフランシスが現われた。すぐ後ろにフローレンスもいた。

「カタリーナがひきつけを起こしたの」ノエミは訴えた。

三人は部屋に駆けこんだ。カタリーナはいまも床の上で体をひくつかせていた。フランシスは駆け寄ってカタリーナを起き上がらせると、抱きかかえるようにして痙攣を鎮めようとした。ノエミも手を貸そうと足を踏み出したが、フローレンスが行く手に立ちふさがった。

「出ていきなさい」フローレンスの口調は辛辣だった。

「わたしにも手伝わせて」

「出なさい、いますぐに」フローレンスはノエミを廊下に押し出すと、眼前でドアをぴしゃりと閉めた。

ノエミはドアを力いっぱい叩いたが、ドアが開くことはなかった。低いささやきがもれてきたかと思うと、ときおりそこに大声がさしはさまれる。ノエミは落ち着きなく廊下を歩きまわった。

フランシスが部屋から出てきたが、すぐにドアは閉じられてしまった。ノエミは彼に駆け寄った。

「どんな具合？　カタリーナは無事なの？」

「ベッドに寝かせた。これからカミンズ先生を呼んでくる」フランシスが言った。

ふたりは足早に階段に向かった。彼の歩調に合わせるには倍の歩数で歩かねばならなかった。

「わたしも一緒に行くわ」

「ダメだ」フランシスが言った。

「わたしも役に立ちたいのよ」

フランシスは足を止めるとかぶりを振り、ノエミの両手をぎゅっと握りしめた。それから穏やかな声でこう言った。「一緒に来たら、かえってややこしいことになるだけだ。居間で待っていてくれ。戻ってきたらそっちに呼びに行くよ。すぐに戻る」

「約束よ?」

「ああ」

フランシスは階段を駆けおりていった。ノエミも急いで階段をおりる。おりきったときには両手で顔を覆っていた。涙が目にしみる。居間に着いても涙は止まらず、絨毯の上にぺたんとすわりこんで両手をきつく握り合わせた。時は分刻みで流れていった。セーターの袖で鼻を拭き、手のひらで涙をぬぐう。それから立ち上がってひたすら待った。

フランシスは約束を守らなかった。かなり待たされたばかりか、さらに悪いことに、フランシスはドクター・カミンズとフローレンスを引き連れてやって来た。ノエミに心を鎮めるだけの時間があったのがせめてもの救いだった。

「どんな具合ですか?」ノエミは医者に詰め寄り、問いかけた。

「いまは眠っています。峠(とうげ)はどうにか越しました」

「ああよかった」ノエミはソファのひとつにへたりこんだ。「なにがなんだか、わたしにはさっぱりだわ」

「原因はこれですよ」フローレンスが鋭く言ってマルタ・デュバルのところからノエミが持ち帰った瓶を掲げてみせた。「これをどこで手に入れたんです？」

「それは誘眠剤よ」

「あなたが持ちこんだ誘眠剤とやらのせいで、おかしくなったんですよ」

「そんな馬鹿な」ノエミはかぶりを振った。「ありえないわ、だって彼女に頼まれてもらってきた薬だもの」

「きみに医学の知識があるのかね？」ドクター・カミンズが問い質した。明らかに気分を害している。

ノエミは口のなかが干上がるのがわかった。

「ありません――」

「つまり、瓶の中身がなんなのか知らないんだね？」

「いまも言ったように、よく眠れる薬がほしいとカタリーナに言われて、それを買ってくるよう頼まれたんです。以前にも飲んでいたものだし、害になるわけがないんです」

「ところが有害だった」医者が言った。

「アヘンチンキ。あなたが自分のいとこの喉に流しこんだのはそれなんです」フローレンスは非難の指をノエミに突き立てながら、医者の言葉を補った。

「そんなの嘘っぱちだわ！」

「まったくもって無神経、軽率もいいところだ」ドクター・カミンズが吐き捨てるようにつぶやいた。

「こんないかがわしい薬を持ちこむとは、いったいなにを考えているのやら。しかもスプーンを嚙ませたりして。ひきつけを起こした者は舌を呑みこむとかいう、馬鹿げた話をどこかで聞きかじりでもしたんだろう。ナンセンス、まったくもってナンセンス」

「わたしはただ――」

「このチンキをどこで手に入れたんです？」フローレンスが詰問した。

誰にも言わないで。カタリーナはそう言っていた。だからノエミは口を割らなかった。ここでマルタ・デュバルの名前を出せば、自分の罪もいくらか軽くなるのだろうが、それはしたくなかった。ソファの背もたれをぎゅっとつかんで布地に爪をめりこませた。

「あなたは自分のいとこの命を奪うところだったんですよ」フローレンスが追討ちをかけた。

「違うわ！」

ノエミはまたしても声をあげて泣きそうになったが、それだけはなんとしても避けたかった。この人たちの前では絶対に嫌だった。気がつけば、いつの間にかフランシスがソファの背後に立ち、彼の指先がごくわずかにノエミの手に触れていた。心癒（いや）されるそのしぐさに勇気をもらい、嗚咽がもれそうになるのをどうにか食い止める。

「薬を出したのは誰なんだね？」医者がなおも問い詰めた。

ノエミはふたりをはっしと睨みつけ、ソファをぎゅっと握りつづけた。

「ひっぱたいてやりたいわ」フローレンスが言った。「その傲慢な顔をひっぱたいてやる」

フローレンスが一歩詰め寄った。この人は本気だとノエミは直感した。フランシスの手を押しやり、椅子から腰を浮かしかける。

「よかったら父を診てやってもらえませんかね、ドクター・カミンズ。今夜の騒ぎでいささか気が高ぶっているようだ」

声のするほうに目をやれば、飄然（ひょうぜん）と部屋にはいってきたのはヴァージルだった。声は沈着そのもの。

そのままサイドボードに歩み寄ってデカンターを調べるさまは、まるでここにいるのは彼ひとりきりで、いつものように酒を楽しもうとしているかのようだった。

「ええ。いいですとも、もちろんです」医者が言った。

「きみたちふたりも、先生と一緒に行ってくれ。ぼくはノエミに話があるんでね」

「でも――」フローレンスが言いよどむ。

「この人とふたりにしてほしいんだ」ヴァージルがぴしゃりと言う。ビロードを思わせるいつもの声はヤスリと化していた。

一同が部屋をあとにする。医者は「ではさっそく」とつぶやきながら、フローレンスはむすっと黙りこんだまま出ていった。最後になったフランシスは、ドアをゆっくり閉めながらノエミに不安げな一瞥を投げかけた。

ヴァージルはグラスにワインを満たすとこれを揺らして中身に見入り、それからノエミに歩み寄り、ノエミがすわっているソファに並んで腰をおろした。すわるとき、彼の脚がノエミの脚をすっとかすめた。

「カタリーナから聞いていますよ、きみはかなり堅固な意志の持ち主なんだそうだね。だが、それがどの程度のものか、今日の今日までわからなかった」彼はそう言って楕円のサイドテーブルにグラスを置いた。「その点きみのいとこは軟弱だ、違うかな？　だがきみには気骨がある」

ヴァージルの能天気な口調にノエミは啞然とした。まるで気軽なおしゃべりを楽しんでいるかのよう。不安で胸が潰れそうなノエミにはおかまいなしだった。「あなたには気遣いというものがないようね」

「その言葉はそっくりお返ししよう。ここはぼくの家ですよ」

「それは失礼しました」

「ちっとも悪いと思っていないようだね」

ノエミは彼の眼差しにこもる感情が読み取れなかった。おそらくは軽蔑。「わたしが悪うございました！　でも、カタリーナを助けたい一心でしたことだわ」

「助けるにしては妙なやり方をするものだ。きみは妻を振り回してばかりいるじゃないか」

「振り回してばかりだなんて、なにがおっしゃりたいの？　彼女はわたしが会いに来たことを喜んでいるのよ。本人もそう言っているわ」

「どこの馬とも知れぬ輩を妻に引き合わせたかと思えば、毒まで持ちこんで」

「話にならないわ」ノエミはぱっと立ち上がった。

ヴァージルはすかさずノエミの手首をつかんでソファに引き戻した。つかまれたのは包帯を巻いたほうの手だった。激痛が走った。一瞬、皮膚が燃えるように感じられ、うめき声をもらす。ヴァージルは彼女の袖をたくしあげ、包帯を目にするや、したり顔の笑みを浮かべた。

「放して」

「ドクター・カマリーリョにやってもらったのか？　あのチンキもそうなのか？　奴なのか？」

「触らないで」彼女は声を荒らげた。

彼は放さなかった。そればかりか身を乗り出してきた。つかんだ手にさらに力がこもる。ハワードは昆虫でフローレンスは食虫植物だと、前になぞらえたことがあった。その伝でいけばヴァージル・ドイルは肉食獣だ。食物連鎖の頂点に立つ肉食獣。

「フローレンスがああ言いたくなるのももっともだ。きみはひっぱたかれて、少しは知恵を身に着けるべきだな」彼が吐き捨てるようにつぶやいた。

「この部屋で誰かがひっぱたかれるとしたら、言っときますけど、それはわたしじゃありませんから」

ヴァージルは顔をのけぞらせ、下卑た笑いを炸裂させた。それから手だけ伸ばしてグラスをつかみ取る。グラスを持ちあげたとたんに中身が数滴、サイドテーブルを濡らした。彼の哄笑のすさまじさにノエミは椅子の上で跳び上がりそうになった。捕縛からはとりあえず解放された。

「あなたは正気じゃないわ」ノエミは手首をさすりながら言った。

「心労のせいだよ。たしかに正気とは言えないな」彼はそう言ってワインを飲みほした。そのままテーブルに戻すかと思いきや、彼はグラスを床に投げつけた。砕けはしなかったものの、絨毯の上を転がっていく。砕けていたらどうしただろう？　とはいえ、所詮は彼のグラスである。なにを壊そうが彼の勝手。それは屋敷内すべてのものについて言えることだった。

「カタリーナの身を案じているのは自分ひとりだと、きみは思っているんだろうね？」ヴァージルはグラスに視線を落としたまま言った。「まあ、そんなところだろう。カタリーナからの手紙を受け取ったとき、こう思ったんじゃないのかな？『ああ、これであの厄介な男から彼女を引き離すことができる』とね。そしていまはこう思っているはずだ。『やっぱりこの男は性根が腐っている』と。お父上は花婿候補のぼくを嫌っていたからね。

鉱山が軌道に乗っているときだったら、お父上もカタリーナとぼくの結婚を祝福してくれたんだろう。ぼくを価値ある男として遇していたはずだ。雑魚扱いされることもなかった。カタリーナがぼくを伴侶に選んだことを知ったときの不快感を、お父上も、そしてきみも、いまだに引きずっているに違いない。言っておくが、ぼくは財産目当てに結婚するようなクズじゃない、押しも押されもしないドイル一族の人間だ。そこを肝に銘じておいてもらいたいね」

「なにが言いたいのかさっぱりだわ」

「ぼくがとことん無能だからカタリーナの投薬は自分がやるしかない、そうきみが思いこんでいるからだよ。こっちのやり方があまりにも杜撰だとばかり、ぼくの目を盗んで益体もない薬を飲ませたってわけだ。こっちが気づいていないとでも？　この家で起きていることはすべてお見通しなんだよ」

「あの薬は彼女に頼まれたものよ。あなたのいとこにも、お医者様にもそう申し上げました。こんなことになるなんて思いもしなかったわ」

「そう、きみという人間はなにもわかっちゃいないくせに訳知り顔にふるまうんだ、違うかな？　きみは甘やかされたガキなんだよ。妻をただ苦しめているだけなんだ」ヴァージルは痛烈な一撃で話を締めくくった。

　そしてソファから立ち上がると、グラスを拾い上げてマントルピースに置いた。ノエミは怒りと羞恥という名の双子の炎が、胸中で燃えたぎるのを感じた。彼の話のもっていき方が気に食わなかった。やりとり全般に虫唾が走った。とはいえ、この自分が馬鹿をしていないと言いきれるのか？　非難されても仕方のないことをしたのではなかったか？　反論の言葉も見つからぬまま、気の毒なカタリーナの顔を思い出したとたん、再び目に涙があふれだすのがわかった。

　ヴァージルはノエミの苦しい胸の内に気づいたのか、あるいは難詰をやり終えて気がおさまったのか、硬直した声がかすかに揺らいだ。「いいかいノエミ、今夜きみはぼくを男やもめにするところだったんだ。いささかきつい口調になってしまったことは許してくれ。そろそろ寝るとしよう。長い一日だったからね」

　ヴァージルはたしかに疲れた顔をしていた、憔悴しきっていた。彼の青い瞳は突然の発熱に見舞われた人のようにぎらついていた。それに気づいたノエミはなおいっそう罪悪感をつのらせた。

「カタリーナの治療に関してはドクター・カミンズに一任し、妙な気つけ薬や治療薬をけっして持ちこまないと約束してほしい。いいね、頼んだよ」

「わかりました」

「しごく単純な頼みごとだ、聞き入れてくれるね？」

ノエミは両手を握り合わせた。「はい」と応じながら、子供扱いされたような気分が強まった。

ヴァージルはノエミに歩み寄ると、しげしげと顔をのぞきこんだ。嘘を見抜こうとしているのだろうが、そんなものが見つかるはずもなかった。ノエミが真摯な気持ちを伝えたにもかかわらず、彼は触れ合わんばかりの位置に立ちふさがった。なにかの生物を分析して詳細を記録に残そうとしている科学者のように、彼女の顔を、彼女の引き結んだ唇を、舐めまわさんばかりに見つめてきた。

「ありがとう。きみには理解しがたいことが多々あると思うが、我々がカタリーナの健康と幸福を最優先に考えているということはわかっていてほしい。きみは彼女を傷つけ、そうすることで、このぼくまで傷つけたんだ」

ノエミはぷいと顔をそむけた。こうすれば彼もすぐに立ち去るだろうと思っていた。ところがそうはならず、しばらくぐずぐずしていた。そしてノエミにとっては永遠にも思える時が流れてようやく、彼は部屋をあとにした。

14

〈夢はある意味どれも予知夢と見なされるが、なかにはより明解な形をとる夢もある。〉

〝夢〟の語を鉛筆でくるりと囲む。ノエミは本の余白に書きこみをするのが好きだった。とりわけこういった人類学関連のテキストを相手にしているときは、精彩に富んだ記述や脚注の森に分け入り、つい時を忘れて読みふけってしまうことが多い。だが、このときはちっとも集中できなかった。頬杖をついて口に鉛筆をくわえる。

やるまでもない用事をこしらえたり、本を手に取ってみたりと、あれこれ知恵をしぼって手持無沙汰を紛らしながら、すでに何時間にもわたる待ちぼうけ状態が続いていた。腕時計に目をやり溜息をもらす。五時になろうとしていた。

朝方、カタリーナとの面会をとりつけようとしたが、いまは眠っているからとフローレンスに言われた。正午近くにもかけあったが、このときもフローレンスに断られ、夜にならないと面会は無理だときっぱり言いわたされてしまったのだった。

会いたいのはやまやまだが、かといって強引に部屋に押しかけるのはためらわれた。というか、できなかった。そんなことをすればここを追い出されるのが落ちだろう。それにヴァージルの言い分はもっともなのである。ノエミは過ちを犯したのであり、それに恥じ入ってもいた。
ラジオでもあればと何度も思った。音楽を、会話を欲していた。友人たちと出かけていった数々のパーティの記憶を呼び出しては、カクテルを手にピアノにもたれかかる自分の姿に思いを馳せた。大学の講義のあれこれも、繁華街のカフェで議論を戦わせた日々も懐かしく思い出された。いまのノエミにあるのは屋敷の沈黙と、不安にからめとられた心臓だけだった。

〈……そして幽霊の夢は、本書にその事例はおさめられていないが、死者たちのあいだでなにが起きているのかを人々に知らせるものとされている。〉

ノエミはくわえていた鉛筆を抜き取ると、目の前の本を脇に追いやった。アザンデ族の本を読んでもいまのノエミには得るところがなかった。なんの気晴らしにもならない。たえず頭によみがえるのはカタリーナの苦悶の表情であり、彼女のねじれた手足であり、前夜のおぞましい出来事のことばかりだった。

ノエミはセーター――フランシスがくれたもの――をつかんで外に出た。煙草を吸いたくなって屋敷の物陰にいったんは身をひそめたが、ここから少しでも離れるのが賢明だと思い直した。屋敷がのしかかってくるようで息苦しかった。敵意と冷酷さしか感じられない家なのだ。窓という窓が瞼を持たぬ厳しい眼差しを思わせ、前をうろつく気になれなかった。そこで屋敷の裏手の蛇行する小径をたどり、墓地に向かった。

二歩、三歩、四歩……たいした距離も進まぬうちに（そう思えた）、鉄のゲートの前に立っていた。なかにはいる。前回来たときは霧ですっかり方向感覚を失ってしまったが、またぞろ道に迷ったらどうしようなどと逡巡することもなかった。

むしろ、迷子になれたらどんなにいいかと思う自分がいた。

カタリーナ。カタリーナを苦しめてしまい、その彼女がいまどうしているかさえ知らされぬままだった。フローレンスは固く口を閉ざしている。ヴァージルの姿もあれから一度も見かけていない。といっても別に会いたいわけではない。

あの男はとことん鼻持ちならない奴なのだ。

いいかいノエミ、今夜きみはぼくを男やもめにするところだったんだ。

そんな意図はさらさらなかった。だが問題は意図の有無ではない。実際そういう事態になりかねなかったという、それ自体が問題だ。彼女の父親ならそう言うだろう。それを思うと恥じ入る気持ちが倍になった。ごたごたを解決するために送りこまれたのであって、ごたごたをこじらせるためではない。カタリーナはノエミに腹を立てているだろうか？　いずれ面会が叶ったとき、どんな言葉をかければいいのだろう？　ごめんなさいカタリーナ、あなたを毒で死なせるところだったのよね。でも、元気そうで安心したわ。

ノエミはうなだれ、ぶかぶかのセーターを体に巻きつけるようにして、墓石と苔と野花のなかを進んだ。やがて霊廟と、正面にたたずむアグネスの石像の前までやって来た。石像の顔と両手を見やる。風雨にさらされ、ところどころに黒カビが浮いていた。

死者の名を刻んだプレートのようなものがあったかどうかが気になっていたが、ちゃんとあることが確認できた。前回は見過ごしていたわけだが、ノエミの迂闊を責めることはできないだろう。プレートは生い茂る雑草に埋もれていた。ノエミは雑草を引き抜くと、青銅のプレートにこびりついた泥を手でぬぐった。

アグネス・ドイル。母。一八八五年没。ハワード・ドイルが最初の妻を追慕するために残した文字はこれだけだった。ハワードはアグネスのことはよく知らない、結婚して一年もしないうちに他界したと言っていたが、わざわざ像を建てておきながら、彼女の死を悼むにふさわしい文言が添えられていないのは腑に落ちなかった。

また、死者の名前のすぐ下に刻まれた〝母〟の一語にも戸惑いを覚えた。ノエミの知る限り、ハワード・ドイルの子供たちは二度目の結婚で授かっている。ならばなぜ〝母〟という語がアグネスの添え名に選ばれたのか？　いや、ただの思い過ごしだろう。霊廟内に安置された彼女の亡骸のかたわらには、故人にふさわしい銘と追悼の言葉が刻まれているに違いない。そう思いつつも名状しがたい違和感はぬぐいきれず、新品のテーブルクロスに曲がった縫い目や小さな染みを見つけたときのような気分が尾を引いた。

石像の足元に腰をおろして雑草をむしりながら、この霊廟に、あるいは墓地の墓に、いまも花を手向ける人はいるのだろうかと気になった。ここに埋葬された人たちの家族は、この土地をすでに離れてしまった可能性もあるのではないか？　そもそも英国人労働者の多くは単身でこっちに来ていたのだろうし、墓の世話をする身内はまずもっていないはず。さらには地元の作業員たちをまとめて埋めたとされる場所には、墓標はおろか物故者の名前を刻んだ墓碑すらないのだから、花輪などは望むべくもない。

もしもカタリーナがあのまま死んでいたら、ここに葬られ、やがてそこも荒れるに任されてしまうのだろうか。そんな思いが頭をよぎった。

なんと薄情な考えか。いや、薄情なのはこの自分ではないのか？　薄情というほかない。手にした雑草を投げ捨て、深く息を吸いこむ。墓地の静けさは徹底していた。木々に鳥のさえずりもなければ、昆虫が翅をこすり合わせる音もない。すべてが皮膜にすっぽりとくるまれていた。深い井戸の底で、土と石に封じこめられ、世間から切り離されてしまった気分だった。

無慈悲な静寂は、草を踏みしだく足音と小枝が折れる音で破られた。はっと振り向くと、フランシスがいた。コーデュロイの上着のポケットに両手をつっこんでいる。いつもながらのひどくはかなげな風情は色褪せた肖像画を思わせた。彼が確固とした存在感を示せるのはこういう場所、しだれ柳が植わり、霧が墓石にからみつく墓地くらいのものだろう。これが都会だったら、とノエミは想像をふくらませた。クラクションのけたたましい音やモーターのうなりに、彼は壁に投げつけられた繊細な陶磁器のように砕け散ってしまうのではなかろうか。だが、はかなげかどうかはともかく、この上着を着ているときの彼が、肩を心なし丸めたそのたたずまいが、ノエミは好きだった。

「やっぱりここだった」

「今日もキノコ狩り？」ノエミは膝に両手をそろえ、上擦った声にならないよう心がける。前夜は彼らの前で泣きだしそうになった。ここでまたそんなことになるのは御免だった。

「家から出ていくのを見かけたものだから」彼が打ち明けた。

「呼びにきてくれたの？」

「おれのセーター、着てるんだね」彼が言った。

期待していた返答ではなかった。彼女は顔をしかめた。「返してほしいの？」

「そうじゃないよ」

長すぎる袖をぐいと引き上げ肩をすくめる。こういう気分の日でなければ、その一言をきっかけに、気の利いたジョークのひとつも飛ばしていただろう。彼をからかい、彼がどぎまぎするのを楽しんだはず。だがこのときはひたすら雑草を引き抜いていた。

彼が隣に腰をおろした。「あんたはちっとも悪くない」

「そう言ってくれるのはあなただけだわ。あなたのお母さんはカタリーナが目を覚ましたかどうかも教えてくれないし、ヴァージルなんてわたしを絞め殺さんばかりの剣幕だったんだから。あなたの大伯父さんのハワードがヴァージルと同じことをしたとしても驚かないわ」

「カタリーナはちょっとだけ目を覚ましたけど、またすぐに眠ってしまったんだ。肉汁スープを少しだけ口にした。じきによくなるさ」

「そうね、そうだといいけど」ノエミは力なくつぶやいた。

「あんたは悪くないと言ったのは、ただの気休めで言ったんじゃない」彼はそこを強調するようにノエミの肩に手を置いた。「頼むからおれの目を見てくれ。本当にあんたのせいじゃないんだ。今回が最初じゃないんだよ。前にもあったんだ」

「前にもあったって、どういうこと？」

視線がぶつかり合う。今度は彼が草をむしり、指先につまんでくるくる回しはじめた。「ほら、さっさと話しなさいよ。どういうことなの？」ノエミは彼の手から草をひったくり、せっついた。

「あのチンキを前にも飲んで……発作を起こしているんだ」

「彼女がそのときと同じように、わざと具合が悪くなるようにしたと言いたいの？　自殺を企てようとしたと？　わたしたちはカトリック教徒なのよ。自殺は罪なんですからね。そんなことするもんですか」

「彼女が死を望んでいるとは思っちゃいない。ただ、あんたが自分のせいだと思いこんでいるみたいだから、それは違うと伝えたかったんだ。彼女がおかしくなったのはあんたのせいじゃない。ぜんぜん関係ないんだ。彼女はここにいたら不幸になるだけだよ。いますぐあんたが連れ去るべきなんだ」

「前にそれを申し出たときも、ヴァージルは聞き入れてくれなかったのよ。こういうことになってしまっては、なおさら無理だわ」ノエミは言った。「カタリーナは錠前と鍵でがっちりガードされているようなものだもの、そうでしょ？　今日だって一分たりとも会わせてくれないじゃない。あなたのお母さんもわたしを目の敵にしているし――」

「だったら、あんただけでもここを離れたほうがいい」彼がこともなげに言った。

「そんなの無理よ！」

とっさに頭をよぎったのは、父がこの自分に抱くだろう大きな失望だった。スキャンダルに発展しかねない火種をもみ消すべく、解決の糸口を見つけだすべく、父はノエミを特使としてここに送りこんだのであり、空手で帰るわけにはいかなかった。へたをすれば父との交換条件も無効となり、修士課程への道も閉ざされてしまうだろう。それよりなにより、敗北感を味わうことになると思うだけでぞっとした。

とにかく、このままカタリーナを放り出す気になれなかった。カタリーナがノエミを頼りにしていたらどうする？　彼女を傷つけておきながら、さっさと逃げ出してしまって平気でいられるのか？　苦しんでいる彼女をひとり置き去りにするなどどうしてできようか。

「彼女はわたしの家族だもの」ノエミは言った。「家族なら、そばについていてあげなくちゃ」

「彼女の力になれなくても？」

「知ったふうな口を利かないで」

「ここはあんたがいるべき場所じゃない」彼は決めつけるように言った。

「わたしを追っぱらってこい、って言われたのね？」彼の唐突とも言える強い語調にかっとなり、ノエミはぱっと立ち上がった。「わたしを厄介払いしたいのね？　わたしのことがそんなに嫌い？」

「あんたのことはすごく好きだ、わかってるくせに」彼はそう言うと、またしても上着のポケットに手を滑りこませ、視線を地面に落とした。

「だったら、いまから町に連れていってくれる？」

「急になんだよ？」

「カタリーナが飲んだチンキの成分を確かめたいの」

「そんなことしても無駄だって」

「無駄でもいいから行きたいの。連れていってくれるわよね？」

「今日は無理だな」

「だったら明日」

「明後日ならなんとかなるかも。確約はできないが」

「だったら一ヵ月後ってわけね」ノエミは憎まれ口をたたいた。「手を貸す気がないなら、ひとりで歩いてでも行くわ」

憤然と立ち去るつもりだったが、足を踏みだしたとたんによろけてしまった。すかさずフランシスが腕を伸ばして彼女の袖をとらえ、ふうっと息をもらした。

「いつだって手を貸してやりたいよ。でも疲れているんだ。おれたちみんなへとへとなんだ。ハワード伯父さんのせいで、このところ満足に寝ていなくてね」彼はかぶりを振りふり言った。

言われてみれば、彼の頬が前よりこけているような気がしなくもない。目の下にできた隈は紫がかっていた。またしてもノエミは、身勝手な自分に恥じ入った。自分のことだけで頭がいっぱいになり、ハイ・プレイスの人たちが抱えている問題を立ち止まって考えようともしなかった。毎晩のようにフランシスが、病身の伯父の世話に呼びつけられていたなんてちっとも知らなかった。フローレンスが老人の顔に冷たい湿布をほどこすその横で、息子が指示されるままにオイルランプをかざす場面が目に浮かんだ。それ以外のこまごまとした雑用もこの若者はやらされているのだろう。間近に迫る死のにおいがたちこめる密室で、ヴァージルとフランシスはハワード・ドイルの衣類を脱がせ、衰弱して血の気の失せた体に軟膏や薬を塗っているのだろう。

　蒼白い顔の男がノエミのほうに腕を伸ばしてきたあの恐ろしい夢がぼんやりと脳裡によみがえり、ノエミは握りこんだ両の拳を口に押し当てた。

「伯父様には古傷があるとヴァージルから聞いたわ。どんな具合なの？」

「糜爛（びらん）がなかなか治らなくてね。でも、それで死ぬことはない。あの人は絶対に死なない」フランシスは悲しげな含み笑いを小さくもらし、アグネスの石像に目をやった。「明日の早い時間に町に連れていくよ、みんなが起きだす前に。前回と同じように朝食の前に。スーツケースを持っていくなら——」

「わたしを追い出したいなら、もっと気の利いた手を考えたほうがいいわね」彼女はやり返した。

　ふたりは無言のまま、鉄のゲートのほうへゆっくりと足を運んだ。歩きながらノエミは、墓石のひんやりした頭部をひとつひとつ撫でていった。枯れて地面に横倒しになったグレーオークの腐った幹には、蜂蜜色のキノコがびっしり生えていた。フランシスは腰をかがめ、ノエミが墓石に触れるのと同じように、キノコのつるんとした笠のひとつひとつにそっと指を走らせていた。

「カタリーナをあそこまで惨めな状態にしてしまった原因はなんだったの？」ノエミは訊いた。「結婚当初は幸せそうだったのよ。馬鹿みたいにはしゃいでたって、父が言っていたわ。ヴァージルがひどい扱いをしているの？　昨夜話をしたときの彼ときたら、頑固で思いやりの欠片もなかったわ」

「この家が悪いんだよ」フランシスがぼそりとつぶやいた。前方に蛇の装飾のあるゲートが見えてきた。ウロボロスが地面に影を落としている。「この家は愛を育（はぐく）めるような場所じゃないんだ」

「どこだろうと愛は育めるはずだわ」ノエミは反論した。

「ここはそういう家じゃないし、おれたちも違うんだ。二世代前、三世代前、そうやってうちの家系を遡ってみればわかる、愛なんてどこにもなかったってことがね。うちの家族にはそういうものを育む資質がないんだよ」

鉄のゲートの入り組んだ模様に彼は指を絡ませた。そして一瞬、その場にたたずみ地面に目を落とし、ノエミのために扉を開けた。

その夜、またしても奇妙な夢を見た。悪夢という認識が持てずにいたのは心が波立たなかったから。というよりはむしろ、感覚が麻痺していたせいだ。

夢に出てきたこの家はやはり変容してはいたものの、今回は肉塊や筋肉の類いではなかった。苔の絨毯の上を進むと花々が現われ、さらには壁を這う蔦が現われ、ひょろりと長いキノコの群生が放つ淡黄色の光が天井や床を照らしていた。まるで森そのものが真夜中に屋敷のなかにこっそり侵入し、森の一部を置き忘れていったかのような光景だ。ノエミは花で埋めつくされた手すりをそっと撫でながら階段をおりた。

玄関ホールでは、ノエミの太腿（ふともも）に届くほど丈のあるキノコが床一面をびっしり埋めつくしていた。壁を覆う葉叢（はむら）の陰から何枚もの絵がのぞいていた。

夢のなかのノエミは、いま自分が向かおうとしている場所を知っていた。墓地にたどり着く。しかし、そこにあるべきはずの鉄のゲートが見当たらなかった。なぜなのか？　目にしている光景は、墓地ができる以前の時代、山の斜面に薔薇園を造営中だった時期のものだからだ。

薔薇園とはいっても、花の苗も、根づいた苗もまだ植わっていなかった。松が鬱蒼と生い茂る森のはずれの、岩や灌木を霧が包みこんでいるこの付近一帯の眺めは平和そのものだった。

ノエミの耳に複数の声が届いた。かなり大きい声だったし、やがて耳をつんざくような悲鳴もあがったが、なにもかもがこそとも動かず落ち着いていたので、ノエミも冷静でいられた。悲鳴の調子が変わり、切迫感を帯びだしたときでさえ、恐怖心は湧かなかった。

空き地までやって来ると、地面に横たわる女が目に留まった。彼女の腹は大きくふくれあがっている。どうやら分娩の最中らしく、悲鳴はそれで説明がついた。女の周りを数人の女が囲んでいて、女の手を押さえつけたり、顔にはりついた髪を払ったり、小声で話しかけたりしていた。かたわらには手に蠟燭やランタンを掲げもつ男たちがいた。

ふと見れば、幼い少女が少し離れた椅子に腰かけていた。ブロンドの髪を頭の後ろでひとつにまとめておさげに結っている。その両手に抱えているのは白い布。赤ん坊をくるむためのものなのだろう。少女の背後には男がひとり、やはり椅子に腰かけていた。指輪をはめた手を少女の肩に預けている。琥珀の指輪。

この情景はいささか滑稽と言えなくもなかった。息を荒らげ、ぬかるみのなかで子を産み落とそうとしている女がいるその横で、男と少女が芝居見物よろしく、ビロードの椅子に腰かけているのである。

男が少女の肩を三度、指先で叩いた。とん、とん、とん。

暗闇のなかで彼らはどのくらいの時間ここにすわっているのだろう？　陣痛が始まってからどのくらい経つのか？　だが、ここからはそう長くかかりそうにない。時はすでに満ちていた。

身重の女が誰かの手にしがみつき、長く尾を引く低いうめき声をもらした。すると、ぬかるんだ地面に肉が叩きつけられるような、べちゃっという音がした。

男が立ち上がり、女に歩み寄る。すると女を囲んでいた者たちが海が割れるようにいっせいに脇にしりぞいた。

男はゆっくりと腰をかがめ、女が産み落とした赤子をそっと抱きあげた。

「死に勝利を」男が言った。

男が天に向かって両手をぐいと突き上げたそのとき、持ち上げているのが赤子でないことをノエミは見てとった。女が産み落としたのは灰色の肉塊だった。卵によく似た形状で、厚い皮膜に覆われ、血でぬらぬら光っている。

それは腫瘍(しゅよう)の塊(かたまり)だった。生きてはいない。なのにゆるやかに拍動をくりかえしている。肉塊がぶるっと震えた。震えたと思う間もなく皮膜が破裂した。それと同時に大量の金粉が宙に舞い上がり、その粉を男が胸いっぱいに吸いこんだ。妊婦に付き添っていた女たちも、蠟燭やランタンを掲げていた男たちも、遠巻きにしていた者たちも、金粉に触れようとするかのように、こぞって前に進み出て両手を高く突き出した。粉はゆっくりと、これ以上ないほどゆっくりと地面に落下した。

誰もが女の存在を忘れてしまったようで、いまはただひたすら、男が頭上に掲げる肉塊に吸い寄せられている。

幼い少女だけは、地面の上でぶるぶる震えている疲弊しきった女を見つめていた。少女は女に近づくと、さながら花嫁にベールを着せかけるように、抱えていた白布を女の顔にふわりとかぶせ、すぐさまその布を女の顔に押しつけた。女は呼吸もままならず痙攣しはじめた。少女に爪を立てて抵抗するも、女は力尽きてしまう。それでも少女は頰を紅潮させ、押さえつける手をゆるめない。女がぶるっと身を震わせて息絶えると、男が同じ言葉を繰り返した。

「死に勝利を」男はそう言って目を上げると、ノエミをじっと見つめてきた。

そのときだった。男に見つめられたとたん、ノエミのなかに恐怖という感情が湧き起こった。激しい嫌悪の情と戦慄が全身から噴き出してきて、思わず目を逸らした。口中に銅のような血の味が広がり、耳のなかにぶぅーんというかすかな音が起きた。

はっと目を覚ますと、ノエミは階段の下にたたずんでいた。ステンドグラスの窓から流れこむ月明かりがノエミの白いガウンを黄と赤に染めていた。時計が時を告げ、床板がきしむ。ノエミは手すりに手を預け、耳をそばだてた。

15

ノックをして待つ。さらに待ったが、ドアの向こうに人の動きはなかった。マルタの家の前でハンドバッグのストラップを落ち着きなくいじっていたノエミも、ついにはしびれを切らしてフランシスのほうに引き返した。彼は少し離れた場所からその様子を興味深げに眺めていた。ふたりは町の広場の近くに車を駐めて、ここまで一緒に歩いてきた。前回のように車で待つよう勧めたのだが、散歩がてらつきあうと言ったのだった。こちらの行動を監視しようというつもりなのだろう。

「お留守みたい」ノエミは言った。

「ちょっと待ってみる？」

「やめておくわ。診療所にも寄りたいし」

フランシスがうなずき、ふたりはエル・トリウンフォの、名ばかりの商業地区に取って返すことにした。ぬかるんだ路地の迷路はやがて道路らしい道路に姿を変えた。医者もまだ来ていないのではと心配したが、ふたりが診療所の前に立つのとほぼ同時に、ドクター・カマリーリョが建物の角を曲がってきた。

「ドクター・カマリーリョ」ノエミは声をかけた。

「やあ、おはよう」医者が挨拶を返した。紙袋を小脇にかかえ、もう一方の手に診療カバンをさげている。「ずいぶん早いんですね。これをちょっと持っててもらえます？」

フランシスが手を伸ばして診療カバンを預かった。ドクター・カマリーリョは鍵束を取り出してドアの施錠を解くと、ふたりをなかに招じ入れた。それから受付カウンターの向こうにカバンを置いたところでふたりに笑みを向けた。

「ちゃんと名乗り合ったことはないんだが」医者が切り出した。「あなたのことは以前、郵便局でお見かけしたことがあるんです、ドクター・カミンズと一緒のところをね。お名前はたしかフランシス、でしたよね？」

金髪の男がうなずき、「ええ、フランシスです」とごく簡単に応える。

「やっぱりそうか。冬にドクター・コロナからここを引き継いだとき、あなたとあなたのお父上のことを聞いていたものでね。お父上とはよくカード・ゲームをしていたようなんです。気さくな人でしたからね、ドクター・コロナは。それはそうと、ノエミさん、手の具合はどうですか？　それでいらしたんでしょ？」

「じつはお話があるの。お時間をいただけます？」

「いいですとも。じゃあこっちに」

ノエミは医者について診察室にはいった。フランシスも当然ついてくるものと振り返ってみれば、彼はロビーの椅子に腰かけ、ポケットに両手をつっこんだまま床を見つめていた。監視役であるならお粗末な仕事ぶりである。一緒になかにはいればノエミが話す内容を聞きもらさずに済むではないか。つまり情報収集には関心がないらしい。そう思ってほっとした。ノエミはドアを閉めると、ドクター・カマリーリョのデスクの向かいに腰かけた。

「で、なにかまずいことでもあったんですか？」

「カタリーナがひきつけを起こしたんです」ノエミは切り出した。

「ひきつけ？　彼女は癲癇があるんですか？」

「違います。じつはわたし、例のマルタ・デュバルという女性から液剤を、つまりお薬を買ったんです。カタリーナに頼まれて。それを飲むとよく眠れるからと言われて。ところがそれを飲んだとたん、ひきつけを起こしてしまったの。今朝、マルタを訪ねてみたけどお留守でした。この町で以前そういうことがあったという話を耳にしたことがないか、彼女がこしらえた薬で具合の悪くなった人がいなかったか、それを先生にうかがいたくて来たんです」

「マルタはパチューカにいる娘さんに会いに行ったか、あるいは薬草の採集に出ているんだと思いますよ。それで会えなかったんでしょう。それはともかく、以前にそういうことがあったという話は聞いたことがありませんね。そういうことがあれば、ドクター・コロナから申し送りがあったはずです。アーサー・カミンズには診てもらったんですか？」

「発作の原因はアヘンチンキだと、彼は言っていました」

ドクター・カマリーリョはペンをつかむと、指にはさんでくるりと回した。「いいですか、アヘンは少し前から医療に取り入れられるようになったが、その効能はむしろ癲癇発作の緩和ですからね。それに、どんな薬にもアレルギー反応は付き物だが、マルタはその点に関してかなり慎重な人です」

「ドクター・カミンズは彼女をニセ医者呼ばわりしたんです」

医者はかぶりを振ってペンをデスクに戻した。「ニセ医者だなんてとんでもない。マルタの薬を求めて大勢の人が彼女のところに通ってくるし、彼女も期待にしっかり応えています。彼女が町民の健康を害しているとなれば、そんなことはぼくが許しませんよ」

「でも、カタリーナが適量を超えて飲んだとしたら？」

「過剰摂取ですか？　それは無論、まずいですよ。意識を失ったり、嘔吐したりするはずだ。ですが、そもそもマルタがアヘンチンキを出すわけがない」

「どういうことです？」

ドクター・カマリーリョは左右の指を絡め合わせてデスクに肘をついた。「アヘンは彼女が提供している類いの治療薬とは別物です。アヘンチンキなら薬局でも買えますしね。マルタが出す薬に使われているのは地元産の薬草や草木です。このへんにアヘンチンキの原料となる罌粟は生えていませんからね」

「ということは、具合が悪くなった原因はほかにあると？」

「そこはなんとも」

ノエミは眉根を寄せた。結局なにひとつ解明できなかった。謎はあっさり解けるものと思っていたのだが当てがはずれた。そう単純な話ではなさそうだ。

「お力になれなくて申し訳ない。ついでに手首を診ましょうか？　包帯は替えていますか？」

「それが替えていないんです。すっかり忘れていて」

ノエミは軟膏の容器を開けることさえしなかった。フリオ・カマリーリョが包帯をほどいていく。ノエミは赤く爛れた皮膚が現われるとばかり思っていた。おそらくもっとひどいことになっているだろうと。ところが湿疹は跡形もなく消えていた。皮膚のぶつぶつがどこにも見当たらない。これには医者も驚いたようだった。

「これはなんと、まったくもってびっくりだ。完治していますよ」ドクター・カマリーリョが言った。

「こんなことってあるんですね。皮膚がきれいになるまで数日ないし十日、ときには何週間もかかるのが普通なんです。まだ二日と経っていないのに」

「わたしって強運の持ち主なのかもね」ノエミは得意げに言った。

「かもしれませんね」彼が言った。「たいしたものだ。ほかに何かありますか？　なければ、あなたが探していたとマルタに伝えておきましょう」

ここでノエミの頭をかすめたのは、例の奇妙な夢のことと、二度目の夢遊歩行のことだった。だが、話したところで埒（らち）はあかないだろうという気がした。医者本人も認めていたではないか――自分にはまるでお手上げだと。カマリーリョは経験不足の青二才だというヴァージルの意見は正しかったのかもしれないとノエミも思いかけていた。というか、おそらくはノエミの虫の居所が悪かったせいもあるだろう。疲れが極に達していた。昨夜の不安が不意に首をもたげていた。

「そうしてくださると助かります」彼女は言った。


誰にも気づかれることなく自室に戻れるものと高を括っていたが、甘かった。フランシスとノエミが車をおりて一時間もしないうちに、フローレンスにつかまってしまった。彼女は手にしたランチのトレイをテーブルに置いた。憎まれ口こそ叩かなかったが、険しい表情を浮かべている。暴動計画を叩き潰そうと手ぐすね引いている看守といったふうだった。

「ヴァージルから話があるそうです」彼女が言った。「一時間もあれば食事を済ませられますね？」

「ええもちろんよ」

「結構。のちほど迎えにまいります」

きっちり一時間後、フローレンスがやって来て、ノエミをヴァージルの私室に案内した。フローレンスは部屋の前で足を止めると、ノックを一度だけした。叩き方がやけに控えめだったので、これでは聞こえないだろうとノエミは訝しんだが、すぐさまヴァージルのくっきりした大声が返ってきた。

「どうぞ」

フローレンスがノブを回し、ドアを押さえてノエミを通す。ノエミが足を踏み入れるや、フローレンスはさっとドアを閉めて立ち去った。

部屋にはいってすぐさま目に飛びこんできたのは、ハワード・ドイルの威厳ある肖像画だった。両手を重ね合わせた指に琥珀の指輪をのぞかせたハワードが、部屋の奥からノエミをじっと見つめてきた。枝を伸ばしたライラックと薔薇が描かれた三つ折りの衝立（ついたて）の向こうには、ベッドが半分だけのぞいていた。間仕切りのこちら側を居間として使っているのだろう、色褪せたラグの上に革張りの椅子が二脚、置かれている。

「今朝もまた町に出かけたそうじゃないか」ヴァージルの声が衝立の陰から聞こえてきた。「そういうことをするとフローレンスが臍を曲げてしまうんだよ。なんの断りもなくぷいと出かけてしまうとね」

ノエミは衝立のそばに歩み寄った。そこ描かれているのは花々や羊歯に紛れて横たわる一匹の蛇だった。巧みに身をひそめ、目だけが薔薇の茂みからのぞいている。待ち伏せするその様子はエデンの園の蛇を思わせた。

「自分で車を運転して町に行くのは禁止だという意味だとばかり」ノエミは言い返した。

「道も悪いし、いまの季節はいつなんどき雨が強まらないとも限らない。それも奔流のような豪雨だ。地面が泥の海になってしまうんだ。ぼくが生まれた年の雨は鉱山を水浸しにするほどだった。それですべてを失った」

「たしかに雨は多いですね。道もいいとは言えないわ。でも通れないわけじゃない」

「そのうち通れなくなるんだよ。小止みになっても、すぐにまたすさまじい降りになる。そこの椅子にかかっているローブを取ってくれたまえ」

ノエミは椅子のひとつに投げ出されている分厚い深紅のローブをつかむと、木の衝立のほうに引き返した。ヴァージルがシャツ一枚はおることなく半裸をさらして平然としているのが目にはいり、ノエミは啞然とした。あまりにも無神経、慎みの欠片もないふるまいだ。ノエミは恥ずかしさで顔を赤くした。

「ならばドクター・カミンズの往診はどうなるんですか？　毎週、通っていらっしゃるのに」彼女はそっぽを向いてローブを手渡した。頬は火照っていたが、努めて冷静な声を心がけた。こっちに恥をかかせてやろうというつもりなら、まだまだ修行が足りないわね、と心のなかでやり返す。

「彼はトラックを持っているからね。そもそもきみは、うちの車がのべつ幕なし山道を往復するのに耐えられると、本気で思っているのかね？」

「フランシスが危険だと判断すれば、そう言ってくれますわ」

「フランシスね」ヴァージルが言った。その一言を耳にするや、ノエミはヴァージルにさっと目を走らせた。彼はローブの紐を結んでいるところだった。「どうやらカタリーナと過ごすより、フランシスといる時間のほうが長いようだ」

非難しているのか？　いや、違う、非難とは異なる含みが感じられた。彼はノエミを値踏みしようとしていた。宝石商がダイヤモンドの透明度を見極めようとするように、あるいは昆虫学者が蝶の翅を顕微鏡でのぞくように。

「彼と過ごす時間は、ほどほどだと思いますけど」

ヴァージルが不敵な笑みを浮かべた。「じつに隙のない物言いだ。ぼくの前ではことさら身構えている。カクテルパーティ三昧の大都会で言葉を巧みに操るきみの姿が目に浮かぶようだ。向こうじゃ仮面をはずすことがないのかな？」

革張りの椅子の一方にすわるよう、ヴァージルが手振りでうながした。それをノエミはわざと無視した。「おかしなことをおっしゃるのね。ここに呼ばれたのは、そちらの仮面劇に関するお話をうかがうためかと思っていたのに」

「なにが言いたいんだね？」

「今回がはじめてではないのよね、カタリーナがあんなふうに具合が悪くなったのは。前にも同じ薬を飲んで、同じようにひどい発作を起こしているっていうじゃない」

これについては口をつぐんでいるつもりだったが、彼の反応を確かめたくなった。彼がこっちの腹を探ろうというなら、こっちも負けてはいられない。

「きみがフランシスとつるんでいることが、これでよくわかったよ」ヴァージルが苦々しげに言う。「そうだとも、前回の発作のことはうっかり言いそびれていたらしい」

「ずいぶんと都合のいいお話ね」

「なんだって？　カタリーナには鬱の気があると医者が言ったとき、きみはそれを真に受けなかった。もしもぼくが彼女には自殺願望があると言ったら――」

「彼女に自殺願望などありません」ノエミは反駁した。

「まあ、そう言うだろうね、なんでもお見通しのようだから」ヴァージルがぼそりと言った。彼はちょっとうんざりしたような顔になり、見えない虫を追い払いでもするように手を一振りした。ノエミをうるさがっているのだ。このしぐさにノエミはかっとなった。

「カタリーナを都会からここに連れてきたのはあなたじゃありませんか。彼女が自殺願望を抱いたとすれば、それはあなたのせいだわ」彼女は言い返した。

できることなら冷血漢に徹したかった。前に彼がしたのと同じ手口でやりこめたかったのだが、いざ憎まれ口を吐き出してみれば、とたんに後悔の念に苛まれた。今度ばかりは彼がうろたえたように見えたからだ。ノエミに文字どおり叩きのめされでもしたような顔になっている。一瞬そこに透けて見えたのは苦痛、もしくは恥辱の念だったのかもしれない。

「ヴァージル――」ノエミが言いかけると、彼は首を横に振って制止した。

「そう、きみの言うとおりだ。ぼくが悪いんだ。カタリーナとぼくが恋に落ちたのは、そもそもが勘違いに基づくものだったんだ」ヴァージルは居ずまいを正すとノエミをまっすぐ見つめ、肘掛けに両手を預けた。「お願いだからそこにすわってくれ」

従う気はなかった。すわらなかった。そうする代わりに、示された椅子の背後に回って、背もたれに寄りかかる。こんなふうに立っていれば、いざというとき逃げ出しやすいという思いが漠然とあった。なぜそんなことを考えたのか、自分でもよくわからなかった。ガゼルのような身のこなしでぱっと逃げ去るには、たえず身構えていなければならない。なんとも緊張を強いる発想だ。要するに、彼の部屋で彼とふたりだけで言葉を交わしているというこの状況が気に食わないのだと、ノエミは結論づけた。

ここは彼の縄張り。彼の巣穴。

カタリーナはこの部屋に一度も足を踏み入れたことがないのではという気がした。来たことがあるとしても、ごくわずかな時間だったのではなかろうか。ここには彼女の気配をなにひとつ感じられなかった。家具にしても、父親の馬鹿でかい肖像画にしても、木の衝立にしても、うっすらとカビの浮いた古い壁紙にしても、どれもこれもヴァージル・ドイルの息がかかったものばかり。あるのは彼の趣味を反映したものだけだった。彼の容貌でさえ、この部屋と補完関係にあるように思えた。彼のブロンドの髪は椅子の黒革を背にすると際立って見えたし、彼の顔も赤いビロードの襞に縁取られると、雪花石膏(アラバスター)でできているかのような印象を与えた。

「きみのいとこは途方もない空想力の持ち主でね」ヴァージルが続けた。「どうやらぼくのなかに悲劇的でロマンティックな人物を見ていたのだろう。幼いころに母を亡くして悲しみのどん底に突き落とされ、さらには、何年にもわたる革命のあいだに一族の財産が底をつき、山頂の崩れかけた屋敷で病身の父親に育てられた少年、という具合にね」

わかる気がした。カタリーナはそこに快感さえ覚えたに違いない。はじめのうちは。彼が示す熱情に魅了され、霧に包まれた屋敷の、銀の枝つき燭台の炎が揺らめく世界に暮らす彼が、とてもまぶしく輝いて見えたのだろう。だがその目新しさが色褪せるまでの時間はどれくらいあったのか？

ノエミの疑念を察知したのだろう、ヴァージルが心得顔の笑みを浮かべた。「間違いなく妻は、この家を心浮き立つ田舎の隠れ家にしよう、ちょっと手直しすればもっと陽気な住まいにできる、そんなふうに思い描いていたのだろう。だが言うまでもなく、父はカーテン一枚替えるのも許さないのでね。ぼくたちの暮らしは父を中心に回っているんだよ」

ヴァージルは肘掛けを軽く連打しながら、首をねじってハワード・ドイルの肖像画に見入った。

「カーテン一枚、替えたいとは思わないの？」

「いろいろ手を加えたいと思わないわけじゃない。だが父はもう何十年もここを離れたことがない。父にとってここは現世の理想郷であり、ここ以上のものはないと思っている。ぼくは未来を見据えてきたし、我々の限界も理解しているつもりだがね」

「そうおっしゃるなら、変化もありうるというなら――」

「それ相応の変化であればね」ヴァージルが同調した。「だが、自分が自分でなくなるような大がかりな変化は望んでいないんだ。本質は変えられるものじゃない。そこが厄介なところでね。要するに、カタリーナが求めていたのは別の誰かであって、ぼくじゃなかった。血の通った欠陥人間はお呼びじゃなかったんだ。彼女はここに来てあっという間に不幸になってしまった。そう、悪いのは全部このぼくなんだ。彼女の期待になにひとつ応えてやれなかった。ぼくのなかに彼女が見ていたもの、そんなものはなにひとつなかったんだから」

ここに来てあっという間に。ならばどうして、彼女はさっさとメキシコシティに戻ってこなかったのか？　だがそれは愚問というもの、理由は火を見るより明らかだ。障害になったのは家族の面子。出戻ってくればみんなに呆れられてしまうだろうし、とことん毒を含んだ活字が社交欄に躍ることになるからだ。それこそノエミの父が、いままさに危惧していることだった。

「だったら、あなたのほうは彼女のなかになにを見ていたんですか？」

ノエミの父親は〝金〟に決まっていると確信していた。ヴァージルがそれを認めるとは思わなかったが、真実に迫るくらいはできるのではないか、行間を読むくらいはできるだろう。ノエミには自信があった。ベールに包まれたままでも正解に近づけるはず。

「父は病に臥せっている。それどころか死にかけている。それで父は死ぬ前に、ぼくの結婚を見届けたがった。妻と子ができ、血統が途絶えずに済むことを父は確認しておきたがった。そう告げられたのは今回がはじめてじゃないし、ぼくが父の願いを叶えてやったのも今回がはじめてじゃない。じつは前に一度、結婚しているんだ」

「初耳だわ」ノエミは言った。これにはすっかり面食らった。「なにがあったの？」

「最初の妻は、父が理想の妻と考えるすべてを兼ね備えていた。ただしこの縁組に関して、ぼくには発言権がいっさいなくってね」ヴァージルがくすりと笑った。「その女性というのは、アーサー・カミンズの娘ですよ。ぼくらがまだ子供のうちから、父はふたりを結婚させるつもりでいた。『いずれ、おまえたちが結婚したら……』と、両方の親から耳にタコができるくらい聞かされて育った。でも何度聞かされようと、ダメなものはダメなんだ。むしろ逆効果でね。結婚したのはぼくが二十三歳になったときだった。彼女はぼくを嫌っていた。ぼくも彼女を退屈な女だと思っていた。

それでも、度重なる流産さえなかったら、それなりに夫婦らしくなっていったのかもしれないが。彼女は四度流産し、それで身も心もぼろぼろになってしまった。結果、彼女はぼくを見限った」

「離婚は彼女のほうから？」

彼がうなずく。「まあね。で、そうこうするうち、父がぼくの再婚を望んでいることがそれとなくわかってきた。そこでグアダラハラ（メキシコ第二の都市）に何度か通い、その後メキシコシティに出かけていった。愉快で美しい女性、父が間違いなく気に入りそうな女性、そういう女性たちとの出会いはたくさんあった。でも、ぼくの心を虜にしたのはカタリーナだけだった。彼女はじつに愛らしかった。それはハイ・プレイスにはまるで欠けている資質で、そこが気に入った。彼女のおっとりしたところ、ロマンティックなものの見方に好感を抱いた。彼女はお伽噺のような暮らしを求めていたし、ぼくもそれを叶えてやりたかった。

当然のこと、うまくいかなかった。彼女は体を壊したばかりか孤独に苛まれ、悲嘆に暮れることも多かった。ぼくと暮らすというのがどういうことか、彼女は理解してくれたと思っていたし、ぼくのほうも、彼女と暮らすというのがどういうことか、わかっているつもりだった。だがぼくが間違っていた。おかげでこのありさまだ」

お伽噺。たしかにそうだ。魔法のキスで目覚める白雪姫や、野獣を愛の力で元の姿に変える美しい娘。カタリーナは年下のいとこたちにこうしたお話を読み聞かせるときは、思い入れたっぷりに一文一文に抑揚をつけて語ったものだった。じつに見事な語りだった。そんなカタリーナの夢見た世界の末路がこれというわけだ。彼女の愛したお伽噺が仇になってしまった。つまりは空中楼閣のような結婚だったということだ。そこに病と心労が重なり、身も細るような重圧が彼女の肩にのしかかったに違いない。

「彼女がこの家を嫌っているなら、どこか別の場所で、あなたたちふたりきりで暮らせばいいだけの話じゃないですか」

「父がハイ・プレイスでの同居を望んでいるのでね」

「あなたにはあなたの人生があるはずだわ、違います？」

彼は笑みを浮かべた。「ぼく自身の人生ね。きみは気づいているのかどうか知らないが、ぼくら家族には自分自身の人生なんてものはないんだよ。父はぼくを手元に置きたがり、いまは妻が病身の身、そういうのはよくある話だ。ぼくらはここに留まるしかない。この出口なしの状態はきみだって気づいているんじゃないのかな？」

ノエミは両手をこすり合わせた。言われるまでもなく気づいていた。受け容れがたいが、気づいていた。もううんざりだった。堂々めぐりの感は否めない。おそらくフランシスが言うように、荷物をまとめてさっさと立ち去るのがベストなのだろう。いや、ダメだ、それだけはしたくない。

ヴァージルが見つめてきた。射るような青い眼差し、ラピスラズリを丹念に擂りつぶしたような青がそこにあった。「やれやれ、きみをここに呼んだ当初の目的から、話がだいぶ逸れてしまったようだ。呼んだのはほかでもない、前回の失言を謝りたかったからなんだ。あのときは気分がすぐれなくてね、いまも相変わらずだが。とにかく、不快にさせてしまったのなら、心からお詫びする」ヴァージルが言った。ノエミは虚を衝かれた。

「それはどうも」

「きみと仲良くなりたい、そう願っているんだ。仇同士(かたき)みたいにやりあう必要なんかないからね」

「仇同士だなんて思っていませんわ」

「ぼくたちは出だしでつまずいてしまった、残念なことにね。ここはひとつ仕切り直しをしようじゃないか。まずは手始めに、パチューカの精神科医について調べておくよう、ぼくからドクター・カミンズに頼んでおこう。これも選択肢のひとつだからね。候補者をひとりに絞る際にはきみにも話に加わってもらいたい。なんならぼくたちふたりの連名で依頼状を書こうじゃないか」

「ええ、それがいいわ」

「じゃあ、これで和平成立だね？」

「これまで戦争状態だったわけじゃないでしょ？」

「ああ、そうだった。だとしてもだよ」そう言って彼が手を差し出した。ノエミは躊躇(ちゅうちょ)したが、椅子の背後から出ていき握手に応じた。彼の握力は強烈で、大きな手がノエミの小さな手をすっぽり包みこんだ。

ノエミは挨拶をして立ち去った。自室に戻る途中、フランシスがひとつのドアの前に立ち、ノブに手をかけているのが目に留まった。足音に気づいた彼はふと手を止めてノエミを見た。会釈のつもりかちょっと頭をさげたが、なにも言わなかった。

ノエミの要求に従ったことをフローレンスに咎められたのだろうかと気になった。いずれヴァージルにも呼び出され、ノエミが言われたのと同じ皮肉を聞かされることになるのだろう。おまえはノエミと多くの時間を過ごしているようだなと。叱責の場面が目に浮かんだ。声を殺しての質疑応答。ハワードは大声を好まないから、ささやき声でのやりとりになるのだろう。

もうこの人に力を貸してもらえないんだわ、フランシスの煮え切らない顔を見つめながらノエミは思った。彼の善意をわたしは使い果たしてしまったのね。

「フランシス」と呼びかけた。

彼は聞こえないふりをした。彼は部屋にはいると静かにドアを閉め、視界から消えた。あまたある部屋のひとつに、獣（けだもの）の腹のなかに、呑みこまれてしまった。

いったんはドアに手のひらを押し当ててみたものの、思い直して歩きだした。あまりにも多くのごたごたを引き起こしてしまったことを痛感せずにはいられない。この状況を改善したかった。そこでフローレンスを探すことにした。フローレンスはキッチンで、リジーと話しこんでいた。ささやくような声で。

「フローレンス、ちょっといいかしら?」ノエミは声をかけた。

「あなたのいとこはベッドで休んでいます。お会いになりたければ――」

「カタリーナのことじゃないの」

フローレンスはメイドに手振りで指示を与えるとノエミに向き直り、頭を一振りしてついて来るようながした。ふたりが向かった先は、まだ一度も足を踏み入れたことのない部屋だった。頑丈そうな大テーブルの上には旧式のミシンが置かれていた。扉のない収納棚には裁縫道具をおさめたバスケットや、黄ばんだ表紙のファッション雑誌が並んでいる。壁に打たれた何本もの釘は、うっすらと残る額縁らしき痕跡から、かつてそこに絵が掛かっていたことをうかがわせた。室内はきちんと片づき、埃ひとつない。

「どんなご用でしょうか?」フローレンスが口を開いた。

「町に連れていってほしいとフランシスに頼んだのはわたしです。あなたに断りもなく、ふたりで出かけたことを不快に思っていらっしゃることは承知しています。でも、非はわたしにあるということを、知っておいてもらいたくて。フランシスを責めないでほしいんです」

フローレンスはテーブルの横にある大きな椅子に腰をおろすと、左右の指を絡め合わせ、ノエミをじっと見据えた。「わたくしのことを小煩い女だと思っているのでしょうね？　いいんですよ、否定なんかしなくても」

「厳格な方、というのがぴったりかもしれませんね」ノエミは礼を失しないよう心がけた。

「家のなかを、日々の暮らしを、秩序あるものに保つのは大事なことです。そうすることでこの世における自分の立ち位置が定まり、帰属意識を持てるようになります。分類学にのっとった格付けがあるおかげで、個々の人間は己にふさわしい場所を自覚することができるのです。身の程をわきまえないこと、己の義務を忘れることは感心できません。フランシスにはやるべき義務が、日々の務めがあるのです。なのに、あなたに振りまわされるせいで、そうした日々の雑事がおろそかになっています。あなたはあの子に己の義務を忘れさせてしまうのです」

「でも、四六時中やるべきことがあるわけじゃないですよね」

「そうでしょうか？　あなたになにがわかるんです？　あの子が暇を持て余していたとしても、それをなぜ、あなたのために使わなくてはならないのですか？」

「彼の時間をそっくり全部、取り上げているつもりはありませんし、いくらなんでも――」

「あなたがそばにいると、あの子は愚か者になってしまうんです。自分がどうあるべきかをすっかり忘れてしまう。あの子があなたとつきあうのを、ハワードが許しているとお思いなんですか？」フローレンスはかぶりを振った。「息子が不憫でならないわ」とぼそりとつぶやく。「あなたの狙いはなんなんです？　わたくしたちからなにを取り上げたいんですか？　差し出すものなんか、なにも残っちゃいませんよ」

「わたしはただ、謝りたかっただけなんです」ノエミは言った。

フローレンスは右のこめかみに手を押し当てると、目を閉じた。「じゃあ用は済みましたね。だったらもう行って、出ていってちょうだい」

フローレンスいうところの身の程をわきまえない品性下劣な人間になったような気分で、ノエミはしばらく階段に腰をおろし、親柱の横のニンフ像を見つめ、どこかから射しこむ一条の光のなかを舞う埃の粒を目で追った。

16

ノエミがカタリーナとふたりだけで会うことを、フローレンスに許す気はないらしかった。そのフローレンスの命を受け、メイドのひとりメアリがかならず部屋の隅に控えるようになった。もはやノエミは信用ならないということだ。はっきりそう言われたわけではない。だが、いとこのベッドのそばにノエミがいるあいだ、メイドは部屋のなかを漫然と動きまわっては、衣装箪笥のなかの衣類を並べ替えたり、ブランケットを畳んだりと、不要不急の作業をやめようとしなかった。

「そんなこと、あとでもいいんじゃない？」ノエミはメアリに言った。

「午前中は片づける時間がありませんので」メイドは平板な声で返した。

「メアリ、お願いよ」

「気にすることないわ」カタリーナが言った。「ほら、おすわりなさいな」

「ああ、でも……そうね、どうってことないわね」ノエミは苛立ちをぐっと呑みこんだ。カタリーナの前ではうわべだけでも明るくしていたかった。それに面会時間はきっかり三十分、それ以上は困るとフローレンスに言われている。時間を無駄にしたくなかった。「顔色がだいぶよくなったわね」

「嘘ばっかり」カタリーナはそう言いながらも笑顔を見せた。

「枕をふっくらさせましょうか？　今宵の舞踏会に履いていくダンスシューズをご用意いたしましょうか？　『踊る十二人のおひめさま』（童話(グリム)）にそんな場面があったわよね」

「そういえばあなたは、あの本の挿絵がお気に入りだったわね」カタリーナが優しい声で言った。

「ええ、そうなの。できることならすぐにも読み返したいくらい」

メイドがカーテンをまとめようと背を向けたそのとき、カタリーナがノエミに鋭い視線を投げかけた。「だったら詩を読んでもらえる？　昔よく読んだ詩集がそこにあるでしょう。あなたも知っているわよね、わたしがソル・フアナ（十七世紀の詩人・修道女）の大ファンだということは」

その詩集のことはよく憶えていた。見れば、それがナイトテーブルの上に置かれている。お伽噺がいっぱい詰まった大型本と同じく、これも言わずと知れた彼女の宝物だった。「どれにする？」ノエミは問いかけた。

「『愚かな男たち』がいいわ」

ノエミはページを繰った。該当箇所はすぐに見つかった。記憶どおり、手擦れのついたページである。ところがそこに見覚えのない、四つ折りにされた黄ばんだ紙片がはさまっていた。ノエミはいとこをちらりと見やった。カタリーナは無言のまま口を引き結んでいたが、目にありありと浮かぶ恐怖の色をノエミは読み取った。メアリに目を走らせる。メイドはいまもカーテンにかかりきりだった。ノエミは紙片を素早くポケットにおさめ、朗読にとりかかった。落ち着いた声を心がけて数篇、読み進める。やがてフローレンスが銀のトレイを手にドア口に現われた。揃いのティーポットとカップ、陶器の皿にはクッキーが数枚。

「そろそろカタリーナを休ませる時間です」フローレンスが言った。

「わかりました」

ノエミは本をぱたんと閉じると、言いつけに素直に従い、カタリーナに暇を告げた。自室に戻ると、フローレンスがすでにここに来ていたことがわかった。テーブルに置かれたトレイには、お茶の注がれたカップと、カタリーナの部屋で目にしたのと同じクッキー数枚が載った皿があった。お茶には取り合わずにドアを閉める。食欲はまるで湧かないし、煙草にもだいぶ前から手が伸びなくなっていた。いま置かれている状況のせいで、なにを口にしてもおいしくなかった。

ポケットに忍ばせてきた紙片の最初の折り目を開く。するとその片隅に、カタリーナの筆跡とおぼしき文字を発見した。「これが証拠よ」と書いてある。ノエミは眉をひそめ、カタリーナがなにを伝えようとしているのかと訝りながら、さらに折り目を開いた。これはノエミの父に送りつけてきたあの不可解な手紙の再来か？　あの手紙がすべての始まりだった。

ところがそれは、ノエミが予期していたカタリーナの手紙ではなかった。かなり古いものらしく紙はもろくなっていて、どうやら日記から破り取られたもののようだった。日付はなかったが、某日の冒頭部分と思われた。

ここにこうして書き留めるのは、固い決意が揺らがないようにするにはこうするしかないからだ。明日になって怖気づいたとしても、ここに記した言葉がわたしをいま現在の心境につなぎとめてくれるはず。まぎれもない、いまこの瞬間に。彼らの声が、ささやき声が、ひっきりなしに聞こえてくる。この家にも我慢できるのだろう。彼らは夜になると光を放つ。あいつさえいなければ、それにも耐えられるだろうし、この家にも我慢できるのだろう。我らが主よ。我らが神よ。卵の殻が粉々にくだけ散ると、巨大な蛇がそこから現われ、大きな口を開けるのです。我が家の大いなる遺産は骨と血で紡がれていて、どこまでも深く根を張っているのです。神々は決して死なない。わたしたちはそう聞かされてきたし、母もそれを信じて疑わない。だが、母にはわたしを守れない、家族の誰ひとり救えない。だからわたしがやるしかない。これが冒瀆だろうが、単なる殺人だろうが、その両方だろうが、そんなことはどうでもいい。あいつはベニートのことを嗅ぎつけるとわたしを杖で打ちすえた。そのときその場でわたしは誓った。子供など絶対に産むものか、あいつの思いどおりになってたまるかと。この死は罪になりはしない、そうわたしは強く確信している。それは解放であり、わたしが自らを救済する道なのだ。R

署名はRの一文字のみ。ルース。これはルースの日記の断片なのか？　いとこから届いた支離滅裂なあの手紙に気味の悪いほど似ているが、カタリーナがこんなものを捏造するとは思えなかった。だとしたら、カタリーナはどこでこれを見つけたのか？　この家は広いし老朽化している。カタリーナが明かりもろくにない廊下を歩く姿は想像がついた。ゆるんだ床板が持ち上がり、床下に紛れていた日記の断片を見つけたのだろうか？

食い入るように文字を見つめ、ノエミは唇を噛んだ。不気味な文章で埋まるこの紙片には、人をして幽霊や呪いなどの存在を信じたくさせる力があった。言うまでもなく、ノエミは怪異現象の類いを信じていない。そんなものは空想や妄想の産物だと、自分に言い聞かせてきた。フレーザーの『金枝篇』（世界各地の未開社会に伝わる魔術・禁忌・慣習などをまとめた人類学の大著）の悪魔祓いの章のあたりでは居眠りが起きたくらいだし、トンガに伝わる幽霊と病気との関連性を詳述した調査記録はただの興味本位で斜め読みした程度だし、『民間伝承』の編集者宛に届いたという、首なし妖怪との遭遇体験を綴った読者からの手紙には笑って取り合わなかった。要するに、超常現象を真に受ける癖はノエミにはなかった。

これが証拠よ、とカタリーナは書いている。だが、なんの証拠だというのか？　ノエミは紙片をテーブルに置いて折り皺を伸ばした。それから再読する。

事実同士を結びつければいいのよ、お馬鹿さん。そう自分に発破をかけ、爪をしきりに噛む。ならば、なにが事実なのか？　いとこはこの家になにかが棲みついていると、いくつも声が聞こえると訴えていた。ルースもやはり声について触れている。ノエミは声こそ聞いていないが、夢はいくつも見たし、だいぶ前におさまったはずの夢中歩行を再発させた。

これらの事実から導き出される結論は、神経を病んだ愚かな女三人の一症例ということになりそうだ。昔の医者ならヒステリーと診断を下すところだろう。だが、ノエミにヒステリーの気はない。

三人ともヒステリーでないとしたら、三人が三人とも屋敷内にひそむなにかに遭遇していたということだ。だが、それを超常的な存在と決めつけていいのだろうか？　呪いだと言いきれるのか？　幽霊？　もっと理性に基づいた解釈はできないのか？　この自分はありもしないものにひとつのパターンを読みとろうとしているだけなのか？　結局のところ人間とはそういうもの、ついつい自分に都合のいいパターンを探してしまうのだ。共通点のない三つの物語をひとつの物語に織り上げてしまっただけではないのか。

これについて誰かと話がしたかった。そうでもしないと部屋のなかを行きつ戻りつするばかりで、いたずらに靴の底を擦り減らすだけだろう。そこでノエミは紙片をセーターのポケットに滑りこませるとオイルランプをつかみ、フランシスに会いに行くことにした。ここ数日、彼はノエミを避けているようだった——フローレンスが日々の務めと義務に関する説教を彼に垂れただろうことは想像に難くない——だとしても、訪ねてきたノエミの鼻先でドアをぴしゃりと閉めたりはしないだろうし、今回は頼みごとをしようというわけではない。ただおしゃべりがしたいだけ。そんなふうに自らを励まし、フランシスの部屋に向かった。

ドアを開けたフランシスが口を開くのも待たず、ノエミは切り出した。「なかに入れてくれる？話したいことがあるの」

「いま？」

「五分でいいの、ねえお願い」

彼は目をしばたたいた。戸惑っている。それから咳払いをした。「そう。ああ、わかった」

部屋の壁は色彩豊かな植物画やプリント図版で埋まっていた。ほかにはピンで丁寧に留められた蝶のおさまるガラスケースが一ダースと、キノコの愛らしい水彩画が五枚ほど並び、どれにも小さな字で書かれた名札が下に添えてあった。ふたつある本箱には革装本がぎっしり詰まり、床には整然と積み上げられた本が列をなしている。古色を帯びたページやインクのにおいが部屋にしみついていて、異国の花々の香水を嗅いでいるような心地がした。

ヴァージルの部屋には居間のスペースが設けられていたが、ここは違った。狭いベッドには深緑色のベッドカバーがかかっていた。そのヘッドボードには唐草模様の浮彫りがふんだんにほどこされていて、中央部分には自分の尻尾をくわえた蛇がでんと居すわっている。ベッドと対のデスクもあり、そこも大量の本で埋まっていた。デスクの隅には空のカップと皿。つまり食事はこのデスクで済ませ、部屋の中央にあるテーブルを使うことはないらしい。

その理由はテーブルに近づいてみてすぐに判明した。そこは紙や画材に占領されていた。芯をとがらせた鉛筆、墨汁の瓶、ペン先など、そのひとつひとつをノエミは見ていった。箱入りの水彩絵具もあれば、何本もの絵筆がカップに立ててある。植物の写生画もかなりの数にのぼった。

「あなたは芸術家だったのね」オイルランプを手にぶら下げたまま、ノエミはタンポポを描いた画用紙の縁に触れた。

「それもおれが描いたんだ」照れくさそうな声で言う。「おもてなしができなくて悪いね。お茶を済ませたばかりで」

「ここのお茶は飲めたものじゃないわ。ひどい味なんだもの」そう言いながら別の絵に目をやった。ダリアの絵だった。「わたしも絵に挑戦したことがあるのよ。そうするのが理に適っている気がしたの。言ってる意味わかる？　父が染料や塗料を扱う商売をしているからってわけ。ところが才能がなかったのよね。わたしは写真のほうが性に合っているみたい。対象を一瞬でとらえられるしね」

「でも、絵を描くというのは対象に何度も向き合う行為だからね。それが本質をつかまえることに通じるんだ」

「あなたは詩人でもあるのね」

彼は面映ゆそうな表情を見せた。「まあすわってよ」そう言ってノエミの手からオイルランプを取り上げると、すでに数本の蠟燭がともる燭台が置かれているデスクに並べて置いた。ナイトテーブルの上には別のオイルランプもあり、ノエミの部屋にあるのとよく似ていたが、それより一回り大きかった。風防ガラスは黄に着色されていて、ぬくもりのある琥珀色の光を室内に振りまいていた。

フランシスは薔薇の花輪模様の背当てが掛かる大ぶりの椅子をノエミに手振りで勧めると、そこを占領している数冊の本を手早く片づけた。それから自分用にデスクチェアを引き寄せてすわり、左右の手を絡み合わせて前かがみになった。

「おたくの家の商売には、あんたも関わっているの？」彼が訊いた。

「子供のころは父のオフィスにしょっちゅう入り浸っては、書類をタイプしたりメモを取ったりする真似をして、けっこうその気になっていたの。でもいまはもう、そこまでの思い入れはなくなっちゃったわね」

「商売を継ぐ気はないの？」

「弟はやる気満々よ。でも、うちが塗料会社だからって、どうしてわたしまでが塗料の道に進まなくちゃならないの？　それより悪いシナリオもあるの。よその塗料会社の後継ぎとわたしを結婚させれば、うちの会社をもっと大きくできるってわけ。たぶんわたしは別のことがしたいんだと思う。わたしには驚くべき才能が隠れているかもしれないし、それを探究すべきじゃないかって。いまあなたの前にすわっている人物は、未来の高名な人類学者かもしれないわよ」

「コンサート・ピアニストのほうはやめちゃうのか」

「両方やったっていいでしょ？」そう言って肩をすくめる。

「そりゃそうだ」

椅子はすわり心地がよく、彼の部屋も気に入った。ここで首をねじってキノコの水彩画に目を向けた。

「あれもあなたが？」

「ああ。何年か前にね。出来はイマイチだけど」

「美しく描けているわ」

「ならば、そういうことにしておくかな」勿体をつけた口調でそう言い、にやりと笑った。

フランシスの顔は垢抜けないし、パーツのバランスも悪かった。ノエミがウーゴ・ドゥアルテを好きなのは美男子だからだった。それなりに口が達者で、身だしなみがよくて恋の駆け引きができる、そんな男にノエミは価値を置いてきた。ところがいまは、目の前にいるこの男の風変わりなところや不完全なところ、手練のプレイボーイにはない秘めた知性に魅かれていた。

フランシスはこのときもコーデュロイの上着を着ていたが、自室という私的空間だからか、裸足で歩きまわり、シャツは皺だらけだった。そんなところにも愛おしさと親近感を覚えた。

思わず身を乗り出してキスしたい衝動に駆られた。ハートに火をつけたい、熱い思いをぱっと燃えあがらせたい、そんな気分だった。だが、すぐにためらいが生じた。軽い気持ちのキスならすんなりできても、深い意味が生じそうなキスはそういうわけにいかなかった。

これ以上面倒を起こしたくない。彼を翻弄するような真似はしたくなかった。

「絵を褒めに来たわけじゃないんだよね」ノエミのためらいを察知したかのように彼が言った。

そうだった。目的は別にあった。そこで咳払いをひとつして、首を横に振った。「この家になにかが取り憑いていると思ったことはない？」

フランシスが気弱な笑みを向けてきた。「ずいぶん妙なことを訊くんだね」

「そう思われても当然よね。でも、そう尋ねたくなるだけの理由があるの。で、どうなの？」

沈黙が流れた。彼はおもむろにポケットに両手を入れ、足元のラグに目を落とした。眉根を寄せている。

「幽霊を見たことがあると言っても、笑ったりしないわよ」

「幽霊なんているもんか」

「でも、いるとしたら？　そういうことを考えたことはあるでしょ？　シーツの下に幽霊がいるとか、鎖を引きずって歩きまわっているとか、そういうことじゃなくて。以前、チベットに関する本を読んだことがあるの。アレクサンドラ・ダヴィッド＝ニールという女性探検家が書いた本なんだけど、チベットの人たちは幽霊を創造できるらしいわ。意思の力で幽霊を出現させられるんですって。それがどう呼ばれているかというと、ええと……そう、魔術的顕現」

「なんだか法螺話めいてるな」

「たしかにそうよね。でも、デューク大教授のJ・B・ラインという人は、超心理学の研究者なんだけど、テレパシーのような現象は一種の超感覚的知覚だと言っているわ」

「それでなにが言いたいの?」フランシスが警戒の色をにじませながら言った。

「わたしが言いたいのは、いとこは完全に正気なのかもしれない、ということ。おそらくこの家にはなにかが取り憑いているんだわ。でも、それは論理的に説明がつくような気がする。どうやれば説明がつくのかはまだわからないけど、たぶん超心理学とは無関係なんだと思うの。たとえばそうね、古い比喩表現に〝帽子屋のように頭がおかしい〟というのがあるじゃない」

「話がよく見えないんだけど」

「帽子屋には頭がおかしい人が多いと、昔はよく言われていた。でも、それは帽子屋が作業工程で使う薬品のせいだった。フェルト帽を加工するときに気化した水銀を吸いこんでしまうのが原因だったの。いまだって水銀は慎重に扱う必要がある薬物よ。塗料に水銀を混ぜることで白カビの発生を抑えられるのだけど、調合を間違えると、その塗料から大量の水銀が発生して、人体に影響を及ぼしてしまうの。その気になれば部屋にいる人全員の頭をおかしくすることもできちゃうってわけ。以上、塗料屋の娘の豆知識でした」

　フランシスがいきなり立ち上がってノエミの両手をつかんだ。「もうそれ以上言わないでくれ」フランシスは声を殺して言った。しかも、それはスペイン語だった。この家に来てからずっと、会話はすべて英語だった。フランシスがスペイン語を口にしたことは、記憶する限り、これまで一度もない。こんなふうにノエミに触れてきたこともなかったはず。あっても故意にではなかった。だがこのときの彼の手は、彼女の手首をがっしりととらえていた。

「わたしが帽子屋みたいに正気じゃないと思っているのね?」彼女もスペイン語で問いかけた。

「そうじゃない、違うんだ。あんたは正気だし、聡明だと思っている。聡明すぎる、と言うべきなんだろう。だったら、なんでおれの話を聞こうとしない？　ちゃんと聞いてくれ。今日じゅうにここを出ていくんだ。いますぐに。ここはあんたがいるべき場所じゃない」

「わたしになにか隠していることがあるのね？」

フランシスはノエミの手をつかんだまま、はっしと見つめた。「いいかノエミ、幽霊などいないと言ったからって、あんたが無事でいられるという意味じゃない。あんたが恐れ知らずだろうと事情は変わらない。むしろ恐れ知らずの度が過ぎるから困るんだ。おれの父親もそうだった、だから身を亡(ほろ)ぼすことになったんだ」

「谷底に落ちたんだったわね」彼女は言った。「それ以上のことがあったの？」

「誰に聞いた？」

「質問しているのはこっちよ」

不安の冷たい針がノエミの心臓に触れた。フランシスが手を放してあとじさると、今度はノエミが彼の手につかみかかった。逃がすわけにはいかなかった。

「話はまだ終わっていないでしょ？」彼女は迫った。「それ以上のことがあったのね？」

「親父はのんだくれだった。首の骨を折った。間違いなく谷底に落ちた。なんでいまさらそんな話を蒸し返さなくちゃならないんだ」

「話すべきだからよ。あなたはいつだってまともに話し合おうとしないじゃない」

「よく言うよ。おれはいろんなことを話してきた。あんたがちゃんと聞いていないだけだ」彼はつかまれた両手を振りほどくと、その手を彼女の肩に厳(おご)そかに置いた。

「ちゃんと聞くわ」

フランシスが抵抗の声をもらした。溜息まじりだった。ようやく重い口を開きかけたそのとき、大きなうめき声が廊下に響きわたり、さらにまたうめき声が起きた。フランシスはノエミからさっと離れた。

この家の音響効果は不可解だった。どうしてこんなによく音が伝わるのかとノエミは訝しんだ。

「ハワード伯父さんだ。痛みがぶり返したらしい」フランシスが顔をしかめた。苦悩に押しつぶされそうな人の表情だ。「もう長くはないだろう」

「お気の毒だわ。あなたもさぞ辛いでしょうね」

「あんたはなにもわかっちゃいない。あんなやつ、死ねばいいんだ」

聞くに堪えない暴言とはいえ、そこらじゅうがきしみをあげるカビ臭いこの家で、来る日も来る日も老人を刺激しないよう足音を忍ばせていなくてはならないことを思えば、そう言いたくなる気持ちもわからなくはなかった。思いやりとも愛情ともいっさい無縁で育った若者であれば、なんらかの憤懣(ふんまん)が胸に渦巻いていたとしても不思議ではない。そう思うのは、フランシスに愛情を注ぐ者が誰ひとり思い浮かばなかったから。彼の大伯父も母親も、彼を愛しているとは思えなかった。ヴァージルとフランシスも、昔は気の置けない仲だったのだろうか？　ふたりがうんざり顔で目を見交わし、鬱憤を吐き出し合ったこともあるのだろうか？　それでもヴァージルは、彼なりに鬱屈を抱えていたにせよ、外の世界に出る機会があった。だがフランシスはこの家に縛りつけられたままなのだ。

「ちょっと待って」ノエミは手を伸ばして彼の腕をつかんだ。

「いまもはっきり憶えている。おれは子供のころ、あいつの杖でよく叩かれた」フランシスが物思いに沈んだ。声はしゃがれたささやきに変わっていた。「『強さを叩きこむ』という名目でね。だから思ったんだ、ルースは正しいことをした、あれでよかったんだと。あいつの息の根を止められなかったのが、かえすがえすも残念でならないよ。たとえ無駄に終わったとしても、彼女のやったことは正しかったんだ」

フランシスは悲嘆のどん底にいるような顔をしていた。彼が口にした言葉はぞっとするものではあったが、おぞましさよりむしろ憐(あわ)れみを強く感じていたノエミは、ひるむこともなかったし、彼の腕から手を離すこともなかった。先に顔をそむけて腕を振りほどいたのは彼のほうだった。

「ハワード伯父さんは怪物なんだ」フランシスは言った。「ハワードを信用しちゃダメだ、お袋も、ヴァージルも信用するな。あんたはいますぐここを出るべきだ。こんなふうにあわただしく追っぱらうのは本意じゃないが、そうするしかないんだ」

ふたりは押し黙った。彼はうなだれ、目を伏せた。

「あなたが望むなら、もうしばらく残ってもいいのよ」ノエミは言った。

フランシスはノエミに目を戻すと、かすかな笑みを浮かべた。「あんたがここに来ていることを知ったら、お袋の癇癪(かんしゃく)が破裂するだろうな。お袋はじきにやって来るはずだ。ハワードがああなったときは、おれをそばに置いておきたがるから。もう寝てくれ、ノエミ」

「眠れるわけないじゃない」ノエミは溜息まじりに言った。「羊を数えたって無理。それで眠れると思う?」

ノエミはいままですわっていた椅子の脇に積んである本の、いちばん上の一冊に指を滑らせた。言いたいことは言いつくしてしまい、退出をただ先延ばしにしているだけだった。こうしていれば、いまに彼が話しそびれていることを打ち明けてくれるのでは、との期待があった。ノエミが突き止めたいと思っている幽霊や怪現象について、重い口を開いてくれるのではと。だが、無駄だった。

フランシスは本を撫でさするノエミの手をつかむと、上から見つめてきた。

「ノエミ、もう行ってくれ」彼は声を落として言った。「いまに誰かが呼びにくるはずだ、嘘じゃない」

フランシスはオイルランプをノエミの手に握らせるとドアを開けた。ノエミは部屋から足を踏み出した。

曲がり角のところで肩越しに振り返る。いまもドアの前にたたずむ彼の姿は、こころなし幽霊めいて見えた。室内のオイルランプと蠟燭の明かりを受けて輝くブロンドの髪は、不気味な炎を思わせた。この国のあちこちの寒村には、魔女たちが火の玉に変身して空を飛びまわるという言い伝えがある。鬼火という現象はそんなふうに理解されてきた。ノエミはその伝説を思い出し、夢に出てきた金色の女のことを思った。

17

羊を数えても無理、という言葉に嘘はなかった。怪現象のあれこれを思い、解けない謎を追ううちに異様に気が高ぶってしまい、安らかな眠りはなかなか訪れなかった。おまけに、フランシスに抱きついて唇を奪いたくなったあの瞬間のしびれるような感覚も、いまなお生々しく残っていた。

こういうときはお風呂にはいるのがいちばんよね、と気持ちを切り替えた。

バスルームは古く、罅(ひび)割れたタイルもけっこうあったが、オイルランプの明かりに浮かび上がる浴槽に問題は見当たらず、掃除も行き届いていた。ただし、カビの見苦しい跡が残る天井はいただけない。

椅子にオイルランプを、その背後にバスローブを置いて、蛇口をひねった。フローレンスはぬるめのお湯につかるのが体にいいと言っていたが、ノエミはそんなものにつかる気はさらさらなかった。ボイラーが抱える問題はどうあれ、とりあえず熱い湯を張ることができ、浴室内はたちまち湯気で満たされた。

自宅であれば甘い香りのオイルかバスソルトを入れるところだが、ここにあるわけもなかった。ノエミは浴槽に身を沈め、縁に頭を預けた。

ハイ・プレイスは必ずしも安普請ではなかったが、ちょっとした不具合があまりに多すぎた。放置。そう、この言葉がしっくりくる。とにかく放置がやたらと目についた。多少とも事情が違えばカタリーナもこうした不備を一変させていたのだろうかと思いをめぐらした。まずもって無理。そこらじゅうに腐敗がはびこっているのだから。

そんな想像に気が滅入った。ノエミは目を閉じた。

蛇口から水が滴り落ちる。横たえた体を少しずつずらしていって頭まで湯に沈め、息を止めた。最後に泳ぎに行ったのはいつだったか？　近いうちにベラクルスに行こう、と思考をわざとそちらに振り向ける。それよりアカプルコか。ハイ・プレイスでは味わえない気分になれそうな場所がぱっと思いつかなかった。陽光、ビーチ、カクテル。ウーゴ・ドゥアルテに電話して尋ねてみてもいいかもしれない。

湯から顔を出し、目元にはりついた髪を手で掻き上げる。ウーゴ・ドゥアルテ。わたしったらどうしちゃったんだろう？　最近はウーゴのことを考えなくなっていた。フランシスの部屋で、切望の矢に射抜かれた自分が悩ましかった。それは過去の恋愛遊戯で抱いた欲望とはまるで違うものだった。それなりに社会的地位のある女性は、欲望のことなどなにも知らないということになっているけれど、ノエミの場合、キスと抱擁とある程度の体の触れ合いはすでに何度も経験していた。ただし最後の一線を越えたことは一度もない。罪悪感がそれを食い止めているというよりはむしろ、関係を持った男が仲間たちに吹聴するのでは、それよりなにより、束縛しようとするのではと恐れていたからだ。ノエミの頭には、こうした小さな不安が、さまざまなことに対する恐れが絶えず渦巻いているわけだが、フランシスが相手だとそういうことを忘れていられた。

やけに感傷的じゃないの。そう自分を茶化した。彼はちっともハンサムじゃないのにね。

胸に押し当てた手を上下に滑らせながら、天井のカビを物憂げに見やり、それから溜息をもらして仰向けていた顔を元に戻す。

とそのとき、どきっとした。ドアのところに誰かいる。とっさにまばたきを繰り返し、これは目の錯覚だと自分に言い聞かせた。オイルランプを持ちこんでいるので明かりに不足はなかったが、それでも電球の鮮明さにはとうてい及ばない。

人影が前に足を踏み出したところで、それがヴァージルだとわかった。紺地のピンストライプのスーツにネクタイといったいでたちだ。ここはノエミのバスルームでなく自身のバスルームだとでもいうように、平然とした顔ではいってきた。

「ここにいたのか、別嬪さん」彼が言った。「しゃべらなくていい、そのままでいいから」

恥辱と驚愕と怒りが全身を貫いた。この男は自分のしていることがわかっているのか？　ノエミは怒鳴りつけようとした。まずは怒鳴りつけ、それから体を隠すつもりだった。いや、怒鳴りつけるだけではダメ。そうだ、ひっぱたいてやろう。ひっぱたくのは、バスローブを着てからにしよう。

ところが体が言うことを聞かなかった。声ひとつあげられなかった。

ヴァージルが距離を縮める。薄笑いを浮かべていた。

この家の人たちはあなたの思考を自在に操ることができるのよ。ささやきが起きた。屋敷内のどこかで以前にも耳にしたことのある声だった。**やつらはあなたにどんなことでもさせることができるんだから。**

ノエミの左手は浴槽の縁にかかっていた。かなりの努力を要したが、その手をどうにか握りこむ。口も少しは開けられたが、声が出ない。出ていって、とわめきたいのに声にならず、恐怖のあまり体がわなわなと震えだした。

「聞き分けのいい子になるんじゃなかったのかな？」ヴァージルが言った。

彼は浴槽のそばまで来ると、床に膝をつき、にやつきながら顔をのぞきこんできた。端整な顔に浮かんでいるのは狡猾そうに歪んだ笑み。顔が間近に迫り、虹彩のなかに金の斑点が散っているのがノエミの目をとらえた。

彼は結び目に指を差し入れネクタイをゆるめて抜き取ると、シャツのボタンをはずしにかかった。ノエミの体は石のように固まっていた。神話に出てくる隙だらけの人物になったような気分だった。これではまるで怪物ゴルゴンの生贄(いけにえ)だ。

「じつに聞き分けのいい子だ。ぼくを楽しませてくれ」

目を開けて。声が聞こえた。

だが、目はすでに大きく見開かれている。彼が髪に指を絡ませてきたので、頭を上げざるをえなかった。荒っぽい手つき。優しさの欠片もなかった。彼を押しのけたいのに、体が思いどおりに動いてくれない。ヴァージルは髪をしっかりつかんだまま身をかがめ、キスを迫った。

彼の唇は甘かった。ワインの名残だろう、おそらくは。心地よいキスにこわばった体がほどけていく。浴槽の縁から体を離すと、ささやき声は消えていた。いまここにあるのは湯から立ちのぼる蒸気と、口をふさいでくる男の唇、ノエミの体を撫でまわす男の手だけだった。ヴァージルがノエミの長い首から下のほうへと唇を這わせていき、乳房の先端に歯を立てた。ノエミはうめき声をもらした。彼の無精ひげが肌を刺激した。

彼女の首が反り返る。どうやら体が動くようになったらしい。

ノエミはヴァージルの顔を両手ではさんで引き寄せた。もはや彼は闖入者(ちんにゅうしゃ)ではなかった。敵でもない。怒鳴りつけてひっぱたく理由はすでに見当たらず、いま頭にあるのは彼を愛撫しつづける理由だけだった。
ヴァージルの手が腹部へとおりてきて湯のなかに没し、太腿を撫でさすった。恐怖による震えはすでにおさまっていた。いまノエミをうち震わせているのは情欲、四肢に広がる甘やかで濃厚な官能だった。触れてくる手の執拗な動きに、体を弄ぶ指づかいに、あえぎ声がもれた。重なる彼の体が肌を火照らせる。彼の機敏な指の動きに深い吐息がもれ、やがて――

目を開けて。甲走った声がノエミを急きたてた。ノエミは彼から顔をそむけると、いま一度天井を見つめた。天井は溶けて消えていた。

代わりにそこにあったのは卵だった。卵から細く白い茎のようなものが伸び出した。蛇。いや違う、そうではない。これに似たイメージは前に見たことがあった。フランシスの部屋でわずか二時間ほど前に目にした、壁の水彩画。キノコを描いた水彩画の下には、それぞれにきちんと名札が添えられていて、そのひとつに「外被膜（ユニバーサル・ベール）」と書かれたものがあった。そう、いま目にしているのはあれだ。殻が突き破られ、細胞膜が剥がれ落ちた卵。地中から伸びるキノコは蛇でもあった。雪花石膏（アラバスター）の白さをもつ蛇。それが滑るような動きでとぐろを巻き、己の尾を呑みこんだ。

その瞬間、闇がおりた。オイルランプの明かりが消える。気がつくと、そこは浴槽のなかではなかった。厚い布にくるまれていて身動きが取れない。どうにか布を剥がして横に引っぱると、さきほど目にした細胞膜のように布が肩からするりとはずれた。

木。湿った地面と木のにおいがした。片手を前に突き出すと、握り拳がなにかの硬い表面にぶつかり、木の破片が皮膚を切り裂いた。

柩。そこは柩のなかだった。布は屍衣（しい）だった。

だが、わたしは死んでいない。死んでいないのだ。わめこうとして口を開けた。死ぬわけがないと思いながらも、死んでいないと伝えたかった。

百万匹もの蜂がいっせいに解き放たれたような、ぶぅーんというすさまじい音が起き、思わず耳をふさいだ。金色の強烈な光が小刻みに震える。これがノエミの体を撫で上げるかのように足の先から胸のほうへと駆け上がり、ついには顔面に達し、息ができなくなった。

目を開けて。ルースが言った。ルースの両手は血で赤く染まり、顔にも血が飛び散り、爪の隙間には血が凝固していた。蜂たちはノエミの内耳を突き破って頭のなかに押し入った。

ノエミはぱっと目を開けた。背中と指先から水が滴り落ち、着ているバスローブの紐はほどけていた。前が大きくはだけ裸体をさらしている。おまけに裸足だった。

自分がたたずむその部屋は闇に沈んでいたが、闇のなかでも、そのしつらえから、そこが自室でないことは見てとれた。そのときランプの明かりが蛍のようにぼんやりとともり、それを調節する素早い指の動きによって明るさが増した。ベッドに半身を起こしてベッドサイドのランプを持ち上げ、ノエミを見つめているのはヴァージル・ドイルだった。

「これってどういうこと?」ノエミは喉に手を押し当てて問いかけた。

口が利けた。いったいどうなっているのか。声はしゃがれて震えているが、ちゃんとしゃべっている。

「眠りながらさまよううちに、ぼくの部屋に迷いこんだようだね」

息が異様に荒くなる。ランニングでもしてきたみたいな気分だが、そんなことをした覚えはなかった。なにがあったとしても不思議はない。ぎこちない手つきでローブの前を掻き合わせる。

ヴァージルが上掛けを押しのけた。それからビロードのローブをまとい、ノエミのほうにやって来た。「びしょ濡れじゃないか」

「お風呂にはいっていたの」ノエミは低くつぶやいた。「あなたはなにをしていたの？」

「ここで寝ていたよ」彼はそう言ってノエミのかたわらに立った。

体に触れてくるような気がしてあとじさったとたん、すぐ横にあった絵付きの衝立を倒しそうになる。すかさずヴァージルが片手で押さえた。

「タオルを持ってきてあげよう。それじゃ寒いだろう」

「たいして寒くないわ」

「強がるんじゃない」彼はそう言い捨てて衣装簞笥をあさりだした。

彼がタオルを探しあてるのを待つ気はなかった。すぐにも部屋に戻りたかった。いざとなったら真っ暗闇でもかまわない。そう思ったものの、夜の闇はノエミを怖気づかせた。闇は否応なく不安をあおり、立ち去る気力を奪う。夢のなか同様、彼女は石と化していた。

「さあ、これを使いなさい」彼が言った。彼女はタオルをつかむと、しばらくそのままでいた。一分ほどしてようやく顔をぬぐい、濡れた髪の水気をのろのろと吸い取った。浴槽にはどれくらいつかっていたのか、どのくらいの時間、廊下をさまよっていたのかと考える。

ヴァージルが暗がりにすっと姿を消したかと思うと、グラスのかち合う音が耳に届いた。彼がグラスをふたつ手にして戻ってきた。

「まずはすわって、一口だけでもワインを飲みなさい」彼が言う。「体があたたまるよ」

「ランプを貸してくだされば、すぐにも失礼します」

「ノエミ、ワインを飲みなさい」

彼は前回すわっていたのと同じ椅子に腰を沈めると、テーブルにランプと彼女のグラスを置き、自分のグラスに口をつけた。ノエミはタオルを両手でしきりにねじりながら、椅子にすわった。タオルが床に落ちるのもかまわずグラスを取りあげ、一口――彼が言ったように一口だけ――急いで口に含むと、グラスをテーブルに戻した。

目はすっかり覚めているのに、いまも夢のなかをふわふわと漂っている気分だった。頭に靄がかかり、部屋のなかで唯一くっきりと見えているのはヴァージルだけ。寝乱れた髪、端整な顔立ち、それがじっと見つめてきた。この人はこちらが口を開くのを待っている、それを見てとったノエミは妥当な言葉を探して口にした。

「あなたが夢に出てきたわ」彼に聞かせるというより、自分に向けて言っていた。自分が目にしたもの、起こったことに納得したかった。

「悪い夢でないといいが」彼が返した。そしてにやりと笑う。狡猾そうな笑み。夢で目にしたのと同じ笑み。かすかに悪意のこもる笑みだった。

あれほど鮮烈で心地よく感じられた性的興奮も、いまではみぞおちのあたりで苦い澱と化しつつあったのだが、その笑みがどこからか飛びこんできた火花のように感じられ、身を焦がすような渇望感が、彼の手の感触が、記憶の底から首をもたげた。

「わたしの部屋に来たわね？」

「ぼくがいたのは、きみの夢のなかだと思うがな」

「あれは夢という気がしなかったわ」

「どんなふうだった？」

「あなたが押し入ってきたの」彼女は言った。

「ぼくはここで寝ていた。きみはぼくを起こした。押し入ってきたのはそっちじゃないか」

たしかに彼がベッドから立ち上がり、ビロードのローブをつかむところを見ていたにもかかわらず、彼の潔白を信じることができなかった。しかし、彼が中世の夢魔（インキュバス）のようにバスルームにするりとはいってきて、フュースリの絵さながら、かたわらに腰かけるなどできようはずもない。部屋に忍びこんできて凌辱するなどありえなかった。

ノエミは青と白のビーズに触れたくなり、手首に手をやった。護符のブレスレットははずしてしまっていた。手首は無防備だった。それを言うなら、白いバスローブをはおった姿でいまも水滴をはりつかせたままでいるこの格好も隙だらけではないか。

彼女は立ち上がった。

「もう戻ります」彼女はきっぱりと言った。

「夢中歩行から目覚めたあとは、すぐにベッドに戻らないほうがいい」彼が言った。「もう少しワインを飲みなさい」

「いいえ。さんざんな目に遭った夜をこれ以上長引かせたくないわ」

「まいったな。もっとも、ランプを貸さなければ、もうしばらくここに残るしかないんじゃないかな？　壁を手探りしながら帰り道を見つけようというなら話は別だがね。この家はとことん暗いからな」

「そうね。意地悪をして手を貸してくれないなら、そうするしかないでしょうね」

「手を貸してくれないとは心外だな。髪を拭くタオルだって貸したし、椅子も勧めたし、神経をなだめるための酒も出したんだがな」

「神経に問題はございません」

彼はからかうような乾いた眼差しをノエミに向けながら、片手にグラスを持って立ち上がった。

「で、今夜はどんな夢を見たのかな？」

ヴァージルの前で頰を赤らめるなど絶対したくない。こんなふうに手のこんだ敵意を向けてくる男に、赤面をさらすという馬鹿な真似は願い下げだった。にもかかわらず、夢のなかで彼が重ねてきた唇を、太腿をまさぐる彼の手を思うと、しびれるような快感が背筋を駆け抜けた。今夜のあの夢は、情欲や危険を、醜聞や秘め事を無意識のうちに欲している、自分の体と貪欲な心が引き起こしたもののように感じられた。みだらな行為に、この男に、昂奮するのはそのせいだと。

頰の紅潮は止められなかった。

ヴァージルがにやりとした。まさかとは思うが、この男はわたしが見た夢の中身を知っている、それとなく誘いかけてくるのを待っている、そう確信した。だが彼女の脳内にかかる霧は薄れつつあり、耳に聞こえていた言葉が、あのシンプルな呼びかけが、頭をかすめた。**目を開けて。**

手を拳に丸めた。爪が手のひらに食いこむ。かぶりを振った。「ひどい夢だったわ」ノエミは言った。

ヴァージルが戸惑いを見せ、それから落胆をのぞかせた。しかめた顔が醜く歪む。「ひょっとしてきみは、夢中歩行がフランシスの部屋に導いてくれることを願っていたのかもしれないね。図星かな？」

これには唖然としたが、彼を睨み返す余裕ができた。いい関係を築けそうだと言っておきながら、よくもまあぬけぬけと。だが、ここに至って得心（とくしん）がいった。この男はとことん嘘つきであり、こっちを翻弄して混乱させ、核心から目を逸らさせようとしている。自分に都合のいいときだけ親切なふりをして誠意をちらつかせはするものの、すぐに態度を変えてしまうのだ。

「もうお休みになってください」口ではそう言ったものの、心は「ふざけるな（ファック・ユー）」と叫んでいた。口調は本音をあからさまにした。ノエミはランプをさっと奪い取ると、ヴァージルを闇のなかに置き去りにした。

部屋に戻ったとき、雨が降りだしているのに気がついた。心を和ませてくれる雨ではなく、窓をしきりに打ち据えた。思いきってバスルームに行き、浴槽を調べた。湯はすでに冷め、蒸気は四散している。ノエミは排水栓をぐいと引き抜いた。

18

眠りは途切れがちだった。眠ったらまた突飛な行動をやらかしてしまうのではと不安だった。それでもいつしか眠りに引きこまれていった。

室内に衣擦(きぬず)れの音がして、床板がきしみをあげた。ぎょっとしてシーツをきつく握りしめ、ドアのほうに顔を向ける。

フローレンスだった。手入れの行き届いた黒っぽいワンピースを身に着け、首に真珠をかけている。銀のトレイを手に、返事を待たずにはいって来たのだ。

「なにをしているの？」ノエミは半身を起こして問い質した。口のなかはからからに干上がっていた。

「ランチをお持ちしたんです」フローレンスが言った。

「え？」

もうそんな時間？　ベッドを出てカーテンを引き開けた。陽射しが室内に流れこむ。雨はまだ降りつづいている。午前の時間はノエミの目をかいくぐって燃え尽きていた。極度の疲労が体力をすっかり奪い取ってしまったのだ。

フローレンスがトレイを置き、お茶を注ぎはじめた。

「ああ、結構よ、飲みたくないし」ノエミは言ってかぶりを振った。「食事の前にカタリーナに会いたかったわ」

「彼女はとうにお目覚めでしたが、いまはベッドに戻っています」フローレンスがティーポットをトレイに戻しながら言った。「お薬のせいで眠気が引かないのでしょう」

「だったら、お医者様が見えたら知らせてくださる？　往診は今日でしたよね？」

「今日はお見えになりません」

「毎週いらっしゃるんだとばかり」

「雨があがりませんし」とそっけなく応える。「この雨では無理でしょうね」

「明日も雨かもしれないわ。雨季なんだもの、でしょう？　こういう場合はどうするの？」

「自分たちでどうにかします、いつものことなので」

木で鼻を括ったような話し方！　まったくもう、予想される問答をそっくり全部、事前に書き出して丸暗記しているのではあるまいか。

「とにかく、いとこが目を覚ましたら教えてください」ノエミは食い下がった。

「わたくしはあなたの召使いではありませんよ、ミス・タボアダ」フローレンスが言った。声に敵意は感じられなかった。ただ事実を述べたにすぎないのだろう。

「それはそうだけど、無断で会いに行くなと言ったのはあなたじゃないですか。そのくせこっちの都合には耳を貸そうともしない。なにかまずいことでもあるの？」ノエミは問い詰めた。不躾なのは承知の上、フローレンスの冷静の仮面に罅（ひび）を入れてやりたかった。

「ご不満なら、ヴァージルにかけあっていただくのがよろしいかと」

ヴァージル。ノエミがもっとも望まない展開だ。ノエミは腕組みして睨みつけた。フローレンスも睨み返す。その眼差しは冷ややかで、わずかに歪む口元には嘲りの色がのぞいていた。

「では、ごゆっくり召し上がれ」フローレンスは話を打ち切った。浮かべた笑みに漂うのは優越感。戦（いくさ）の勝者にでもなったつもりか。

スープをスプーンでかき混ぜ、お茶にちょっとだけ口をつける。スープもお茶もすぐさま投げ出した。頭がかすかに疼きだす。食べたほうがいいのはわかっていたが、意地でも屋敷内の偵察をしてやろうという気になっていた。

セーターをつかんで階下に向かう。なにかが見つかると期待していたのか？　幽霊どもがドアの陰からのぞいているとでも？　いたとしても敵は巧みに逃げを打つだろう。

白布をかぶせた家具で埋まる部屋はどこも陰々滅々としているし、しおれた鉢植えが並ぶ温室も同様だった。目につくのはじわじわと進行する頽廃（たいはい）の気配ばかり。結局、最後に飛びこんだのは図書室だった。閉めきってあるカーテンを全開にする。

ここをはじめて訪れたときに見つけた蛇の円形ラグに目を落とし、その周囲をゆっくりとめぐった。蛇は夢にも出てきた。卵、いや、キノコの子実体（しじったい）と呼ばれるものを突き破って姿を現わした蛇。夢に意味があるとしたら、今回の夢はこの自分になにを伝えようとしていたのか？

そのあたりの知識はノエミもそれなりに持ち合わせていた。あれに性的な意味があるだろうことは、精神分析医にわざわざ電話をかけて確認するまでもない。トンネルに突っこんでいく列車が性的メタファーであるように（ありがとう、ミスター・フロイト）、地面から突き出すキノコもまた、男根の象徴ということになるのだろう。

この自分を組み伏せるヴァージル・ドイル。

あれはメタファーでも何でもない。まぎれもない事実。

髪に絡みつく彼の手、重ねてきた彼の唇、そんなことを思い出したとたんに戦慄が走った。思い出して心地よい気分になれるものはひとつもなかった。気が滅入り、心が泡立つ。そこで本棚に目を転じると、もうどうにでもなれという気分で、手ごろな一冊を求めて本の森に分け入った。たまたま目についた二冊をつかんで部屋に引き揚げる。窓辺に立って爪を噛みながら外を眺めるうちに、煙草で心を落ち着かせようと思いたち、煙草とライター、半裸のキューピッドが描かれた灰皿代わりのカップを取り出した。一口目の煙を吐き出したところで、煙草を指にはさんだままベッドの上に寝ころがる。

持ってきた本は、タイトルもろくに見ていなかった。一冊は『家系と遺伝――人間改良に応用されたその法則と事実』とある。もう一冊――ギリシャ・ローマ神話の解説書――のほうに自然と手が伸びた。

表紙を開くと、最初のページに点々と、カビの黒っぽい染みがうっすら付着していた。おそるおそるページを繰る。ほかのページはおおむね良好で、角の部分に一、二カ所、小さな染みが浮いている程度だった。これがモールス信号を連想させた。紙と革に書きしるされた自然からのメッセージ。

煙草を左手にはさみ、灰がサイドテーブルに置いた灰皿に落ちるに任せた。金色の髪をしたペルセポネがハデスの手で冥界（めいかい）へと連れ去られる場面の解説に目を通す。ペルセポネは柘榴の種を数粒食べてしまい、これがハデスの支配する影の世界に彼女をつなぎとめることになった、とあった。

ペルセポネがこの冥界の神に拉致（らち）される、まさにその瞬間を描いた銅版画も添えられていた。花々で飾りたてられたペルセポネの髪、そのうちの数輪はすでに地面に散っている。彼女の胸はむき出しだ。背後から襲いかかって彼女を腕に抱え上げるハデス。ペルセポネは片腕を宙に泳がせながら気絶せんばかり、唇には悲鳴がはりついている。表情は恐慌をきたした者のそれだった。片やハデスは前方をはっしと見つめている。

ノエミは本をぱたんと閉じた。そのまま視線は部屋の一隅に向かい、カビで黒ずむ薔薇色の壁紙に着地した。そこではカビが動いていた。

嘘でしょ、目がどうかしてしまったんだろうか？

ベッドに身を起こすと、煙草を指にはさんだまま、もう一方の手で上掛けを握りしめた。それからゆっくりと立ち上がり、まばたきも忘れて壁に歩み寄った。うごめくカビに陶然とした。大胆かつ刺激的な模様を次々に生み出していくさまは、筒を回すたびに絵柄を変える万華鏡（まんげきょう）を思い起こさせた。ただし、ここで模様を作り出しているのは鏡面に映りこんだガラスビーズではなく、有機体の狂気とでもいうべきもので、これがカビを目くるめく捻転（ねんてん）と回転に駆り立て、渦や縞模様を出現させ、溶解と再生を繰り返させていた。

そこに色も加わった。一見カビは黒と灰色でしかないのだが、長く見つめるうちに、随所にひそむ金色のきらめきが次第に鮮明になっていった。金色と黄色と琥珀色、この三色が明度を弱めたり強めたりするなかで模様が刷新され組み替えられ、均整のとれた圧倒的な美へと生まれ変わるのだった。

ノエミは手を持ち上げ、カビでくすんだ箇所に触れようとした。するとカビが動いて、するりと身をかわす。そうこうするうちにカビは考えを変えたようだった。タールが盛り上がるようにうごめいたかと思うと、カビはすらりとした指に変容し、それをくいと曲げてノエミを差し招いた。

壁の内部には千匹ほどの蜂がひそんでいた。蜂の羽音が耳に届くと、ノエミは吸い寄せられるように壁に身を寄せた。壁に唇を這わせたくなった。かすかに光る金色の模様に触れたかった。土と緑のにおいを、雨のにおいをそこに嗅げそうな気がした。千もの秘密を明かしてくれそうに思えた。

カビはノエミの心臓の鼓動に合わせてリズムを刻んだ。鼓動がひとつになると、ノエミの唇がかすかに開いた。

指にはさんだまま忘れていた煙草が皮膚を焼き、ノエミはきゃっと叫んで煙草を放り出した。すぐさま腰をかがめて吸差しを回収し、仮の灰皿に投げ入れる。

さっと振り返ってカビを見やった。カビはこそとも動かない。壁は古色と汚れの目立つただの壁紙でしかなく、おかしなところはいっさい見当たらなかった。

バスルームに駆けこみ、ドアを閉めた。パニックを起こしていた。洗面台の縁を握りしめて体を支える。膝の力が抜け、いまにも崩れ落ちそうだった。このまま気を失うような気がした。

蛇口を開き、冷水を顔に浴びせかける。気絶だけはなんとしても避けたかった。何度も深呼吸を繰り返す。呼吸するので精一杯だった。

「ああやだ」ノエミは小さく毒づくと、改めて両手でつかんだ洗面台にもたれかかる。頭を混乱させていた呪縛は去りつつあった。だが、ここから出ていく勇気が湧いてこない。すぐには無理。まずは確かめてから……なにを確かめようというのか？　幻覚がやんだことをか？　頭がおかしくなっていないことをか？

片手をうなじに滑らせながら、もう一方の手を調べた。人差し指と中指のあいだにひどい火脹れができていた。煙草の火が吸い口まで達したせいだ。軟膏を塗らなくては。

さらに顔に水を叩きつけて鏡をのぞきこみ、唇に指先を押しつける。

そこへノックの音が大きく響き、ノエミは思わず飛び退いた。

「そこにいるんですか？」フローレンスの声だった。ノエミの返事を待たずにドアが開いた。

「ちょっと待って」ノエミは不平を鳴らした。

「煙草はダメだと言ったのに、どうして吸っているんです？」

ノエミはぐいと顎を反らして馬鹿げた詰問を鼻であしらった。「吸ってなにが悪いの？　そんなことより、この家で起きていることのほうがよっぽど問題なんじゃない？」声を荒らげこそしなかったものの、わめき散らしたも同然だった。

「よくもまあ！　わたくしに向かってなんて口を利くんですか、この小娘が」

ノエミは首を横に振りながら蛇口を閉めた。「カタリーナに会わせてちょうだい、いますぐに」

「わたくしに命令するなどもってのほか。いまにヴァージルが来たら、あなたなんか――」

ノエミはフローレンスの腕をむんずとつかんだ。「ちゃんと聞いて――」

「放しなさい！」

ノエミが指にさらに力がこめると、フローレンスはノエミを押し退けようと抗（あらが）った。

「いったいなんの騒ぎだね？」ヴァージルだった。

彼はドア口にたたずみ、好奇心もあらわにふたりを眺めていた。彼が身に着けているのは、夢に出てきたあのピンストライプのスーツだった。それに気づいたノエミはうろたえた。おそらくこれを着たヴァージルを以前目にしたことがあり、それで同じ格好をした彼が夢に現われたと考えれば辻褄は合うのだろうが、なぜか釈然としなかった。かえって現実と夢がごっちゃになった。そのためフローレンスをつかんでいた手はおろそかになっていた。

「この人が規則破りをしていたんです、性懲（しょうこ）りもなく」フローレンスはわざとらしく髪を直しながら言った。ちょっと揉み合っただけなのに、さもきれいに整えた髪が乱れてしまったとでも言いたげに。

「まったく迷惑千万な人ですよ」

「あなたはなんでここにいるわけ？」ノエミは腕組みしてヴァージルに問いかけた。

「きみのわめき声が聞こえたから、様子を見にきたんじゃないか」ヴァージルが言った。「フローレンスがここにいるのも同じ理由だと思うがね」

「おっしゃるとおりです」とフローレンス。

「わめいてなんかいませんけど」

「ふたりとも聞いたんですよ」フローレンスが言い張った。

とんでもない言いがかりだった。やかましい音はしたかもしれないが、あれは蜂がたてた音なのだ。言うまでもなく蜂の姿はどこにも見当たらないのだが、それをノエミがわめいたことにされるのは心外だった。もしわめいていたなら、当の本人が憶えているはずだ。煙草の火で火傷は負ったが、あの音はわたしじゃない――

ふたりはノエミをただ見つめるばかり。「いとこに会わせてちょうだい。いますぐに。神に誓ってなにがなんでも会わせてもらいます。さもないとドアを叩き壊してやるから」ノエミはまくしたてた。

ヴァージルが肩をすくめた。「神に誓うまでもない。ついて来なさい」

ノエミはふたりのあとに続いた。途中、ヴァージルが首だけねじって笑みを投げてきた。ノエミは手首をさすりながらそっぽを向いた。カタリーナの部屋のドアをくぐると、驚いたことに、カタリーナは目を覚ましていた。メアリもいた。どうやら合同集会になるらしい。

「ノエミ、いったいどうしたの?」本を手にしたカタリーナが言った。

「あなたがどうしているか確かめに来たの」

「相変わらずよ。休んでいることがほとんどだけどね。眠り姫になった気分だわ」

眠り姫、白雪姫。いまのノエミにはそんな譬えはどうでもよかった。しかしカタリーナは以前と変わらずおっとりと笑みを浮かべていた。「疲れた顔をしているじゃないの。具合でも悪いの?」

ノエミはためらい、かぶりを振った。「そんなことないわ。本を読んであげましょうか?」

「ちょうどお茶をいただくところだったの。あなたも一緒にどう？」

「遠慮しとくわ」

　自分はなにを期待していたのか。はっきりしているのは、機嫌よく過ごしているカタリーナでもなければ、温室の貧相な花を花瓶に活けているメイドでもなかった。室内の人工的な芳香が鼻についたが、これといっておかしなところは見当たらない。ノエミはいとこの顔をまじまじと見つめ、そこに不穏の色がちらとでものぞいていないか確かめようとした。

「どうしちゃったの、ノエミ。なんだか変よ。風邪をひきかけているんじゃない？」

「わたしはぴんぴんしているわ。お茶を注いであげるわね」ノエミは言った。ほかの人たちがいる前で、これ以上言葉を交わす気になれなかった。とはいえ、彼らがふたりのやりとりに耳をそばだてている様子は見受けられなかった。

　ノエミは部屋をあとにした。ヴァージルも一緒に出てきてドアを閉めた。ふたりは顔を見合わせた。

「これでご満足かな？」彼が訊いた。

「ええ。とりあえずは」彼女は手短に返した。ひとりで自室に引き揚げるつもりだったが、ヴァージルはどうやら会話を続けたいらしく、ノエミのそっけない態度に動じることなく同じ方向に歩きだした。

「気が済んだようには見えないな」

「なにをおっしゃりたいの？」

「きみの目的は粗探しだからだよ」

「粗探し？　とんでもない。わたしは納得のいく答えがほしいだけだわ。言わせてもらえば、かなり大きな謎の答えをね」

「ほお？」

「見てしまったの、ものすごく恐ろしいものがこんなふうにうごめいて――」

「昨夜、それとも今日？」

「ついさっき。それと昨夜もだけど」ノエミは額に手を押し当て、低くつぶやいた。

そう言ったとたんに気がついた。いま部屋に戻れば、おぞましい黒い染みの浮く、あの不気味な壁紙を見ることになる。あれに対峙(たいじ)する覚悟がまだできていなかった。ノエミは踵(きびす)を返すと、足早に階段に向かった。しばらく居間にこもっていよう。屋敷内でとりあえず落ち着ける部屋といったらあそこくらいだった。

「いまも悪い夢を見るようなら、次の往診のときに、よく眠れる薬を出してもらうよう頼んであげよう」ヴァージルが言った。

この男を少しでも引き離したくて、さらに足を速めた。「今回のは夢じゃないし、薬じゃなんの解決にもならないわ」

「昨夜のも夢じゃなかったと言うのかね？　眠りながらぼくの部屋に来たじゃないか」

ノエミは振り返った。ふたりは階段の途中にいた。ヴァージルがノエミの三段上で足を止める。

「ああいうんじゃないの。今日は間違いなく目が覚めていたんだもの。今日のは――」

「かなり頭が混乱しているようだ」彼が話をさえぎった。

「ちゃんと説明しようとしているのに、そうやって――」

「きみはひどく疲れているんだ」彼は切り捨てるようにそう言うと、三段の距離を縮めた。

ノエミは同じ距離を保とうとして三段下におりた。「あなたは彼女にもそう言ったのね？　きみはひどく疲れているんだ、と言ったのね？　彼女はそれを鵜呑みにした？」

ここでヴァージルはノエミの脇を擦り抜け、あっという間に階段の下までおりきった。それからノエミに向き直った。

「いまはこのくらいにしておこう。きみは動揺している」

「このまま終わらせるつもりはありませんからね」彼女は言い返した。

「ほお？」

ヴァージルは階段下の親柱の横に立つニンフ像の肩に手を置いた。貪欲の火花が彼の目のなかで躍った。いや、これもまたノエミの妄想の産物なのだろうか？　さりげなく発せられた〝ほお？〟には、彼の顔に広がる微笑には、なにか別のものがこめられているのでは？

彼に挑むような眼差しを向けながら、ノエミも階段をおりきった。だが彼が身を寄せてきたとたん、彼の手がニンフ像からノエミの肩に移ってくるのではと思ったとたんに、気が萎えた。

夢に出てきた彼の口は熟れた果実のような奇妙な味がした。ピンストライプのスーツを身に着けた彼が眼前に迫り、服を脱いで浴槽に身を滑りこませ、ノエミに触れてきた。その彼を腕に抱き寄せたのはノエミのほうだった。その記憶は官能の色を帯びつつも、強烈な屈辱感をも引き起こした。

聞き分けのいい子になるんじゃなかったのかな？　あのとき彼はそう言ったのだった。いまこうしてはっきり覚醒した状態で向き合いながらノエミは理解した。この男は現実のなかでもそっくり同じ科白を言いかねない。そういう科白を臆面もなく口にできてしまう男なのだ。彼の強靭な手は、昼間だろうが夜の闇のなかだろうが、この自分を探り当ててしまうのだと。

彼がいまにも触れてくるのではないか、それに対して自分がどんな反応をしてしまうのか、考えるだけで恐ろしくなった。「ハイ・プレイスを出たいの。町まで送ってくれる人を手配してもらえるかしら？」彼女は唐突に切り出した。

「今日はやけに衝動的だね、ノエミ」彼が言った。「どうして出ていこうという気になったんだい?」

「理由なんかどうでもいいわ」

また戻ってくればいい。そう、それが正解だ。ここを離れるにせよ離れないにせよ、とりあえず鉄道駅まで行けば、父に手紙を出せば、このままでいるよりはずっといい。自分の周囲の世界が崩れかけていた。頭が混乱しておかしくなりかけていた。覚醒している時間に夢が侵入しはじめていた。ここを出て、ハイ・プレイスでの奇妙な体験についてドクター・カマリーリョに相談すれば、本来の自分を取りもどせるに違いない。カマリーリョならなにが起きているのかを、この先どうすればいいのかを、一緒に考えてくれるだろう。空気。とにかくいまは新鮮な空気を欲していた。

「無理だな。この雨じゃ車は出せないね。言ったと思うが、山道は危険だらけなんだ」

見れば、雨が二階の踊り場のステンドグラスの窓を打ちつけていた。「だったら歩いていくわ」

「ぬかるみのなかを、スーツケースを引きずっていくのかね? まさかそいつをボート代わりにして、水を掻いて進もうとでも? 馬鹿ばかしい」彼が言った。「今日のうちに雨はやむはずだし、明日の朝ならなんとかなるだろう。それでいいね?」

町まで送るという同意を得られたことで、ようやく呼吸が楽になり、手のこわばりも解けた。ノエミはうなずいた。

「明日ここを出るというなら、今夜はディナーにつきあってもらおう」そう言ってヴァージルはニンフ像からすっと手を離すと、玄関ホールの先のダイニングルームのほうに目を走らせた。

「喜んで。それと、あとでカタリーナと話をさせてください」

「当然だ。ほかになにかあるかな?」

「いいえ」彼女は言った。「とくにはなにも」

用が片づいたのは嘘ではなかったが、いまも彼の視線を避けたまま、すぐにはその場を動けずにいた。ヴァージルがこのまま居間までついてくるつもりなのかどうか、そこが読めなかった。だが、こうしていても埒はあかない。

彼女は歩きだした。

「ノエミ?」彼が声をかけてきた。

立ち止まって振り返る。

「頼むからもう煙草は吸わないでくれ。みんなが迷惑しているんだ」

「ご心配なく」そう言ったところで火傷のことを思い出し、指に目をやった。ところが、赤い爛れはすっかり消えていた。火傷の痕跡はどこにも見当たらなかった。

手を間違えたのかと思い、もう一方の手を見る。無傷だった。指の屈伸をしばらく繰り返してから、わざと靴音を響かせるようにして足早に居間に向かう。ヴァージルの忍び笑いが聞こえたような気がしたが、確信はなかった。すべてのことに確信がもてなくなっていた。

19

スーツケースに荷物をのろのろと詰めていった。裏切り者になった気分で、自分の下した決断にあだこうだと思い迷う。これでよかったのだ。いや、やはり間違っているのではないか。ひょっとすると、ここに踏みとどまるのが最善の道なのかもしれない。カタリーナをひとり残していくのは本意ではなかった。だが、町に出たいと口にしてしまった以上、いまは頭をすっきりさせることを優先すべきだろう。メキシコシティにまっすぐ戻るのはやめにして、まずはパチューカに立ち寄り、そこから父に手紙を出したら、ハイ・プレイスに同行を買って出てくれる善良な専門医を見つけよう。ドイル家側はいい顔をしないだろうが、手をこまねいているよりはましだ。

今後の行動計画を立てたところで少し気を取り直したノエミは、荷造りを終えると、ディナーの席に向かった。ハイ・プレイスで過ごす最後の夜にやつれた顔や打ちひしがれた様子は見せたくなかったので、パーティドレスを着ることにした。選んだのはメタリックゴールドの刺繍がほどこされた、黄味がかった薄茶色のチュールのドレス。コルセットできゅっと絞ったウエストに黄のリボンがあしらわれている。スカートはノエミが愛してやまぬ布をたっぷり使ったデザインではなかったが、ディナーにはうってつけの華やかなドレスだ。

どうやらドイル家側も、ノエミ同様、これを大事な宴席と見なしているようで、テーブルにはダマスク織の白のテーブルクロスがかかり、銀の枝つき燭台には蠟燭がふんだんにともされていた。主賓のノエミに敬意を表してだろう、会話も解禁されたが、今宵のノエミはむしろ沈黙に浸りたい気分だった。自室で目にしたあの奇妙な幻影に引き起こされた神経の高ぶりがずっと尾を引いている。あの摩訶不思議な体験がなにに起因するものなのかと、いまも気になって仕方がなかった。

頭痛が起きかけていた。きっとワインのせいだろうとノエミは思った。アルコール度が高いうえにひどく甘いのだ。甘さはしぶとく舌にまとわりついた。

座の空気を和ませようとする者はいなかった。少しは愛想よくふるまわねばと思いつつも、ノエミの忍耐は限界に達していた。ヴァージル・ドイルは横柄だし、フローレンスも彼といい勝負だった。

ノエミは隣にすわるフランシスにちらりと目をやった。ドイル家のなかで唯一ノエミが信頼を寄せている人物だ。気の毒なフランシス。今夜の彼はいつも以上に沈んで見えた。明日は彼が車で送ってくれるのだろうかと気になった。そうであってほしかった。そうであれば誰にも邪魔されずに言葉を交わすことができる。彼はノエミになり代わってカタリーナを守ってくれるだろうか？　なんとしても彼の助けが必要だった。

フランシスも見返してきた。それとてわずか一瞬のこと。彼の唇がなにか言いかけたが、ヴァージルの大声がそれをさえぎった。「食事のあと、みんなで上に行くぞ、言うまでもないだろうが」

ノエミははっと目を上げヴァージルを見た。「いまなんと？」

「食事を終え次第、全員で顔を見せにきてほしいと父が言っているのでね。きみに別れの挨拶をしたいそうだ。ちょっと出向くくらいかまわないだろう？」

「挨拶もせずに出ていくつもりはありませんわ」ノエミは応えた。

「つい数時間前に、歩いてでも町に行くと大見得切った人とは思えないお言葉だ」ヴァージルが言った。その言葉には冗談めかした侮蔑がちらついた。

フランシスに好意を抱いているからなおのこと、ヴァージルには我慢がならなかった。彼はしたたかで不快だし、うわべは礼儀正しくふるまっていても、その下には残忍さがひそんでいることをノエミは知っていた。とりわけ虫唾が走るのは、以前にも幾度となく目にしてきたあの目つき、いまもこうして冷ややかなほくそ笑みを浮かべながら向けてくる彼の目つき。その露骨な眼差しは、思わずこちらが手で顔を覆いたくなるようなものだった。

夢のなかで、浴槽のなかで覚えたのも、これと同じ嫌悪感だった。なのにあのときは、それとは別の感情も全身を駆けめぐっていた。それは虫歯の穴に舌を押しつけているときのような、不快と背中合わせの快感だった。

荒い息づかいを引き起こす獰猛(どうもう)で病的な情欲。

ディナーの席で、それもヴァージルの真向かいの席で、そんなみだらなことを考えている自分に気づいたノエミは、思わず皿に目を落とした。目の前にいるのは人の胸の奥底まで見抜いてしまう男、人のとりとめのない欲望を読み取ってしまう男、そんな男と目を合わせるわけにはいかなかった。

長い沈黙が流れた。そこへメイドがはいってきて皿を片づけはじめた。

「明日の朝、町に出るのは一苦労ですわね」ワインが注ぎ足され、デザートが行きわたったところでフローレンスが口を開いた。「道路がひどいことになっているでしょうから」

「そうですね、これだけ大雨が続いていますしね」ノエミは相槌(あいづち)をうった。「そういえば、鉱山が廃業に追いこまれたのも豪雨のせいでしたよね？」

「もうだいぶ前の話です」フローレンスがさっと手を一振りした。「ヴァージルはまだ赤ん坊でした」

ヴァージルがうなずいて話を引き取った。「坑内が水浸しになったものでね。まあどっちにしろ、作業を続けられる状態じゃなかった。革命が続けば、作業員の数を確保するのも容易じゃない。彼らだっていずれかの陣営で闘うことになっただろうし。ここのような鉱山では労働者を絶えず補充しないと立ちゆかない」

「革命が一段落したあと、呼び戻すことはできなかったのですか？　みんな土地を離れてしまったとか？」ノエミは尋ねた。

「そのとおり。それに加えて、こっちには新たな雇用を確保する手立てがなかったし、父もだいぶ前から体調を崩していて陣頭指揮に立つわけにもいかなくなっていた。まあ、この閉塞状態も近いうちに解消しますがね」

「どういうことですか？」

「カタリーナから聞いていないのかな？　鉱山を再開するんですよ」

「でも、閉山してからだいぶ経ちますよね。資金繰りも厳しいでしょうし」ノエミはやんわりと異を唱えた。

「カタリーナが投資を申し出てくれたのでね」

「そんな話、聞いていませんけど」

「あれ、言ってなかったかな」

あまりに平然とした口調だったから、言いそびれることもあるだろうと、聞く人によっては思わされてしまうのではあるまいか。だがノエミはだまされなかった。彼がいまのいままで口をつぐんでいたのは、財政問題を根拠にノエミが引き出すであろう結論がわかっていたからだ。すなわち、おまえはカタリーナをいつでも叩き割れる貯金箱にするつもりなのだと。

いまになって公表したのは、ノエミを少しばかりいたぶりたかったから、一度ならず見せてきたあの辛辣な笑みを投げつけたかったからだろう。ノエミに一泡吹かせたかったのだ。ノエミがここを出ていくのであれば、この程度の意趣返しは害にならないと踏んでのことだろう。

「そういうのって賢明なやり方かしら?」彼女は疑問を口にした。「そんな話を病身の妻に持ちかけるなんて」

「なんだか彼女の体調がそれで悪くなったみたいな言い草だ、そう思っているのかな?」

「無神経だと思います」

「いいかねノエミ、我々一族は長いあいだずっとハイ・プレイスでただ漫然と生きてきた。長すぎたくらいだよ。だが、そろそろ再興に乗り出してもいい頃合いだ。植物に日光が必要なように、我々一族には鉱山業界での成功が必要なんだ。それがきみの目には無神経なことに映るんだろう。ぼくにはごく自然なことに思えるがね。それに先日、心機一転の大切さをぼくに説いたのはきみのほうじゃないか」

鉱山再開の口実にノエミの言質(げんち)を利用するとは、開いた口がふさがらない。ノエミは椅子を後ろに押しやった。「そろそろお父上にお別れを言いに行かせてください。疲れているので」

ヴァージルはグラスの脚をつかむと、ノエミに向かって眉を持ち上げて見せた。「では、デザートはお預けにしますかな」

「ヴァージル、まだ早すぎるよ」フランシスが異を唱えた。

この夜、彼が言葉を発したのは後にも先にもこれ一言だけ。にもかかわらずヴァージルもフローレンスも、さもフランシスが一晩じゅう駄々をこね続けていたかのように、きっと睨みつけた。どうやらフランシスには発言権が与えられていないらしい、そうノエミは察しをつけた。それも驚くにはあたらない。

「いい頃合いだと思うがな」ヴァージルが返した。

一同が立ち上がる。フローレンスがサイドボードからオイルランプを取り上げ、先に立って進んだ。邸内は冷えきっていた。ノエミは両腕を胸元に巻きつけ、ハワードの話は長くなるのだろうかと気が揉めた。そうならないことを願うばかり。できることならさっさと布団にもぐって眠りたかった。あとは早起きをして、あのポンコツ車に飛び乗ればいいのだから。

フローレンスがハワードの部屋のドアを開ける。ノエミは彼女に続いてドアをくぐった。暖炉の火が燃えさかっていた。巨大なベッドにめぐらされたカーテンはぴったり閉じている。室内には不快なにおいがたちこめていた。熟れた果実を思わせるにおい、それが鼻に襲いかかる。ノエミは顔をしかめた。

「全員そろいました」フローレンスが言って、オイルランプを暖炉の上に置いた。「お客様もお連れしました」

フローレンスがベッドに歩み寄り、カーテンを引き開ける。ノエミは礼儀正しい笑みをこしらえた。そこには上掛けの下にきちんとおさまるハワード・ドイルが、あるいは緑のローブをまとって枕にゆったりともたれたハワード・ドイルがいるとばかり思っていた。

まさか毛布の上に裸体をさらして寝そべっているとは夢想だにしなかった。肌は異様に白く、全身を走る藍色(あいいろ)の血管が肌の白さとグロテスクな対比を見せていた。しかし、驚きはそれだけでなかった。醜く腫(は)れ上がった片脚が何十もの黒ずんだ大きなできもので埋めつくされているのだ。

それがなんなのかノエミには見当もつかなかった。ただのできものではない、絶対に違う。というのも、それらはどくどくと脈打ち、しかも痩せ細った体とは対照的に肥え太っていたからだ。フジツボがびっしり付着した船体さながらのこの脚以外は、どこもかしこも骨にかさかさの皮膚がはりついているだけといったありさまだった。

醜怪な眺めに身の毛がよだった。この人は死んでいる、そう思った、腐敗の猛威にさらされた死体だと。なのに、間違いなく生きていた。胸が上下し、息をしていた。

「もっと近くに行きなさい」ヴァージルが耳元でささやき、ノエミの腕をぐいとつかんだ。

ショックのあまり足が思うように動かなかった。しかし、背中に腕が回されるのがわかるや、ノエミはヴァージルを押しのけ、ドアへの突進を試みた。だが、ものすごい力で引き戻された。骨が折れるかと思うほどの力だった。痛みにあえぎながら、ノエミはなおも抵抗した。

「こっちに来て手伝ってくれ」ヴァージルがフランシスのほうに顔を向けて言った。

「放して！」ノエミは叫んだ。

フランシスは動こうとしなかったが、フローレンスがノエミのもう一方の腕をつかみ、ふたりがかりでノエミをベッドの枕元まで引きずっていった。ノエミは体をよじり、どうにかナイトテーブルを蹴飛ばすと、陶器のおまるが床を打った。

「ひざまずくんだ」ヴァージルがノエミに命じた。

「いやっ」ノエミは抗った。

ふたりはノエミを力ずくでひざまずかせた。ヴァージルの指がノエミの肌に食いこむ。それからノエミの首根っこを片手で押さえつけた。

ハワード・ドイルが枕に載せた頭をねじってノエミを見た。その唇は脚と同じように腫れ上がり、黒いできものに覆われ、顎から滴り落ちる黒ずんだ汁がシーツを汚していた。部屋にたちこめる悪臭の正体はこれだった。その強烈なにおいにノエミはえずきそうになった。

「ふざけないで」言ってノエミは立ち上がろうとしたが、首に巻きつくヴァージルの手は鉄輪そのもの、ノエミの顔をさらに老人のほうに押しやった。

　老人はベッドに半身を起こすと、体をよじって肉の落ちた手を伸ばし、ノエミの髪に指を絡めて顔を引き寄せ、自らも身を乗り出した。

　不快きわまるこの接近で、ノエミは彼の瞳の色をはっきり見届けることになった。それはただの青ではなかった。青は溶融した金をちりばめたような金色の光輝によって薄められていた。

　ハワード・ドイルがにやりと笑い、汚れた歯――どす黒く染まった歯――をのぞかせると、唇を重ねてきた。口のなかに彼の舌が押し入り、唾液がノエミの喉を焼いた。その体勢のままハワードがなおも身を擦り寄せると、ヴァージルはノエミが身動きできないよう背後から押さえつけた。

　長く苦痛に満ちた数分が過ぎ、ハワードが唇を離した。ノエミは空気を求めてあえぎながら顔をそむけた。

　ノエミは目を閉じた。

　頭は朦朧としていた。思考がばらばらになっていた。だるかった。ほらしっかりして、さっさと立ち上がって逃げるのよ。そう自分を叱咤した。何度も何度も発破をかけた。

　周囲を見まわし、必死に目の焦点を合わせてみれば、そこは洞窟だった。大勢の人がいた。ひとりの男がカップを手渡され、それを飲んでいるところだった。その不気味な液体が男の口を焼いた。男はいまにも気絶しそうなのに、ほかの者たちは笑いさざめき、男の肩を親しげに抱き寄せた。はじめてこの地にやって来たとき、ただのよそ者でしかなかった彼は友好的な扱いをされなかった。彼らは用心深かった。それにはもっともな理由があった。

男は金髪碧眼。顔立ちはハワードを、ヴァージルを彷彿させた。顎や鼻の形がそっくりだった。だが、男の服や靴も、周囲にある品々や洞窟にいる者たちの風貌も、過去の時代のものだった。ならばこれはいつの時代なのか？　ノエミは必死に考えようとしたが、眩暈（めまい）が起き、海鳴りに邪魔されて集中できなかった。近くに海があるのか？　洞窟内は暗かった。男たちのうちのひとりがランタンを掲げていたものの、たいして効果はなかった。男たちは相変わらず冗談を言い合っていたが、そのなかのふたりが男に手を貸して立ち上がらせた。男はよろめいた。

男は体調が思わしくなかったが、ここにいる者たちのせいではなかった。男はずっと前から病に侵されていた。医者からは治る見こみはないと言い渡されていた。もはや希望は断たれたのだが、男は諦めなかった。

ドイル。この男はドイルだ、間違いない。ノエミはドイルのそばにいた。

ドイルは死にかけていた。絶望の淵（ふち）に立たされた彼は、不治の病を抱える者たちを救ってくれる妙薬を求めて、はるばるここまでやって来た。そしてたどり着いたのは、聖地ならぬ、このみすぼらしい洞窟だった。

はじめのうちドイルは疎まれ、嫌われていた。だが土地の者たちは貧しく、ドイルは銀貨で膨れあがる財布を持っていた。無論のこと、連中に喉を切り裂かれて銀貨を奪われるのではとドイルは恐れたが、ほかになにができるというのか？　できることといったら、この取り決めの一方の当事者として責任を果たしてくれるなら、銀貨をさらに上積みしようと約束することだけだった。

金がすべてでないのは言うまでもない。そのくらいのことは男も知っていた。彼らは男のことを自分たちにもたらされた超越者と受け止めた。習慣がそうさせたのだ、と男は理解した。彼らの口から、それが腐肉を食らう者の口からとはいえ、〝ご主人様（マイ・ロード）〟という言葉が飛び出した。

洞窟の隅に控えるひとりの女がノエミの目に留まった。女の髪はごわつき、面立ちは不器量ながら肌は抜けるように白かった。肩にはおったショールを骨ばった手で押さえ、ドイルを興味深げに眺めている。そこには祭司らしき者もいた、ここにいる者たちの神を祀(まつ)る祭壇を世話する老人だ。結局のところここは、見た目は異質ながら、ある意味、聖地だったのだ。洞窟の壁から垂れ下がるのは蠟燭ならぬキノコ、それが燐光を放ち、粗末な祭壇を照らしている。祭壇の上にはボウルとカップがひとつずつ、それと古い骨がうずたかく積まれていた。

もしも自分が死んだら、その骨もあの山に加わるのだろう、そうドイルは思った。だが恐ろしくはなかった。すでに半分死んでいるようなものだったから。

ノエミはこめかみをしきりに揉んだ。ひどい頭痛が頭蓋の内部で起きはじめていた。目を細めると、洞窟全体が炎のように揺らめいた。なにかに意識を集中させようとして、ドイルに視線を据えた。

ドイル。さっきまで足をふらつかせ、病み衰えた顔をしていた彼が、いまではすっかり生気を取り戻していた。これは別人ではないかと目を疑うほどだった。このまますぐにも故郷に戻っていけそうなほど、目覚ましい回復ぶりだ。だが、彼はぐずぐずと居残り、先の女の裸の背中に手を這わせていた。やがてふたりは、土地のしきたりに則(のっと)って夫婦になった。女に触れたときにドイルが覚えたむかつきは、ノエミにも伝わってきたが、彼は笑みを絶やさなかった。彼は真意を隠さねばならないのだ。

ドイルは彼らを必要としていた。受け容れてもらう必要があった。この地の粗野な住民の一員になる必要があった。そうなってようやく、彼らの秘奥(ひおう)すべてに通じることができるのだ。永遠の命！　それがすぐそこにあった。ここにいる愚か者たちはそれを理解していなかった。彼らは傷を治したり健康を維持したりするために用いるだけだが、このキノコにはそれ以上の効能があった。ドイルはそれに気づいていた。その証拠は連中が盲従する祭司の体内にあると、まだ目で確かめた

わけではなかったが、ドイルには想像がついた。そこには途方もない可能性が秘められているのだ！

この女はいただけない。それは最初からわかっていた。だがドイルにはふたりの姉妹がいて、故郷の屋敷で彼の帰りを待っていた。だから目をつぶった。それは血のなかにある、わたしの血のなかにある——そう祭司はすでに言っていた。それが彼の血に含まれているのであれば、彼らの血のなかにあってもおかしくない。

ノエミは額に指先を押しつけた。頭痛がますますひどくなり、視界がぼやける。

ドイル。鋭利な頭脳の持ち主、それが彼だった。いつだってそうだったし、肉体に見捨てられたときでさえ、精神は剃刀(かみそり)の刃そのものだった。そして肉体がよみがえり、活力を取り戻したいま、切望感はいや増しに高まった。

ドイルの強靭さに気づいた祭司は、この人は会衆の未来となるだろう、彼のような人物が必要だとささやきをもらした。年老いたこの聖者は、未来を、彼が率いてきた洞窟に暮らす小集団を、この臆病者たちの行く末を、案じていた。漂着物をあさり、ぬかるみを這いずりまわること、それが彼らの人生だった。彼らは身の安全を求めてここに逃げこみ、今日まで生き延びてきたものの、世の中は変わりつつあった。

聖者の見立ては正しかった。もしかすると的を射すぎていたのかもしれない。というのも、ドイルは極端な変化を夢見ていたからだ。

水のたまった肺、押しつぶされる祭司。なんともあっけない死！

その後、そこは混沌と暴力と火煙の地獄と化した。火、烈火、燃えさかる炎。洞窟は住人たちにとっては要塞も同然だった。海水がなだれこみ、陸地から切り離されたここは、舟でしか近づけず、安全で居心地のいい隠れ家となっていた。不自由な暮らしではあったが、彼らにはここがあった。

　ドイルのほかに三十人ほどの人間がいたが、祭司を殺したいま、ドイルは支配権を握っていた。彼は畏怖されるべき存在だった。ドイルが彼らの衣類や持ち物を火にくべるあいだ、彼らはひざまずいたままでいることを強要された。洞窟内に煙がたちこめた。

　一艘の小舟があった。ドイルは女を舟に引きずりこんだ。恐怖に駆られて体が麻痺してしまった女はなすすべもなかった。彼が舟を漕ぎだす。女は彼をじっと見つめていたが、彼は目を合わそうともしなかった。

　彼ははじめから女を不細工だと思っていた。それがいまでは、おぞましいほどの醜態をさらしている。腹は膨れ、目は虚ろ。それでもこの女は必要だった。目的の達成に役立つはずだった。

　いつの間にかノエミは、それまでずっと彼の影のようにはりついていたドイルから離れていた。それに代わって別の誰かがそばにいた。女だった。金髪の髪が肩にかかるその女は、年下と思しき娘に話しかけた。

「兄さんはすっかり変わってしまったわ」と声を落として言った。「あなたは気づいていないの？　あれは本来の彼の目じゃないわ」

　年下の、髪をおさげに結った娘がかぶりを振った。

　ノエミもかぶりを振った。長い航海に出ていた彼女たちの兄は、故郷に戻っていた。尋ねたいことが山ほどあるのに、兄は妹たちに口をはさませなかった。上の妹のほうは、血も凍るような出来事が兄を見舞ったに違いない、悪魔が兄に取り憑いたのだと考えたが、下の妹のほうは、兄は普段は皮をかぶっていただけで、以前からそういうところがあったと気づいていた。

　昔からわたしは邪悪なものを恐れていた。兄さんが怖かった。

皮をかぶっていただけ――ノエミは自分の手に目をやり、手首に見入った、ひどく痒かった。現われたぶつぶつを掻こうとすると、皮膚の下から何本もの蔓が髪のように伸びてきた。ビロードのようになめらかな体が結実する。扇形をした肉厚の白い笠が、彼女の骨髄と筋肉を突き破る。口を開けると、金色と黒の汁がどっとあふれ出し、これが川となって床を汚した。

誰かの手が肩に置かれ、耳元でささやきが起きた。

「目を開けて」ノエミは反射的に口走った。口のなかは血だらけだった。そして自分の歯を吐き出していた。

20

「息をしてくれ。ほら、吸って、吐いて」男が急きたてた。

男は声のみの存在。姿ははっきりしなかった。視界がぼやけるのは痛みのせいであって、こうなると涙はまるで役立たない。嘔吐が始まると、男は髪が汚れないよう束ね持ち、そのあと立ち上がるのに手を貸してくれた。目を閉じると、瞼の裏で黒と金色の斑点が躍った。こんな不快な思いをしたのは生まれてはじめてだった。

「わたし、死ぬんだわ」声はしゃがれていた。

「死ぬもんか」男が励ました。

死んでいないの？　死んだとばかり思っていた。口のなかは血と胆汁にまみれていた。

目の前の男に目を凝らす。知った顔だという気はしたが、名前が出てこない。懸命に頭を働かせ、記憶をたぐり、自分の思考と他者の思考を選り分けようとした。他者の思考？　この自分は誰なのか？

ドイル、そう、わたしはドイルだった。ドイルはあそこにいた人たち全員を殺して焼き払ったのだった。

蛇、自分の尾を噛む蛇。

目の前の痩せぎすの若者にバスルームから連れ出され、水のはいったグラスを唇に押しつけられた。ベッドに身を横たえ、首をめぐらせる。そばの椅子にすわるフランシスが、額の汗をぬぐってくれていた。フランシス、そうフランシスだ。そしてわたしはノエミ・タボアダ、ここはハイ・プレイス。

すると不意によみがえったのはこの身に襲いかかった恐怖、ハワード・ドイルの腫れ上がった唇、この自分の口をべとべとにした彼の唾液だった。

思わず体がすくみあがる。フランシスが一瞬凍りつき、それから手にしたハンカチをおずおずと差し出した。ノエミはそれをひったくった。

「わたしになにをしたの？」と問い詰めた。しゃべると痛みが走った。喉がひりひりした。口に流しこまれたあの不浄のものを思い出したとたん、もう一度バスルームに駆けこみ胃の腑をそっくり吐き出したくなった。

「立たせてあげようか？」彼が手を差し出そうとした。

「ほっといて」自力で行けそうにないのはわかっていたが、体に触れられたくなかった。

彼が上着の左右のポケットに手を滑りこませた。彼によく似合うと思っていた、あのコーデュロイの上着。この男は最低な奴だった。好意を抱くきっかけとなった場面をひとつひとつ思い出しては、後悔の念に苛まれた。

「ちゃんと説明しなかったおれが悪いんだ」蚊の鳴くような声だった。

「あれをどう説明するっていうの?!　ハワード……あの男も……あなたも……いったいなんなのよ？」

ああもう。うまく言葉にならなかった。あれは途方もない恐怖体験としか言いようがない。口に残る黒ずんだ胆汁、あそこで目にした光景。

「まずはおれが話すから、そのあと質問してくれ。そうするのが手っ取り早い」彼が言った。

ノエミは口を利く気になれなかった。どうがんばったところで、うまく話せそうになかった。彼を殴りつけたくなるかもしれないが、ひとまず彼にしゃべらせるのがよさそうだ。ひどく疲れていた、ひどく気分が悪かった。

「いまならあんたも、おれたち家族がほかの家族と違うことも、この家がほかの家とは違うことも気づいているよね。遠い昔ハワードは、人の寿命をかなり延ばすことを可能にするキノコを発見した。いろんな病気を治すことができて、健康に保ってくれるキノコをね」

「それ知っている。彼を見たわ」彼女は低くつぶやいた。

「見たのか？」フランシスが言った。「ということは、あんたは〝冥暗界（グルーム）〟にはいったってことだ。どのくらい深くまで行った？」

ノエミは彼をまじまじと見つめた。なにを訊かれているのか、頭はますます混乱するばかりだ。彼がかぶりを振った。

「そのキノコの菌根はこの家の下から墓地、そしてさらにその先まで広範囲に伸び広がっている。壁のなかにもびっしりとね。要するに、巨大な蜘蛛の巣のようなものだ。蜘蛛の巣に迷いこんできた蝿を捕らえるみたいに、その菌根の編み目におれたちは、一族の記憶や思考を保存することができるんだ。つまり〝グルーム〟というのは、おれたち一族の思考や記憶の貯蔵庫になっている」

「どうしてそんなことができるの？」

「一般にキノコというのは、宿主となる特定の植物と共生関係を築くことができる生物でね。その連携を担っているのが菌根だ。ところが、ここに生えているキノコは人間とも共生関係を結べるんだ。

この家に張りめぐらされた菌根が〝グルーム〟を作りあげている」

「キノコを通じて先祖の記憶と交信できるというわけね」

「そう。ただし、誰もが記憶をそっくり全部受け取れるわけじゃない。記憶のかすかな痕跡は受け取れても、中身が支離滅裂という場合もある」

ラジオ局の周波数にうまく合わせられないような状態だろうか。ノエミは想像を働かせた。ここで部屋の隅の、カビで黒ずむ壁に目をやった。「とても奇妙なものを目にしたし、それは夢にも出てきたわ。そういうことすべてがこの家の仕業だと、あなたは言っているの？　屋敷内に伸び広がっているキノコのせいだと？」

「ああ」

「だったらどうして、わたしにまでそんなことをするの？」

「わざとじゃない。それがキノコ本来の性質だからなんだろうな」

彼女が目にした情景はどれも、身の毛のよだつものばかりだった。キノコ本来の性質がどうあれ、とうてい受け容れられるものではない。悪夢、そうとしか呼びようがなかった。生きている悪夢、罪と悪意ある秘密が緊密に結びついた悪夢。

「ならば、この家は呪われていると言ったわたしの指摘はあながち間違ってはいなかったのね。わたしのいとこは頭がおかしくなったわけじゃない、彼女はその〝グルーム〟とやらを見てしまっただけなんだわ」

フランシスがうなずき、ノエミはくすりと笑いをもらした。カタリーナの奇妙なふるまいや彼女の幽霊話には合理的な説明がつくとノエミが言ったとき、フランシスがひどくうろたえたのもそれで納得がいった。とはいえ、まさかそこにキノコが絡んでくるとは思いもしなかった。

　ベッドサイドで炎を上げるオイルランプにちらりと目をやり、そういえばあれからどれくらいの時間が経ったのかと気になった。〝グルーム〟のなかにどれくらいいたのだろうか？　数時間、いや、何日にも及んだ可能性もある。すでに雨音はやんでいた。

「ハワード・ドイルは、わたしになにをしたの？」彼女は尋ねた。

「キノコの菌は家の壁のなかだけじゃなく、大気中にも漂っているからね。あんたはそれと気づかないうちに吸いこんでいるんだ。それが徐々に影響を及ぼしていく。だが、それとは別の経路で菌と接触すれば効果はさらに加速される」

「いったい彼は、わたしになにをしたの？」彼女は問いを繰り返した。

「この菌に感染した人は、そのほとんどが死ぬ。鉱山の労働者たちの身に起きたのがそれだった。早い遅いはあったようだが、いずれにせよ菌に殺されたんだ。ところがどうやら例外もあるらしい。なかにはこの菌に耐性のある人もいるんだよ。だが死は免れても、ここの菌はその人の精神にダメージを与えてしまうんだ」

「カタリーナみたいに？」

「ごく軽症で済むこともあれば、カタリーナ以上にひどい目に遭う場合もある。菌は人格そのものを焼きつくすことができるんだ。うちの使用人たちがあまり口を利かないことには気づいているよね。生き残ったのはごく一握りの人間だけ。だが生き残っても、あんなふうに腑抜け同然にされちまうんだ」

「そんな馬鹿な」

　フランシスがかぶりを振った。「アルコール依存症のことは知っているだろ？　あれも脳をやられるじゃないか、それと同じだよ」

「カタリーナの身に起こっていることも、それだと言いたいわけ？　わたしもいずれそうなるってこと？」

「それはない！」フランシスの返答は素早かった。「そうじゃない、違うんだ。坑員たちは特殊なケースだ。大伯父のハワードに言わせれば、使用人たちは無給の奴隷で、坑員たちは〝腐葉土〟ということになるらしい。でも、あんたたちにはキノコと共生できる資質が具わっている。あんなふうにはならないよ」

「この先、わたしはどうなるの？」

フランシスはいまもポケットに手を入れたまま、もじもじと落ち着きがなかった。ポケットのなかで指が閉じたり開いたりするのがノエミにもわかった。彼の視線はベッドの上掛けに向けられたままだった。

「〝グルーム〟の話はそんなところだ。血統のことはまだだったね。うちの一族は特殊でね。そのキノコとの相性がよくて、害を受けることのない体質なんだそうだ。おれたち一族を不死にさえしてくれる。実際、ハワードは数多くの転生を繰り返してきた、他者の肉体を借りる形でね。自分の意識を〝グルーム〟に移し、そのあと〝グルーム〟から子孫の誰かの体にそいつを移して、生き直すことができるんだ」

「自分の子供たちを意のままに操るということ？」ノエミは訊いた。

「そういうのとも違う……彼はつまり……子供のほうが彼その人になるというか……子供たちがハワードとして生きることになるんだ。血のつながった子供に限っているのは、その体質を受け継いでいないとダメだからだよ。そうやって何世代にもわたって、うちの家系はほかと交わることはせず、このキノコとの相互依存を確実なものにし、共生関係を維持してきた。だからよその血は入れられないんだ」

「そのための近親婚だったのね。彼はふたりの女性と、最初は姉と、次にその妹と結婚し、ルースにも彼女のいとこと結婚させようとした。しかもその前にはきっと……自分の妹たちとも……」ノエミの脳裡にあの場面が、あのふたりの女性が、不意によみがえった。「彼には妹がふたりいた。まさか、その人たちとも子供を……」

「ああ」

〝ドイル家の顔〟。肖像画に描かれた者たち全員に具わる同じ顔。「いつからそういうことを？」ノエミは問い質した。「彼はいま何歳なの？　何世代目？」

「よく知らないんだ。三百年か、それ以上かもしれない」

「三百年。自分の親族と結婚し、その人たちと子をもうけ、そのなかのひとりに自分の意識を移し替え、そんなことを何度も繰り返してきた。しかも家族ぐるみで？　あなたたちはそれを許しているの？」

「おれたちにはどうすることもできないんだ。彼は神だから」

「馬鹿言わないで！　あんなムカつくクズ野郎のどこが神なのよ！」

フランシスがじっと見つめてきた。手はすでにポケットから出していて、いまは両手を握り合わせていた。ひどく疲れた顔をしている。彼は片手を持ち上げ、自分の額に押しつけた。それからかぶりを振った。

「おれたちにとっては神なんだ」彼が言った。「そして彼はいま、あんたをうちの一員に加えたがっている」

「それであのヘドロみたいな黒いものをわたしの喉に流しこんだのね」

「あんたがここを出ていくことを、みんなは恐れている。黙って送り出すわけにはいかなかった。いまとなってはあんたはもうどこへも行けない」

「くそ忌々しい家族の一員になるなんてまっぴら御免ですからね、フランシス」彼女は言った。「この際はっきり言っておくけど、わたしは家に戻って、なんとしても——」

「それがもう無理なんだ。おれの親父のこと、まだ話してなかったよね？」

このとき壁にできた黒い染みを、部屋の隅のカビを見ていたノエミは、ゆっくり首をめぐらせてフランシスを見た。彼はポケットから小さな肖像写真を取り出していた。これを彼はずっと握りしめていたのかと、ノエミは心のなかで理解した。この小さな肖像写真をいつも上着のポケットに忍ばせているのだろう。

「リチャード」フランシスはささやくようにそう言うと、男の写っているモノクロ写真をノエミに見せた。「それが親父の名前だ」

血色の悪いフランシスの顔の輪郭を、これまではヴァージルのそれと重ね合わせて見ていたが、尖った顎や広い額は父親ゆずりだということをこのとき知った。

「ルースは一族に甚大な被害をもたらした。人を何人も殺しただけじゃない。ハワードにかなりの深手を負わせたからね。あんなふうに撃たれたら、普通の人間ならとっくに死んでいただろうが、彼には通用しなかった。とにかくハワードは生き延びた。ところがその後、彼の掌握力、彼の支配力が衰えてしまったんだ。雇用者全員を失うことになったのはそれが原因だよ」

「それまではみんなが催眠術にかけられていたとでも言いたいの？　いまいる三人の使用人たちみたいに？」

「いや。そういうのともちょっと違う。あれだけ大勢の人をいっぺんに操るなんてとても無理だよ。

もっと巧妙なやり方で支配した。これもまずかったわけだが、屋敷というかキノコというか、坑員たちに直接害を与えたのはそっちのほうだ。それにあの人は必要とあれば、どうとでも取れる詭弁で従業員を煙に巻いたりもした」

「あなたのお父さんの話はどうなったの?」そう尋ねながら写真を返すと、彼はそれをポケットにしまった。

「そっちに話を戻すと、撃たれたハワードの傷も徐々に癒えていった。だが、そこに問題がひとつ浮上した。世代をいくつも経るうちに、一族に子供ができにくくなっていったんだ。それで、おれのお袋もしかるべき年齢に達してすぐにハワードと子作りを……だが彼はすでにかなり高齢だったし、受けた傷のこともあって、妊娠は叶わなかった。それとは別の問題もあってね」

　自分の姪と。彼は姪に自分の子を産ませようとした。ドイルが裸で女に覆いかぶさるおぞましい光景が脳裡をよぎり、痩せ細った体をフローレンスに押しつけている図を想像したとたん、またしても悲鳴をあげそうになり、思わずハンカチで口をふさいだ。

「ノエミ?」フランシスが声をかけた。

「それ以外の問題って?」ノエミは先をうながした。

「お金だよ。ハワードの支配力が衰えたことで、残っていた作業員も全員辞めてしまい、鉱山は立ち行かなくなり、そこに浸水が重なった。収入の当てはなくなり、すでに革命のあおりで財政は破綻していた。金も必要だし、子供も必要だった。このままでは血筋はどうなる? そこでお袋はおれの父親になる人を見つけ出し、彼を頼みの綱にした。親父は小金を貯めていたんだ。巨万の富とまではいかないが、ひとまず困難を乗り切れるだけの金は持っていた。それ以上にお袋が重視したのは親父の生殖能力だった。というわけで親父はここ、ハイ・プレイスにやって来た。そしておれが生まれた。

おれは男だったが、親父はさらにたくさんの子供を授けてくれるはず、そのうち娘にも恵まれるだろう、そうお袋は漠然と考えていたんだろう。

ところが〝グルーム〟が――こいつが親父を蝕んでいった。親父は自分が正気を失いかけていることに気がついた。ここを出ていきたかったがどうすることもできなかった。どうやってもダメだった。それで結局、谷に身を投げたんだ。〝グルーム〟に刃向かえば反撃される。向こうは悪さをしかけてくる」ここでフランシスはノエミに注意をうながした。「でも、あんたさえおとなしく従ってくれれば、〝グルーム〟との親密な関係が築ければ、家族の一員になることを受け容れてくれれば、万事うまくいくんだ」

「カタリーナは刃向かったのね？」

「ああ」フランシスが認めた。「でも、彼女はなんていうか……そもそも〝グルーム〟との相性がよくないんだ」

ノエミはかぶりを振った。「わたしのほうが彼女より相性がいいと考える根拠はなんなの？」

「あんたには順応性がある。ヴァージルはカタリーナに順応性があると見こんで妻にしたわけだが、ここに来たあんたを見ているうちに、あんたのほうがずっとこの家にふさわしいと気づいたんだ。彼らはあんたがそのうちわかってくれると期待している」

「わたしが喜んでこの家の一員になると思っているわけね。これのどこが喜べるというの？　わたしの持参金を当てにしているんでしょ？　子供をじゃんじゃん産まされるんでしょ？」

「ああ。そうだ、その両方を望んでいる」

「あなたたちは怪物集団だわ。それにあなたまで！　ずっと信頼していたのに」

フランシスが一心に見つめてきた。唇が震えていた。いまにも泣きだしそうだった。これがかえってノエミの怒りを掻き立てた。肩を落として泣きたいのはこっちのほうだ。そんな目で見ないで。彼女は心のなかで叫んだ。

「ほんとうにすまない」

「すまない？　この人でなし！」彼女は怒鳴りつけた。ひどい鈍痛でいまも体は疼いていたが、それをこらえて立ち上がった。

「ごめんよ。こんなこと、おれは望んでいなかったんだ」椅子を押しやり、彼も立ち上がった。

「だったら手を貸しなさいよ！　わたしをここから出してちょうだい！」

「おれには無理だ」

ノエミはフランシスに殴りかかった。鮮やかなパンチとはとうてい言えず、繰り出したとたんに体が傾いていくのが自分でもわかった。体力を使い果たし、一気に骨抜きにされた気分だった。彼が体を受け止めていなければ、間違いなく転倒して頭が割れていただろう。それでもノエミは激しく抗い、彼の手を振りほどこうとした。

「放して」彼女はわめいたが、彼の上着に阻まれ、くぐもった声にしかならない。頭を上げるのもままならなかった。

「少し休んだほうがいい。解決策はおれが考えるから、あんたは休んでくれ」彼はささやくように言った。

「地獄に堕ちろ！」

フランシスはノエミをベッドにそっと寝かせると、上掛けを引き上げた。地獄に堕ちろ――とどめにもう一度毒づきたかったが、瞼が重くなりはじめていた。部屋の隅では例のカビが心臓の鼓動を刻み、伸び広がっては壁紙を波打たせた。床板も揺れだし、生きた肌のようにぶるぶる震えた。

巨大な蛇が床下から現われた。ぬるぬるした黒いそれはベッドに這い上がった。ノエミが見つめていると、蛇は両脚に触れてきた。熱を帯びた肌に蛇のひんやりした皮膚が絡みつく。いまに鎌首をもたげて嚙みついてくるのではと、恐ろしさのあまり動けなかった。蛇の表皮にはおびただしい数の小さな突起が広がり、そのひとつひとつが脈打ち、震え、胞子を吐き出した。

これも夢に決まっている。そうノエミは自分に言い聞かせた。これは〝グルーム〟であって、〝グルーム〟は現実じゃない。

こんなものは見たくなかった。願い下げだった。足がようやく動くようになったので、蹴って追いはらおうとした。蛇に足が触れたとたん、その表皮が破裂した。蛇は白くなって息絶え、朽ち果てた。やがてこの白い死骸に命が降りそそぎ、表面にカビがいっせいに開花した。

しかして御言葉は肉となり給う（エト・ヴェルブム・カロ・ファクトゥム・エスト）。蛇がしゃべった。

ふと我に返ると、ノエミはひざまずいていた。その部屋は寒く、石でできていた。暗かった。窓がひとつもなかった。祭壇に蠟燭がともっているが、それでも暗すぎる。ここの祭壇は、以前洞窟で目にしたものよりずっと凝った造りだった。テーブルはビロードの布で覆われ、銀の枝つき燭台が置かれている。それでもまだ暗く、じめついているし、寒かった。

ハワード・ドイルはタペストリーを装飾に加えていた。赤と黒の二枚のタペストリー。そこに描かれているのはウロボロス。壮麗な眺めだった。壮麗さがこの遠大な計画（ゲーム）には大事な要素だと、ドイルは心得ているのだ。台座の上にあの男がいた。ドイル。深紅の衣をまとっている。その隣には、洞窟で見かけた女がいた。大きなおなかをせり出し、気分が悪そうだった。

エト・ヴェルブム・カロ・ファクトゥム・エスト。蛇が耳にささやきかけてきた。蛇はすぐに姿を消してしまったが、ノエミにはその声がまだ聞こえていた。一風変わったかすれ声だったし、なにを話しかけられたのか見当もつかなかった。

ふたりの女がおなかの大きな女に手を添えて台座からおろし、祭壇の裾に横たわらせた。金髪のふたりの女。この人たちには見覚えがあった。ドイルの妹たち。この儀式も前に見たことがあった。あのときは墓場だった。墓場で女は子を産み落とした。

出産。子供が産声(うぶごえ)をあげる。ドイルが抱きあげる。ここでノエミは知った。

エト・ヴェルブム・カロ・ファクトゥム・エスト。

前回の夢ではちゃんと見ていなかったこと、それがなんだったのかを知った。いまも直視する気にはとてもなれないそれが、目の前で始まった。ナイフと子供。ノエミはぎゅっと目をつぶったが、それでも瞼を通して見えてしまった。深紅と黒、切り刻まれた赤子、それを彼らは食べていた。

神々(テオナナカトル)の肉。

彼らが両手を突き出すと、ドイルが細切れにした肉を、砕いた骨を、ひとりひとりの手のなかに落としていき、彼らは生白い肉をかじりだした。

彼らは前にもこれをやっていた、あの洞窟のなかでも。ただし、あのときの肉は祭司たちのものだった。歴代の祭司たちは、死後、自らの肉を差し出してきた。その儀式をドイルは完成させた。狡知にたけたドイル。よく学び、神学や生物学や医学の書を読みあさり、ついに探し求めていた答えにたどり着いたのだ。

ノエミの目はいまも閉じられたまま、女の目も閉じられていた。彼らは女の顔に布を押しつけた。女が殺される、女の体もまた切り刻まれ食べられようとしている、そうノエミは思った。しかし早呑みこみだった。彼らは女の体を布でくるんだ。しっかりとくるんだ。祭壇の脇に洞(うろ)があった。そこに女は投げこまれようとしていた。が、女はまだ生きていた。

その人は死んでいないわ。ノエミは彼らに訴えた。だが、言ったところで意味はない。これは記憶なのだ。

　これも必要に迫られてのこと、いつだってやるしかなかった。キノコは女の体から萌えだし、土壌を突き破り、もつれ絡まって壁となり、さらに伸び広がって家の土台となった。〝グルーム〟には精神が必要だ。だからこの女が必要だった。〝グルーム〟は生きている。さまざまな形をとって生きている。〝グルーム〟の腐った核の部分には、女の亡骸が、よじれた四肢が、頭蓋骨にはりついたもろい髪がある。亡骸があんぐり口を開けて地中で悲鳴をあげれば、その干からびた唇から白いキノコがあふれだす。

　あの祭司は自ら進んでその身を犠牲に捧げた。体の一部をむさぼり食われ、残った部分は埋められた。こうした死肉から生じた命と会衆は、ドイルと契りを結んだ。彼らの神と究極の絆を結んだ。しかしドイルは自らを犠牲に捧げるほど愚かでなかった。

ドイルは、彼らの馬鹿げた秘儀のルールに従うまでもなく神になりおおせた。

ドイルは神。

ドイルは神として生き、神のまま生きながらえた。

ドイルとはつねにそういうもの。

怪物ども。異形の者ども。ああ、おまえはわたしのことをそんなふうに見ているのかね、ノエミ？

「堪能できたかな、好奇心旺盛なお嬢さん？」ドイルが問いかけてきた。

　彼はノエミの部屋の隅で、トランプのひとり遊びに興じていた。ノエミは彼の皺だらけの手を凝視した。彼がカードをシャッフルする。すると人差し指にはまる琥珀の指輪が、蠟燭の明かりを受けてきらめいた。彼が顔を上げ、ノエミを見た。ノエミも見つめ返した。そこにいたのは、いま現在のドイル。背骨が曲がり、苦しげに息をするハワード・ドイルだった。彼が三枚のカードを並べ、一枚ずつ慎重に表に返していく。剣を手にした騎士、コインをつまむ小姓。ドイルが着ている薄いシャツを通して、背中に点々と広がる黒いできものが見てとれた。

「どうしてこんなものをわたしに見せるの？」ノエミは問い詰めた。

「この家が見せているんだよ。家はおまえをたいそう気に入っているのでね。我々のもてなしを満喫しているかな？　よかったらこっちに来て遊ばないか？」

「御免だわ」

「それは残念だ」言って三枚目のカードをめくる。空のカップがひとつだけの絵柄。「最後はおまえも折れることになるだろうよ。すでに我々の仲間、家族なんだ。おまえが気づいていないだけでね」

「あんたなんか怖くないわ。この卑劣な怪物め。あんたが見せる夢もトリックも、現実じゃないんだもの。わたしをここに引きとめておけるもんですか」

「本気でそう思っているのかね？」彼が訊いた。背中のできものが波打った。黒い汁が、インクのように黒いしずくが、彼の足元の床に滴り落ちる。「わたしはおまえを思いどおりにできるんだ」

彼は両手に広がるできもののひとつを長い爪で薄く剝ぎ取ると、それを銀のカップ――先ほど広げたカードにあったのとそっくりのカップ――にはりつけた。すると薄片が破れ、悪臭を放つ液体がカップを満たした。「これを飲みなさい」そう言われてノエミは思わず前に進み出そうになったが、嫌悪感と警戒心が四肢を凍りつかせた。

彼がにやりと笑う。己の力を見せつけようとしていた。たとえ夢のなかであっても、彼は支配者なのだ。

「目が覚めたら殺してやる。チャンスさえあれば、あんたひとりくらい、わけなく殺せるんだから」

ノエミは毒づいた。

そして彼にぱっと飛びかかると、肉に指をめりこませて首を絞め上げた。手のなかで彼の羊皮紙のような皮膚が破れ、筋肉や血管がむきだしになった。彼の顔に笑みが広がる。ヴァージルの野卑なあの笑みだった。彼はヴァージルだった。ノエミはさらに強く絞め上げる。すると相手はノエミの手を払いのけ、親指を使って彼女の唇を、歯をぐいぐい押してきた。

すると目の前の男はフランシスになっていた。彼が苦しげに目を見開き、片腕をだらんと垂らしている。ノエミは彼を突き飛ばし、あとじさった。懇願しようとでもいうのか、フランシスが口を開く。するとその口から百匹ほどの蛆が這い出した。

草叢にひそんでいたミミズやクキセンチュウもわらわらと湧きだし、例の蛇がノエミの首に絡みついた。

おまえは我々のものだ、好むと好まざるとにかかわらず。おまえは我々のもの、我々と一心同体なのだ。

蛇を引き剝がそうとするも、蛇はしぶとく肉にめりこんだ。それから口を大きく開けてノエミを丸呑みしようとした。ノエミが爪を立てると蛇がささやいた。「エト・ヴェルブム・カロ・ファクトゥム・エスト」

そこへ女の声も話しかけてきた。「目を開けて」

これを忘れてはいけない。ノエミは自分に言い聞かせた。目を開けることを肝に銘じておかなくては。

21

日の光。ごくありふれたものを目にできることがこんなにありがたいと思ったことはなかった。カーテンを透過してくる陽射しに心が浮き立った。カーテンをさっと開いて窓を手のひらで押してみる。それからドアも試す。案の定、鍵がかかっていた。

見れば食事のトレイが置かれていた。紅茶は冷めきっているし、飲む気は起きなかった。なにがはいっているかわかったものではない。トーストにもためらいが生じた。結局、パンの端の部分をかじり、バスルームの蛇口から水を飲むだけにした。

もっとも、キノコの菌が空気中を舞っているのであれば、こんな用心になんの意味があるというのか？　どのみち吸いこんでいるのだ。クロゼットの扉が開いていた。見ればスーツケースに詰めた衣類は、すべてハンガーに戻されていた。

寒かったので、ピーターパン・カラーと白いカフスのついた格子柄の長袖のワンピースに着替えた。さして気に入っている服ではなかったが、とりあえず寒さをしのぐことはできる。なぜこれを持ってくる気になったのかは思い出せなかったが、自分の先見の明に気をよくした。

髪をとかし、ブーツを履いたところで、窓を開けようと再度試みるもびくともしなかった。ドアもまたしかり。トレイの上にはスプーンもあったが、はたして役に立つのかどうか。これでドアをこじ開けられるだろうかと考えていたそのとき、鍵穴にさしこまれた鍵の回る音がして、フローレンスがドア口に現われた。いつものことだが、ノエミと顔を合わせると、この女は苛立ちが極に達するらしい。この日はノエミのほうも、彼女とそっくり同じ感情を抱いた。

「ハンストでもするつもりですか？」フローレンスはドアのところから、ほとんど手のつけられていないトレイに目をやりながら言った。

「あんなことがあったあとに食欲なんか湧くもんですか」ノエミは切り返した。

「それもいつまで続くことやら。まあいいでしょう。ヴァージルからお話があるそうです。図書室で待っているのでついてきてください」

ノエミはあとについて廊下を進み、階段をおりた。フローレンスは一言も話しかけてこなかった。ノエミは二段後ろの位置を保ちつづけ、階段をおりきったところで玄関ドアに突進した。鍵がかかっているのではと不安だったが、ノブはすんなり回り、朝霧のなかに飛び出した。視界はかなり悪かったが、かまっている暇はない。やみくもに猛ダッシュした。

丈高い草が体をかすめ、ワンピースがなにかに引っかかる。布が裂ける音がしたが、裾をたくし上げて走りつづけた。雨はいまも降っていて、ごく弱い霧雨が髪を濡らした。たとえ雷鳴や稲妻が起きようが、雹（ひょう）が降ろうが、足を止めるつもりはなかった。

なのに、一歩も先に進めなくなった。急に息切れに襲われたのだ。心を落ち着かせよう、息を整えようとしても、うまくいかなかった。あたかも誰かの手が喉を絞め上げてでもいるように息ができない。そばの木に倒れこんだ拍子に、木の幹でこめかみを擦りむいた。きゃっと悲鳴をあげて額に手をやると、指先が血に染まった。

もっとゆっくり歩こう、進む方向を見定めねばと思うものの、霧は深く、息切れもおさまってくれなかった。足を滑らせ転倒する。見れば片方の靴が脱げていた。ついさっきまで履いていたのに、忽然と消えていた。

どうにか立ち上がろうとしたが、喉に容赦ない圧迫を受けているせいで、十分な力を奮い起こせない。やっとのことで膝立ちの姿勢になる。なくなった靴を求めて手探りしたが、すぐさま断念した。どこにあろうがどうでもいい。もう一方の靴も脱いだ。

裸足のまま行くしかない。脱いだ靴を片手に握りしめ、必死に頭を働かせた。霧はすべてのものを覆い隠していた。樹林も灌木も、屋敷も、なにひとつ見えない。自分がどっちに向かっているのかさえわからなかった。そこへ草のこすれる音がした。まずい、誰かがこっちに来る。

いまも満足に息ができず、喉はかっかと燃えていた。浅い呼吸を繰り返しながら、必死で肺に空気を送りこむ。ぬかるんだ地面に指をめりこませて立ち上がると、体を引きずるようにして進んだ。四歩、五歩、六歩、またしても足がふらつき、膝立ちの姿勢に戻ってしまう。

万事休す。霧のなかから上背のある黒い人影がぬっと現われ、ノエミのすぐ横にかがみこんだ。両手を振りまわして追い払おうとしたが無駄だった。相手は男、それがぬいぐるみの人形でも扱うように、軽々とノエミを抱え上げた。ノエミは激しくかぶりを振りたてた。

手にした靴で男の顔をがむしゃらに打ち据える。男は腹立たしげにうめき声をもらすと抱えている手をゆるめ、ノエミをぬかるみのなかに投げ落とした。ノエミは四つん這いの姿勢になった。隙を見て、そのまま這って逃げようとした。だが男の傷は浅かった。ノエミにつかみかかると、腕のなかに引き戻した。

男は屋敷に向かっていた。彼女は抗うこともできない。もがくうちに、喉が完全にふさがれてしまったかのように、空気を満足に吸いこめなくなった。なお悪いことに、屋敷はすぐ目と鼻の先にあることがわかった。わずか数メートルも歩かないうちに、地面に倒れこんでいたのだ。

玄関に続くポーチが見えてきたところで、首をねじって男を見上げた。

ヴァージルだった。彼はドアを開けると、階段をのぼりはじめた。踊り場にあるステンドグラスの円窓に目をやれば、その外枠をぐるりと取り囲むように彫られているのは、一匹の赤くて細い蛇だった。以前は気づかなかったが、いまはっきり見てとれた。蛇は己の尻尾を嚙んでいた。

ヴァージルはノエミを抱えたまま彼女の部屋にはいると、そのままバスルームに向かった。そして浴槽のなかにそっとおろすと、息も絶え絶えのノエミにはかまわず、蛇口をひねった。湯が浴槽に流れこむ。

「服を脱いで、体を洗いなさい」彼が言った。

息切れが不意におさまった。スイッチが切り替わるみたいな唐突さだった。それでも心臓は早鐘を打ちつづけた。ノエミは彼をきっと睨みつけた。口を薄く開け、浴槽の縁を両手で握りしめる。

「風邪をひくぞ」ヴァージルはそう言うと、ワンピースのいちばん上のボタンに手を伸ばしてきた。

ノエミはその手をぴしゃりと打って払いのけ、襟元を握りしめた。「触らないで！」声を荒らげる。口を開くのも辛かった。一声発するだけでも舌をもがれるような痛みが走る。

彼が含み笑いをもらした。面白がっていた。「きみが悪いんだぞ、ノエミ。泥のなかを、それも雨が降っているというのに、転げまわるんだから。となれば、体を洗わねばならんだろう。さあ、手を出される前に自分で脱ぎなさい」威嚇(いかく)するふうはなかった。抑制のきいた口調ではあった。だが顔には煮えたぎる敵意が透けて見えた。

震える手でボタンをはずしてワンピースを脱ぐと、丸めて床に投げ捨てた。下着は取らなかった。

これだけでも屈辱を味わわせるには十分なはず、そうノエミは思ったのだが、彼は壁にもたれて首をかしげ、見つめてくるばかり。

「ほらどうした?」彼は言った。「それじゃ汚れは落としきれないぞ。ぜんぶ脱いで洗うんだ。髪だってひどいありさまじゃないか」

「あなたが出ていったら、すぐに脱ぐわ」

彼は三本脚の椅子を引き寄せて腰をおろした。動じた様子は微塵もない。「どこに行く気もないね」

「あなたの前で裸になるなんて御免だわ」

彼は内緒話でもするように身を乗り出した。「こっちは力ずくで脱がせることもできるんだ。ものの一分もかからないだろうが、そうなったら怪我をさせてしまうかもしれない。ならば自分で脱いだほうがいいと思うがな、聞き分けのいい子なんだから」

彼は本気だった。ノエミはいまも頭が朦朧としていたし、湯は熱すぎたが、ショーツを脱いでバスルームの隅めがけて放り投げた。それから陶皿におさまる石鹸をつかんで頭にこすりつけ、腕や手にも泡を立てた。手早く作業を進め、泡を洗い流す。

ヴァージルは浴槽の縁に左肘をかけて蛇口を締めた。視線を彼女にではなく、床に向けているところを見ると、どうやらタイルに見惚(みと)れていたらしい。それから彼は自分の口を指で撫でさすった。

「きみの靴で唇が切れてしまった」

彼の唇に血の痕を認めたノエミは、してやったりとひとまず溜飲(りゅういん)を下げる。「その仕返しに、こうやっていたぶっているというわけね?」

「いたぶる? 風呂のなかで気絶しないよう見守ってやっているんじゃないか。ここで溺(おぼ)れられでもしたら、悔やんでも悔やみきれないからね」

「最低な奴。ドアの外からだって見守れるじゃないの」ノエミは顔にかかる髪を手で掻き上げた。

「そりゃそうだ。だが、それだと楽しみが半減してしまうんでね」彼はやり返し、ふっと笑みをもらした。これがパーティ会場であったなら、彼のことをなにひとつ知らなかったら、この笑顔も魅力的に映っていたのだろう。この男はこれでカタリーナを誑しこんだのだ。この捕食者の笑みで。改めて彼を殴りつけたくなった。カタリーナになり代わって、ぼこぼこにしてやりたかった。

蛇口から水が滴り落ちる。ぽたっ、ぽたっ、ぽたっ。バスルームに流れる唯一の音。ここでノエミは彼の背後を指さした。

「そこのローブを取ってちょうだい」

彼は応じなかった。

「聞こえたでしょ、そこの――」

彼の手が湯のなかに伸び、彼女の脚に触れた。ノエミは思わず腰を引いた。その拍子に浴槽の内壁に体がぶつかり、湯が床に飛び散った。立ち上がって浴槽を飛び出すのよ、部屋の外へ逃げなさい、そう本能が告げてきた。だが、それを実行に移したところで、彼はすぐ目の前にいるわけで、あっけなく阻止されてしまうのは目に見えている。そこは彼のほうも見越していた。浴槽と湯――若い娘の盾になりそうなものといったらこれくらいしかなかった。ノエミは膝を胸に引き寄せた。

「出ていって」不安があらわにならぬよう毅然とした声を心がけた。

「おや？　急に恥ずかしがり屋になったのかな？」彼が言った。「前にここでふたりきりになったときとは大違いだな」

「あれは夢の仕業だわ」彼女は口ごもった。

「だからって現実じゃないとは言いきれない」

彼女は呆れ顔で目をしばたたき、彼を見やった。抗弁しようと口を開きかける。そこへヴァージルが身を乗り出し、彼女のうなじに手をかけた。彼女は悲鳴をあげて手を払いのけようとしたが、彼はノエミの髪をつかんで後ろにぐいと引き、顔を仰向かせた。

夢のなかでもこうだった。手順もほぼ同じ。彼が顔を引き寄せ唇を奪い、そこから先はノエミのほうが彼を求めたのだった。

ノエミは必死に顔をそむけた。

そこへフランシスの大きな声がした。「ヴァージル」見ればドア口に立つ彼は、脇に垂らした両手を拳に固めていた。

ヴァージルはいとこのほうに首をねじった。「なんだ？」声がこわばっていた。

「ドクター・カミンズがそこに来ている。その人を診てくれるそうだ」

ヴァージルは溜息をもらすと、ノエミに肩をすくめて見せ、つかんでいた手を放した。「おしゃべりの続きはいずれまたということになりそうだ」彼はそう言って、バスルームから出ていった。

ヴァージルがあっさり解放してくれるとは思っていなかったノエミは、安堵のあまり両手を口に押し当てて体を縮こませた。荒い息がおさまらない。

「ドクター・カミンズが診察したいそうだ。ひとりで立ち上がれるかい？」フランシスが訊いた。穏やかな声だった。

彼女はかぶりを振った。顔が火を噴いていた。屈辱に体が燃えるようだった。

フランシスは棚に積まれたタオルを一枚つかみ取ると、無言でノエミに差し出した。ノエミは彼のほうに目を上げ、タオルを受け取った。

「部屋のほうで待っているよ」フランシスが言った。

彼が出ていきドアが閉まると、ノエミは体を拭いてローブを着た。

バスルームから出ると、ドクター・カミンズがベッド脇に立っていた。ここにすわるようにと手振りで示す。それからノエミの脈をとり、心音をチェックし、消毒アルコールの瓶の蓋をはずして脱脂綿に含ませると、彼女のこめかみに押し当てた。擦りむいたことをすっかり忘れていたノエミは、思わず顔をしかめた。

「どんな具合ですか？」フランシスが尋ねた。医者の背後にたたずみ、心配そうな顔をしている。

「すぐによくなる。たいしたことはない、ほんのかすり傷だ。絆創膏も必要ないだろう。だがこういうのはまずいな。事情説明はきみの口からとうに済んでいるとばかり思っていたんだが」医者が言った。「顔に傷でも残ろうものなら、ハワードはそれこそかんかんだぞ」

「この人を叱らないで。この家が近親相姦の怪物たちや愚劣な連中の巣窟だということは、フランシスからちゃんと説明を受けておりますわ」ノエミは言い返した。

ドクター・カミンズは指の動きを止めて眉をひそめた。「よくもまあぬけぬけと。目上の者に対するまともな口の利き方をどこかに置き忘れてしまったようだ。水を一杯持ってきてくれ、フランシス」医者はそう言ってから、彼女の生えぎわへの消毒を続けた。「このお嬢さんは脱水症状を起こしかけている」

「自分でできるわ」彼女は脱脂綿を奪い取って頭に押しつけた。

医者は肩をすくめ、聴診器を黒いカバンに投げ入れた。「きみにはフランシスが話して聞かせることになっていたんだが、昨夜のうちにちゃんと説得することができなかったようだ。きみはこの家を出られないんだよ、ミス・タボアダ。誰にもできないんだ。この家が手放したがらないのでね。逃げ出そうとすれば、今回のように痛い目に遭わされることになる」

「家にそんなことができるもんですか」

「できるんだよ。肝に銘じておくべきはそれだけだ」

フランシスが戻ってきて、ノエミに水のグラスを差し出した。ノエミは二口三口、口に含んでから、ふたりの男をまじまじと見比べた。カミンズの顔立ちに目が留まる。するとこれまで見過ごしていたことに思い至り、すとんと腑に落ちた。

「あなたも縁続きだったのね？　ドイル家の一員なんだわ」

「遠縁だがね。だからこの集落で暮らし、一家の面倒を見ているんだよ」医者が言った。

遠縁。ジョークにしか聞こえなかった。ドイル家の家系図に遠いも近いもない。枝分かれなどいっさいしていないのだから。そういえばヴァージルは、カミンズの娘と過去に結婚していたと言っていた、ということはつまり、この家の連中は〝遠戚〟をも取りこもうとしているということだ。

彼はあんたをうちの家族の一員にしたがっている。そうフランシスは言っていた。ノエミは両手でグラスを握りしめた。

「朝食を食べなくてはいけないよ。フランシス、トレイをここに」医者が命じた。

「食欲なんてとうに失せたわ」

「馬鹿を言うんじゃない。フランシス、トレイをこっちに持ってきなさい」

「お茶はまだ熱いかしら？　ここにいらっしゃる大先生の顔に、煮えたぎったやつをお見舞いしてやったら、さぞや痛快でしょうね」彼女は軽口をたたいた。

医者は眼鏡をはずすと、眉間に皺を寄せてハンカチで拭きはじめた。「どうやら今日は、気難し屋に徹することに決めたようだ。こっちは驚きもしないがね。女というのは始末に負えない気分屋だ」

「あなたのお嬢さんも気難し屋だったの？」ノエミは問いかけた。医者がぱっと顔を上げて睨みつけてきた。逆撫で成功。「あなたは大事なお嬢さんを献上したというわけね」

「なんの話かさっぱりわからないね」医者はぼそりとつぶやいた。

「ヴァージルは、彼女が逃げ出したと言っていたけど、本当は違うのよね。ここからは誰も出られないと、あなただって言っていたもの。勝手なふるまいは許されないって。彼女は死んだんでしょ？彼に殺されたの？」

　ふたりは睨み合った。医者は顔をこわばらせたまま立ち上がると、ノエミの手からグラスを奪い取ってナイトテーブルに置いた。

「よかったら、おれたちふたりだけで話をさせてくれませんか」フランシスが医者に向かって言った。ドクター・カミンズはフランシスの腕をぐいとつかむと、ノエミに険しい表情を向けた。「いいだろう。これ以上馬鹿をしないよう、ちゃんと説得するんだぞ。こんな無作法を彼が大目に見るわけがない。いいな、頼んだぞ」

　診療カバンをさげてドアに向かいかけた医者が、ベッドの裾でいったん足を止めてノエミに言った。「いちおう言っておくが、わたしの娘は分娩中に死んだんだ。娘は彼らが待ち望んでいた子供を与えられずに終わった。きみとカタリーナはそれ以上に苦労するだろうとハワードは思っている。なにせ血が違うからね。どうなるか見ものだよ」

　医者は廊下に出て、ドアを閉めた。

　フランシスは銀のトレイをつかむと、ベッドまで運んできた。ノエミは上掛けを握りしめた。「ちゃんと食べなくちゃダメだ」彼が言った。

「変なものが混じっているんじゃないの？」彼女は疑問を口にした。

彼は腰をかがめて彼女の膝にトレイを置くと、スペイン語で耳打ちした。「あんたが口にしてきた食べ物にもお茶にも、混ぜものがしてあったのは事実だ。でも、卵は問題ないから食べても害はない。話はそれからだ」

「話ってなにを――」

「スペイン語でしゃべってくれ」彼が言った。「あの人に聞こえてしまう。壁を伝って、家じゅうに筒抜けなんだ、だが、向こうはスペイン語を知らないから、聞かれたところで問題はない。声を落として、まずは食べてくれ、食べなきゃダメだ。脱水症状になってもおかしくないよ、昨夜はさんざん吐いたんだから」

ノエミは彼の目をのぞきこんだ。それからのろのろとスプーンを取り上げると、視線は彼に据えたまま固ゆで卵の殻を叩いた。

「あんたを助けたいんだ」彼が言った。「だが、こいつが一筋縄ではいかなくてね。この家がどんなことをやれるかは、あんたも見て知っているはずだ」

「監禁、のようね。わたしは本当に出られないの?」

「こっちにやらせたいことがあれば当人がそうしたくなるように仕向け、こっちが望まないことなら、やる気が失せる方向にもっていく」

「心を操るのね」

「ある意味ではね。それよりもっと肉体に直結したやり方だ。生存本能に働きかけるのさ」

「そういえば息ができなくなったわ」

「それだよ」

ノエミは口に運んだ卵をゆっくりと咀嚼(そしゃく)した。呑みこんだところで、彼はトーストを目顔で示してうなずいてみせたが、ジャムについては首を横に振った。

「脱出方法はきっとあるはずだわ」

「あるといいんだが」ここで彼はポケットから取り出した小瓶を、彼女に見せた。「これ、憶えているだろ？」

「わたしがもらってきた薬ね。それをどうしようというの？」

「あの騒ぎのあと、ドクター・カミンズから処分を命じられたんだが、捨てずにおいたんだ。キノコの菌は空気中にもあるけど、お袋はあんたの食事にも間違いなく混ぜている。そうやってじわじわと、あんたの自由を奪っている。だがこの家は、ある種の刺激にひどく敏感でね。光も苦手だが、苦手なにおいもあるんだ」

「わたしが吸っている煙草ね」彼女はぱちんと指を鳴らした。「あのにおいがこの家をイラつかせるのね。それとこのチンキも」

　あの民間療法師はそのことを知っていたのだろうか？　それとも偶然うまくいっただけなのか？　きっとカタリーナは、この薬がこの家に影響を及ぼす力があることに気づいたに違いない。偶然にせよなんにせよ、いまのところ使用は阻止されているが、突破口となる鍵をいとこは見つけ出していたということだ。

「それだけじゃない」フランシスが言った。「この薬には敵の力を弱める働きもある。このチンキを飲めば、家もキノコもその人を思いどおりに動かせなくなる」

「どうしてそこまで言いきれるの？」

「カタリーナだよ。彼女は逃げようとしたが、ヴァージルとドクター・カミンズにつかまり連れ戻された。ふたりは彼女が飲んでいたこの薬を見つけ出し、これが家の支配力を弱める原因になっていることを突きとめると、彼女からこいつを取り上げた。だが、彼らにばれるまでのわずかな期間に、彼女は町の誰かにあんた宛の手紙を託していた。それがなによりの証拠だよ」

カタリーナ、なんと聡明な女性か。彼女は手堅いやり方で助けを呼んでいた。だが不運にも、救出者となるはずのノエミもまた、いまこうして囚われの身になってしまった。

ノエミは瓶に手を伸ばしたが、フランシスがその手をつかんでかぶりを振った。「あんたのいとこがどうなったか憶えているだろ？　いっぺんに飲みすぎれば、発作を起こしてしまうんだ」

「だったらあっても意味がないじゃない」

「違うんだ。何回かに分けてちょっとずつ飲むんだよ。いいかい、ドクター・カミンズが頻繁に通ってくるのには理由がある。大伯父のハワードは死にかけている。それを食いとめることはできない。キノコは寿命を延ばしてくれるが、永遠に生かしてくれるわけじゃない。彼の肉体はじきに終わりを迎え、そのあと転生が始まる。彼の意識はヴァージルの体に移される。そうなれば、ハワードが死ねば、周囲の者たちはそれ以外のことに気が回らなくなる。あのふたりにかかりきりになるからね。となれば、この家の力も弱まるはずだ」

「それはいつ？」

「そう先のことじゃない」フランシスは言った。「ハワードの状態はあんたも見て知っているだろう」

ハワードのことは思い出すのもおぞましかった。ノエミは少しずつ口に運んでいた卵を脇に追いやり、顔をしかめた。

「彼はあんたをこの家の一員にしたがっている。ひとまず我慢しておとなしく従ってくれたら、おれがここから出してやる。トンネルがいくつかあるんだ、墓地に抜けられるトンネルが。脱出に必要なものはおれがそこに隠しておく」

「おとなしく従う、とはどういう意味？」そう尋ねたのは、それを口にしたときのフランシスが目を逸らしたからだった。

ノエミはフランシスの顎をつかむと、自分のほうに顔を向けさせた。彼の体が凍りつき、一瞬、息を詰まらせる。

「彼は、あんたとおれを結婚させようとしているんだ。おれの血を受けた子供を産ませるためにね。あんたがこの家にはいってくれることを彼は望んでいるんだよ」フランシスがようやく口を割った。

「いやだと言ったら？　そのときはどうなるの？」

「彼は思いどおりにやるだけだ」

「わたしを腑抜けにする気なのね、あの使用人たちみたいに？　それとも無理やり犯すということ？」彼女は問い詰めた。

「それはない」フランシスが低くつぶやく。

「どうして？」

「彼は別の方法で人を操るのが好みだからさ。強引なやり方はあまりに野蛮だからね。彼はおれの親父が町に出るのを何年も許していたし、カタリーナにも自由に教会に通わせていた。ヴァージルやおれのお袋が、結婚相手を見つけに遠くまで出かけていくのだって許した。つまり彼は、自分の思いどおりに動いてくれる人が、命令に従ってくれる人が自分には必要だということも、それにはその人たちが自主的に行動するよう仕向けねばならないことも熟知しているんだ。でなければとても身が持たないよ」

「そうなると、そこには隙も生まれるわね」ノエミは言った。「その証拠に、ルースはライフルを握ることになったし、カタリーナはわたしにこの家で起きていることを知らせることができた」

「そのとおり。それにカタリーナは薬の出どころを頑として明かそうとしなかった。ハワードがどう粘ってもね」

考えてみれば、かつて坑員たちもストライキを決行できたのだ。ハワード・ドイルが自らを神だとどれだけ思いこもうと、四六時中全員に服従を強いるのは不可能だ。それでも過去何十年ものあいだ、彼は膨大な数の作業員を巧妙に操ってきたことは間違いなく、手に負えない者は殺す、あるいはベニートにしたように、目の前から消えるよう仕向けたのだろう。

「真っ向からぶつかるのは得策じゃない」フランシスが言った。

ノエミはバターナイフをまじまじと見つめながら、彼の言うことが正論だと納得した。ならば自分にできることはなにか？　殴る蹴るで抵抗するのはやるだけ無駄、へたをすればもっとひどい目に遭いかねない。「この茶番にわたしがつきあうと言ったら、カタリーナも一緒に救い出してくれるのね」

フランシスは返事をしなかった。眉根を寄せたところから見て、ふたりの人間を颯爽と救い出すという夢想に胸はときめかないようだった。

「彼女を置きざりになんてできないわ」彼女は言って、いまも瓶を握りしめる彼の手につかみかかった。「このチンキをカタリーナにも飲ませてあげて。彼女も自由にしてくれなきゃ許さないから」

「わかった、やってみるよ。声を落としてくれ」

ノエミは彼の手を放し、声をひそめた。「命がけでやりぬくと約束して」

「約束する。じゃあ、こいつを試してみよう」彼はガラスの栓を抜いた。「ちょっと眠くなるかもしれないが、そうなったら休むといい」

「ヴァージルはわたしの夢をのぞき見ることができるのよね」ノエミは拳で口を覆いながら言った。
「わたしの夢をのぞけるなら、わたしの考えていることも気づかれてしまうんじゃない？」
「それは夢なんかじゃない。〝グルーム〟だよ。だが、そこにはいったときは用心してくれ」
「あなたを信用していいのかどうか、不安なの」彼女は言った。「どうしてわたしを助ける気になったの？」

フランシスは、彼のいとことは多くの点で違っていた。かぼそい手に薄い唇、華奢な体軀というフランシスに対して、ヴァージルは存在感のある風貌の持ち主だ。フランシスは若いし、血色が悪いし、しかも思いやりという感情にも染まっている。だが、どれも見せかけかもしれないのだ。この人はなにがあろうとばっさり切り捨てたりはしないと言いきれるのか？　つまるところ、この家には見た目どおりのものなどひとつもない。秘密の上にさらに秘密が上塗りされているだけなのだ。

ノエミは自分のうなじに手をやった。そこはヴァージルの指が無理やり触れてきた場所だった。

フランシスはガラスの栓を手のなかでくるくる回した。それがカーテンの隙間からもれる光を受けて、ベッドの縁に虹をつくった。小さなプリズム。

「菌類の一種で、ジュウシチネンゼミカビというのがあってね。学名はマッソスポラ・シカディナ。以前、ある雑誌にそれの生態を論じる記事が載ったんだ。その菌はジュウシチネンゼミの腹部に感染すると、大量の黄色い粉を発生させる。その記事によれば、重度の感染に見舞われた蟬は、体が内側から蝕まれてもなお〝歌いつづける〟んだそうだ。歌うとはメスへの求愛行動だよ。死にかけているというのに。そんなこと想像できる？」フランシスが言った。「あんたが不信感を持つのも当然だと思う。たしかにおれはどっちにでも転べるんだから。でもね、おれは歌いながら命を終えるつもりはないし、現状をよしとするふりをこのままつづける気もないんだ」

彼はガラスの栓を弄ぶのをやめると、ノエミをちらりと見やった。

「つまりあなたは、これまで自分をうまくごまかしてきたというわけね」

ノエミがフランシスを見つめると、彼も神妙に見つめ返した。「ああ、そうだ」彼は言った。「そこにあんたがやって来た。そうしたら、そんな自分に我慢ならなくなったんだ」

無言で見つめるノエミの前で、フランシスはごく少量のチンキをスプーンに落とした。それをノエミは呑みくだした。苦かった。皿の上のナフキンを差し出され、ノエミは口をぬぐった。

「これはおれが預っておく」フランシスは瓶をポケットにしまうとトレイを持ち上げた。その腕をノエミにつかまれ、フランシスは歩きかけていた足を止めた。

「ありがとう」

「礼なんかいいって」彼が言った。「もっと早く打ち明けるべきだったのに、おれが小心者だったばっかりに」

フランシスが出ていったあと、ノエミは枕に頭を預け、眠りが忍び寄るに任せた。しばらくして——どれくらい経ったのかは定かでないが——衣擦れの音がして、はっと身を起こした。見ればルース・ドイルがベッドの裾に腰かけ、床に目を落としていた。

これはルースではない。記憶？　亡霊？　亡霊とも言いきれなかった。これまで目にしてきたこと、ささやきかけてきた声、目を開けろと急きたてる声、そのどれもがルースの意識の投影だということに気がついた。彼女の意識はいまも〝グルーム〟のなかに留まり、壁の隙間に、カビの広がる壁のなかに宿っているのだと。壁紙の下には、ほかの者たちの意識も、その断片もひそんでいるはずだが、ルースほど確固とした意識を持つ者はいないのか、それゆえ感知できないのだろう。だが、いまもノエミには正体がつかめず、人間だと言いきることもできずにいる、あの金色の妖怪だけは別だった。

あれはどう見ても人間という気がしなかった。ルースとはまるでありようが違うのだ。

「わたしの声が聞こえる？」ノエミは問いかけた。「それともあなたは、レコード盤の溝のようなものなの？」

ノエミはこの娘を恐れていなかった。彼女は若い娘であり、虐待され希望を断ち切られた娘なのだ。ルースという存在に悪意は感じられず、ただ不安を掻き立てた。

「後悔なんかするもんか」ルースが言った。

「わたしの名前はノエミ。あなたのことは前から知っているけど、あなたにわたしが見えているのかどうか、よくわからなくて」

「後悔なんかするもんか」

ルースはこのフレーズ以外のことを口にする気はないのだろうかと思ったそのとき、ルースがぱっと顔を上げてノエミを見つめてきた。

「母さんは無理、あなたを守る気なんかないでしょうね。誰ひとり、あなたを守っちゃくれないわ」

あなたのお母さんは死んだのよ、ノエミは心のなかでつぶやいた。あなたが殺したんでしょうが。だが、死んでとうに葬られた人に向かって、そういうことを思い出させることに意味があるとは思えなかった。ノエミは腕を伸ばして娘の肩に触れた。指に確かな手ごたえがあった。

「あなたがあいつを殺すしかないのよ。父さんはあなたを手放す気なんてないんだから。あれはわたしのミス。きっちり始末をつけなかったばっかりに」彼女がかぶりを振った。

「どうすべきだったというの？」ノエミは尋ねた。

「わたしはちゃんとやり遂げられなかった。あの人は神！　神なのよ！」

娘がさめざめと泣きだし、両手を口に押し当てて前後に体を揺らした。ノエミは抱き寄せようとしたが、ルースは床に身を投げ出し、手で口を覆ったまま体を丸めた。ノエミはかたわらにひざまずいた。

「ルース、泣かないで」話しかけたとたん、ルースの体が灰色に変わり、顔や手にカビの白いぶつぶつが広がった。泣きじゃくる娘の頬を黒い涙が伝い、逆流してきた胆汁が口や鼻から滴り落ちる。

ルースが爪で自分の体を引き裂きはじめ、ぞっとするような悲鳴をあげた。ノエミは思わず飛び退き、勢いあまってベッドに激突した。ルースが身悶(みもだ)える。いまでは床を掻きむしり、爪が木を削り、おがくずが手のなかにたまっていった。

ノエミは恐ろしさのあまり歯をがちがち鳴らし、叫びだしそうになったが、とっさにあの言葉を、あの呪文を記憶のなかから引き出した。

「目を開けて」ノエミは言った。

すると目が開いた。瞼を上げる。部屋は暗かった。ひとりぼっちだった。また雨が降りだしていた。立ち上がってカーテンを引き開ける。遠雷の轟きが心を掻き乱した。ブレスレットはどこにいったのか？　邪視から身を守ってくれるブレスレット。だが、いまはもう役に立ちそうにない。ナイトテーブルの引き出しを開けると、煙草とライターが出てきた。処分されていなかった。

ライターの回転ヤスリを指ではじき、燃える炎をしばらく見つめ、それから蓋を閉じて引き出しに戻した。

22

翌朝、朝食を運んできたフランシスは、ノエミにチンキを少量飲ませると、食べても問題ないものを目顔で伝えた。夜になって、再び食事のトレイを手にやって来た彼は、夕食後にヴァージルに呼ばれていると告げた。場所はヴァージルの執務室。

フランシスの掲げるオイルランプはあっても、図書室前の廊下の壁に並ぶ肖像写真を見るには明かりが十分とは言えなかった。できればここで足を止めて、ルースの写真をじっくり眺めたかった。好奇心と共感に駆られてのこと。ルースもまたノエミ同様、囚われの身だったのだ。

フランシスが執務室のドアを開けたとたん、蔵書が放つカビの不快臭が鼻を刺し、ノエミははっとした。数日前に訪れたときはほとんど意識しなかったにおいである。これもチンキの効果だろうかとふと思った。

ヴァージルはデスクの前にすわっていた。羽目板張りの室内の、最小限に抑えた明かりに浮かび上がる彼の白い顔は、カラヴァッジョの絵のなかの人物を連想させた。全身に静けさが漂っている。譬えるなら擬態する野生動物。ふたりに気づくと挨拶のつもりか、左右の指を絡め合わせたままわずかに身を乗り出し、微笑んだ。

「心を入れ替えたようだね」ヴァージルが言った。ノエミは彼の真向かいの椅子におさまり、フランシスはその隣にすわった。彼女の無言の凝視は、ヴァージルの問いに対する答えといったところか。

「ここに呼んだのは、いくつかはっきりさせておく必要があったのでね。フランシスからは、きみが我が家の事情を理解し協力する気になったと聞いているが」

「わたしが忌まわしいこの家を出ることは叶わない、と思い知らされたという意味でおっしゃっているなら、ええ、残念ながら、そういうことになるのでしょうね」

「そうかりかりしないでくれ、ノエミ――この家だって住めば都だよ。で、まず確認しておきたいのは、きみがこのまま問題児でいつづけるつもりなのか、こちらの意を汲んで家族の一員になってくれるのか、そこはどうなのかな？」

壁に掛かる三つの鹿の頭部が、長い影を落としていた。「〝こちらの意を汲んで〟だなんて、ずいぶんと面白いことおっしゃるのね」ノエミは言った。「わたしに選択の余地があるのかしら？ ないわよね。わたしは生きたまま、ここに留まることにした、これで答えになっていればいいけれど。あの坑員たちみたいに、穴に投げこまれて最期を迎えるのだけは御免こうむります」

「穴倉に投げこむなんてしていない。ちゃんと墓地に埋葬されている。それに、彼らの死は無駄になっちゃいない。土を肥えさせているのだからね」

「人間を〝腐葉土〟呼ばわりするんですか？」

「彼らはいずれにせよ死ぬ運命だったんだよ。所詮はシラミにたかられた栄養不良の農民集団だ」

「あなたの最初の奥さんも、シラミだらけの農民だと？ 彼女もまた土を肥えさせるのに利用されたわけ？」ノエミは問い詰めた。彼女の肖像写真も、ドイル家の面々と一緒に廊下の壁に飾られていただろうかとふと思う。不幸を背負った若い娘が顎をつんと反らして懸命に笑みをこしらえ、カメラを見つめたのだろうか。

ヴァージルは肩をすくめた。「まさか。だがいずれにせよ彼女には適性がなかったのであって、未練はないね」

「なんとまあお優しいお言葉だこと」

「そうやって逆撫でしようとしているのだろうが、その手には乗らないよ、ノエミ。強者は生き残り、弱者は置き去りになる。きみはかなり強そうだ」彼は言った。「それに、じつに美しい顔をしている。浅黒い肌、黒い瞳。まさに我が家に吹きこむ新風だ」

欲しいのは浅黒い肉なんでしょうよ。ノエミは心のなかで毒づいた。この自分は肉以外のなにものでもない、肉屋に品定めされてパラフィン紙にくるまれる牛肉の切り身となんら変わりはない。男の股間を奮い立たせ、よだれを誘う、エキゾチックな小娘というわけだ。

ヴァージルは立ち上がってデスクを回りこみ、ふたりの背後に立つと、ふたつの椅子の背にがっしりした手を置いた。「すでに知っていると思うが、うちの家族は血を汚さぬよう努力を重ねてきた。純血を維持してきたおかげで、我々に具わる貴重な資質が代々受け継がれることになった。そうやってこの家に生息するキノコと融和を図ってきた。ところが、そこにはひとつ、ちょっとした問題があってね」

ヴァージルはふたりの周囲を歩きながらデスクに目をやっては、鉛筆を弄んだ。「クルミの木は一本だけでは実を結べないということを、きみは知っているかな？　クルミは別のクルミの木との交配が必要なんだ。うちの事情もそれと同じことになっているらしくてね。ぼくの母は子をふたり産み育てたわけだが、じつはそれ以外にも生まれずに終わった子が大勢いたんだ。調べてみればわかるが、同じようなことは過去にいくらも起きている。死産、幼児期の突然死等々。アグネスの前に父は二度結婚しているが、いずれの場合も子はできなかった。

つまり、新たな血をときどき混ぜてやる必要があるんだよ、我が一族の血にね。言うまでもなく父は、そういうことには断固反対の立場だった。劣等種と交わるなどもってのほかと言い張ってね」

「優等種と劣等種という、例の御託ね」ノエミはそっけなく返した。

ヴァージルがにやりとする。「そのとおり。親父殿はここを我らが祖国と同じ環境に変えようとして、わざわざ英国の土を運び入れたくらいの人だからね。こっちの地元民の血を受け容れる気などさらさらなかった。だが、事情が事情なだけに、そうも言っていられなくなった。生き残りがかかっているのだから」

「そこにリチャードが登場した」ノエミは言った。「そしてカタリーナが」

「そのとおり。もっとも、先にきみと出会っていたら、ぼくはカタリーナじゃなく、きみを選んでいただろう。きみは健康そのものだし、若いし、〝グルーム〟との相性もいいようだ」

「わたしの持参金はどうやら無事で済みそうね」

「いや、そこは大前提だよ。きみの国が起こした革命のせいで、うちの財産は根こそぎにされたんだ。なんとしてもそれを取り返さないと。さっきも言ったが、生き残りがかかっているのでね」

「そのためには人殺しも辞さないというわけね。あなたたちは坑員全員を見殺しにした。彼らを病気にしておきながら、なにがどうまずかったのかも公表しなかった。おたくのお抱え医師にしても、彼らが死んでいくのをただ黙って見ているばかりだった。ルースの恋人の命もあなたがたが奪ったに決まっているわ。もっとも、ルースはその仇を取ったわけだけど」

「その態度、あまり褒められたものじゃないね、ノエミ」彼は言って、ノエミを見据えた。その口調に苛立ちが透けて見えた。ここでフランシスに目を向け、「おまえが彼女を説得して話はついているんだとばかり思っていたんだがな」

「ノエミはもう、逃げ出すような真似はしませんよ」そう言ってフランシスは、ノエミの手に自分の手を重ねた。

「ならば出だしは上々だ。第二段階として、お父上に手紙を書いてもらおうか。クリスマスまでこっちに残り、カタリーナの相手をしたいと伝えるんだ。で、クリスマスになったら、こっちで結婚したのでこのまま住みつづけることにしたと報告する」

「父はかんかんでしょうね」

「そうなったら、お父上をなだめるための手紙を、さらに何通か書くことになるだろうね」ヴァージルはこともなげに言った。「では、最初の一通を書いてもらおうか」

「いまここで？」

「そうだとも。こっちに来たまえ」ヴァージルはさっきまで自分がすわっていたデスク前の椅子をぽんと叩いた。

ノエミはしばしためらい、しぶしぶ立ち上がると、示された椅子におさまった。すでに便箋とペンが用意されていた。ノエミはペンを取り上げず、筆記具をただ睨みつけた。

「ほら、書くんだ」ヴァージルが急きたてた。

「どう書けばいいのかわからないわ」

「相手が納得のいくような書き方をすればいい。お父上がこっちに乗りこんできて、奇病にかかって倒れられても困るじゃないか、だろう？」

「来られて困るのはあなたのほうだと思うけど」ノエミは小さく吐き捨てた。

ヴァージルは身を乗り出し、ノエミの肩をがっしりとつかんだ。「霊廟にはまだたっぷりと余地があるし、きみのご指摘どおり、うちの主治医は、こと治療に関してはあまり腕がよくないんでね」

ノエミは彼の手を振り払うと、手紙にとりかかった。ヴァージルはそばを離れていった。

彼女はそのまま書きつづけ、最後に署名した。書き終えるとヴァージルが戻ってきて、ときおりうなずきながら手紙に目を通した。

「もう気が済んだろう？」フランシスが口を開いた。「彼女はやるべきことをやったんだ」

「やるべきことはまだある」ヴァージルが小さくつぶやいた。「いまフローレンスが家じゅう引っ掻きまわして、ルースの古い花嫁衣装を探しているところでね。身内だけで結婚式を挙げるんだ」

「えっ？」ノエミは耳を疑った。口のなかが干上がるのがわかった。

「ハワードはこの手のしきたりにうるさい人でね。儀式。これがやたらと好きなんだ」

「司祭はどこから連れてくるの？」

「父自らが執り行なう。以前からの習わしだ」

「つまりわたしは〝聖・近親相姦キノコ教会〟で式を挙げるというわけね」彼女はわざとらしい抑揚をつけて言った。「そんなものが有効とは思えないけど」

「心配は無用、いずれきみたちを治安判事の前に引きずり出す予定だ」

「〝引きずり出す〟とは言い得て妙だこと」

ヴァージルは手紙をデスクに叩きつけると、ノエミを睨みつけた。彼女はすくみあがった。彼の剛腕を思い出した。あの日もこの自分を、羽根でも扱うみたいに軽々と抱え上げて家に運び入れたのだった。デスクに置かれた彼の手は大きく、これにやられたらひとたまりもないだろう。

「きみは幸運だと思うべきだぞ。ぼくは父に言ったんだ、このさい儀式なんかやめにして、今夜すぐにもベッドに連れこんで、フランシスにやらせてしまえば手っ取り早いじゃないかとね。だが父は、そういうやり方は言語道断だと言って首を縦に振らなかった。血筋はどうあれいちおう良家の子女なんだから、と言ってね。まあ、その点に関して、ぼくは賛成しかねるがね。淑女なら身持ちがいいはずだが、きみが純真無垢な子羊だとはとても思えないのでね。そこはお互い知らないわけじゃないだろう」

「なにを馬鹿な――」

「おやおや、多少なりとも身に覚えがあるだろうに」

ヴァージルの指がノエミの髪に軽く触れてきた。ごくかすかな接触とはいえ、これがノエミの体を震わせ、大量のシャンパンを一気に喉に流しこんだときのように、どす黒い快感が血管を駆けめぐった。夢のなかに引き戻された気分だった。彼の肩に噛みつき、歯をめりこませている場面が頭をよぎり、情欲と嫌悪のすさまじい衝動に突き動かされた。

ノエミは椅子から飛び退くと、自分とヴァージルのあいだに椅子を割りこませた。「やめて！」

「やめてって、なにをかな？」

「いい加減にしてくれ」フランシスがノエミのそばに駆け寄った。ノエミの手を握りしめ、いきり立つノエミを落ち着かせようとした。それから自分たちにはやるべきことがあるのだと目顔ですばやく彼女に思い出させると、ヴァージルに向き直ってきっぱりと言った。「この人はおれの花嫁だ。少しは敬意を払ってくれ」

ヴァージルはいとこの言葉にむっとしたらしく、いつでも反撃の用意があると言わんばかりの酷薄な笑みを浮かべた。ノエミは反撃を覚悟したが、驚いたことにヴァージルはいきなり両手を挙げて、芝居っけたっぷりに降参のポーズをして見せた。

「おやおや、おまえにもようやく男の肝が据わってきたようだ。喜ばしい限りだよ」ヴァージルが言った。「ぼくも礼を失しないよう気をつけよう。だが、彼女にも口を慎み、自分の立場をわきまえてもらわないとな」

「この女（ひと）なら大丈夫だ。さあ、おいで」フランシスはそう言うと、すぐさまノエミを執務室から連れ出した。不意に起こったオイルランプの動きのせいで、そこここの影が揺らめいた。

廊下に出たところで、フランシスがノエミに向き直った。「大丈夫かい？」と小声で問いかける。スペイン語に切り替わっていた。

彼女は返事をしなかった。代わりに彼を廊下のはずれまで誘導し、白布をかぶせた椅子やソファで埋まる、使われていない埃っぽい一室に引き入れた。床から天井まで届く巨大な鏡がふたりの姿を映し出す。鏡の外枠を飾っているのは果物や花を描いた巧緻な浮彫りで、邸内のいたるところにひそんでいる例の蛇も、やはりそこに紛れていた。ノエミが蛇をじっくり見ようと不意に立ち止まったせいで、その背中にぶつかりそうになったフランシスが小声で詫びる。

「脱出に必要なものを準備しておくという話だったわよね」彼女は鏡の外枠の装飾を、恐ろしげな蛇を、見つめながら口を開いた。「でも、武器はどうするの？」

「武器？」

「そうよ。ライフルとか拳銃は？」

「ライフルなんてあるわけないよ、ルースが起こした事件からこっち、そんなものは置いてない。ハワードの部屋に一丁だけ備えはあるが、持ち出すのは不可能だ」

「なにかなくちゃダメよ！」

自分の激しい口調に自分でもぎょっとなった。鏡に映りこむ不安をたたえた自分の顔が目にはいり、思わず目をそむける。その顔に腹が立った。震えのおさまらない手を鎮めるには、椅子の背につかまるしかなかった。

「ノエミ？　どういうことだよ？」

「安心できないのよ」

「おれだって――」

「向こうのほうが一枚上手だもの。あなたの作戦を否定するわけじゃないけど、ヴァージルのそばにいると自分が自分でなくなってしまうのがわかるの」言って彼女は、顔にかかる髪を落ち着きなく掻き上げては、しきりに手を振り立てた。「最近はとくにそう。磁石に吸い寄せられるみたいな――カタリーナが彼をそう表現したことがあるけど、まさにそんな感じなの。まあ、当然といえば当然だけど。でも、磁力は器量のよさばかりとは限らない、そうよね？　あなたも言っていたじゃない、この家には人をそそのかして思いどおりに動かせる力が……」

ノエミの声は尻つぼみになった。ヴァージルはノエミの劣情を掻き立てた。ノエミはヴァージルをとことん嫌っているはずなのに、その彼にみだらな戦慄を感じるようになった。フロイトのいう死の欲動。崖っぷちに立つ者を、突如、飛びこみたくさせるというあの衝動だ。一昔前のこの学説はいまでも間違いなく有効だ。ヴァージルはそれと気づかれないようノエミの無意識の糸を操っている。そうやって弄んでいるのだ。

フランシスが言っていたあの蟬の生態も、これと似たようなものなのかもしれない。そんな気がした。生きながら体内を蝕まれてもなお、求愛の歌を奏でつづけ、己の内部組織が粉と化してなお、生存競争を繰りひろげている。おそらくは、よりいっそうやかましく鳴く蟬の小さな体内では、死の影がもの狂おしいほどの切望感を生みだし、破滅への道に駆り立てているのだろう。

ヴァージルがノエミの心に焚きつけたのは激情と肉欲であり、さらには、めくるめく歓喜だった。

残酷な行為がもたらす快楽、どす黒くも心地よい頽廃、それをノエミが知ったのはつい最近のこと。それは貪欲で、もっとも衝動的な彼女の自我だった。

「あんたの身にはなにも起こらない」フランシスはそう言って彼女の不安をなだめると、白布のかかるテーブルにオイルランプを置いた。

「あなたはわかっていない」

「おれがそばについていれば危険な目に遭うことはない」

「四六時中そばについているなんてできっこない。あいつがバスルームで襲いかかってきたときも、そばにいなかったじゃないの」彼女は言った。

フランシスがわずかに顎をこわばらせた。恥辱と怒りが彼の表情を押し流し、頬がどっと朱に染まる。彼の雄々しさはすっかりなりをひそめていた。騎士でありたいと願いながらも、なりきれていなかった。ノエミは腕組みをして顎をぐいと引いた。

「武器は絶対に必要ですからね、いいわね、フランシス」彼女はぴしゃりと言った。

「おれの剃刀でいいかな。それなら用意できる。それでちょっとは安心かな」

「それでいいわ」

「よしわかった」真心のこもった声だった。

それがほんの気休めにすぎないことは、なんの解決にもならないことは、わかっていた。ルースにはライフルがあったが、それとて助けにならなかったのだ。これが真の意味での死の欲動だとしたら、ノエミの軟弱な部分はすでにこの家の力で強まるか歪められるかしているはずで、となれば、どんな武器だろうとこの身を守ることはできないだろう。だとしても、ノエミを助けたいというフランシスの一途な思いはうれしかった。

「ありがとう」

「気にするなって。あとはあんたが髭づらの男に寛容であることを願うばかりだな。剃刀を渡してしまったら、しばらく髭が剃れなくなるんだから」場の空気を和ませようとしてのことだろう、彼が軽口をたたいた。

「無精髭も悪くないかもよ」ノエミも調子を合わせた。

彼が破顔する。声と同様、その笑みにも真心が感じられた。ハイ・プレイスにあるのはひねくれて薄汚れたものばかりだが、彼には明るさと思いやりの心を育めるだけの資質が具わっている。いわば彼は、地味の悪い花壇に移植された珍種の植物のようなものなのだ。

「あなたは正真正銘、わたしの味方なのよね？」彼女は問いかけた。いまだに半信半疑で、鎌をかける気持ちもなくはなかったが、その必要のないこともわかっていた。

「信用ないんだな」そう言いはしたが、突き放すような言い方ではなかった。

「この家にいると、なにが本物でなにが偽物なのか、すごく見分けにくいんだもの」

「その気持ちわかるよ」

ふたりは無言で見つめ合った。ノエミはしばらくのあいだ室内を歩きまわっては、布をかぶった家具に手を走らせたり、木に刻まれた模様を布越しに確かめたりしては積もった埃をさかんに舞い上がらせた。それからふと顔を上げれば、フランシスがポケットに手を突っこんだまま、ノエミをじっと見つめていた。ノエミが白布の一枚をぐいと引くと、青い座面のソファが下から現われた。彼女はそこに腰を沈め、両脚を持ち上げて尻の下におさめた。

フランシスも隣に腰をおろした。部屋のなかで幅を利かせている鏡は、ふたりのすぐ目の前にあった。経年でくもった鏡面はふたりの姿を歪ませ、亡霊に変えていた。

「スペイン語は誰に習ったの？」彼女は訊いた。

「親父だよ。新しいことを学ぶのが好きな人でね、いろんな言語に通じていた。おれの個人教授でもあった。親父はヴァージルにも教えようとしたんだが、彼はこの手のレッスンにはまるで興味を示さなくてね。親父が死んだあと、おれはアーサー・カミンズのところで資料の整理や雑用をしていたこともある。彼もスペイン語が話せるんで、よく会話の練習の相手をしてもらった。ゆくゆくはアーサーの跡を継ぐことになる、そう自分でもずっと思っていたんだ」

「町のほうに住んで、仲介役として家族に奉仕しようというわけね」

「そう期待されていたからね」

「それ以外の野心はなかったの？　家族のために尽くす以外に？」

「若いころはよその土地に憧れたこともあった。でも所詮は、幼い子供が思い描くような夢物語、いつかサーカス一座に加わりたいと考えるようなものさ。最近はそんなことも考えなくなったな。考えたってどうなるものでもないからね。親父があんなことになったあとに思ったんだ。親父はおれなんかより強い個性の持ち主だった、ずっと肝が据わっていた。そんな人でもハイ・プレイスの意志に従うしかできなかったんだなって」

そう語りながらフランシスは上着のポケットに手を入れると、例の小さな肖像写真を取り出した。ノエミは身を乗り出すと、前回よりも心をこめてそれに見入った。写真がおさまるロケットの蓋は、ドイツスズランを青地に金線で描いた七宝焼きだった。彼女は爪の先で花をなぞった。

「お父さんは〝グルーム〟のことを知っていたの？」

「ハイ・プレイスに来る前に、という意味？　それはないだろうな。お袋と結婚して、ここに連れてこられたときも、お袋は教えなかったんじゃないかな。しばらくは知らなかったはずだ。すべてを知ったときにはすでに手遅れ、結局、ここに留まることを受け容れるしかなかったんだ」

「奴らがわたしにしたのと同じやり方ね」ノエミは言った。「家族の一員になるいいチャンスだぞって。選択の余地など与えられぬまま」

「親父はお袋を愛していたんだと思う。おれのことも。うまく言えないけど」

ノエミがロケットを返し、フランシスはポケットにしまった。「結婚式を本当にやる気なのかしら？　花嫁衣装を着なくちゃならないの？」ノエミは問いかけた。

廊下にずらりと並ぶ、時に封じこめられた歴代の写真を思い浮かべた。それから、ハワードの部屋に掛かる二枚の花嫁姿の肖像画を思った。金に余裕さえあれば、カタリーナの肖像も同じ様式で描かせていたに違いない。いずれノエミの肖像も描かれることになるのだろうか。どちらの絵も、マントルピースの上に並んで掛けられるのか。そして上等のシルクとビロードで正装した花嫁花婿たちの写真も。

婚礼写真をおぼろに彷彿させる姿を鏡はとらえていた。そこに映りこんだノエミとフランシスの表情は厳粛そのものだった。

「そういうしきたりだからね。昔だったら盛大な祝宴が開かれて、参列者のひとりひとりから銀の贈り物を受け取るんだろうな。鉱山の採掘は、代々受け継がれてきたうちの生業（なりわい）だからね、すべては銀から始まったんだ」

「英国で？」

「ああ」

「そして、さらなる銀を求めてこっちに来たというわけね」

「向こうのはあらかた掘りつくしてしまったからね。銀も錫（すず）も、そして一族の命運も尽きてしまった。

そのうち英国では、うちの一族がなにかよからぬことをしているらしいと人々が怪しみだした。そこでハワードは、こっちに来れば余計な詮索をされずに済む、思いどおりに事が運べると思ったんだろう。読みは間違っていなかった」

「作業員はどれくらい亡くなったの？」

「数えきれないほど」

「それについて考えたことはある？」

「ああ」彼はつぶやいた。羞恥を色濃くにじませた声だった。

この家は人骨の上に築かれている。そうした残虐行為を誰に気づかれることもなく、人々は引きも切らずにこの屋敷に、鉱山に流れこみ、そして生きて出ていく者はひとりもいなかった。死を悼む者も、行方を尋ねてくる者もないままに。蛇は己の尻尾ではなく、周囲のすべてを貪欲に呑みこんでいったのであり、その食欲が衰えることはなかった。

鏡を取り囲む蛇の、大きく開いた口からのぞく牙を、ノエミは食い入るように見つめた。そして蛇から顔をそむけると、フランシスの肩に顎を載せた。そのままの姿勢で長い時が流れた。雪のように白いシーツを背景に、奇妙な対比を見せる浅黒い肌の女と蒼白い肌の男。そのふたりを屋敷の闇が包みこむ構図は、縁ぼかしをかけた肖像写真を思わせた。

23

うわべを取り繕う必要がなくなったいま、ドイル家側はカタリーナとの面会を解禁し、見張り役のメイドが立ち会うこともなくなった。代わってフランシスがノエミの同伴者になった。どうやら連中はノエミとフランシスを一心同体とみなしているらしいとノエミは受けとめた。緊密な共生関係にある一対（いっつい）の有機体というわけだ。もしくは看守と囚人。彼らの思惑はどうあれ、カタリーナと心おきなく話ができることに、いとこのいるベッドのすぐ間近まで椅子を引き寄せられることに感謝した。フランシスは部屋の反対側にたたずみ、ときおり窓の外を見やるといった具合に、声を落としておしゃべりに興じるふたりの邪魔にならないよう、さりげない気遣いを見せていた。

「ごめんなさいね、例の紙の書きつけに目を通した時点であなたの言葉を信じなかったわたしが馬鹿だったわ」ノエミは言った。「もっと早く気づくべきだったのに」

「気づけなくて当然よ」カタリーナが言った。

「でも、どんなに抵抗されようと無理にでもあなたを連れ帰っていたら、こんなことにならずに済んだんだもの」

「そんなことを黙って許すような人たちじゃないわ。あなたが来てくれただけで十分よ。そばにいてくれたおかげで前より体調がよくなったんだもの。なんだか昔読んだお伽噺みたいね。あなたが呪いを解いてくれたんだわ」

それを言うなら、フランシスが与えているチンキのおかげなのだが、ノエミは黙ってうなずき、いとこの手を握りしめた。これがお伽噺であったらどんなによかったことか！　カタリーナが読み聞かせてくれたお話は、どれもハッピーエンドだった。邪悪な者は罰を受け、失われていた秩序は回復する。王子が塔をよじ登り、王女を救い出す。たとえ腹黒い義理の姉妹たちの足がちょん切られるような陰惨な場面が出てきても、「そしてみんなは、いついつまでも幸せに暮らしました」とカタリーナが高らかに告げたとたん、そんな場面は頭から消し飛んでしまったものだった。

こうした魔法の言葉——いついつまでも幸せに——をカタリーナが口にできずにいるいまの状況を思うと、自分たちが立てている脱出計画が絵空事で終わらぬことを願わずにいられなかった。いま自分たちにすがれるものは希望だけなのだ。

「なにかがおかしいと彼は気づいているわ」カタリーナが唐突に言って、ゆっくりと目をしばたたいた。

その言葉にノエミの心は泡立った。「彼って誰のこと？」

カタリーナが唇をきゅっと引き結ぶ。こういうことは以前にもあった。ドラマチックに急に押し黙り、思考の流れを見失ったみたいになってしまうのだ。前より体調がよくなったとカタリーナは言うが、そう言いたくなるのはまだ本調子でないからだ。ノエミはカタリーナのおくれ毛を耳にかけてやった。

「カタリーナ？　おかしいってなんの話？」

カタリーナはかぶりを振るとベッドに身を横たえ、背を向けてしまった。ノエミがいとこの肩に手をかけると、その手をカタリーナは払いのけた。フランシスがベッドに歩み寄る。

「疲れたんじゃないかな」彼が言った。「部屋に戻ろう。お袋があんたにドレスの試着をしてほしいそうだ」

花嫁衣装のことは極力考えないようにしてきた。頭のいちばん隅に追いやってきた。先入観を排除していればどうにかやり過ごせた。それでもベッドに広げられたそれを目にしたときはさすがに驚きを禁じえず、ただこわごわと見つめるしかなかった。できることなら触れずに済ませたかった。

ドレスの素材は光沢のあるシフォンとサテンで、ハイネックの襟には厚めのギピュール・レースがあしらわれ、背中には小粒の貝ボタンがずらりと並んでいた。何年ものあいだ埃をかぶった大箱にしまわれていたはずで、となれば、カビが盛大に繁殖していそうなものだが、多少黄ばんではいるものの、生地にこれといった傷みは見当たらない。

悪趣味なものではなかった。嫌悪感も起きなかった。それでも、別の娘の、それも死んだ娘の若やいだ夢想をそこに重ねて見ずにはいられなかった。ひょっとしたら、これに袖を通した女はふたりいたのかもしれない。ヴァージルの最初の妻もこれを身に着けたのだろうか？

ドレスは蛇の抜け殻を連想させた。ハワードはいずれ自分の皮膚を脱ぎすて、新たな皮膚にもぐりこむことになっている。温かい肉にめりこむナイフのように。ウロボロス。

「寸法直しをするには着てもらわないとなりません」フローレンスが言った。

「ドレスなら手持ちの素敵なのがあるわ。紫色のタフタの――」

フローレンスがすっと背筋を伸ばして顎をちょっと持ち上げ、胸元で両手を重ね合わせた。「この襟のレース、わかりますか？　これは時代をかなり遡った、年代物のドレスから切り取られて利用されています。それとこのボタンも別のドレスについていたものです。あなたの子供たちも、いずれこれを着ることになるでしょう。それがしきたりというものです」

身を乗り出してよく見れば、ウエスト部分に裂け目があり、身ごろにも小さな穴が数ヵ所あいていた。完璧に見えたのは目を欺かれていたせいだった。

ノエミはドレスをつかみ取るとバスルームに駆けこみ、それに着替えた。バスルームから出てきたノエミを、フローレンスが厳しい目つきで眺めまわした。巻き尺をあてられ、待ち針で修正箇所が決められていく。こちらをつまみ、あちらをつまむ。フローレンスがメアリに向かって二言三言つぶやくと、メイドは別の埃だらけの箱を開け、靴とベールを取り出した。ベールはドレス以上に惨憺たるありさまだった。クリームがかった象牙色は経年で色褪せ、愛らしい花や唐草を配した縁取り模様は、醜いカビの染みで黒ずんでいる。靴も劣悪な代物で、そもそもサイズが大きすぎた。

「これで間に合わせましょう」フローレンスが言った。「花嫁だって間に合わせのようなものですからね」と嘲るように言い足す。

「わたしがそんなに気に食わないなら、結婚を中止するようあなたの伯父様に頼めばいいじゃない。そうしてもらえたらこっちも大助かりだわ」

「わかってないわね。言えばあっさり取りやめるとでも？　彼の食指はすでに動いてしまったんですよ」彼女は言って、ノエミの髪に触れてきた。

ヴァージルも髪に触れてきたが、その意味するところはまるで違った。フローレンスがやっているのは身体検査だった。「体調管理を徹底するようにと伯父は言っています。生殖細胞と血流の質を高めるためにも大事だと」ノエミの髪から手を放すと、彼女は険しい顔を向けてきた。「男はみんな情欲の塊です。あなたを手元に置いておきたい、彼の望みはただそれだけです。きれいな蝶をコレクションに加えるように、美しい娘がもうひとり欲しいだけなんです」

メアリは黙々とベールの片づけにとりかかった。まるで貴重な宝物でも扱うように、染みや傷みなどどこにもないかのように丁寧に畳んでいく。

「あなたの体にどんな堕落した血が流れているのかは神のみぞ知る。なにせよそ者だし、うちとは釣り合わない種族の出ですからね」ここでフローレンスは染みだらけの靴をベッドに投げやった。「それでも受け容れるしかないのです。伯父がそう決めた以上はね」

「エト・ヴェルブム・カロ・ファクトゥム・エスト」ノエミの口から、あのフレーズが口を突いて出た。彼は神であり、祭司であり、父であり、片やこの人たちはみな彼の子飼いであり、彼に盲従する侍者たちなのだ。

「おやおや。とりあえずお勉強はしているようね」フローレンスが薄い笑みを浮かべた。

それには取り合わず、ノエミはバスルームに行ってドレスを脱ぎ捨て、自分の服に着替えた。女ふたりはドレスを箱に戻すと無言で部屋を出てしまい、ノエミはほっと息をついた。

フランシスにもらった重いセーターを服の上から着ると、ポケットに手を滑りこませ、そこにずっと忍ばせてあるライターと、皺になった煙草のパッケージを握りしめる。これに触れると心が落ち着いた。実家を思い出させてくれた。霧に視界をさえぎられ、ハイ・プレイスの四方の壁に閉じこめられていると、自分が別の町からここにやって来たことも、いまにそちらに戻れるのだということも、忘れてしまいそうだった。

しばらくしてフランシスがやって来た。夕食のトレイと一緒に、ハンカチにくるんだ剃刀も届けてくれた。物騒な結婚プレゼントだわねとノエミが冗談を飛ばすと、彼はくすりと笑った。ふたり並んで床にすわり、ノエミはトレイを膝に載せて食事をとった。彼のほうもジョークをときおり口にしては、ノエミを笑わせた。

そんな愉快なひとときも、遠くから届く不快なうめき声で台無しになった。その声で屋敷がぶるぶる震えるような気さえした。さらにうめき声が何度もあがり、やがて静寂が訪れる。以前にもこれと似たうめき声を耳にしていたが、今夜のはとりわけ痛切な響きに感じられた。

「じきに転生が始まるんだ」彼女の目に浮かぶ不審を読みとったかのように、フランシスが切り出した。「彼の体はもうぼろぼろだ。ルースに撃たれてからこっち、一進一退を繰り返すばかりだったからね。それくらいダメージが大きかったんだ」

「だったらどうして、もっと早い段階で転生を実行しなかったの？　撃たれてすぐにでも」

「できなかったのさ。乗り移るための新しい体がそのときはなかったからね。成人の体じゃないと使えない。脳がある程度発達している必要がある。二十四歳か二十五歳、そのあたりが転生を受け継ぐのに適した年齢なんだ。当時、ヴァージルはまだ赤ん坊だったし、フローレンスも未成年だったし。もっとも、お袋が成人に達していたとしても、あの人は女の体に乗り移ろうとは思わなかっただろうな。そんなわけで彼は機が熟すのをじっと待った。傷を縫い合わせ、健康体に見せかけて」

「だったら、ヴァージルが二十四か二十五になった時点で転生することもできたはずだわ。そうしていたら、老人のままでいることもなかったのに」

「すべては連動しているからだよ。この家も、ここに伸び広がるキノコも、ここに暮らす人々も全部つながっている。誰かが家族に傷を負わせれば、キノコも傷ついてしまう。ルースはおれたちの存亡を左右する構造をそっくり全部ぶち壊してしまった。結局、ハワードの傷だけが癒えぬまま、ほかはすべて元どおりになっていった。その彼もどうにか体力を取り戻して死を迎えることになり、彼の肉体が実を結び、もうじき新たな生のサイクルを開始するというわけだ」

　ノエミはこの家が瘢痕（はんこん）組織を広げるところを、緩慢な呼吸を繰り返すところを、床板の隙間に血が流れるところを思い描いた。それで思い出したのは、前に夢で見た、壁が鼓動を刻む光景だった。

「おれがあんたたちと一緒にここを出るわけにいかない理由も、そこにあるんだ」フランシスは話をするあいだフォークをしきりに弄んでいた。それからフォークを指先でくるりと回して下に置いた。そのままトレイをつかんで立ち去るつもりなのだろう。「おれたち家族は分かちがたく結びついている。おれが逃げ出せば、すぐに気づいて追ってくる。そうなれば三人ともあっさりつかまってしまう」

「あなたがここに残るなんて許さない。そもそも彼らは、あなたになにをするというの?」

「おそらくなにもしないだろう。したとしても、あんたにはもはや関わりないことだ」彼はトレイをつかんだ。「これを片づけたら――」

「まさか本気じゃないわよね」彼女はトレイをひったくって床に戻すと、脇に押しやった。

彼は肩をすくめた。「あんたたちに必要なものをいまそろえているところだ。カタリーナは一度逃げようとしたが、備えが足りなかった。ランタンを二台、コンパス、地図、それと町に徒歩で向かうあいだに凍えないよう、暖かいコートも二着あったほうがいいね。あんたは自分のことと、あんたのいとこのことだけを考えていてくれ。おれのことは気にするな。ものの数にもはいらない。実際、おれの知っている世界はここだけなんだ」

「世界は木材とガラスと屋根だけでできているわけじゃないのよ」彼女は反論した。「あなたは温室育ちの蘭なんかじゃない。あなたを置いていく気はありませんからね。あなたの描いた絵だろうがお気に入りの本だろうが、持っていきたいものをさっさと荷物にまとめなさい。あなたはわたしたちと一緒に来るの」

「ノエミ、あんたはここの人間じゃない。でも、おれはそうなんだ。外の世界でなにができるっていうんだ？」

「やりたいことをすればいいのよ」

「口で言うのは簡単だ。あんたの言う温室育ちの蘭という譬えは、まさにおれにぴったりだよ。苦労の末にようやく生まれ、大事に育てられてきた。そうさ、おれは蘭なんだ。それに見合った気候と光と温度でしか生きられない。おれはひとつの目的のためだけに産み落とされた。魚は水から出たら息ができなくなる。おれは家族と一緒にいてこそのおれなんだ」

「あなたは蘭でも魚でもないわ」

「逃げ出そうとした親父がどんな末路をたどったか、知っているだろう」彼が反論した。「お袋だってヴァージルだって、結局はここに戻ってきたんだよ」

彼はあははと笑ったが、明るさの欠片もない笑いだった。この人はここに残るつもりなのだと、真摯に受け止めるしかなかった。冷たい大理石でできたセファロフォア（切り落とされた自分の首を手に持つ殉教者像）のように、肩に塵が積もるに任せ、屋敷に静かにゆっくりと呑みこまれてゆくのを黙って受け容れようとしているのだと。

「わたしたちと一緒に来て」

「でも――」

「デモもストもないの！　ここを離れたくないの？」彼女は食い下がった。

彼は背を丸めてうなだれた。いまにもドアから飛び出していきそうに思えたが、彼は震える息を呑みこんだ。

「頼むから、無茶を言わないでくれ」彼の声は弱く痛々しかった。「ついて行きたいのはやまやまだよ、どこだろうとね。たとえ南極だろうと、凍傷で爪先がもげようと、そんなことはかまいやしない。

でもね、あんたたちはチンキを飲めばこの家とのつながりを断ち切れるが、こっちはそういうわけにはいかないんだ。この家とのつきあいが長すぎた。ルースはそこを断ち切る方法を見つけようとした し、逃げ切るためにハワードを殺そうともした。でもうまくいかなかった。おれの親父も失敗した。出口はどこにもないんだよ」

彼の言葉には残酷なまでの説得力があった。だとしても、おとなしく引き下がることなどできようはずもない。この家の者たちは捕虫瓶に閉じこめられ、やがて台紙にピンで留められてしまう蛾だとでもいうのか？

「ねえ聞いて」彼女は言った。「黙ってわたしについてくればいいの。わたしがあなたの〝ハーメルンの笛吹き〟になってあげる」

「笛吹きについていった連中は、いい結末を迎えられなかったじゃないか」

「お伽噺の結末なんか知ったこっちゃないわ」ノエミは怒気をこめて言った。「とにかくついてくればいいのよ」

「ノエミ――」

ノエミは彼の顔を両手で包みこんだ。そのまま顎のほうへと指を滑らせる。

フランシスは黙って彼女を見つめた。唇が動いたが言葉にはならず、勇気を奮い起こそうとしているようだった。やがて彼は腕を伸ばしてノエミをそっと抱き寄せた。その手は彼女の背中にぴったりはりついたまま、ゆっくり上下した。ノエミは彼の胸に頬をうずめた。

家は静まりかえっていた。ノエミの苦手な静けさだ。いつもはきしんだりうめいたりする床板という床板がこそとも音をたてず、そこここの壁に掛かる時計の時を刻む音もいっせいに途絶え、窓を打つ雨さえも息を殺したかのようだった。身をひそめている動物がいまにも襲いかかろうと待ちかまえている、そんなふうに思えた。

「彼らが聞き耳を立てているのかしら？」彼女は声を落として言った。ふたりはずっとスペイン語で話しているので内容まではわからないはず。それでもこの静寂はノエミの心を掻き乱した。

「そのようだ」彼が言った。

彼も怯えている、それがノエミにもわかった。静寂のなか、彼の心音だけが耳に大きく届いた。しばらくして彼を見上げると、彼は唇に人差し指を当てながら立ち上がると、ノエミのそばをすっと離れていった。この家は聴覚ばかりか、視覚まで具えているのだろうかとノエミは気になった。

蜘蛛の巣のようにうち震えながら待ち受けている〝グルーム〟。その絹のような銀糸に乗っているのはノエミたち。わずかに身動きするだけで蜘蛛は気配を察知して跳びかかってくるのだろう。考えるだけでもぞっとした。しかし、あの冷たい魔界に自分の意志で足を踏み入れることは可能なのだろうかと思案する。まだやったことのない試みだった。

不安に駆られた。

だが〝グルーム〟にはいらなければルースに会うことができない。彼女ともう一度話がしたかった。そのためにはどうすればいいのか確信はなかった。フランシスが部屋を出たあと、ノエミはベッドに横たわると、両手を体の脇にぴったりつけて自分の呼吸に耳をすまし、写真で目にした若い娘の顔を脳裡に呼び出した。

やがて夢が訪れた。ふたりは墓地にいた。ノエミとルース。ふたりは墓石のあいだを歩いていく。周囲にはねっとりと霧がたちこめ、ルースが手にしたランタンが黄色い微光を投げかける。霊廟の前で足を止めると、ルースがランタンを高く掲げた。ふたりはアグネスの像を仰ぎ見た。明かりは十分とはいえず、像は半ば闇に包まれたままだ。

「この人がわたしたちの母さんよ」ルースが言った。「彼女は眠っているの」

あなたたちの母親じゃないわ。ノエミは心のなかで否定した。アグネスは子を身ごもったまま若くして死んだのだ。

「わたしたちの父親は怪物なの、夜になると姿を現わし、家じゅうを這いずりまわる怪物なの。あなたにも彼の足音がドアの向こうから聞こえるはずよ」ルースはそう言ってランタンをさらに高く掲げた。明かりは光と影の配置を変え、像の手と体は闇に呑みこまれてしまったが、顔がはっきり見えるようになった。虚ろな眼差し、引き結んだ口元。

「あなたのお父さんがあなたを傷つけることはもうないわ」ノエミは言った。少なくとも死者への慈悲はあるだろう。亡霊たちが責め苦を受けることはないはずだ。

しかし目の前の娘は顔をしかめた。「あの人はいつだって、わたしたちを痛めつけることができる。痛めつけるのをやめない。やめるもんですか」

ルースがランタンをノエミのほうに差し向けた。ノエミは思わず目をすがめ、目の前に手をかざした。「決して、絶対に、やめるわけがない。あなたを知っているような気がするわ」

会話は断片的なものでしかなかったが、前回交わしたやりとりよりは筋が通っていた。それどころかこのときはじめて、こうしてしゃべっている相手は実在し、その人の色褪せた複製ではないという印象を抱かせた。だが、そんなことがあるのだろうか？　ここにいるのは色褪せた複製にすぎず、オリジナルはとうに破棄されているはずだ。彼女が理路整然と話すことができなくても、ぼそぼそつぶやくだけであっても、ぜんまい仕掛けの人形のようにランタンの上げ下げをただ繰り返すだけだとしても、ルースを責めることなどできようはずもない。

「ええ、屋敷近くで顔を合わせているわ」ノエミは言って、ルースの腕にそっと手をかけて彼女の動きを止めた。「あなたに訊きたいことがあるの。教えてほしいの。この家とあなたの家族との結びつきはどのくらい強力なの？　ドイル家の人間は絶対にここから出られないの？」そう尋ねたのは、フランシスが言ったことが頭を離れなかったからだった。

ルースは首をかしげてノエミを見た。「父さんは手ごわいわよ。なにかがおかしいと知った父さんは、母さんに命じてわたしを引きとめようとした……それからほかの人たちが来て、その人たちも父さんの言いなりだった。わたしは頭を澄みきった状態に保とうとがんばった。計画を紙に書きとめ、自分の文字に意識を集中させた」

あの日記の断片。一種の記憶術だろうか？　それが〝グルーム〟を出し抜く鍵なのか？　そんな方法で〝グルーム〟をだませるのか？　命令と指示に意識を集中させれば、おのずと道は開けるということか？

「ねえルース、ドイル家の人間で、ここから脱出できた人はこれまでにいたの？」

ルースはもう聞いていなかった。目が虚ろになっている。ノエミはルースの目の前に立ちはだかった。

「逃げようと思ったのよね、そうでしょ？　ベニートと？」

すると娘は目をしばたたき、うなずいた。「そう、逃げるつもりだった」彼女がささやいた。「たぶん、あなたならできる。わたしもできると思っていた。でも、強い力が働いた。血がそれを阻んだの」

フランシスが教えてくれた蝉のようなもの。なんとしてもやらねばという強い意志さえあれば、彼をここから連れ出せる。そう思った。ルースの言葉はノエミの求める手堅い保証にはほど遠かったが、決意はかえって強まった。ハワード・ドイルの束縛から、この不健全な家から、彼を引き離せる可能性は少なくともゼロではない。

「ここは暗いわね?」ルースが空を見上げて言った。星も月も出ていなかった。あるのは霧と夜の闇ばかり。「これを持っていって」そう言ってルースはノエミにランタンを差し出した。

ノエミはランタンを受け取り、金属の持ち手を握りしめた。ルースは像の足元に腰をおろすと像の足に触れ、しげしげと見つめた。それから、霧と草でできたベッドで一眠りしようとでもいうように、台座のかたわらに身を横たえた。

「目を開けることを忘れちゃダメよ」ルースが言った。

「忘れないわ」ノエミはつぶやいた。

目が開いた。窓を見やれば太陽はとうに沈んでいた。結婚式は今夜、すぐそこに迫っていた。

24

婚礼という名の道化芝居、それは通例とは異なる順序で進められた。まずは祝宴、それから挙式だという。

参列者たちがダイニングルームに集合した。フランシスとノエミが並んで腰かけ、その向かいにフローレンスとカタリーナ、ヴァージルは上座におさまった。ハワードとカミンズは姿を見せなかった。

蠟燭が使用人たちの手でふんだんにともされ、ダマスク織の白いテーブルクロスの上には料理がずらりと並んだ。随所に置かれた背の高い青緑色したガラスの花瓶にひしめき合うのは野の花々だ。銀の皿やカップ類はしっかり磨き立てられてはいるものの、以前ノエミが磨いたもの以上の年代物だった。四百年ほど前の宴席で使用されたものに違いない。いや、それよりもっと前の時代かもしれない。地下保管庫にしまわれていた貴重なコレクションは、ハワードの黒土のように丁寧に木箱に詰められ、こっちに運ばれてきたのだろう。一族が支配者として君臨してきた世界を再現するよすがとして。

ノエミの右隣にすわるフランシスは、ダブルボタンの灰色のフロックコートと白いベスト、薄墨色のネクタイで正装している。この衣装の前の持ち主はルースの婚約者だろうか、それとも別の親類の形見だろうかとノエミは想像をめぐらした。ノエミがかぶっているそこそこまともなベールにしても、れていたのだった。ベールを固定するために額に巻かれているのは白いチュールの細リボン(バンドー)で、こちらも櫛やヘアピンを使ってずれないようにしてあった。

ノエミは料理には手をつけず、水を飲むだけにとどめた。口を利くこともなく、それはほかの面々も同様だった。沈黙という魔法のルールが再び幅を利かせ、ナフキンに手が触れて起きるかすかな音がたまに聞こえる程度だった。ノエミがカタリーナにちらりと目を走らせると、いとこも見返してきた。

目の前の光景は、子供のころにお伽噺の本で目にした挿絵を思い起こさせた。婚礼の宴(うたげ)が進むなか、邪悪な妖精が部屋にはいってくる場面である。テーブルには肉料理やパイが並び、女たちは高く盛り上がる髪飾りを頭に載せ、男たちはゆったりした袖のボックス・スーツに身を包んでいる、そんな情景がノエミの脳裡によみがえった。銀のカップに触れたとたん、ノエミの心はその時代へと向かい、ハワードは三百年前、四百年前、いや五百年前にすでに生まれていて、ジャーキン(十六 - 七世紀ごろの男性用ベスト)とタイツというでたちで歩きまわっていたのだろうか、とまたしても想像がふくらんだ。遠い過去に属する彼とは夢のなかで会っていたが、その夢は漠然としたものだったし、日を追うごとにどんどん曖昧(あいまい)になった。死ぬたびに新しい肉体を手に入れるということを、どれだけの回数、彼は繰り返してきたのだろう? ヴァージルに目を向けると、彼もこちらを見返し、カップを掲げて見せた。とっさにノエミは目を伏せ、目の前の皿を見つめた。

時計が時を告げた。これが合図だった。一同がいっせいに立ち上がる。フランシスがノエミの手を取ると、婚礼のささやかな行列は階段をのぼり、緩慢な歩調でハワードの部屋に向かった。そこが目的地だということは直感的にわかってはいたものの、それでもドアの前で足がすくみ、フランシスの手をぎゅっと握りしめていた。さぞや痛かったに違いない。彼が耳元でささやいた。

「おれがついているから大丈夫だ」

ふたりは部屋に足を踏み入れた。室内には腐った料理のような異臭が澱んでいた。ハワードは相変わらずベッドに身を横たえ、どす黒い唇をできものだらけにしていたが、今回は上掛けにくるまれており、かたわらにはドクター・カミンズが控えていた。これが教会であれば香の芳香がたちこめているところだろう。だが、ここに振りまかれているのは腐敗という名の香水だ。

ノエミの姿を目にするやハワードがにやりと笑った。「きれいだよ、ノエミ」彼が口を開く。「とびきり美しい花嫁がまたひとり、誕生したな」

こういう場面が過去に何度あったのだろうかとノエミは思った。彼のコレクションに美しい娘がまたひとり加わった、というようなことをフローレンスは言っていた。

「家族への忠誠を示せば報われ、謀反(むほん)は罰せられる。それを肝に銘じていれば、おまえの身は安泰だ」老人が続けた。「いまこの場をもっておまえたちふたりを夫婦と認める。さあこっちに来なさい」

カミンズが脇に寄り、ふたりは枕元に進み出た。ハワードの口から流れ出したのはラテン語だった。なにを語っているのかノエミには見当もつかず、ある時点でフランシスがひざまずいたのでノエミもそれに倣った。仰々しい身振りを伴う家父長に向けての服従のポーズには意味がある。反復。同じ道を繰り返したどりなおす行為。円環。そんな言葉がノエミの脳裏をよぎった。

ハワードがフランシスに漆塗(うるし)りの小箱を差し出すと、その蓋をフランシスが開ける。内部に敷かれたビロードの上には、干からびた黄色いキノコの欠片が二片、並んでいた。

「食べなさい」ハワードが言った。

ノエミがキノコの小さな欠片を手のひらに受け止めると、フランシスも同じようにした。口に入れる気になれなかった。密かに飲んでいるチンキの効き目が失せる、あるいは弱まるのではと不安に駆られたということもあるが、それとは別に、キノコの出どころを思うと胸がむかむかした。屋敷近くで採れたものだろうか、それとも死体だらけの墓地に生えていたものか？　ひょっとしてハワードの体から器用に摘みとられたのではあるまいか？　もいだときに血は流れたのだろうか？

フランシスがノエミの手首に触れ、キノコを彼の口に入れるようにとうながした。続いてフランシスがノエミの舌にキノコを載せる。ノエミには聖餐式で聖餅を授かる儀式の奇抜なパロディとしか思えず、忍び笑いをもらしそうになった。情緒がかなり不安定になっていた。

キノコを素早く呑みくだす。なんの味もしなかったが、フランシスが口に押しつけてきたカップのワインがひどく甘ったるく、一口飲むのもやっとだった。鼻腔に襲いかかったのはワインの香りだけでなかった。部屋にたちこめる異臭、病と腐敗がもたらす瘴気もそこに溶けこんでいた。

「キスしていいかい？」フランシスが訊いてきたので、彼女はうなずいた。

フランシスが身をかがめる。触れそうで触れない、紗を思わせる接吻だった。それからフランシスは起立して手を差し出し、ノエミを立ち上がらせた。

「若いカップルに贈る言葉はこれだ」ハワードが口を開いた。「汝らに豊穣がもたらされんことを」

式のあいだに交わされた言葉はごくわずか、どうやらすべてが滞りなく運んだらしかった。ヴァージルがフランシスを手招きするのが目にはいったが、ノエミはフローレンスにつかまり、そのまま自室に連れ戻された。部屋を留守にしているあいだ、使用人の誰かが部屋の飾りつけを終えていた。ダイニングルームにあったあの背の高い花瓶が運びこまれ、ベッドには古いリボンで束ねたブーケが置かれ、長い蠟燭がふんだんにともされている。いわゆるロマン主義世界の模倣といったところか。とってつけたような春の香り、花と蜜蠟の香りがそこらじゅうにあふれていた。

「あの最後の贈る言葉で、彼はなにが言いたかったの？」ノエミは尋ねた。

「ドイル家の花嫁は貞淑で慎みのあるまともな娘たちです。男女の営みの中身など、花嫁には大いなる謎のままでいいのです」

それを真に受けていいものだろうかとノエミは訝しんだ。ハワードは好色漢だし、その点はヴァージルも同様だ。花嫁とて、最後の行為はともかく、性に関してまったく知らないわけではないだろう。

「体の部位の名前ならぜんぶ言えるわよ」ノエミはまぜ返した。

「だったらあなたは、立派に務めを果たせるでしょうよ」ここでフローレンスが両手を伸ばし、ベールをはずすのを手伝おうとした。急に体がふらつきだしていたノエミは、手伝ってもらえば助かるとわかっていたものの、フローレンスの手を払いのけた。

「ひとりでできるわ。もう出ていって」

フローレンスは胸の下あたりで両手の指を絡ませると、ノエミを一睨みして退出した。

ああ、やれやれ。

バスルームに駆けこんで鏡と向き合い、ピンや櫛をはずしてチュールを床に投げ捨てた。気温が下がっていた。部屋に戻ってドレスの上から愛用のセーターに袖を通す。ポケットに手を入れると、ライターの硬くて冷たい感触が指に触れた。

頭が少し朦朧としていた。不快というのとも違う。ハワードの部屋で覚えた不快感とは別物だ。酔いが回ったのだろう。そう思ったものの、ワインは式でちょっと舐めた程度だった。

部屋の隅の壁紙を見やれば、以前彼女を怯えさせたあの染みが目に留まった。いまは動いていないが、金色の微細な粒がその周辺でいくつも揺らめいている。目を閉じても、煌々（こうこう）とともる電球をじっと見つめた直後のように、金色の粒は瞼の裏にはりついたままだった。

目を閉じたままベッドに腰かけ、あれこれ思いをめぐらした。フランシスはいまどこにいるのか、連中は彼とどんな話をしているのか、彼の背筋にもちくちくと肌を刺すような、嫌な感覚が駆け抜けているだろうか。

するとは別の結婚式の情景が、真珠の冠を戴く別の花嫁の姿が、ぼんやりと頭に浮かんだ。**婚礼の朝、彼女は銀の小箱を受け取った。そこにはさまざまな色のリボンや宝石、珊瑚(さんご)のネックレスがはいっていた。ハワードの手が琥珀の指輪をはめた花嫁の手に重ねられた。こんなことは望んでいなかったが、彼女には**……これはアグネス……それともアリス？　ノエミに確信はなかった。おそらくアリスだろう。この娘が自分の姉のことを思っているのがわかったから。

姉。

この言葉をきっかけに、思いはカタリーナに向かった。目を開けて天井にじっと目を凝らす。せめて一言でも言葉を交わしたかった。たった一言であっても、それだけで互いの不安を和らげられたはず。

口元を手でごしごしこすった。さっきまで朝の冷えこみのようだったのに、部屋のなかが急に暑く感じられた。ふと首をめぐらせると、ベッドのすぐそこにヴァージルが立っていた。

一瞬、これは目の錯覚だと思った。本当はフランシスなのに、目がおかしくなっているのだと。でなければ〝グルーム〟がまたぞろ意識を攪乱(かくらん)させているのだと。そもそもどうしてヴァージルがここにいるのか？　だが、にやけた笑みはヴァージルのそれであり、フランシスならそんなふうに笑いかけてくるはずもなかった。目の前の男は蠱惑的な眼差しをノエミに向けていた。

ノエミはぱっと立ち上がった。逃げようとしたが足がもつれた。そこにすかさず彼の腕が伸びてきて体を支えた。

「ノエミ、またふたりきりになれたね」ヴァージルが言った。

彼の握力は強烈で、素手ではとても太刀打ちできそうになかった。ノエミは大きく息を吸いこんだ。

「フランシスはどこなの？」

「たっぷりお小言を食らっているところだ。こっちが気づかないと思っていたのかね？」ヴァージルはポケットに手を入れ、チンキのはいったガラス瓶を取り出した。「こんなものは、どのみち役に立たんがね。いまのご気分はいかがかな？」

「酔ったような気分だわ。わたしたちに妙なものを盛ったのね？」

彼は小瓶をポケットに戻した。「とんでもない。盛ったのは心ばかりの結婚祝い、媚薬を少しばかり混ぜておいたんだ。フランシスがその恩恵にあずかれないのは気の毒としか言いようがないね」

ノエミは剃刀のことを思い出した。マットレスの下に隠してあった。あれがあればこの場を切り抜けられるのではないか。とはいえ、そこに手が届けばの話である。いまも肩をつかんでいるヴァージルの手の力は鋼のそれ、振り払ったところでびくともしないだろう。

「わたしはフランシスと結婚したのよ」

「ここにいないじゃないか」

「でも、あなたの父親が――」

「彼もここにいない。まったくもって滑稽だよ、連中ときたら花嫁そっちのけでばたばたしているんだからな」こう言って、ちょっと首をかしげた。「フランシスは未経験の青二才だが、その点こっちは万事心得ている。きみがなにを望んでいるかはお見通しだよ」

「よくもぬけぬけと」ノエミは低くつぶやいた。

「きみはぼくに恋焦がれている。夢のなかでもぼくを探している」彼が言った。「きみは人生に退屈しているんだよ、ノエミ。火遊びが好きなのに、家では真綿にくるまれ危ない目に遭わないよう守られている。だが、きみは危ない目に遭いたいんだ、違うかな？　男たちとの戯れを、きみを翻弄してくれる肝の据わった誰かを求めている」

これは問いかけではなかった。彼は返事を待つことなく、ノエミの唇に唇を重ねてきた。彼の唇に噛みついたが、そこに阻止しようという意図が働いていないことを彼は知っていた。ノエミが翻弄されたがっているという彼の言葉は正しかった。彼女は恋の戯れを、じらすことを、胸の高鳴りを楽しんでいた。タボアダ家の娘だという理由で、ノエミを取り巻く男たちの態度はやけに慎重だったから、ときおり彼女の心にはどす黒いものが渦巻き、猫さながらの一撃を食らわしたくなるのだった。

だが、それを認めてもなお、そういう部分が自分にあるとわかっていても、それが本来の自分でないことも知っていた。

無意識のうちにそう口走っていたのだろう、彼が忍び笑いをもらした。

「言うまでもなく、それがきみさ。ちょっと突ついて本音を吐かせることもできるが、それがきみなんだよ」

「違うわ」

「きみが欲しいのはこのぼく、ぼくが欲しくてたまらないんだ。そこは互いにわかっていることじゃないか、そうだろ？　知らない仲じゃない、心はちゃんと通じ合っている。上品ぶってはいても、一皮むけば、きみの行動原理を支えているのは欲望だけなのさ」

彼の顔をぱしっと打った。効き目はゼロ。一瞬の間ができたが、すぐにヴァージルはノエミの顔を両手で押さえつけて仰向かせると、喉元を親指で撫で上げた。情欲が、心とろかす濃厚な情欲が破滅的な歓喜を呼び覚まし、ノエミはあえぎ声をもらしていた。

部屋の隅のカビが身じろぎ、輪郭がぼやける。ヴァージルの指が彼女の肉に食いこみ、さらに強く引き寄せられる。カビに金色の筋がいくつも現われる。彼はドレスの裾をたくし上げながらノエミをベッドに押し倒すと、彼女の太腿のあいだをまさぐった。その動きにノエミは恐慌をきたした。

「待って！」と訴えたが、ヴァージルはひるむことなくノエミにのしかかった。彼は苛立っていた。

「誰が待つか、じらしやがって」

「ドレスを！」彼が顔をしかめ、不快をあらわにする。それでもノエミは時間を稼ぎたい一心で繰り返した。「ドレスを脱ぐのを手伝ってちょうだい」

この一言で機嫌が直ったのか、ヴァージルは満面の笑みになった。ノエミがどうにか立ち上がると、彼はセーターを脱がせてベッドに投げやった。彼の手がうなじの髪を掻き上げるあいだも、彼女は頭をフル回転させてここから逃げ出す方法を——

ノエミは視界の隅にカビをとらえた。金色の筋を帯びて壁一面に広がっていたカビが、いまは床に滴り落ちている。それは屈折し変形し、三角形から菱形に、菱形から渦巻きへと模様を変えていく。ノエミの頭が朦朧となる。大きな手を顔に押しつけられ、じわじわと窒息させられていく気分だった。

この家から出たいという気は失せていた。そんなことを考えたこと自体、愚かしいことに思えた。出たいと思ったのは間違いだった。この家の一員になりたいという気持ちになっていた。この不思議な組織のメンバーになりたかった。ハイ・プレイスの血となり、肉となり、活力となりたかった。ヴァージルとひとつになりたかった。

欲望。

彼はドレスの背中に並ぶボタンのいくつかをはずし終えていた。もっと前にここを出ていくこともできたはずだった。最初の夜に胸騒ぎを覚えたあの時点で、ここを離れるべきだったのに、怖いもの見たさの感情が芽生えたのではなかったか？　呪い、あるいは怪現象への興味。それについてフランシスに話して聞かせながらわくわくしてもいた。怪現象、解くべき謎。

絶えずつきまとっていたのは病的な好奇心。なぜ拒めない？　拒めるわけがなかった。

拒めるわけがない。それは欲望の仕業。

さっきまで冷えきっていた体がかっと熱を帯びる。カビはいまも滴り落ち、部屋の隅に黒い澱みをつくっている。これがハワードから口移しで喉に流しこまれたあの黒い汁を想起させ、その記憶が嘔吐の波を引き起こし、口のなかに嫌な味が広がった。するとカタリーナのことが、ルースやアグネスのことが、この家の者たちが彼女たちにしてきたひどいことが、それが自分の身にも降りかかろうとしていることが、脳裡に浮上した。

ノエミはさっと身を翻し、かすかに光りながら形を変えていくカビから目を離すと、渾身（こんしん）の力をふりしぼってヴァージルを突き飛ばした。不意を衝かれたヴァージルがベッドの裾に置かれたチェストにつまずき転倒した。彼女は素早く膝をついてマットレスの下に手を入れると、震える指で隠しておいた剃刀を握りしめた。

剃刀を手に、床で伸びているヴァージルを見おろした。頭を打ったのか、目は閉じたままだった。チャンス到来。ノエミはゆっくりと深呼吸すると、彼の体のほうに身をかがめ、彼のポケットのなかのチンキに手を伸ばした。抜き取った瓶の蓋をはずして、少しだけ口に含み、手の甲で口をぬぐう。

効果はすぐに現われた。しかも強烈だった。吐き気の波に呑まれ、手がぶるぶる震えだし、瓶は指をすり抜けて床で砕け散った。ベッドの支柱のひとつにしがみつき、せわしない呼吸を繰り返す。ああ、どうしよう。このままでは気絶してしまう。瞼が閉じそうになるのを、手を強く嚙んで食い止める。うまくいった。

床にできていたカビの黒い澱みが後退しはじめる。すると彼女の頭にかかる靄も薄れていった。ノエミはセーターを着ると、一方のポケットに剃刀を、もう一方にライターを入れた。

いまも床で伸びたままのヴァージルを見やり、その頭に剃刀を突き立ててやろうかと考えたが、またしても両手が震えだした。まずはここを出よう、この男は放っておけばいい、カタリーナを連れ出すことのほうが先決だ。ぐずぐずしている暇はなかった。

25

壁を頼りに、暗い廊下を駆け抜けた。ところどころにともる電球は幽霊めく微光の点滅を繰り返すばかりで心もとなかったが、経路は頭にはいっていた。

急ぐのよ、もたもたしないで。ノエミは自分を叱咤した。

いとこの部屋に鍵がかかっているのではと不安だったが、ノブはあっさり回った。

カタリーナは白いナイトガウン姿でベッドの上で身を起こしていた。部屋にはメアリがいたが、彼女は床を見つめたままだった。

「カタリーナ、ここを出るわよ」そう呼びかけ、剃刀を握っていないほうの手を伸ばしてカタリーナをうながした。

カタリーナは微動だにしない。ノエミに気づいてもいないようで、目は虚ろだった。

「カタリーナ?」再度呼びかけるも、反応なし。

ノエミは唇を嚙むと、隅に腰かけているメイドから目を離さぬまま、部屋に足を踏み入れた。剃刀を握る手が震えた。「お願いよ、カタリーナ、ぐずぐずしていられないんだから」と急きたてる。

ぱっと顔を上げたのはメイドだった。金色のその瞳がノエミに向くが早いか猛突進してきて、ノエミを化粧台に押しつけた。手がノエミの首に巻きつく。年齢からは考えられないほどの剛腕に不意を衝かれ、ノエミは剃刀を取り落とした。化粧台の上に並ぶ品々が、香水瓶や櫛、銀の額におさまるカタリーナの写真が、音をたてて転倒する。

喉を絞め上げるメイドの手にさらに力が加わると、ノエミの体はのけぞり、背中に木がめりこみそうだった。武器になりそうなものをつかもうとしたが、指先は手頃なものを探りあてられず、敷き物をぐいと引いた拍子に倒れた陶器の水差しが床に転がり落ちて罅割れた。

「渡すもんか」メイドが言った。女のものとはとても思えない、不気味なしゃがれ声だった。それは家自体の声なのか、もしくは別のなにかが彼女の声帯を通じて声らしきものを発生させているのか。

メイドの手を首から引き剝がそうとしたが、鉤爪のようにさらに食いこむばかり。ノエミにできることといったら、浅い息を吐きながら女の髪につかみかかるくらいしかなかったが、それで引き下がるような相手ではなかった。

「渡すもんか」メアリはそう繰り返すと、野獣のような歯ぎしりをした。ノエミの視界がぼやけだす。それくらい苦しかった。目に涙があふれ、喉が火を噴く。

といきなり、女の体がなにかの力で後ろに引き戻され、ノエミはようやく息ができるようになった。片手で化粧台をつかんで大きく口を開け、必死の思いで空気を肺に送りこむ。

ノエミからメイドを引き離したのは、部屋に駆けこんできたフランシスだった。そしていま、女はフランシスにつかみかかり、大口を開けてすさまじい金切り声を発していた。それからフランシスを床に押し倒すと、彼の首に両手を回し、死肉をあさる猛禽さながら、上に覆いかぶさった。

ノエミは剃刀を拾い上げてふたりに近づいた。「やめなさい！」ノエミが怒鳴りつけると、女は振り返って金切り声をあげた。すぐさま女はノエミの首に手をめりこませ、喉笛を潰しにかかった。

その瞬間、ノエミはすさまじい恐怖に駆られた。まじりけなしの圧倒的恐怖。気がついたときには女の喉を切り裂いていた。一回、二回、三回、刃が肉に食いこむ。女のわめき声がやみ、そのまま顔面から床に突っこんでいく。

血がぽたぽたとノエミの指を伝い落ちる。床から頭を浮かせたフランシスが、呆然自失のノエミを見上げた。それから立ち上がると、ノエミに歩み寄った。「怪我はないか？」

ノエミは空いているほうの手で首をさすりながら、床に横たわる女に目を凝らした。間違いなく死んでいる。体を仰向けて確認するまでもなかった。体の下に血だまりが広がりつつあった。

心臓が激しく鼓動を打つ。滴り落ちる血が古い花嫁衣装の裾を汚し、指を赤く染めた。ノエミは剃刀をセーターポケットにしまうと、あふれる涙をぬぐった。

「ノエミ？」

フランシスが目の前に立ちはだかり、ノエミの視界をふさいだ。ノエミははっと目を上げ、その蒼ざめた顔に目を凝らした。「いままでどこにいたの？」彼女は怒りにまかせてフロックコートの襟につかみかかると問い詰めた。そばにいてくれなかった彼を、自分をひとりにした彼を殴りつけたかった。

「部屋に閉じこめられていたんだ」彼が言った。「こじ開けて出てきたんだ。あんたを探さなくちゃと思って」

「嘘じゃないでしょうね？　わたしを見捨てたんじゃないの？」

「違うよ！　頼む、信じてくれ。怪我はないか？」

ノエミの口からくくっと笑いがもれた。ぞくりとするような笑い。強姦魔から身をかわし、すんでのところで窒息死を免れた者の笑いだった。

「ノエミ」彼がなおも呼びかける。

不安げな声だった。不安にもなるだろう。どちらもひどく動顛していた。ノエミは責めるのをやめた。「まずはここを出なくちゃね」

ノエミはカタリーナに目を向けた。いとこはまだベッドの上にいた。その場から動いた形跡はなく、あんぐりと開いた口を手で覆い、目は死んだメイドに釘づけになっている。ノエミは上掛けを剝ぎ取ると、いとこの手をつかんだ。

「さあ行くわよ」と声をかける。カタリーナは動こうとしない。そこでフランシスのほうに目を向けた。彼のスーツはノエミの指がつけた血で汚れていた。「彼女、どうしちゃったのかしら?」

「きっと薬を盛られたんだ。チンキを奪われちまったから――」

ノエミはいとこの顔を両手ではさみこみ、きっぱりとした口調で話しかけた。「一緒にここを出るのよ」

カタリーナに反応はなかった。ノエミを見ようとさえしなかった。目はどんより虚ろだった。ノエミはベッド脇に置かれた靴を見つけ、それをつかんでカタリーナに履かせた。それからカタリーナの腕を取り、力ずくでベッドから引きずり出した。カタリーナはおとなしくついてきた。

三人は廊下を駆け抜けた。白いナイトガウン姿のカタリーナは、さながら第二の花嫁といったところ。これじゃまるで不気味な花嫁がふたりいるみたいだわ。ノエミは心のなかでつぶやいた。

漆黒の闇のなかからぬっと現われた人影が、行く手に立ちふさがった。ノエミはぎょっとした。

「止まりなさい」フローレンスだった。やけに落ち着きはらった顔をしていた。声には毛ほどの焦りもない。手には拳銃が握られていた。扱いなれているとでもいうように構え方にぎごちなさはない。

三人はその場に凍りついた。ノエミは剃刀の木の持ち手を握りしめたものの、勝ち目がないことはわかっていた。フローレンスの銃口はノエミにぴたりと狙いを定めていた。

「それを捨てなさい」フローレンスが言った。

ノエミの手が震えだした。持ち手は血糊でぬるつき持ちにくかったが、どうにか高く構える。カタリーナも隣でわなわなと震えていた。

「命令しても無駄よ」

「捨てなさい、聞こえたでしょ」フローレンスが繰り返す。

声は超然として穏やかだが、冷ややかな眼差しは残忍な殺人鬼のそれだった。それでもノエミが剃刀を放さずにいると、フローレンスはカタリーナに銃口を振り向けた。口に出さずとも、脅しの効果は覿面（てきめん）だった。

ノエミは生唾（なまつば）を呑みこみ、武器を床に落とした。

「向きを変えて、歩きなさい」フローレンスが命じた。

三人は歩きだした。来た道を引き返し、暖炉とふたりの妻の肖像画が掛かるハワードの部屋にたどり着く。老人は以前と同じように豪奢なベッドに横たわり、ドクター・カミンズが枕元に腰かけていた。医者のカバンは口を開けた状態でサイドテーブルに置かれていた。医者はちょうどカバンからメスを取り出したところで、ハワードの唇のできものをふたつほど突ついて潰すと、口をふさいでいるとおぼしき薄い皮膜を切り裂いた。

こうすると痛みが和らぐのか、ハワードがふうっと息を吐き出した。ドクター・カミンズはカバンの脇にメスを置いて手の甲で額をぬぐい、低くうめいた。

「ああ、やっと来たか」医者は言ってベッドを回りこんでこちらにやって来た。「間隔がせばまっている。息もまともにできない状態だ。そろそろ始めないと」

「この人のせいなんです」フローレンスが言った。「この女が面倒を起こしてくれましてね。メアリが死にました」

ハワードが身を起こし、いくつも重ねた枕にもたれかかった。口を開いたままぜぇぜぇあえぎながら、節くれだった指で上掛けを握りしめる。肌は蠟細工のような色を帯び、その白さが黒ずみを増した血管を際立たせていた。黒い粘液が顎からぽたり、ぽたりと落ちている。

ドクター・カミンズがフランシスを手招きした。「こっちに来なさい」医者が言った。「ヴァージルはどこだね？」

「怪我をしたようです。彼の痛みをさっき感じましたわ」フローレンスが言った。

「彼を呼びに行っている時間はないな。いますぐ転生に取りかからねばならないんだ」医者は低くつぶやき、水を張った洗面器に両手を浸して汚れを落とした。「ここにフランシスがいることだし、背に腹は替えられない」

「そんな馬鹿な」ノエミはかぶりを振り立てた。「話が違うじゃない」

「それしかないでしょうね」フローレンスが言った。冷ややかな表情には微塵の動揺も見られなかった。

突如ノエミは理解した。なぜハワードは我が子を、お気に入りの息子を断念することにしたのか？　さほど思い入れのない若者を身代わりにしようという気持ちはわからなくもなかった。この若者の精神(マインド)を消し去ったところで良心は痛まないからだろう。はじめからそのつもりだったのか？　真夜中にフランシスの皮膚の下にハワードの意識を乗り移らせ、そのあとノエミのベッドに送りこむつもりだったのか？　なんとも卑劣。すぐにノエミが気づくことはないだろうし、気づいたときには後の祭り、そう彼らは踏んだのだ。そのころにはフランシスの抜け殻に愛着も生まれているだろうから、ノエミも現状を受け容れるだろうと。

「誰がその手に乗るものか」彼女は口のなかでつぶやいた。

フランシスは命じられるままに、すでに医者のほうに歩きだしていた。ノエミは彼の腕をつかもうとしたが、すかさずフローレンスが割ってはいり、ノエミの腕を引いて黒いビロードの椅子にすわらせた。片やカタリーナは虚ろな眼差しで室内をさまよい歩き、ベッドの裾にたたずんでいたかと思うとまた歩きだし、いまはハワードの枕元にいた。

「おおごとにならずにあっさり片づくはずだったのに」そう言いながらフローレンスはノエミを睨みつけた。「あなたときたら、部屋でおとなしく待っていればいいものを、ごたごたを起こすものだから」

「ヴァージルに犯されかけたのよ」ノエミは訴えた。「わたしを犯そうとしたんだから。あんな奴、殺してやればよかった」

「お黙り」フローレンスが切り返した。憎々しげに顔を歪ませる。ハイ・プレイスでは言葉はなんの役にも立たなかった、こんなときでさえ。

ノエミは立ち上がろうと腰を浮かせたが、フローレンスに銃口を向けられた。ノエミは再び腰をおろして肘掛けを握りしめた。フランシスはすでにハワードの枕元にたたずみ、医者と言葉を交わしている。ふたりの声は低く抑えられていた。

「彼はあなたの息子なのよ」ノエミは小声で訴えた。

「ただの器ですよ」フローレンスは表情ひとつ変えることなく言い放った。

ただの器。彼らにとって人間はただの器なのだ。墓地に眠る坑員たちも、子をなした女たちも、その子供たちも、蛇に着せる新しい衣にすぎないというわけだ。そして唯一価値を持つ器はいまこうしてベッドに横たわっている。父という名の器。

ドクター・カミンズがフランシスの肩に手をかけてぐいと押しやった。フランシスはひざまずいて両手を組んだ。悔悟者のように。

「こうべを垂れて、みんなで祈りましょう」フローレンスが号令をかけた。

ノエミが従わないでいると、すぐさまフローレンスの平手が頭に飛んできた。じつに手慣れたビンタ。ノエミの目のなかでいくつもの黒い星が躍った。ルースもこういう目に何度も遭わされ従順を叩きこまれたのだろうかと思わずにいられなかった。

ノエミは両手を組んだ。

ベッドの向こう側では、カタリーナも一同に倣い、無言で両手を組んでいる。いとこの眼差しに苦悩の色はなかった。表情も動かない。

「エト・ヴェルブム・カロ・ファクトゥム・エスト」ハワードの低く厚みのある声が響いた。彼が片手を高々と掲げると、琥珀の指輪がきらめいた。

彼が口にする一連の祈禱は意味不明だったが、理解されることは求められていないのだとノエミは気づいた。服従、受容、彼が求めるのはそれだけだ。この老人にとって、この従順な態度を見届けることに快感があるのだろう。

汝自らを放棄せよ。夢のなかで彼が命じたのがこれだった。いま重視されているのはその行為。このプロセスには肉体のみならず心も含まれる。明け渡すべきは自己の全存在。こうした服従の行為にも快感がありそうだ。

汝自らを放棄せよ。

ノエミは目を上げた。フランシスが小さくつぶやく。唇がかすかに動いていた。ドクター・カミンズもまたつぶやき、全員が唱和する。この低いささやきが、奇妙にも、ひとつの声のように聞こえた。まるで全員の声が合体してひとつの口と化し、その口から流れ出る声が徐々に高まるさまは海のうねりを思わせた。

そこへ、ぶぅーんという音が起きた。前にも耳にしたことのあるこの音もまた、どんどん大きくなっていった。何百という蜂が床下や壁のなかにひそんでいるかのような響きだった。

見ればハワードが、フランシスの頭を抱えこもうとするように、両手を高く構えた。ノエミはこの老人に強要された接吻を思い出した。だが、今回はあれ以上におぞましいことになるはずだ。ハワードの体はできものに覆われ腐臭を放ち、結実のときを、死の瞬間を迎えようとしていた。死ぬと同時に新たな器にするりとおさまり、その段階でフランシスはフランシスでなくなってしまう。常軌を逸しているとしか言いようのない循環の仕組み。子供たちは赤子のときに呑みこまれ、大人になっても呑みこまれる。子供たちは単なる食料、残酷な神に捧げられた食料でしかない。

見ればカタリーナはこそとも音をたてず、ベッドににじり寄っていた。その動きは誰にも見咎められずにいた。ノエミ以外、全員が顔を伏せていたからだ。

そしてノエミは見てしまう。カタリーナは医者のメスを手にすると、それをしげしげと見つめていた。まさに夢うつつといった状態で、自分の手になにが握られているのかもわかっていないかのように、とろんとした眼差しを向けていた。

とそのとき、カタリーナの表情が一変した。一瞬にして訪れた覚醒が怒りの火花を焚きつけた。これほどの憤怒(ふんぬ)をたぎらせる力がカタリーナにあったとは驚きだった。そのむきだしの憎悪にノエミは息を呑んだ。ハワードもなにかがおかしいとようやく気づいたのだろう、さっと顔を振り向けたそこに、メスが振り下ろされた。

すさまじい一撃が彼の目玉を貫く。

逆上した女に変貌したカタリーナは執拗にメスを突き立てた――首を、耳を、肩を切り刻む――黒い膿汁と黒ずんだ血が奔流のように噴き出し、上掛けに飛散する。ハワードが咆哮を発し、感電したかのように体を激しく震わせた。すると部屋にいたほかの者たちも、それに感応するかのように体を痙攣させはじめた。医者もフローレンスもフランシスもどっと床に倒れこみ、激しい発作に身悶える。

カタリーナはあとじさり、メスを投げ捨てるとドアに向かってゆっくりと歩きだした。それからドアのところでいったん立ち止まり、振り返って室内をじっと見渡した。

ノエミはぱっと立ち上がってフランシスに駆け寄った。彼は白目をむいていた。すかさず彼の肩をつかんで体を引き起こし、床にすわらせる。

「さあ行くわよ！」ノエミは彼の頬を思いきり叩いた。「ほら立って！」

意識はまだ朦朧としながらも、彼はどうにか立ち上がると、ノエミの手につかまってドアのほうに歩きかけた。そこに伸びてきたフローレンスの手がノエミの脚をがっしりととらえたものだから、ノエミはバランスを崩してひっくり返った。フランシスも一緒に倒れこむ。

必死に立ち上がろうとするが、フローレンスの手がノエミの脚を鉤爪のようにつかんで放さない。そのとき床に転がっている拳銃が目にはいり、ノエミはそちらに手を伸ばした。それに気づいたフローレンスが、野獣さながらノエミに跳びかかる。ノエミの指先が銃に届いたそのとき、フローレンスがノエミの手指をつかんで猛然とねじり上げた。骨が無残にも折れる音がすると同時に、ノエミはぎゃっと悲鳴をあげた。

痛みはすさまじく、目に涙があふれだす。使い物にならなくなったノエミの手から、フローレンスは拳銃を奪い取った。

「逃げようったってそうはさせませんよ」フローレンスが言った。「絶対にね」

フローレンスがノエミに銃口を向けた。この一発で万事休す、怪我だけでは済まないだろう、それがノエミにわかった。フローレンスは本気の表情を浮かべ、憎悪にたぎるうめき声をもらしていた。

この家の者たちはこのあと家を清掃するのだろうかとノエミは気になった。馬鹿げているとしか言いようがないが、頭に浮かぶのはそんなことばかりだった。彼らは床やシーツを洗い清め、血糊をこそげ落とし、この自分を大勢の者たちと同様、墓場に掘った穴に投げこむのだろうかと。

せめて盾代わりにしようと骨折した手を目の前にかざしたが、無駄なことはわかっていた。それで弾がかわせるはずもない。

「やめろ！」フランシスがわめいた。

フランシスは母親に体ごとぶつかっていった。ふたりは揉み合いながら、さっきまでノエミがすわっていた黒いビロード張りの椅子に突っこんでいき、そのまま椅子もろとも転倒した。と同時に銃声が起きた。大音響が轟く。ノエミは耳をふさいで身をすくませた。

ノエミはごくりと唾を呑みこんだ。フランシスは母親の下敷きになっていた。どちらが撃たれたのか、ノエミの位置からはわからなかったが、やがてフランシスがフローレンスの体を脇に転がし、立ち上がった。手には拳銃が握られていた。彼の目は涙で光り、体をわなわなと震わせていたが、その震えは、さっきまで彼の体を責め苛んでいたすさまじい痙攣とは別のものだった。

床に転がるフローレンスの体はぴくりとも動かなかった。

彼はよろけながらノエミのほうに歩み寄り、力なくかぶりを振った。なにか言おうとしていた。悲しみを思いきり吐き出したかったのだろう。だが、そこにうめき声がして、はっとベッドに目をやれば、ハワードがふたりに向かって手を突き出していた。片目を失い、メスでメッタ刺しにされた顔はもはや原形をとどめていなかった。それでももう片方の目はかっと見開かれ、怪物めく金色の眼差しでふたりを見据えていた。彼は口から血を、黒い粘液を飛び散らしながら言った。

「おまえはわたしのもの。おまえの体はわたしのものだ」

彼が鉤爪のような手を伸ばし、ベッドのそばに来るようフランシスをうながした。するとフランシスが一歩、足を前に踏み出した。その瞬間、ノエミは悟った。この男の強制力はまだ衰えていない、フランシスは従うよう仕向けられているのだと。そこには無視することのできない引力が働いていた。ルースは自殺したのだと、自分のとった行動に恐れをなして自ら命を絶ったのだと、ノエミはいままで思いこんでいた。

後悔なんかするもんか。彼女はそう言っていた。だが、ここに至って気がついた。彼女にそういう行動をとるよう仕向けたのは、おそらくハワードだったのだ。なんとしても生き延びようと必死だったハワードは、土壇場でルースを操り、ライフルの銃口を彼女自らに向けさせた。ドイル家の者にはそういうことができる。ヴァージルがノエミを操ったように、人を思いのままに動かせるのだ。

ルースは殺された。そうノエミは確信した。

フランシスはおぼつかない足どりで歩を進め、ハワードはにたにた笑っている。「こっちに来るんだ」ハワードが言った。

やるならいまだ。熟した果実はもぎ取らねばならない。ノエミは思った。

それはこんなふうに展開した。このときハワードは琥珀の指輪を指から引き抜いてフランシスに差し出し、自分の指にはめるよううながしていた。シンボルの授与。敬意、譲渡、黙従の証。

「フランシス！」ノエミが叫んでも彼は振り向かなかった。

ドクター・カミンズがうめき声をもらした。いまにも立ち上がりそうだった。ハワードは金色に光る片目でふたりを凝視している。ノエミはなんとしてもフランシスに翻意と退却をうながす必要があった。というのも、周囲の壁がかすかに鼓動を打ちはじめ、息を吹きかえし、巨大な獣のように皮膚を上下に波打たせていたからであり、蜂どもが戻ってきたからだ。

荒れ狂ったように湧き起こるおびただしい数の羽音。

ノエミはぱっと飛び出していって、フランシスの肩に爪を立てた。

彼が振り返った。振り返って彼女を見た。瞼がぴくぴくと痙攣し、徐々に目が見開かれていく。

「フランシス！」

「こら坊主！」ハワードがわめいた。声があまりに大きすぎたのはまずかった。その声は周囲の壁に跳ね返り、木材をぎしぎし鳴らし、反響が繰り返されるあいだに蜂どもが闇のなかで翅を震わせ、羽音を響かせた。

どうした坊主、ほらほら、なにをしてるんだ。

いいや、血がそれを阻んだの。ルースはそう言っていた——しかし、悪性の腫瘍は切り取ることもできるはず。

フランシスの握力がゆるんだその隙に、ノエミは拳銃をすんなり奪い取ることができた。射撃の経験といったら過去に一度きりしかない。あれはメキシコシティ郊外のエル・デシエルト・デ・ロス・レオネス国立公園に遊びに行ったときのこと、弟が並べた小さな標的を正確に打ち抜いたものだから、友人たちからやんやの喝采を浴びたのだった。そのあとは乗馬を楽しんだりもしたが、銃の扱いはいまでもしっかり頭にはいっていた。

ノエミは銃を構えると、ハワードめがけて二発、撃ちこんだ。その瞬間、フランシスのなかでなにかが弾け飛んだようだった。フランシスはしきりにまばたきを繰り返し、呆けたように口を開けてノエミを見つめてきた。ノエミはいま一度引き鉄を引いた。しかし弾はすでに使いきっていた。

ハワードが身悶え、悲鳴をあげた。このときノエミは、かつて家族旅行で海に行ったときに食べたシチューのことを、祖母が見事な包丁さばきで大魚の頭を切り落としたときのことを思い出していた。あのぬるぬるした魚は生命力が強く、頭を切り落とされてもなお身をくねらせ、逃げようとした。ハワードはあの魚にそっくりだ。体を激しく痙攣させ、ベッドが揺れるほど七転八倒していた。

ノエミは銃を床に投げ捨てると、フランシスの手をつかんで部屋から引きずり出した。廊下では、両手で口をふさいだまま立ちすくむカタリーナが、出てきたふたりをまじまじと見つめてから、ノエミの肩越しにのぞくベッドの上で足を蹴立てては悶絶する瀕死の男に、しばし見入っていた。ノエミは振り返る気にもならなかった。

26

階段にさしかかったところで三人の足が不意に止まった。ハイ・プレイスの残るふたりの使用人、リジーとチャールズが数段下から三人を見上げていた。どちらも体を小刻みに震わせながら首をぐらぐらと揺らし、ときおり手を握ったり開いたりしながら、歯をむき出しにした口を凍りつかせている。二体の壊れたぜんまい仕掛けの玩具を見るようだった。一連の出来事がこの家のメンバーひとりひとりに影響を及ぼしているらしいとノエミは察しをつけた。とはいえ、ここでこうして三人を見つめているということは、まだ完全に壊れきってはいないのだろう。

「この人たち、どうしちゃったの？」ノエミはフランシスに耳打ちした。

「ハワードに統制力がなくなった。それで動けないんだろう。とりあえずいまのところは。横をすり抜けていけなくもないが、正面玄関は鍵がかかっているかもしれない。鍵束はいつもお袋が持ち歩いているんだ」

「鍵を取りに戻るなんて冗談じゃないわ」ノエミは言った。使用人たちの横をすり抜けるのも気が進まないが、死体のポケットを探りにハワードの部屋に引き返す気もなかった。

ノエミのそばに立つカタリーナは、見つめてくる使用人たちを見やり、かぶりを振った。いとこも中央階段をおりる気にはなれないようだった。

「別のルートがある。裏階段を使おう」

彼が廊下を駆けだすと、ふたりもそれに続いた。「ここだ」彼がひとつのドアを開けた。

螺旋（らせん）を描く裏階段は狭く、明かりも乏しく、壁から突き出た二基の燭台型照明が行く手をわずかに照らすだけだった。ノエミはポケットから取り出したライターを高く掲げ、もう一方の手を階段の手すりに添えた。

階段をおりるうちに、手すりがぬるぬるしはじめた。まるでウナギのようだった。これが生きているように呼吸し、首をもたげた。ノエミはライターを近づけ、手すりに目を凝らした。痛めた手も家の律動に呼応するかのように疼きだす。

「幻覚だよ」フランシスが言った。

「でも、これが見えないの？」ノエミは言い返した。

「〝グルーム〟の仕業さ。こういうものをおれたちに信じこませようとしているんだ。さあ、急ごう」

ノエミは足を速め、階段をおりきった。カタリーナもすぐに追いついたが、フランシスは遅れぎみで、荒い息を吐いていた。

「大丈夫？」ノエミはフランシスに声をかけた。

「絶好調とは言えないな」彼が言った。「とにかく先に進もう。もう少しで行き止まりになる。そこは食料庫になっていて、なかに戸棚がある。黄色く塗られたやつだ。そいつは横に動かせる仕掛けになっている」

ノエミはドアを見つけた。開けると、フランシスの言うとおり、そこは食料庫だった。床は石敷きで、肉を吊るすフックがいくつも並んでいる。長い鎖のついた裸電球が天井からぶら下がり、鎖を引くと狭い空間が照らし出された。棚はすべて空っぽだった。ここに食料を保存していたのはかなり昔のことだろう。壁は上から下まで黒ずんだカビに覆いつくされ、とても使えたものではない。

黄色い戸棚に目をやる。上部はアーチ型になっていて、二枚のガラス扉がはまり、下部には大きな引き出しがふたつあった。表面には染みが浮き、擦り減った痕があちこちにできている。黄色い布で内張りされているのは、表面の色と合わせてのことだろう。

「そいつを、左に、押して、動かすんだ」フランシスが言った。「それと、その戸棚の、一番下に、バッグが、はいっている」彼の途切れがちの口調から、息切れを静めようとしているのがわかった。

ノエミは腰をかがめて戸棚の引き出しを開けた。なかに茶色のキャンバス地のバッグがあった。カタリーナがファスナーを開く。中身はランタンにコンパス、セーターが二枚。万全とまではいかないが、逃走用にフランシスが用意してくれた品々だ。これでなんとか間に合わせるしかないだろう。

「左に押すのね？」ノエミはポケットにコンパスをおさめながら訊いた。

フランシスがうなずく。「でもまずは、そこの入口をふさいでおかなくちゃな」そう言って彼はいましがたくぐってきたドアを指さした。

「そこにある本箱が使えそうね」ノエミは言った。

カタリーナとフランシスが、ぐらつく木の本箱を引きずって動かし、ドアの前に据えた。バリケードとしては心もとないが、時間稼ぎにはなりそうだ。

安全を確保したところで、ノエミはセーターの一枚をカタリーナに、もう一枚をフランシスに渡した。外は間違いなく寒いはず。いよいよ戸棚を動かすときが来た。見るからに重そうな戸棚だったが、驚いたことに、本棚のときほど力を使わずに横に滑らせることができた。その背後から、黒く変色したドアが現われた。

「霊廟に通じているドアだ」フランシスが言った。「あとは山を徒歩で下って町に出るだけだよ」

「霊廟は通りたくないわ」カタリーナがかぼそい声をもらした。いままで無言だったカタリーナの声にノエミはどきりとした。カタリーナがドアを指さす。「そっちには死んだ人たちが眠っているのよ。行きたくないわ。あ、なにか聞こえる」

　そのときノエミの耳に、地の底から湧き上がるようなうめき声が届いた。これが天井を震わせ、電球をちかちか点滅させ、電線をかすかに揺らしたように思われた。ノエミの背筋に冷たいものが駆け抜けた。

「あれはなに？」ノエミは問いかけた。

　視線を上に向けたフランシスが、大きく息を吸いこんだ。「ハワードだよ、まだ生きているんだ」

「銃で撃ったのよ」ノエミは言った。「あれで死んだはずじゃ――」

「いや」フランシスがかぶりを振った。「彼は衰弱し、痛みに苛まれ、怒っている。まだ死んじゃいない。屋敷全体が痛みにあえいでいるんだ」

「怖いわ」カタリーナが消え入りそうな声で言った。

　ノエミはいとこのほうに向き直ってその体を強く抱きしめた。「じきにここを出られるわ、わかった？」

「がんばってみる」カタリーナが小さく声を返した。

　ノエミは腰をかがめてランタンを取り上げた。負傷した手で火をともすのは無理だと判断し、フランシスにライターを渡す。

　彼はともした炎にガラスの火屋（ほや）を慎重な手つきでかぶせてから、ノエミが胸元に押しつけている手にさっと目を走らせると、「おれが持とうか？」と訊いた。

「大丈夫、持てるわ」左手の指が二本折れていたが、腕はどちらも無傷だし、自分で持つほうが安心感を得られそうな気がした。

ランタンを手にしたノエミはいとこを見やった。カタリーナがうなずき、ノエミは笑みを返した。フランシスがノブを回す。前方に長い通路が延びていた。ここは坑員たちが荒掘りしただけの未完成の通路だろう、ノエミはそう予想を立てていた。

実際は違った。

左右の壁は黄色いタイルの装飾がほどこされ、その表面には花や唐草模様が描かれていた。壁から突き出た優美な燭台は銀製で、蛇をかたどったものだった。大きく開けたその口にかつては蠟燭が立てられていたのだろうが、いまは光沢も失われ、埃をかぶっていた。

床の隙間にも壁の隙間にも、小さな黄色いキノコが顔をのぞかせていた。ここは寒いし湿気もある。地下に位置するこの場所はキノコたちにうってつけの環境に違いない。先に進むにつれてキノコの数が増えていき、そこここに小さな群落をつくって密生していた。

キノコの数の増加にともない、ノエミは別のことにも気づきはじめた。ここのキノコたちは発光物質を具えているらしかった。かすかに光っているのだ。

「わたしの目がおかしくなったのかしら？」ノエミはフランシスに問いかけた。「キノコが光って見えるわ」

「ああ。発光するキノコなんだ」

「とっても不思議」

「そう珍しいものじゃない。ナラタケやワサビタケはどっちも光る。生物発光と呼ばれている現象だ。ただし、そっちの光は緑色だけどね」

「ここにあるキノコが、彼が洞窟で見つけたものなのね」ノエミは天井を見上げながら言った。おびただしい数の星を眺めている気分だった。「不死。それがここに宿っているのね」

フランシスが手を伸ばして銀の燭台のひとつにつかまって体を支え、床に目を落とした。それから震える指を髪に走らせ、深い溜息をもらす。

「どうかしたの？」ノエミは問いかけた。

「家だよ。家が動揺して痛みに苦しんでいる。それがおれにも影響を及ぼしているんだ」

「まだ歩けそう？」

「たぶん」彼は言った。「どうかな。もしもおれが気を失ったら――」

「ちょっと休むといいわ」

「いや、大丈夫だ」

「だったらわたしにつかまって。さあ行くわよ」

「あんただって怪我してるじゃないか」

「持ちつ持たれつよ」

彼はためらったが、彼女の肩に手を預けた。それからカタリーナを先に立たせ、ふたりは並んで歩きだした。キノコはさらに数を増し、サイズも大きくなり、柔らかな光が天井と壁から降りそそぐ。

カタリーナが急に立ち止まった。ノエミはその背中に危うくぶつかりそうになり、ランタンを握る手に力がはいった。

「どうしたの？」ノエミが訊いた。

カタリーナが前方を指さした。いとこが不意に足を止めた理由がわかった。通路の幅が広がる先に、黒く厚みのある巨大な二枚扉がそびえている。どちらの扉にも己の尻尾を嚙む蛇を正円に描いた銀の象嵌がほどこされ、蛇の目には琥珀が埋まり、顎には大ぶりの銀の輪、ドアノッカーが下がっていた。

「この扉の向こうは霊廟の下にある小部屋になっている」フランシスが言った。「地上に出るにはここを抜けないとならないんだ」

フランシスが一方のドアノッカーを引いた。扉はかなり重いらしく、彼がさらに力をこめるとようやく開き、ノエミはランタンを高くかざしてドアをくぐった。四歩ほど進んだところでランタンを握った腕をおろした。かざすまでもなかった。明かりなしでも先は十分見通せた。

室内には大小さまざまなキノコが、花綱状に垂れ下がっていた。さながら生きた有機体が織り上げたタペストリーといったところ。高い壁を上から下までびっしりと埋めつくすさまは、暗礁に乗り上げた古代の船の表面にはりつくフジツボを思わせ、その輝きは蠟燭や松明より強烈で、安定した光が広い空間を照らし出していた。死にかけた太陽の光はきっとこんなふうに違いない。

右手に見える金属ゲートはキノコの侵略を免れていて、とぐろを巻いた蛇の銀細工と蠟燭の燃えさしが残る頭上のシャンデリアにもキノコは見当たらなかった。石敷きの床もまたキノコの繁殖はほとんど見られず、そこここのゆるんだ板石の隙間にまばらに顔をのぞかせる程度なので、床一面に描かれた壮大なモザイク画がしっかり見えている。描かれているのは黒い蛇、それが己の尾に荒々しく嚙みつき目をらんらんと光らせていた。この大蛇の周囲を彩るのは蔦や花の唐草模様。温室で目にしたあのウロボロスとよく似ているが、こちらのほうが大きくて威厳があり、キノコの輝きがその不気味さを際立たせていた。

家具は石の台座に据えられたテーブルがひとつあるきりだった。テーブルには黄色い布が敷かれていて、その上に銀のカップと銀の小箱が置いてあった。テーブルの背後には背景幕のようなものがゆったりと垂れている。これも同じく黄色い絹地。どうやら出入口を隠すための間仕切りらしい。

「向こうに見えるゲート、そいつが上の霊廟に通じている」背後からフランシスの声がかかった。「あそこを抜けるんだ」

金属ゲートの先に石の階段が見えたが、ノエミはそちらには向かわず、石造りの台座にのぼって眉をくもらせた。手にしたランタンを足元に置いてテーブルに指を滑らせ、小箱の蓋を開ける。はいっていたのは柄（え）の部分に宝石をちりばめたナイフだった。ノエミはそれを手に取った。

「ここ、見憶えがあるわ」彼女は言った。「夢に出てきたの」

ゆっくりとした足どりで部屋にはいってきたフランシスとカタリーナが、ノエミを見つめた。「あいつはこれを使って、子供たちを殺したのよ」ノエミは言葉を継いだ。

「彼のやったことはほかにもいろいろある」フランシスが返した。

「勝手気ままな食人習慣（カジュアル・カニバリズム）というやつね」

「聖体拝領だよ。一族の子供たちはキノコの菌に感染して生まれてくる。その肉を食べるということはキノコの菌を体に取りこむのと同じことなんだ。菌を取りこむことでおれたちはより強くなれるし、キノコのほうはおれたちと〝グルーム〟との絆をさらに強めることができる。そうやっておれたちはハワードと結びついているんだ」

すると突然、フランシスが顔を歪めて体をくの字に折り曲げた。吐き気でも起きたのかとノエミはとっさに思ったが、彼は腕で腹をかばうようにしてじっと動かなかった。ノエミはナイフをテーブルに投げ出して台座をおりると、彼に駆け寄った。

「どうかしたの？」ノエミは声をかけた。

「痛がっている」彼は言った。「彼女が痛みに悶えている」

「彼女って誰なの？」

「彼女がしゃべっている」

そう言われてノエミもはっと気づいた。なにかがずっと聞こえていたのに、気にも留めていなかった。聞こえるか聞こえないかのごくかすかな音だったから、言われなければ気のせいだと取り合わなかっただろう。低いうなりのようでありながら、うなりとは似ても似つかぬものでもあった。ぶぅーんという耳障りな音は前に何度も耳にしていたが、今回はその調子がさらに高まっているように思われた。

見てはダメ。

ノエミは振り返った。うなりは台座のほうから聞こえてくるらしく、彼女はそちらに足を向けた。近づくにつれて音はますます強まった。

黄色い垂れ幕の背後だ。ノエミは手を伸ばした。

「やめて」カタリーナが言った。「見ないほうがいいわ」

ノエミの指先が垂れ幕にかかると、うなりはものすごい数の虫が逆上してガラスに体当たりするような音に変化し、頭のなかに蜂の大群が閉じこめられているようなそのすさまじさは、音の振動が空気を切り裂いているような感覚を引き起こした。ノエミは上方に目を向けた。

見てはダメ。

蜂どもがノエミの指先にぶつかり、大気は見えない翅で充満しているように思われた。後ろにさがれ、顔をそむけろ、目をふさげ、と本能が告げてきたが、ノエミは垂れ幕をつかむと、力まかせにぐいと引っぱった。

目に飛びこんできたのは死の相貌だった。

大きく口を開けて悲鳴をあげる女の顔、それが時のなかで凍りついていた。ミイラ。口のなかに残る数本の歯、黄ばんだ皮膚。埋葬時に着ていた服はすでに塵に分解され、その裸体がいまをとっているのは別の晴れ着、キノコだった。キノコは女の上半身と腹部から生えだし、腕や脚へと伸び広がり、頭部で密生して冠となり、後光となって金色に輝いていた。キノコによって体を背後から支えられ、壁に固定されたその立ち姿は、さながら菌糸体の大聖堂に祀られた奇怪な聖母といったふうだった。

耳障りな音を発していたのは遠い昔に死んで葬られた女性、あのすさまじい音の正体はこの女性だった。ノエミが夢のなかで何度も目にした、金色の曖昧模糊とした存在は、屋敷の壁の内部に棲みついている不気味な怪物は、この女性だったのだ。彼女が差し出す手にはまっているのは琥珀の指輪。

ノエミははっとした。

「アグネス」ノエミはつぶやいた。

ぶぅーんという音、それはすさまじくも鮮明で、こっちを見ろ、しっかり認識せよ、とノエミに迫ってきた。

見て。

顔に押しつけられた布のせいで息ができなくなり、ノエミの意識が遠のいた。しばらくして我に返ると、そこは柩のなかだった。驚きのあまり過呼吸になる。こうなる覚悟はしていたし、なにが起こるかわかっていたはずなのに、恐怖にすくみあがった。柩の蓋を手のひらで押し返す、何度も何度も押し返す。木の破片が皮膚に突き刺さる。悲鳴をあげ、必死に脱出を試みるも、柩はびくともしなかった。大声でいくら叫んでも、誰も来てくれない。来るはずもなかった。柩とはそういうものなのだ。

見て。

彼は彼女を必要とした。彼女の精神(マインド)が必要だった。キノコそれ自体はマインドを具えていないから。真の思考も、真の意識も持ち合わせていないからだ。あるとしてもそのかすかな痕跡だけ、薔薇を思わせる淡い香り程度のもの。祭司たちの死肉を食らってもなお、真の不死は実現できなかった。共食いはキノコの潜在能力を増大させ、その場に居合わせた者同士をゆるやかな絆で結びつけた。結びつけはしても未来永劫(えいごう)というわけにはいかない。キノコに傷を癒すことと寿命を延ばすことはできても、不死を与えることはできなかった。

ところがドイルは賢かった。賢いドイルは、科学と錬金術に通暁(つうぎょう)していたドイルは、生体内プロセスに魅せられ、誰にもつかめなかったキノコにひそむ可能性をすべて理解するに至った。

マインド。

キノコは、記憶の器として機能してくれる人間のマインドを、支配力を発揮できる人間のマインドを欲した。キノコと、キノコへの適応力がある人間のマインド、このふたつが融合されたものはいわば蠟のようなものであり、ハワードは封蠟のような存在だ。手紙に蠟を垂らして刻印するように、彼は新たな肉体に自らを刻印した。

見て。

祭司たちは散逸した記憶の断片を、キノコを媒介にして、彼ら会衆を通じて、世代から世代へとどうにか引き渡してきたが、そうした伝達手段は粗雑でムラがあった。そこをハワードは体系化した。彼のやり方では、アグネスのような者たちがいれば事足りた。

彼の妻。彼の血縁者。

しかし、いまアグネスなる者はどこにもいない。アグネスは〝グルーム〟であり、〝グルーム〟はアグネスだ。そしてハワードは、いまこの瞬間に消滅しても、〝グルーム〟のなかでこれからも存在しつづける。なぜなら彼は蠟と刻印と紙というシステムを編み出した人だから。

そして、このシステムが傷ついてしまった。痛みにあえいでいた。〝グルーム〟も。アグネスも。

キノコも。屋敷も。腐敗に蝕まれた屋敷は、壁内部に縦横に伸び広がり、あらゆる種類の無機物に養分を送り届ける菌糸の重みで押しつぶされそうになっている。

彼はダメージを受けている。わたしたちはダメージを受けている。ほら見て、見て、見て、見てちょうだい！

ぶぅーんという音が熱っぽい調子を帯びた。あまりのやかましさにノエミは耳をふさいで悲鳴をあげた。すると頭のなかでわめき声がした。

フランシスがノエミの肩をつかんで体を反転させた。

「彼女を見ちゃダメだ」彼が言った。「おれたちは見ちゃいけないことになっているんだ」うなりが唐突にやんだ。ノエミは頭を上げてカタリーナを見やった。カタリーナは床にひたすら視線を落としていた。ノエミは恐怖に顔を引きつらせ、フランシスに目を戻した。

喉に嗚咽がこみ上げる。「彼らは彼女を生きたまま埋めたんだわ」ノエミは言った。「生き埋めにされて死んで、キノコがその体から生え出し……ああ、なんてひどい話……もはや人間のマインドでもなんでもない……あいつは彼女を改造した。作り変えたのよ」

ノエミの呼吸が速まった。あまりに速すぎる息づかい。ぶぅーんという音はやんだが、女はまだそこにいた。ノエミは醜怪な頭蓋骨をどうしてももう一度見たくて首をねじりかけたが、顎をフランシスに押さえられた。

「ダメだ、見るんじゃない。こっちを見ろ。おれのそばにいてくれ」

ノエミは水面に浮上した海女のように大きく深呼吸した。それからフランシスの目をのぞきこんだ。

「彼女が〝グルーム〟だったのね。あなたはそのことを知っていたんでしょ？」

「ここに来るのはハワードとヴァージルだけだし」フランシスが言った。彼はぶるぶる震えていた。

「でも知っていたんだわ！」

幽霊はすべてアグネスだった。というよりはむしろ、アグネスのなかにすべての幽霊が棲みついていた。いや、それも正しくない。かつてアグネスだった存在が〝グルーム〟になり、その〝グルーム〟のなかに幽霊たちは棲んでいる。こんなことは正気の沙汰ではない。物の怪の出没どころの騒ぎではない。憑依（ひょうい）、それとも違う、とにかくノエミには名づけようのない存在。一女性の脊髄と骨と神経細胞を与えられ、キノコの軸と胞子でできた死後世界の被造物。

「ルースも知っていた。でも、おれたちにはどうすることもできなかった。そこにいる彼女がおれたちをここにつなぎ留めている。彼女はハワードがすべてを牛耳（ぎゅうじ）るための道具なんだ。おれたちはここを出られない。奴らはおれたちを解放してくれない、絶対に無理なんだ」

彼は大汗をかいていた。それから崩れるように膝立ちになると、ノエミの両腕にしがみついた。

「どうしたの？」ノエミは言って、同じく膝をついて彼の頬に手をやった。

「そいつの言うとおり、そいつは出ていけない。ついでに言っておくと、きみたちもね」

声の主はヴァージルだった。金属ゲートをさっと開いて、こちらにはいってくるところだった。ふらりと立ち寄ったとでもいうように平然としていた。おそらくこれも幻覚だ。たぶん目の錯覚。ノエミは彼をまじまじと見つめた。ありえない。そう思った。

「どうした？」彼はゲートが音高く閉まるにまかせながら、肩をすくめて見せた。間違いなく彼だった。幻覚ではなかった。地下通路から追ってきたのではなく、上の墓地を抜けて地下におりてきたのだ。

「かわいそうに、ショックを受けているようだね。だが、きみはこのぼくを殺したと思っちゃいないはずだ。それと、ぼくがたまたまポケットにチンキを入れていたと思っているのかな？　こっちはわざと奪えるようにしてやったんだ。ちょっと隙を与えて逃がしてやったのも、そもそもこの騒動を起こさせたのも、全部ぼくが仕組んだことでね」

　ノエミは生唾をごくりと呑みこんだ。横にいるフランシスはぶるぶる震えていた。「なぜそんなことを？」

「訊くまでもないだろう？　きみたちならぼくの父親に深手を負わせられるからさ。ぼくにはまずもって不可能なんでね。フランシスにも無理だ。あの人には、ぼくら一族の者が手の一本も上げられないよう仕向ける力があるんだよ。きみも気づいているように、彼はその力でルースを自殺に追いこんだ。フランシスがなにを企んでいるかを知ったとき、ぼくは思ったんだ、ようやくチャンスがめぐってきた、とね。この小娘の逃亡劇を勝手にやらせておこう、お手並み拝見といこう、とね。我々一族のルールに縛られていない部外者なら、あの人に盾突くことも可能だからな。それに、いまあの人は死にかけている。それを感じるか？　ふふん？　彼の肉体は崩壊寸前だよ」

「あなたには不都合なことよね」ノエミは言った。「あなたが彼を傷つければ、〝グルーム〟も傷つくことになるのよ。たとえ彼の肉体が滅びようとも、彼は〝グルーム〟のなかで存在しつづける。彼のマインドは――」

「あの人はもはや無力だ。いま〝グルーム〟を支配しているのはこのぼくだ」ヴァージルが怒りをにじませて言った。「あいつが死んだら、そのまま永久に死んでもらうまでさ。新しい肉体を与えてやる気はないんでね。新旧交代だよ。きみだってそれを望んでいたじゃないか、違うかな？　ぼくらは同じ穴の貉（むじな）なんだよ」

　ヴァージルはすでにカタリーナの脇に立ち、ほくそ笑みながら彼女にちらりと目を走らせた。「きみもここにいたんだね、ぼくの奥様。今夜の余興に貢献してくれて礼を言うよ」そう言って彼は、愛妻家めくおどけたしぐさで彼女の腕をぎゅっとつかんだ。カタリーナは身をすくませたが、その場から動けずにいた。

「彼女に触らないで」言ってノエミは立ち上がると、銀の小箱にあったナイフに手を伸ばした。

「余計なお世話だ。この人はぼくの妻なんだぞ」

ノエミはナイフを握る手に力をこめた。「その手を放さないと――」

「そっちこそナイフを捨てたほうがいい」ヴァージルが言った。

誰が捨てるものか。そう思った矢先に手が震えだし、すさまじい衝動が体内を駆け抜け、言われたとおりにしろと急きたてた。

「わたしはチンキを飲んでいるんだから。言いなりになんかならないわ」

「そいつは面白い」ヴァージルは言ってカタリーナを解放すると、ノエミを見据えた。「たしかにあの場では、我々の力をうまくかわしていたな。だが、チンキの効き目はそう長くは続かないようだぞ。屋敷のなかをさんざん歩きまわって、この部屋にたどり着くまでのあいだに、またぞろ〝グルーム〟の影響下に置かれていたからね。目に見えない微細な胞子をさんざん吸いこんでいるはずだ。しかも、いまきみたちが身を置いているのはこの家の心臓部だ。三人とも全員がね」

「〝グルーム〟はダメージを受けているわ。あなたになにが――」

「今日は誰もがさんざんな目に遭ってきた」ヴァージルが言った。見れば彼の額には玉の汗が浮かび、青い瞳は熱を帯びてうるんでいる。「だが、ぼくが支配力を手中におさめたいま、きみたちはぼくの言いなりになるしかないんだよ」

ノエミの指が不意に疼きだした。すると、焼けた石炭を握りしめてでもいるような感覚に突如襲われた。思わずナイフを取り落とし、けたたましい衝撃音に続いて、ノエミはぎゃっと悲鳴をあげていた。

「ほら、言わんこっちゃない」ヴァージルが嘲るように言った。

ノエミは足元に転がるナイフに目をやった。すぐそこにあるのに、どうしても拾い上げることができない。両の腕にピンや釘を何本も打ちこまれでもしたように指がよじれた。指を骨折している左手に激痛が走る。

「この場所を見てごらん」ヴァージルは言って、頭上のシャンデリアに苦々しげな視線を向けた。「ハワードは過去に囚われていた。だが、ぼくは未来に目を向けているんだよ。我々は鉱山を再開する。最新の設備を整え、まともに機能する電力を導入する。使用人の数も増やして、当然のこと、車も買い替えないとならないし、子作りもしなくてはね。きみなら難なくぼくを子沢山(だくさん)にしてくれそうだ」

「ふざけないで」ノエミは言ったが、ささやきにしかならなかった。見えない手に肩を押さえこまれでもしたように彼の掌握力を思い知らされた。

「こっちに来るんだ」ヴァージルが命じた。「きみは最初からぼくのものだったんだよ」

壁のキノコたちがゆらゆら揺れた。まるで生気を吹きこまれたかのように、水中をたゆたうイソギンチャクのように。そしてキノコは金色の胞子の雲を吐き出し、ふうっと息をもらした。いや、息をもらしたのはノエミだった。以前にも体験した、あの甘美にして邪悪な感覚がまたしても彼女を包みこみ、不意に頭がぼうっとなった。左手の厄介な痛みは薄れ、消えていた。

見ればヴァージルが両腕を差し出していた。ノエミはその腕が自分を抱きしめるところを思い、彼の言いなりになることの快感を思った。心の奥底では、めちゃくちゃにされたがっていた。恥じらいながら喜悦の声をあげたかった。絶叫する口を彼の手でふさいでもらいたかった。

キノコの輝きがさらに増した。するとノエミの頭のなかに、キノコに触れている自分の姿が、両手を壁に這わせて柔らかなその肉に頬ずりしている自分の姿が浮かんだ。キノコの隙間に身を沈めて眠りについたら、あのすべすべした表面に肌を密着させたら、さぞや気持ちがいいだろう。おそらくキノコはこの身をすっぽり包みこんでくれるに違いない。ああ、愛しいキノコ。口のなかに、鼻腔に、眼窩に、息ができなくなるまで胞子が押し寄せ、胎内に着床し、太腿のあたりでいっせいに開花する。そしてヴァージルもまた深く押し入ってきて、そして世界は黄金色の靄に包まれるのだ。

「やめろ」フランシスが言った。

ノエミはすでに台座から一段おりていたが、フランシスが手を伸ばして彼女の骨折したほうの手をつかんだものだから、ノエミは激痛に見舞われて顔を歪めた。彼女はフランシスを見やり、まばたきを繰り返し、その場に凍りついた。

「行っちゃダメだ」フランシスがそっとささやいた。彼が怯えているのがノエミにわかった。それでも彼はノエミの盾になろうとでもいうように、先に立って台座の段をおりた。彼の蚊の鳴くような声は、いまにもぷつんと切れそうなほど張りつめていた。「この人たちをここから出してやってくれ」

「なぜそんなことをしなきゃならないんだね？」ヴァージルが悪びれた様子もなく言った。

「間違っているからだ。おれたちのしていることは全部、間違いだからだよ」

ヴァージルは、フランシスの肩の向こうに見える、三人がたどってきた地下通路を指さした。「あれが聞こえるだろ？　親父殿が死にかけている声だよ。あいつの体がダメになれば、こっちは晴れて〝グルーム〟の絶対的権力を手にできるんだ。そのときには同志が必要だ。なんだかんだ言っても、ぼくらは血のつながった身内同士だからね」

たしかになにかが聞こえたような気がした。遠くのほうでハワード・ドイルがうめき、血を吐き、黒い粘液を垂れ流しながら、呼吸が止まらないよう踏ん張っている、それがノエミにもわかった。

「いいかね、フランシス。ぼくだって我欲の塊というわけじゃない。ふたりで共有すればいいんだよ」ヴァージルが鷹揚（おうよう）なところを見せて言った。「おまえはその娘が欲しい。ぼくもその娘が欲しい。争うまでもないことだ、違うかな？　それにカタリーナも可愛いじゃないか。ほら、元気を出せ、暗い顔なんかするなよ」

　フランシスはノエミが落としたナイフをすでに拾い上げていて、それを高く構えた。「この女（ひと）たちに手を出すな」

「ぼくを刺そうっていうのか？　言っておくが、女を殺（や）るより手ごわいぞ。そうか、フランシス、おまえは自分の母親を殺したんだったな。動機はなんだ？　女か？　で、今回は？　ぼくの番というわけか？」

「地獄に堕ちろ！」

　フランシスはヴァージルめがけて突進したが、不意にその足が止まり、ナイフを握りしめる手が宙で凍りついた。ノエミの位置からフランシスの表情は見えなかったが、想像はついた。きっといまの自分と同じ顔をしているに違いない。彼女もまた彫像と化していたのであり、カタリーナもやはりすくみあがって棒立ちになっていた。

　蜂たちが騒ぎだし、羽音が始まった。**見て。**

「ぼくにおまえを殺させないでくれ」ヴァージルが警告した。それからフランシスの震える手に自分の手を重ねた。「観念しろ」

　フランシスがヴァージルを突き飛ばした。ヴァージルはありえないような勢いで壁に激突した。

　その刹那（せつな）、ヴァージルの痛みを感じ取ったノエミの血管をアドレナリンが駆けめぐった。ヴァージルの憤激とノエミのそれが混じり合う。フランシスったら、どうしようもないクズなんだから。ほんの一瞬、ノエミとヴァージルを結びつけていたのは〝グルーム〟だった。彼女はぎゃっと鋭く叫んだ。あやうく自分の舌を嚙みそうになる。彼女はあとじさった。足が徐々に言うことを聞きはじめていた。一歩、二歩、三歩。

ヴァージルが眉をひそめた。彼が前に進み出て、上着についたキノコの欠片や塵を手で払ったそのとき、彼の目のなかに金色の光がきらめいたように見えた。

ぶぅーんという羽音が高まった。はじめは低く、やがて地鳴りのように勢いづく。ノエミは身をすくめた。

「観念しろ」

フランシスはうなり声でそれを一蹴（いっしゅう）すると、またしてもヴァージルに飛びかかっていった。ヴァージルはやすやすとフランシスの動きを封じた。力の強さは格上だし、今回は攻撃に対する備えも万全だった。フランシスの死に物狂いのパンチを受け止めると、容赦ない猛烈なパンチで反撃した。フランシスはよろけながらもどうにか体勢を立て直し、さらに殴り返す。彼の拳がヴァージルの口をとらえるや、ヴァージルから憤怒と驚愕の入り混じるあえぎ声がもれる。

ヴァージルは目を細めて口元をぬぐった。

「おまえの舌を自分で嚙み切らせてやる」ヴァージルが言った。

男たちの立ち位置が入れ替わり、フランシスの顔がノエミにも見えるようになった。苦しげに息を吐きながら頭を振り立てるたびに、フランシスのこめかみから血が噴き出す。目をかっと見開くさまが、手が震えるさまが、空気を求めてあえぐ魚のように口を開いては閉じるさまが、ノエミに見てとれた。

ああまずい、ヴァージルは本気だ。フランシスに自分の舌を呑みこませようとしている。

ますます高まる蜂の羽音が、背後からノエミに襲いかかった。

見て。

ノエミは振り返ってアグネスを見た。その唇は、永遠に繰り返される苦痛を表わすかのように円環の形に固まっていた。ノエミは耳をふさぎ、なぜやんでくれないのかと憤然とした。どうしてこの音は、何度も執拗に繰り返されるばかりで、鳴りやんでくれないのか。

そのときはっとした。この自分が思い違いをしていたことに気づいたのだ。そんなことははじめからわかりきったことだった。自分たちを囲いこんで脅してくる、心のねじ曲がった〝グルーム〟なる存在は、この女性が負わされたあらゆる苦悩の表明にほかならない。アグネス。物狂おしさに、怒りに、絶望に駆り立てられたこの女性の一部が、まだ死にきれずにいるのであり、それがいまも苦悶の叫びをあげているのだ。

彼女こそが、己の尾を嚙む蛇だった。

彼女は悪夢から永遠に逃れられず、目がすでに塵と化してなお目覚められずにいる幻視者だった。羽音のようなうなりは彼女の声だった。他者との意思の疎通はもはや叶わなくとも、それでも自らに襲いかかった言語に絶する諸々の恐怖を、破滅を、苦痛を、悲鳴で伝えることはできた。首尾一貫した記憶や思考は擦り減ってしまっても、この焼けつくような怒りだけはこの世に留まり、そばに迷いこんでくる者たちのマインドを、それが誰のものであれ、見境なく焼きつくしてしまうのだ。彼女の望みはなんなのか？

ただ苦悩から解放されたいだけ。

ただ目覚めたかったのだ。だができなかった。目覚めることさえ許されなかった。

うなりはますます高まり、ノエミを痛めつけてやろう、理性を呑みこんでやろうと迫ってきた。ノエミはランタンを置いた場所まで引き返すと、自分がなにをしようとしているのか考えるより早く、ランタンをさっとつかみ取った。ルースが口にしたあの単純な言葉を頭のなかでひたすら繰り返す。**目を開けて、目を開けて、目を開けて。**素早く決然と足を運ぶ。そして一歩ごとにつぶやいた。**目を開けて。**

再びアグネスと対峙する。

「夢のなかをさまようのはもう終わり」ノエミはそっとささやきかけた。「そろそろ目を開ける時間よ」

ノエミはランタンをミイラの顔に投げつけた。アグネスの頭部を覆うキノコにあっという間に火が燃え移り、炎の輪光が生まれ、炎の舌がたちまち周囲の壁を舐めはじめた。有機物はどうやら火のつきがいいらしく、見る間にキノコは黒ずみ、ぱんぱんと爆ぜだした。

ヴァージルが悲鳴をあげた。しゃがれ声のすさまじい悲鳴だった。彼は床に崩れ落ちると、敷石を掻きむしり、立ち上がろうともがいた。フランシスもまた倒れた。アグネスは〝グルーム〟であり、〝グルーム〟は彼らの一部でもあった。それゆえアグネスに、つまりはキノコの菌糸ネットワークに突如襲いかかったダメージは、神経細胞が発火するようなものだったに違いない。片や完全な覚醒に至ったノエミは、〝グルーム〟に突き飛ばされていた。

ノエミは台座を離れてカタリーナに駆け寄ると、いとこの顔を両手で包みこんだ。

「大丈夫？」

「ええ」カタリーナが激しくうなずきながら応えた。「なんともないわ」

床の上ではヴァージルとフランシスがうめいていた。ヴァージルはノエミのほうに手を伸ばし、身を起こそうとした。ノエミがその顔面を蹴りつけると、彼は必死の形相で彼女の脚にしがみつこうとした。ノエミがさっと身を退くも、足首をとらえようとなおも手を伸ばしてくる。歩けなければ引きずられてでもここを出ようというつもりらしい。ついには歯を食いしばってノエミのほうへずるずると這ってきた。

ノエミはさらに一歩、後退した。いまにも跳びかかられそうで怖かった。

カタリーナがフランシスの取り落としたナイフを拾い上げ、夫に覆いかぶさるように立ちはだかった。そして彼が振り向くや、その顔面にナイフを振りおろし、ハワード・ドイルにやったのと同じように目に突き立てた。

ヴァージルがくぐもったうめき声をもらして打ち伏すと、カタリーナはさらに深くナイフをめりこませた。その間ずっと、彼女は口を引き結び、言葉ひとつ、嗚咽ひとつもらさなかった。ヴァージルは体を痙攣させ、口をだらしなく開けて威嚇とあえぎを繰り返していたが、やがて動かなくなった。

女ふたりは手を取り合ってヴァージルを見おろした。彼の血が蛇の黒い頭部を濡らし、床を赤く塗り替えていく。ここに出刃包丁があったらよかったのにとノエミはふと思った。祖母が魚の頭を切り落としたように、彼の首を刎ねてやりたかった。

カタリーナの握りしめてくる手の感触から、彼女も同じことを考えているのがわかった。

フランシスが一言、低くつぶやくのを聞いたノエミは、彼のそばにひざまずいて助け起こそうとした。「さあ立って」と声をかける。「急がないと」

「ここは死にかけている。おれたちはじきに死ぬ」フランシスが言った。

「そうよ。だから急いでここを離れないと、わたしたちだって死んじゃうわ」ノエミは言った。部屋全体が瞬く間に火に包まれ、あちこちのキノコの群落が炎を噴き上げ、彼女が引き剝がした垂れ幕も燃えていた。

「おれは行けない」

「大丈夫、行けるわ」ノエミは不安をぐっと嚙み殺し、立ち上がってくれと訴えた。とはいえ、彼を歩かせるのは無理そうだった。

「カタリーナ、手を貸して！」ノエミは叫んだ。

ふたりは左右からフランシスの腕を肩にかけると、半ば持ち上げ、半ば引きずるようにしてゲートにたどり着いた。ゲートはあっさり開いたが、上に延びる階段を見上げ、果たして上までたどり着けるだろうかと不安に駆られた。が、ほかに選択肢はなかった。振り返ると、床に倒れて火の粉を浴びるヴァージルの姿が目にはいった。部屋はごうごうと燃えさかっている。階段の壁にもキノコが生えていたが、これにもいずれ火は燃え移るだろう。急がねばならなかった。

出せる限りのスピードで上を目指した。ともすれば閉じそうになるフランシスの瞼が閉じないよう、ノエミは彼をつねって刺激を与えつづけた。最後の数段は、文字どおり、彼を引きずり上げる格好になり、倒れこむようにして埃だらけの部屋に足を踏み入れた。左右に穴蔵がずらりと並んでいた。ノエミはあたりをざっと見まわし、銀のプレートや朽ちかけた柩、かつては花が活けられていたであろう空（から）の花瓶、床のそこここに顔をのぞかせ、かすかな光を放つ小さなキノコに目にやった。

霊廟の入口はありがたいことに解錠されていた。ヴァージルのおかげである。外に足を踏み出したとたん、霧と夜の闇が三人を包みこんだ。

「ゲートはどっちかしら」ノエミはカタリーナに声をかけた。「ゲートへの行き方、わかる？」

「暗すぎるわ、それに霧も出ているし」いとこが言った。

そうなのだ。この霧は、謎めいた金色の朦朧体やあの羽音とともにノエミをずっと怯えさせてきた。

だが、そのアグネスもいまは自分たちの足元で火の柱と化してしまった。となれば、ここから出る道をなんとしても見つけなくてはならない。

「フランシス、あなたにゲートまでの道案内をしてもらわなくちゃ」ノエミが呼びかけると、彼は首をねじってノエミを見た。瞼は半ば閉じかけていたが、それでもどうにかうなずくと、左方向に顎をしゃくった。フランシスを両脇から支え、何度も倒れそうになりながらそちらに向かった。墓石が折れた歯のように地面から突き出している。彼はうめき声で進むべき方向を指示した。自分たちがどこに向かっているのか、ノエミには見当もつかなかった。円環を描くように同じところをぐるぐる回っている可能性なきにしもあらず。これってなにかの皮肉？　円環だなんて。

霧に方向感覚を狂わされながら、それでもようやく鉄のゲートが見えてきた。己の尾をくわえた蛇が三人を出迎える。カタリーナが扉を押し開け、三人は屋敷へと続く道に立った。

「家が燃えている」フランシスの言葉に、ノエミはゲートのそばにたたずみ息を呑んだ。

本当だ。遠くの空が輝いていた。霧は出ているものの、それがはっきりと見てとれた。図書室にある古い書物にあっという間に火が回ると、紙と革はあっけなく燃えつき、心の目はそれをとらえていた。ハイ・プレイス自体はここからは見えないが、マホガニーの家具やタッセルつきの重厚なカーテンがくすぶり、銀器の詰まるガラスケースはぱりんと罅割れ、ニンフ像と親柱が炎に包まれ、天井の破片がニンフの足元に降りそそぐ。火は容赦ない奔流となって階段室を押し流し、床板を破裂させる。そのあいだもドイル家のあの使用人たちは階段の上でいまも固まったまま、立ちつづけているのだろう。

古い肖像画は燃え落ち、色褪せた肖像写真は反り返って跡形もなく焼かれ、玄関扉を炎が歪ませる。ハワード・ドイルの部屋に掛かる妻たちの肖像画もまた炎に呑みこまれ、彼のベッドもいまは火の海と化し、病み衰えて苦しげに呼吸する肉体は煙で息を詰まらせる。床の上では医者がひっそりと横たわったままだ。やがて炎がベッドカバーに舌先を伸ばし、ハワード・ドイルをじわじわとむさぼり、老人が悲鳴をあげても救いの手を差し伸べる者はない。

肖像画やリネン類の裏側、皿やグラスの下といった目に見えない部分では、細糸を織り上げたような繊細な菌糸体もまた燃え、弾け、火勢に拍車をかける。そんな光景をノエミは想像した。

はるか向こうで屋敷がどっと炎を噴き上げた。すべてが灰になるまで燃えつきてしまうがいい。

「行くわよ」ノエミは低くつぶやいた。

27

彼は上掛けに顎まですっぽりくるまれて眠っている。ここはベッドのほかには椅子と化粧台がやっと置ける程度の狭い部屋で、ノエミはベッド脇の椅子にすわっていた。化粧台の上には聖フダス・タデオ（困難を解決してくれる守護聖人）の小さな像が置かれていて、気がつけばノエミはこれに向かって何度も祈っていた。聖人の足元に捧げもののタバコを一本供えることも忘れなかった。小像をじっと見つめながら口をゆっくり動かしていると、ドアが開いて、カタリーナがはいって来た。ドクター・カマリーリョの友人のものだという木綿のナイトガウンを着て、茶色い厚手のショールをはおっている。

「そろそろベッドに行くけど、なにか必要なものはないか訊きにきたの」

「なにもないわ」

「あなたも寝なくちゃダメよ」いとこはノエミの肩に手をかけて言った。

その手をノエミは軽く叩いた。「彼が目を覚ましたときにひとりぼっちにしたくないの」

「もう二日も寝ていないじゃないの」

「わかってる」ノエミは言った。「昔あなたに読んでもらったお伽噺みたいにはいかないわ。お話の世界なら、王女様にキスするだけでいいのにね」

ふたりはフランシスの寝顔に見入った。彼の顔は頭を載せた枕カバーと同じくらいの白さだ。彼女たち三人を保護してくれたのはドクター・カマリーリョだった。怪我の手当てをして風呂に入れ、着替えの服を用意し、部屋を提供してくれた。また、三人にはチンキが必要だとノエミがそっと伝えると、マルタに頼んで取り寄せてもくれた。チンキを飲んだ三人は頭痛と吐き気に襲われたが、それもすぐにおさまった。ただしフランシスだけはそれだけで終わらず、昏睡状態に陥ったまま、いまも目が覚めずにいるのだった。

「あなたが疲れてしまったら元も子もないのよ」カタリーナが言った。

ノエミは腕組みした。「はいはい、わかってます」

「そばにいてほしい？」

「ひとりで大丈夫よ。少ししたらわたしも休むわ。本当は眠りたくないけどね。疲れていないから心配しないで」

カタリーナがうなずく。ふたりはしばし押し黙った。フランシスの胸は規則正しく上下していた。夢を見ているとしても、嫌な夢ではなさそうだ。そう思うと、目覚めてほしいと願うことが酷な気もした。

本音を言えば、ノエミは眠るのが怖かった。闇のなかでどんな悪夢が待ち受けているのかと思うと不安だった。おぞましい出来事に遭遇してしまった人たちは、その後どんなふうに日々を送ることになっただろうか？　すんなり普通の暮らしに戻れるものなのか？　すべてをなかったことにして前に進めるものなのか？　そうだと思いたかったが、眠りがその思い違いを突きつけてくるような気がして恐ろしかった。

「先生の話では、明日はパチューカから警官ふたりと治安判事が見えるんですって。あなたのお父さんもこっちに向かっているそうよ」カタリーナが肩のショールを直しながら言った。「その人たちにどう説明すればいいのかしらね。とても信じてもらえない気がするわ」

血まみれで怪我もしている憔悴しきった三人が、ロバを引き連れたふたりの農民に行き逢ったとき、自分たちの置かれた状況をどう説明すればいいかで三人の意見は割れた。だが、三人のありさまがよほど衝撃的だったのだろう、農民たちは根掘り葉掘り訊いてくることもなく、黙ってエル・トリウンフォまで送り届けてくれたのだった。その後ドクター・カマリーリョの自宅に身を寄せ、改めて話をでっちあげる必要に迫られた。そこでノエミは話を単純化して、こう伝えた。ヴァージルが正気を失い、彼の姉がしたような殺戮(さつりく)行為に及んだのだが、ヴァージルの場合は屋敷に火を放ち、ハイ・プレイスの住人全員を殺してしまったと。

だがこれだと、なぜノエミが古びたウェディングドレスを着ていて、フランシスが新郎のスーツを身に着けているのか、なぜ女ふたりの服が大量の血に染まっているのかの説明がすっぽり抜け落ちることになった。

カマリーリョがノエミの話を鵜呑みにしていないことはひしひしと伝わってきたが、彼は信じるふりをしてくれた。疲れのにじむ彼の目にノエミが読み取ったものは、暗黙の了解だった。

「父がうまく処理してくれるわよ」

「そう願うばかりだわ」カタリーナが言った。「起訴されたら、わたしたちはどうなるの？　怖いわ」

ノエミは自分たちが収監されるとは思っていなかった。そもそもエル・トリウンフォに監獄はない。逮捕されればパチューカに送られることになるのだろうが、そうはならないと踏んでいた。供述を取られ、形ばかりの報告書は作成されるだろうが、立件できる材料はひとつもないのだから。

「明日には家に帰れるわよ」ノエミはきっぱりと断言した。

カタリーナが破顔する。疲れていたノエミはその笑顔に癒された。少女時代を一緒に過ごしてきた愛らしい女性の笑顔。昔のカタリーナがそこにいた。

「そうよね、じゃあ、そろそろ休むわね」カタリーナはそう言って身をかがめ、ノエミの頬に唇を寄せた。「みなさん、朝一番にやって来るようだし」

それからハグをした。長く、力のこもったハグだった。ノエミは思わず泣きそうになった。そこをぐっとこらえる。カタリーナは頬にかかる髪をそっと払うと、あらためて笑みを浮かべた。

「なにかあったら知らせてね、廊下のはずれの部屋にいるから」

カタリーナは廊下に出ると、フランシスを見つめながらドアを閉めた。

ノエミはセーターのポケットに手を入れ、ライターを撫でさすった。幸運のお守り。それから煙草の潰れたパッケージをおもむろに取り出す。ここにたどり着いた直後にカマリーリョからもらったものだった。

煙草に火をつけ、足を踏み鳴らし、空のボウルに灰が落ちるにまかせた。腰が痛かった。すわり心地の悪い椅子にずっとすわりっぱなしだった。最初はカマリーリョに、続いてカタリーナにも休むようにとせっつかれながら、腰をあげる気になれなかった。煙草を二口三口ふかしたそのとき、フランシスが身じろいだ。ノエミは煙草をボウルに投げ入れ、ボウルを化粧台に戻すと、彼の様子を見守った。

少し前にも首をわずかにかしげるといった動きを見せたが、今回はそれと違う気がした。ノエミは彼の手に触れた。

「目を開けて」とささやきかける。ルースから何度もかけられたこの言葉が不安と恐怖に彩られたものだったのに対し、ノエミのそれには温もりがあった。

呪文の効果は覿面だった。彼が瞼をかすかに震わせ、やがてまばたきが繰り返されると、目の焦点がノエミのところで結ばれた。

「お目覚めのようね」と声をかける。

「やあ」

「お水が欲しいでしょ」

化粧台の上の水差しからグラスに水を満たし、彼が飲むのを手伝った。

「おなかが減ったんじゃない？」

「いいや、全然。まだ減らない。ひどい気分だ」

「顔もひどいことになっているわよ」ノエミはまぜ返した。

彼の唇がかすかな笑みをつくり、くすりと笑った。「ああ、だろうね」

「まるまる二日も眠っていたんですからね。こうなったら喉に詰まった林檎を取りのぞくしかないと思ったくらいよ。眠り姫にやったみたいにね」

「それを言うなら白雪姫だよ」

「あら、そうだっけ。たしかにあなたは色白だしね」

彼は新たに笑みを浮かべたが、身を起こしてヘッドボードに寄りかかろうとしたときには、その笑みも消えかけていた。「あそこはすっかりなくなったのかな？」そう問いかける彼の声に困惑と不安がのぞく。

「町民の何人かが山にあがって様子を見てきたそうよ。瓦礫（がれき）の山に煙がくすぶっていたという話だったわ。ハイ・プレイスは消滅し、それと一緒にキノコもなくなったはずよ」

「そうか、そうだろうね。でも……菌糸体というのは火にやたらと強いからな。ある種のキノコは……例えば……アミガサタケとかは、森林火災が起きた直後にやすやすとよみがえり、それまで以上に数を増やすんだ」

「あそこにあったのはアミガサタケじゃないし、今回のは森林火災でもないわ」彼女は言った。「まだ残っていたとしても、見つけたら燃やしちゃえばいいのよ」

「そうだね」

それで気持ちが楽になったのか、フランシスは上掛けを握りしめていた手をゆるめ、ノエミに目を向けるとふうっと息をもらした。

「明日はどうなることやら、あんたのお父さんが来るんだよね？」彼が問いかけた。

「抜け目がないのね。わたしたちが話しているのをずっと聞いていたの？」

彼はきまり悪そうにかぶりを振った。「違うよ、あんたに起こされる前に、すでに半分目が覚めていたんだろうな。とにかくあんたのいとこが、明日の朝、お父さんがこっちに着くと言っているのが聞こえたんだ」

「そのとおりよ。じきにこっちに着くみたい。父のことをきっと好きになると思うわ。それとメキシコシティもね」

「おれもそっちに？」

「こっちに置いていけるわけないじゃない。あなたを無理やり山から引きずりおろしたのはわたしだもの、わたしにはあなたを守る義務があると思うの。そういう法律だってきっとあるはずよ」彼女はできるだけおだやかな口調を心がけた。めったに使うことのない口調である。ひどく陳腐で口幅ったい科白をさらりと言おうとするあまり、舌がもつれそうだった。それでも言い終わってどうにか笑みをこしらえると、彼がうれしそうな顔をした。

なにごとも練習だ、そう彼女は思った。すべては練習あるのみ。不安も恐れもなく、追い迫る闇もない、そんな生き方を身につけたかった。

「メキシコシティか」彼は言った。「大都会なんだよね」

「すぐに慣れるわ」彼女はそう返し、骨折したほうの手で出かかった欠伸を押し戻した。

彼の視線がノエミの折れた指にそそがれた。「ひどく痛むのかい？」彼がそっと尋ねた。

「ちょっぴりね。しばらくソナタはお預けでしょうね。いや、連弾という手もあるわね、あなたが左手を貸してくれたらだけど」

「真面目に答えてくれ、ノエミ」

「真面目に？　満身創痍よ。でもそのうち治るわ」

癒えない傷もあるだろうし、以前と同じように美しいメロディを奏でるのはもう無理かもしれないし、今回の体験を乗り越えられない可能性もある。だが、そんなことは口にしたくなかった。言ったところでどうなるものでもない。

「あんたのいとこが眠ったほうがいいと言っていたよね。おれもそれに賛成だな」

「へへんだ。眠るなんて面白くもなんともないわ」とまぜ返し、煙草のパッケージを弄んだ。

「いまでも悪夢を見る？」

彼女は肩をすくめると、問いかけには応えず、煙草のパッケージを人差し指で叩いた。

「お袋の出てくる悪夢はまだ見てないな。いずれ見るかもしれないけど」フランシスが言った。「でも、こんな夢は見たよ。あの家が元どおりになって、そこにおれがいて、出口がどこにもない。家にはおれしかいなくて、どこのドアも固く閉ざされているんだ」

彼女はパッケージをくしゃっと丸めた。「あの家はもう存在しないのよ。言ったでしょ、跡形もなく消えてしまったの」

「前より立派な家だったな。あれは荒廃する以前の家じゃないかな。どこもかしこも色鮮やかで、温室には花があふれていた。花は屋敷内にも咲いていて、階段室にも、どの部屋にも、キノコの森ができていてね」彼の声はどこまでも冷静だった。「そしておれが歩くと、足跡からキノコが生えてくるんだ」

「お願いだから、もうやめて」彼女は言った。どうせ見るなら殺戮の夢とか、血糊や内臓がふんだんに出てくる夢とかにしてほしい。そう思いたくなるほど、彼の語る夢はひどく心をざわつかせた。

ノエミは煙草のパッケージを投げ捨てた。ふたりの視線が床に落ちる。パッケージは椅子とベッドのあいだに着地していた。

「そっくり全部、なくなったと言いきれる？　おれのなかに、まだ残っているとしたら？」彼の声は途切れがちだった。

「さあね」彼女は言った。やれるだけのことはやった。キノコを燃やしつくし、〝グルーム〟を破壊し、マルタのチンキだって飲んだ。それで万事解決のはず。とはいえ……血がそれを阻んだの。

彼が重い息を吐きだし、かぶりを振った。「おれのなかにまだ残っているなら、おれはそれに決着をつけるべきだろうし、あんたはおれと親密になりすぎちゃいけないんだ。でないと――」

「あれは夢のなかの出来事だった」

「ノエミ――」

「人の話をちゃんと聞いていないのね」

「聞いてるさ！　あれは夢だった。夢は誰も傷つけたりしない。だったらどうしてあんたは、眠ろうとしないんだ？」

「眠りたくないからよ。それとこれとは話が別でしょ。悪夢に意味なんてないのよ」

フランシスが反論しようと身構えたところで、ノエミはすかさずベッドに腰かけると、そのまま上掛けに滑りこんで彼を抱き寄せ、もう黙ってと命じた。ノエミは彼の手が彼女の髪を撫でるのを感じた。彼の心臓の高鳴りが徐々に鎮まり、安定した鼓動を刻みだすのがわかった。

目を上げて彼を見る。フランシスの目は涙でうるんでいた。

「あいつみたいになりたくないんだ」彼がささやくように言った。「たぶんおれはじきに死ぬ。そうしたら火葬にしてほしい」

「あなたは死なないわ」

「約束してくれないんだね」

「わたしたちはこれからもずっと一緒よ」彼女はきっぱりと言った。「一緒に暮らすの。あなたはもうひとりぼっちじゃなくなるの。それなら約束できるわ」

「そんな約束がどうしてできる？」

ノエミは彼の耳にそっと語りかけた。向こうの都会は光り輝く素晴らしい場所だということを。かつての原野には真新しい高層ビルが建ち並び、暗い過去の歴史は微塵も感じさせないことを。この国にはほかにも、太陽がさんさんと降りそそぎ、頬をこんがりと色づかせてくれる町がいくらもあることを。海辺で暮らしてもいいし、大きな窓のある高層ビルでカーテンなど引かずに暮らしたっていいのだと。

「まるでお伽噺みたいだな」彼はぼそりと言ってノエミを抱き寄せた。

お伽噺を紡ぎ出すのはカタリーナこそがふさわしい。黒い雌馬の背にまたがってさっそうと駆けつける見目麗しい男たち、塔に幽閉された王女たち、フビライハンの使者たち、そういった者たちが登場する物語はいろいろあった。だが、いまのフランシスには別の物語が必要であり、それを語れるのはノエミしかいなかった。だから、虚実の境目を彼が気にしなくなるまで語りつづけた。

やがてフランシスはノエミをいっそう強く抱きしめると、彼女の首のあたりに顔をうずめた。

ようやくノエミも眠りに落ち、夢を見ることもなかった。早朝の薄明かりのなかで目を覚ますと、フランシスが蒼白い顔をノエミに向け、青い瞳で見つめていた。もしも注意深く見ていれば、この青い瞳に金色の光彩がよぎる瞬間を目にする日がいずれ来るのだろうかとノエミはふと思った。あるいは、金が溶けこむ瞳で見つめてくる彼を、鏡を通して見返すことになるのだろうか。たしかにこの世は呪わしい円環でできているのかもしれない。己の尾を呑みこむ蛇に終わりはなく、あるのは果てしない破滅と飽くなき貪欲ばかりということもありうるのだ。

「あんたの夢を見ていた気がする」彼はまだ少し寝ぼけていた。

「ここにいるわたしは本物よ」とつぶやきで返した。

ふたりは押し黙った。ここにこうして存在していることをわからせようと、ノエミはおもむろに身を乗り出し、フランシスの唇に唇を重ねた。彼が吐息をもらした。それから自分の指を彼女の指に絡めて目を閉じた。

未来を見通すことはできないし、ものごとの全体像を見極めるのは不可能だ。そうノエミは思った。そんなことはないと考えるのは馬鹿げている。だが、この日の朝の自分たちはまだ若く、希望にすがることはできる。希望こそが世界をより優しいものに、より愛おしいものに作り変えてくれるに違いない。ノエミは二度目のキスをした。幸運を願って。すると彼がまた見つめてきた。とびきりの歓喜に満ちあふれたその顔を見て、三度目のキスをした。愛を伝えるために。

謝辞

出版エージェントのエディ・シュナイダー、担当編集者のトリシア・ナーワニ、そしてデル・レイ社のチームの皆様には大変お世話になりました。厚くお礼申し上げます。また、子供のころ、ホラー映画を観るのも怖い本を読むのも自由にやらせてくれた母にも感謝を捧げます。そしていつものことながら、わたしの書いたものを一字一句読んでくれる夫にも感謝の言葉を贈ります。

訳者あとがき

本書『メキシカン・ゴシック』(*Mexican Gothic*, Joe Fletcher Books, 2020)は、メキシコ系カナダ人作家シルヴィア・モレノ＝ガルシアの六番目の長篇小説である。

日本ではまだなじみのない作家だが、本作が『ワシントン・ポスト』や『ニューヨーク・タイムズ』のベストセラーリストに八週連続で登場し、英国幻想文学大賞ホラー長篇部門であるオーガスト・ダーレス賞、ローカス賞ホラー長篇部門、カナダのSF賞であるオーロラ賞などを受賞したことから一気にブレイクした実力派だ(それだけでなくネビュラ賞、ブラム・ストーカー賞、シャーリイ・ジャクスン賞の候補にも選出された)。また、動画配信プロバイダーHuluが本作のテレビドラマを準備中との話も聞こえてきている。

荒れ果てた屋敷、謎めいた家族や使用人、囚われの美女、夜な夜な起こる怪現象、嘘やはぐらかし……。エドガー・A・ポーの「アッシャー家の崩壊」、シャーロット・ブロンテの『ジェーン・エア』、ブラム・ストーカーの『吸血鬼ドラキュラ』、ダフネ・デュ・モーリアの『レベッカ』、シャーロット・パーキンス・ギルマンの「黄色い壁紙」といった過去の傑作を彷彿させるガジェットを駆使してサスペンスフルに展開する本作は、一気読み間違いなしの極上ゴシック・ホラーに仕上がっている。

舞台は一九五〇年のメキシコ。首都メキシコシティで女子大に通いつつ優雅な社交生活を謳歌しているノエミ・タボアダのもとに、英国人青年ヴァージル・ドイルと一年前に電撃結婚した、いとこのカタリーナから奇妙な手紙が舞いこむ。そこには自分は夫に毒を盛られている、この家には幽霊がいるといったことが乱れた筆致で綴られていた。

心配したノエミの父親の命を受け、ノエミはカタリーナの様子を確かめに行くことになる。そして険しい山の斜面に位置するエル・トリウンフォという町に着いてみれば、かつて銀山として栄えていた往時の面影はすでになく、すっかりさびれきっていた。しかもカタリーナが暮らす屋敷は、町からさらに山をのぼった先の山頂にそびえる古い館だった。そこでノエミが目にしたものは……。

【以下、作品の中核に触れる部分があるため、読了後にお読みいただくことをお勧めしたい】

エル・トリウンフォは、イダルゴ州の山岳地帯に実在するレアル・デル・モンテという町がモデルになっている。そこはかつてスペインの入植者たちが開発した銀山町のひとつで、独立後のメキシコに進出した英国資本が採掘を再開したことで英国風の町並みが形成され、いまでは「リトル・コーンウォール」の愛称で親しまれているのだそうだ。ここには本作に登場するような英国人墓地があり、作者のシルヴィア・モレノ＝ガルシアはホラー映画に出てきそうな霧深いそのたたずまいに本作の着想を得たという。

銀を求めて英国から渡来したドイル一族は、恐るべき企みを秘めた白人至上主義者という設定。メキシコに暮らしながら土地の者と交わらず、食事も英国式にこだわり、日常の会話は英語しか使わない。彼らの暮らす屋敷はメキシコのなかの「異界」、植民地主義の残滓とでもいうべき位置づけだ。

その背景にあるのが二十世紀後半まで欧米社会を中心に幅を利かせていた優生思想である。ダーウィンの『種の起源』をきっかけに人類の進歩・発展に寄与することを目指して十九世紀末に誕生したはずの優生学がいつしか人種的偏見や差別の温床となり、やがてナチス・ドイツが絶滅政策を正当化する根拠にこれを利用したことは周知のとおりである。しかし優生思想にドイツより早い段階で着目し、しかもナチス・ドイツの絶滅政策に影響を与えたのがアメリカ合衆国の優生学者たちだったという事実は案外知られていないのではないか。その立役者が本作でも言及されている動物学者のチャールズ・B・ダベンポートである。彼はジャマイカでの現地調査をもとに、黒人と白人のあいだに生まれた子供は生物学的にも文化的にも劣っているという結論を導き出す。かくして優等人種（＝白人）と劣等人種（＝有色人種）という非科学的な構図が容認され、骨相学・人相学に関心が集まり、適者生存や自然淘汰をめぐる歪んだ解釈が独り歩きを始める。いまではナンセンスとしか言いようのないこの説が、二十世紀初頭から半世紀以上にわたって一般社会にも浸透し、大真面目に受け止められていたというから驚きだ（ナチスの蛮行を教訓に第二次世界大戦後はタブー視されるようになった優生思想だが、二十一世紀になったいまもヘイトスピーチやヘイトクライムの背後でしぶとく生き延びているのを見れば、その根深さは恐怖以外のなにものでもない）。

その一方、三百年もの長きにわたる植民地時代を通じて、メキシコで進んでいったのが人種の混交である。メキシコに限らず、植民地化された国々では征服者と被征服者の混交はさほど珍しいことではない。メキシコでは白人男性と先住民女性との混血種（メスティーソ）が多数生まれ、人口の大半を占めるようになる。そのメキシコにも優生思想ははいりこみ、先住民やメスティーソたちへの差別や迫害が起きるのだが、それに抗して混血化を肯定的にとらえてむしろ賛美したのが、メキシコ生まれで文部大臣を務めたこともある思想家ホセ・バスコンセロスだった。彼は一九二五年の自著*La raza cosmica*（『世界人』あるいは『宇宙人種』と訳される）のなかで、植物学者メンデルを援用して、植物のみならず人種の交配もまた種の改良に有益であり、人類を完成の域に押し上げる礎となると高らかに明言した。メキシコのみならずラテンアメリカ諸国の人々が混血それ自体をデフォルトとしてとらえる土壌を築くきっかけになった思想と言っていいだろう。

この思想を体現しているのが本作のヒロイン、ノエミ・タボアダである。浅黒い肌をした美しい娘であり、裕福な家庭でのびのびと育った彼女は、混血であることになんら引け目を感じていない。それゆえ優生思想に染まりきったドイル家の面々が口にする差別的発言にも臆することなく立ち向かって見せる。

だが、ノエミの前に立ちはだかる壁は人種問題だけではない。それは家父長制もしくは男性優位社会という名の呪いだ。女性参政権もまだ確立しておらず、家長が絶対的な支配権を握っていた時代である（メキシコで女性参政権が法制化されるのは一九五三年）。女に学問などいらない、適齢期になったら結婚して子供を産み育て、夫に仕えて生きるのが女のあるべき姿だと考えているのはノエミの両親も例外でない。総じて女性は男性に劣るという発想もまた優生思想の亜種といっていいだろう。未来の人類学者を夢見るノエミはそうした同調圧力に反発を覚えながらも、男社会の呪縛から完全には脱しきれていない人物として登場する。モテ女子で自信家のノエミは、ドレスや化粧、機知に富んだ話術やチャーミングなしぐさで男を魅了する術を心得ているし、男を思いどおりに動かすためには、おだてたり甘えたり涙を見せるといった女性ならではの手管を用いることもいとわない。ノエミにとって男社会は打倒すべき対象というよりは、それを手玉にとって利用すればいいくらいのものに映っていたはずだ。そんな彼女がドイル家というモラハラ・セクハラ・パワハラ満載のディストピア世界に投げこまれ、カタリーナのお伽噺的結婚観の無力を目の当たりにし、ルースというドイル家の娘の身に起きた悲劇を知るなかで、巧妙に仕組まれた男社会の手ごわさを徐々に思い知らされる。それはノエミが男性優位社会の奸計に半ば取りこまれていた自分に気づいていくプロセスに他ならない。

最後にもうひとつ、バイオ・ホラーとでも呼ぶべき側面に触れておこう。

カビやキノコがドイル家のいたるところに顔を出すのは、そこがすでに死滅化した過去の遺物であることの表われだ。そして菌類はその死肉を養分として取りこむと、次には胞子を飛ばして増殖する。つまり宙を舞う肉眼ではとらえられない菌を、それと気づかぬまま人は吸いこんでいるということだ。菌類、とりわけキノコが、本作では優生思想や男性優位社会といった目に見えない脅威のメタファーとなって読む者の恐怖心をじわじわと高めていき、クライマックスで恐怖の正体を一気に可視化させる。その時限爆弾的な作者の手腕たるや、あっぱれの一言に尽きる。

余談ながら、『菌類が世界を救う――キノコ・カビ・酵母たちの驚異の能力』（マーリン・シェルドレイク著、鍛原多惠子訳、河出書房新社）によれば、いま現在確認されている世界最大の生物はシロナガスクジラではなく、オレゴン州で見つかったオオニタケというキノコだという。我々一般人は地表ににょっきり現われた傘と軸の部分だけをキノコと認識しがちだが、その道の専門家は地中に網の目のように伸び広がる菌根をも含めて一個体と見なすらしい。このオオニタケの菌根は「重さ数百トンで、一〇平方キロメートルにわたって広がり、年齢は二〇〇〇～八〇〇〇歳」というからギネス級である。この本にはほかにもゾンビ菌（！）や発光キノコ、キノコと動植物の共生ネットワーク、アステカの古代文明で儀式に用いられたという幻覚性キノコなどについても紹介されていて、その凄まじい生命力や知的（と呼びたくなる）メカニズム、神秘性や面妖さを味わえる一冊だ。こうしたさまざまな科学的知見の糸を巧みに織りこんだ壮麗なタペストリー、それが『メキシカン・ゴシック』だとの思いを新たにした次第である。

いま一仕事終えてこう思わずにいられない。英国を本家とするゴシック小説から派生して独自の風土や住民気質を反映させた「アメリカン・ゴシック」が成熟していったように、本作『メキシカン・ゴシック』はこのジャンルの系譜に「メキシカン・ゴシック」という新たな枝葉を芽吹かせた記念碑的作品ではなかろうかと。

シルヴィア・モレノ＝ガルシアは一九八一年、メキシコ生まれ。両親が共にラジオ局のジャーナリストという関係からメキシコ国内およびアメリカ合衆国の各地で育ち、マサチューセッツ州のエンディコット・カレッジを卒業してメキシコに帰国する。その後メキシコで結婚し、二〇〇四年に夫と共にカナダに移住すると、バンクーバーのランガラ大学でジャーナリズムを学び、二〇一六年にはブリティッシュ・コロンビア大学のサイエンス＆テクノロジー研究科で理学修士号を取得。ちなみに修士論文のテーマは「ハワード・P・ラヴクラフト作品に見る優生思想」だった。

母親の影響で幼いころからSFやファンタジーに親しむようになった彼女は、スペイン語訳された海外作品（『指輪物語』や『デューン砂の惑星』など）に夢中になり、それだけでは飽き足らずに英米の原書のみならず、スペイン語に訳されていない諸外国の文学作品を英訳で読むようになる。

彼女が母語であるスペイン語ではなく英語で作品を発表する背景には、メキシコには怪奇・ファンタジー作品を受け容れるマーケットがまだ確立されていないという事情もあるようだ。とはいえ、彼女がこれまで書いてきた作品のほとんどの舞台がメキシコ国内であり、メキシコ人が登場する物語であるのは自然の流れだろう。彼女にとってメキシコは幻想の翼を思いきりはばたかせてくれる自然や歴史、古代文明や神話の宝庫なのだから。

無類のラヴクラフティアンを自認する彼女は、カナダで知り合った同好の士パウラ・R・スタイルズと意気投合し、ふたりで出版社インスマス・フリー・プレスを二〇〇九年に立ち上げると、ラヴクラフト関連の評論集を次々に編んでアンソロジストとして注目を集めるようになる。さらにはラヴクラフト作品に登場する女性をテーマに、女性作家二十五人が書き上げたオリジナル短篇集 ***She Walks in Shadows***（二〇一五）をスタイルズと共編し、世界幻想文学大賞アンソロジー部門を受賞している。

また、彼女はホラー作家のオリン・グレイとタッグを組み、***Fungi*** と題するアンソロジーを二〇一二年にインスマス・フリー・プレスから上梓している。これにはすでに第Ⅰコロニー、第Ⅱコロニーという二巻本の形で邦訳があることを、訳者は不覚にもつい最近知った。その名もずばり『FUNGI 菌類小説選集』（野村芳夫訳、Pヴァイン刊）。『メキシカン・ゴシック』を堪能した者としては大いに気になるところだ。

生活費を稼ぐために院生時代から幻想文学系の大小さまざまな雑誌やネット媒体で八十作あまりの短篇を紡いできた彼女だが、二〇一五年からは長篇作品の執筆に軸足を移し、年にほぼ一冊のペースで精力的に作品を発表している。しかもその内容はダークファンタジーだったりノワールだったり、歴史ロマンスもあれば犯罪ミステリもあるといった具合に、一作ごとにテーマやスタイルを変えている。とはいえ一貫しているのは現実世界と幻想世界を往還しながら新たな視座を見出そうとする姿勢である。

以下、現在入手可能な彼女の作品を挙げておく。

【短篇集】

This Strange Way of Dying（二〇一三）

【長篇】

Signal to Noise（二〇一五）コッパー・シリンダー・アダルト賞受賞。
Certain Dark Things（二〇一六）
The Beautiful Ones（二〇一七）
Prime Meridian（二〇一八）
Gods of Jade and Shadow（二〇一九）ローカス賞とネビュラ賞の最終候補。
Mexican Gothic（二〇二〇）本書。
Untamed Shore（二〇二〇）
Velvet was the Night（二〇二一）

作者のホームページによれば、二〇二二年夏ごろに新作の *The Daughter of Dr. Moreau* が刊行されるとのこと。ユカタン半島を舞台に、H・G・ウェルズが創造したあのマッド・サイエンティストを材に取った作品になるらしい。今度はどんな驚異を開陳してくれるのか、いまからわくわくしている訳者である。

最後になりましたが、本作との出会いを取り結んでくださった早川書房編集部の根本佳祐さん、編集担当者として阿吽の呼吸で伴走してくださった藤井久美子さんに、心よりお礼申し上げます。

二〇二二年二月

訳者略歴　早稲田大学大学院博士課程満期退学，英米文学翻訳家　訳書『ミニチュア作家』ジェシー・バートン，『ホテル・ネヴァーシンク』アダム・オファロン・プライス（以上早川書房刊）『ライフ・アフター・ライフ』ケイト・アトキンソン，『湖畔荘』『秘密』『忘れられた花園』ケイト・モートン他多数

メキシカン・ゴシック

2022年3月20日　初版印刷
2022年3月25日　初版発行

著　者　シルヴィア・モレノ＝ガルシア
訳　者　青木純子（あおきじゅんこ）
発行者　早川　浩

発行所　株式会社　早川書房
東京都千代田区神田多町２－２
電話　03-3252-3111
振替　00160-3-47799
https://www.hayakawa-online.co.jp

印刷所　株式会社精興社
製本所　大口製本印刷株式会社

定価はカバーに表示してあります
ISBN978-4-15-210092-4 C0097
Printed and bound in Japan
乱丁・落丁本は小社制作部宛お送り下さい。
送料小社負担にてお取りかえいたします。